Née à Strasbourg de parents instituteurs, Agnès Ledig a grandi au cœur d'une vallée alsacienne, sur les contreforts vosgiens. Après avoir été sage-femme, elle se consacre à l'écriture et publie son premier roman en 2011 chez Les Nouveaux Auteurs : *Marie d'en haut* décroche le coup de cœur des lectrices du prix du roman *Femme Actuelle*. Son deuxième livre, *Juste avant le bonheur*, est un succès fulgurant. Vendu à plus de 700 000 exemplaires, il est élu prix Maison de la Presse en 2013. Traduite en dix-neuf langues, Agnès Ledig est également l'auteure de *Pars avec lui*, *On regrettera plus tard*, *De tes nouvelles*, *Dans le murmure des feuilles qui dansent*, *Compter les couleurs*, *Se le dire enfin*, hymne à la nature et à la sensibilité, et de cinq albums jeunesse, illustrés par Frédéric Pillot, dont *Le Petit Poucet*, album très grand format publié au Père Castor, qui offre une réécriture moderne en prose et en vers du conte de Charles Perrault. *La Toute Petite Reine*, disponible aux Éditions Flammarion, est son nouveau livre.

Se le dire enfin

Suivi de

Compter les couleurs

DU MÊME AUTEUR

ROMANS

Marie d'en haut, Les Nouveaux Auteurs, 2011 ; Pocket, 2012 ; J'ai lu, 2022, nouvelle édition.

Juste avant le bonheur, Albin Michel, 2013 ; Pocket, 2014.

Pars avec lui, Albin Michel, 2014 ; Pocket, 2016.

On regrettera plus tard, Albin Michel, 2016 ; Pocket, 2017.

De tes nouvelles, Albin Michel, 2017 ; Pocket, 2018.

Dans le murmure des feuilles qui dansent, Albin Michel, 2018 ; Le Livre de Poche, 2019.

Se le dire enfin, Flammarion, 2020 ; J'ai lu 2021.

Se le dire enfin, Flammarion, 2020, édition collector.

La Toute Petite Reine, Flammarion, 2021.

Compter les couleurs, J'ai lu, 2021.

ALBUMS JEUNESSE

Le petit arbre qui voulait devenir un nuage, Albin Michel Jeunesse, 2017.

Le cimetière des mots doux, Albin Michel Jeunesse, 2019.

Mazette est très sensible, Père Castor-Flammarion, 2020.

Mazette aime bien jouer, Père Castor-Flammarion, 2020.

Le Petit Poucet, Père Castor-Flammarion, 2021.

ESSAIS

L'esprit papillon : déployez vos ailes et gagnez en légèreté, Fleuve éditions, 2016.

Mon guide gynéco : devenir actrice de sa santé, Pocket, 2016.

Je te donne. Quatre auteurs s'engagent pour le don du sang, avec Martin Winckler, Laurent Seksik et Baptiste Beaulieu, « Librio », J'ai lu, 2019.

AGNÈS LEDIG

Se le dire enfin

Suivi de

Compter les couleurs

Lettre aux lecteurs

L'idée de *Compter les couleurs* est apparue au cours de l'écriture du roman *Se le dire enfin*, quand j'ai compris à quel point un regard croisé sur la naissance, l'enfance, et l'adolescence de mes personnages permettrait de mieux appréhender leurs retrouvailles trente-trois ans plus tard. J'ai souhaité raconter la genèse d'un amour, en évoquant la construction des deux protagonistes avant l'étincelle de leur rencontre. Décortiquer le pourquoi. Analyser le terreau qui a permis à ces deux graines de germer ensemble.

J'aime offrir à mes romans la possibilité d'une autre dimension quand le sujet ou les personnages s'y prêtent. Ainsi, pour *Dans le murmure des feuilles qui dansent*, j'ai trouvé intéressant de reprendre l'histoire à hauteur d'enfant, ce qui a donné l'album jeunesse *Le cimetière des mots doux*, magnifiquement illustré par Frédéric Pillot.

Dans *Compter les couleurs*, il est question de permettre au lecteur de revenir sur le passé des protagonistes pour accueillir plus intensément leur histoire. Cela n'enlève rien au roman, cela ajoute de la matière humaine, comme une touche de lumière sur un tableau déjà abouti. Un peu à la manière de ce que l'on donne à voir aux personnes intimes qui nous entourent. Elles voient la touche de lumière sur notre tableau, invisible aux yeux des inconnus.

S'il a d'abord vu le jour sous forme de livre audio – que j'ai eu l'immense honneur d'enregistrer avec Pierre Rochefort, dont la sensibilité et la voix incarnent à merveille le personnage d'Édouard –, je suis heureuse que ce texte auquel je suis très attachée « s'encre » aujourd'hui sur le papier chez J'ai lu, comme une deuxième naissance.

Le parti pris d'un roman est de raconter une tranche de vie, dans un espace défini, avec des personnages et un contexte limité. Comme chacun de nous ne montre qu'une partie de ce qu'il est à son entourage. La construction de *Se le dire enfin* m'offrait la magnifique opportunité de reculer ma caméra pour voir un peu plus loin, dans le passé de ces personnalités, et vous faire découvrir un autre morceau du décor. J'ai aimé travailler ce hors-champ…

Ainsi, dans le roman, nous découvrons Édouard, citadin cinquantenaire, vivotant dans un couple qui ne le nourrit plus. Une lettre d'Élise, son amour d'adolescent, dont il avait perdu la trace après le lycée, va faire voler en éclats ses certitudes pourtant confortables. Il abandonne sa femme et sa vie d'avant, sur le quai de la gare de Vannes, pour chercher refuge et réponses en forêt de Brocéliande. Au fil de son introspection, au contact de quelques personnages mystérieux et striés de failles, il va découvrir en lui une hypersensibilité ignorée jusque-là.

Ce sujet de l'hypersensibilité me tient à cœur depuis toujours, et je suis heureuse de constater qu'il est aujourd'hui possible d'en parler plus librement. Il est cependant traité, la plupart du temps, sous forme d'essai. Il m'a semblé intéressant de l'évoquer de manière romanesque, car je considère qu'un lecteur qui s'identifie à un être de fiction ou à une situation s'offre la possibilité de mieux comprendre son propre fonctionnement. Si ce thème est explicite dans *Se le dire enfin*, je crois que la majorité de mes personnages sont dotés de cette caractéristique qui peut se révéler être une richesse quand on arrive à en gérer les aspects plus douloureux.

Avec Édouard, j'ai choisi de vous faire côtoyer un homme d'âge mûr, afin de mettre en lumière que, même si la prise de conscience de cette hypersensibilité peut être très tardive, un nouveau départ est toujours possible, pour renouer avec ses besoins profonds, pour écouter enfin ses émotions. Je suis toujours très touchée, en échangeant avec mes lectrices et mes lecteurs, de constater à quel point mes romans peuvent les atteindre en plein cœur quand l'identification opère.

De nombreuses personnes pourront retrouver, dans les premiers signes de la sensibilité d'Édouard, les premières souffrances, les petites merveilles qui en découlent également, des situations sœurs qu'elles ont peut-être vécues et qui les réconforteront.

En lisant ce récit avant le roman dont il est issu, vous ferez connaissance avec Élise et Édouard et n'en comprendrez que mieux la raison qui pousse cet homme à bouleverser sa vie entière après avoir reçu la lettre d'Élise.

Si vous avez déjà lu le roman, ces lignes vous ouvriront une petite porte sur leur intimité et vous apporteront la saveur d'une petite cerise sur un gâteau.

Amusante subtilité : l'échange de leurs histoires respectives que constitue *Compter les couleurs* devient, dans le roman, un journal sous forme de cahier, délicatement recopié par Édouard, mais je vous laisse la surprise de découvrir où il se cache. J'ai savouré l'idée de créer cette mise en abyme.

Enfin, ce texte m'a permis de mettre également la lumière sur Diane et Denis, les amis de lycée d'Édouard, que vous retrouverez dans le roman suivant, car j'aime que mes personnages œuvrent parfois comme des traits d'union entre mes différentes histoires.

J'espère que vous aurez plaisir à lire *Compter les couleurs* autant que j'ai aimé l'écrire. À découvrir les ponts entre ce texte et *Se le dire enfin* autant que je me suis amusée à les construire. À mieux connaître Élise et Édouard autant que j'ai adoré partir à la recherche de leur sensibilité.

Bonne lecture,

Agnès Ledig

Puisse la force de l'âge nous donner le courage d'accomplir de l'enfance nos rêves les plus fous.

À Valérie

Tout croît avec une hâte divine.
La moindre créature végétale darde
son plus grand effort vertical.
COLETTE,
La Maison de Claudine

Se le dire enfin

Prologue

Platon s'approcha de l'arbre à pas de loup, grimpa le long du tronc couvert d'une mousse épaisse, ses griffes largement déployées pour atteindre l'écorce et s'y agripper. Deux énormes branches jumelles – qui, à deux mètres du sol, partaient à l'opposé l'une de l'autre – offraient à son corps gracile une zone plane et confortable. Il s'allongea et ferma les yeux. Le chat pouvait rester ainsi des heures sans bouger. À l'affût du moindre bruit, en sécurité, perché là-haut au bord d'une clairière calme.

Le temps s'écoulait, rythmé par l'agitation alentour et les nombreux chants d'oiseaux.

Le bruissement des feuilles répondait au murmure imperceptible des graminées qui dansaient dans le vent.

L'animal, enveloppé de verdure, se laissait bercer par le concert que la nature lui jouait, riche de milliers de solistes.

Platon ne céderait jamais sa place car il sentait qu'elle était sienne. Rien ne pouvait s'opposer à cette douce vérité.

Après sa sieste, il pandicula avec soin puis s'éloigna comme il était venu, vers sa maison de Doux Chemin, intrigué par cette sensation éprouvée durant son sommeil. Il se retourna juste avant de bifurquer vers le sentier qui menait au hameau, pour regarder le tilleul une dernière fois.

Rien ne serait plus comme avant.

PARTIE I

Tout est changement, non pour ne plus être mais pour devenir ce qui n'est pas encore.

ÉPICTÈTE

Quai numéro 1

Édouard raccrocha, un sourire satisfait sur les lèvres.

Il observait sa femme apporter quelques corrections à son maquillage à l'aide de son miroir de poche. Longs cils, grands yeux noisette, pommettes hautes, lèvres pulpeuses, chevelure soyeuse. Son épouse était une très belle femme. Longtemps il avait ressenti cette fierté de voir les hommes se retourner sur son passage, lorsqu'il l'avait à son bras. Assis en terrasse sur le parvis de la gare de Vannes, ils terminaient leur verre. Leur TGV entrerait bientôt en gare pour les déposer à Paris. Ils reprenaient le travail deux jours plus tard. Armelle était heureuse de rentrer. Ce séjour dans le golfe du Morbihan avait eu beau être charmant, elle n'avait pas pu décrocher de ses mails professionnels dont elle était inondée au quotidien. Une négligence de deux semaines l'aurait condamnée à la noyade dès son retour. De quoi la rendre nerveuse durant toutes les vacances. Et puis, Armelle avait engagé un processus important avant leur départ. Elle était impatiente d'en constater les effets.

— Le notaire, annonça Édouard en rangeant le téléphone dans sa poche. La maison de ma mère est vendue.

— En voilà une bonne nouvelle ! Nous allons enfin pouvoir refaire la cuisine.

— Elle est encore fonctionnelle, non ?

— On voit bien que tu n'y passes pas beaucoup de temps !

Alors qu'il avalait en silence cette dernière remarque, Édouard aperçut une vieille dame, petite et menue, qui sortait de la gare. D'une main, elle tirait avec difficulté une lourde valise sur laquelle était calé un gros vanity-case. De l'autre, elle tenait un sac à main en cuir rouge. La femme portait un élégant chemisier à fleurs sur une jupe plissée, et sa chevelure blanche relevée en un chignon parfait était surmontée d'un chapeau en feutre de couleur crème orné d'une fine dentelle. De minuscules lunettes rondes menaçaient de s'échapper du bout de son nez. Un personnage d'Agatha Christie, se dit Édouard, jusque dans les moindres détails, hormis des baskets aux pieds qui la reliaient à la modernité au même titre qu'un éclairage LED dans une grotte du paléolithique. Elle s'immobilisa, leva la main pour se protéger du soleil et poussa un bruyant soupir en scrutant au loin les autobus en correspondance.

— Vous voulez de l'aide ? proposa Édouard en se levant.

— *Well !* Voilà qui est fort aimable, cher monsieur, répondit-elle avec un fort accent anglais. Cette valise doit peser autant livres que moi.

— Fais vite, s'agaça Armelle, le train ne va pas tarder.

— Au pire je te rejoins sur le quai, dit Édouard en enfilant son sac à dos. C'est juste à côté.

— Tu ne veux pas me laisser ton sac ?

Il ne répondit pas.

Armelle les regarda s'éloigner sur le parvis en direction de la gare routière, de l'autre côté de la route. Son mari avait pris un peu d'embonpoint ces dernières années. Il était grand, pour le moment cela se voyait peu. L'âge et l'effet d'un certain relâchement alimentaire œuvraient. Si l'ensemble restait tonique, le ventre commençait à prendre ses aises. Armelle lui faisait régulièrement la remarque, elle qui entretenait son corps à l'équerre comme une haie de thuyas. Il lui renvoyait toujours un « à quoi bon ? » blessant.

Après tout, c'est son problème, pensa-t-elle sans état d'âme.

Édouard portait le gros vanity-case d'une main et tirait la valise dont les roulettes martelaient le pavé tel un roulement de tambour sur le chemin du condamné vers l'échafaud. L'idée lui glaça le sang. Pourquoi cette image alors qu'il n'avait aucune raison de ressentir la situation comme telle ? La vieille dame suivait en trottinant derrière lui, sans se laisser distancer. Ils disparurent derrière le premier bus de la rangée.

Armelle ferma son miroir d'un geste lent. Saisir un verre, ouvrir son agenda, écrire un message sur son téléphone, chaque mouvement de ses doigts fins toujours parés d'un vernis rouge était gracieux. Elle rassembla ses affaires, sortit son porte-monnaie pour régler les consommations. Le train serait bientôt en gare et Édouard ne revenait pas. Elle hésitait à l'appeler pour lui préciser l'horaire de départ. Il le connaissait. Elle se fit violence pour ranger son téléphone dans son sac et pesta contre l'irresponsabilité de son mari.

Debout, chargée de bagages, elle vit le troisième bus s'engager sur la route à destination de Rennes et passer à sa hauteur. Son regard s'attarda sur les occupants. Un indéfinissable mélange de colère et de panique s'empara d'elle quand elle aperçut son mari assis sur un siège à côté de la vieille dame au chapeau.

Édouard la regarda à peine avant de tourner la tête. Cette lâcheté légendaire qu'elle lui avait toujours prêtée, sans pour autant l'imaginer capable d'un tel acte.

L'autocar venait de disparaître au bout de la rue quand un haut-parleur annonça l'arrivée imminente du TGV pour Paris.

Quai numéro 1.

Le déserteur

Aujourd'hui encore, Édouard ignore ce qui le poussa à monter dans le bus ce jour-là.

Il avait eu le temps, durant les quelques dizaines de mètres franchis pour rejoindre la gare routière, de demander à cette petite femme frêle la destination de ses vacances. Sa réponse l'interloqua.

— Je vais au cœur de le forêt de Brocéliande, pour travailler.

— Travailler ? Quel genre d'activité exercez-vous à votre..., enfin, vu...

— Mon âge ? Jeune homme, je fais un métier que l'âge n'empêche pas continuer. Je suis... *writer*. Comment dit-on ? Écriveuse ?

— Oh. En effet. On dit écrivain. Et vous cherchez l'inspiration là-bas ?

— *Exactly !* Voilà dix ans je m'y rends chaque automne, à la même endroit, et j'y trouve toujours les réponses de mes questions, et des idées. Le magique effet de la forêt.

À cet instant précis, Édouard n'avait plus aucune envie de prendre le train avec sa femme. Ni de réinvestir leur appartement ni de retourner au travail. Il éprouvait l'irrépressible besoin de trouver une réponse à la question qui le hantait depuis quinze jours. En réalité depuis des années.

Il regarda la vieille dame monter dans le bus, tandis que son propre pied droit vint se poser de lui-même sur la première marche. Il sentit alors la main de sa conscience lui écraser l'épaule – *Tu ne vas pas faire ça à Armelle !* –, s'en dégagea d'une pensée brusque et s'engouffra dans le véhicule, fuyant ses remords naissants, juste avant que les portes ne se referment.

Il acheta son billet et vint s'asseoir à côté de la dame au chapeau. D'abord surprise de le voir, elle afficha vite un sourire pour dissiper son étonnement.

— Que faites-vous là ? demanda-t-elle d'un ton poli.

— Quelques questions urgentes me taraudent. Croyez-vous que l'endroit où vous allez offre des réponses à tout le monde ?

— Il y a qu'un moyen le savoir. Mettez-vous à la fenêtre, vous profiterez mieux de le paysage.

L'attitude de la femme déconcerta Édouard. Elle aurait pu être offusquée de le voir ainsi abandonner son épouse sur le parvis d'une gare. Il s'attendait à des remontrances et l'injonction immédiate de la rejoindre. Ce qu'il aurait fait. Sa conscience patientait toujours au pied du bus. Édouard n'était pas un sale type. Pas un méchant. Peut-être un peu lâche, par facilité.

À la place, ce petit sourire complice, comme si elle savait. Comme si elle avait deviné ce qui se jouait en lui depuis deux semaines.

Théâtre d'une cruelle bataille, le cerveau d'Édouard le tenait prêt à redescendre du véhicule et à la fois déterminé à y rester. Un supplicié écartelé entre quatre chevaux. Rentrer dans le rang ou en sortir ? Les deux options causaient douleur : l'une lancinante et longue, l'autre brève et intense. Comment être sûr que la connerie monumentale que vous êtes sur le point de commettre est la seule issue ? L'Anglaise ne le laissa pas s'embourber dans ses doutes.

— Vous devez avoir de bonnes raisons abandonner votre épouse sur le quai d'un gare sans prévenir. Elle se débrouille. *She's not a child*. Cherchez vos réponses, et vous reviendrez après.

Un déserteur.

Il ressentait à cet instant précis ce qui se joue dans les tripes du soldat qui vient de quitter, au petit matin, la ferme où sa troupe a passé la nuit avant de retourner au front. La peur des conséquences annihilée par la puissance enivrante de la liberté. Un mélange excitant, proche de l'extase. Et pourtant dangereux, avec le risque de se perdre.

Quels étaient les pouvoirs de cette femme ? En une phrase, elle lui avait donné la force de s'évader, alors qu'il se sentait prisonnier depuis des années – et plus encore depuis la lettre.

Durant le trajet, Suzann sentit Édouard flotter dans un état second, bercé par les mouvements de l'autocar et l'étrange ivresse de sa décision. Sans le connaître, elle supposa que se jouait en lui un conflit entre l'adulte responsable qui regrette déjà sa décision et le naufragé heureux qui aperçoit au loin le rivage. Suzann était fière ! Oh oui ! Fière de cette capacité, acquise avec le temps, de se promener en bordure des gens, sur ce rempart qui séparait leur forteresse de celle des autres. Elle arpentait leur courtine, en cherchant tous les détails, toutes les fêlures dans l'édifice qui les rendaient fragiles et expliquaient leur comportement quand il était question d'affronter le monde extérieur. Il fallait la jouer fine. S'approcher assez près pour voir à l'intérieur sans trop se pencher afin de ne pas basculer dans le vide.

Rester sur le chemin de ronde.

Ainsi observait-elle l'homme à ses côtés juste après ce coup de folie. Abandonner sa femme sur le parvis d'une gare, en d'autres termes, tout plaquer, comme le disait l'expression. À force de séjours dans le pays de Molière et mue par une curiosité sans limites, Suzann raffolait des expressions françaises que sa langue maternelle parait d'autres images.

Du reste, si les motivations de ce voyageur égaré semblaient intéressantes à étudier, il ne s'agissait pas d'en faire un objet d'expérimentation pure. Suzann comprit dès les premiers instants que l'homme endurait une réelle souffrance qu'elle ne voulait pas trop attiser. Pour autant, elle ne chercha pas à apaiser ce futur héros romanesque qui lui paraissait être, depuis la première seconde, un cas remarquable et inespéré.

Elle sortit son téléphone de son sac en cuir rouge.

— Je vais mettre une petite message à notre hôtesse charmante, pour vérifier si elle peut accueillir vous.

— Et si elle ne peut pas ?

— Je suis sûre elle trouvera pour vous un petit place. Je sais elle dispose une chambre sous le toit que jamais elle ne loue. Peut-être pour les cas *desperate* comme le vôtre.

— Je semble si désespéré ? s'inquiéta Édouard.

— Voulez-vous vraiment que je réponde vous ?

— Non.

— Je m'appelle Suzann. Suzann Overshine.

— Édouard Fourcade.

— *Nice to meet you.*

— Et où m'emmenez-vous ?

— Je emmène vous nulle part, vous suivez moi, c'est différent ! lui rétorqua-t-elle.

Édouard détourna son regard. À cinquante ans, on n'attend pas des autres qu'ils décident à votre place. Elle comptait bien lui rappeler cette réalité tout en se gardant d'avouer qu'elle y voyait là un intérêt personnel.

— C'est vrai, admit-il. Alors, où allons-nous ?

— Dans un petit hameau qui s'appelle Doux Chemin, près Tréhorenteuc, à l'ouest de Brocéliande. Vous connaissez un peu ce forêt ?

— Non. Pas vraiment.

— L'endroit inspire, vous verrez. *My Godness*, Gaëlle vient de répondre moi, déjà.

Suzann rajusta ses lunettes pour déchiffrer le message qui s'affichait sur l'écran. Malgré la largeur de police, les mouvements du bus rendaient la lecture incertaine. La vieille femme n'éprouvait qu'une seule grande peur dans sa dernière ligne droite. Décliner de la tête et des yeux. Elle pouvait imaginer la surdité, le fauteuil roulant, et même l'incontinence, pas la cécité. Encore moins la dégénérescence intellectuelle. Elle avait beau essayer de ne pas y penser, chaque lecture un peu floue, chaque mot cherché un peu trop longtemps la confrontait à la réalité. Suzann s'effilochait comme le lien qui balançait la mort au-dessus de sa tête.

— Elle demande moi combien de temps vous restez, et quel confort vous voulez.

— Je n'en ai aucune idée. Je ne devrais même pas être là. Pour le confort, je me contente de peu.

Édouard la regardait pianoter une réponse, de ses deux pouces courbés par l'arthrose, avec une rapidité déconcertante.

— J'ai l'impression de voir ma fille écrire à ses copines.

— Ah ? *Well*, question d'habitude, non ?

— J'ai toujours été admiratif des adultes qui s'adaptent au monde moderne avec une facilité d'enfant.

— Encore plus les vieilles âgées femmes comme moi, je suppose.

— Oui.

— Il suffit de entretenir sa ouverture de l'esprit, sa capacité de changement. Ces petites choses de technologie sont si pratiques ! Sauf quand on doit fuir sa femme.

Édouard sourit à ce trait d'humour, lui qui venait de couper son téléphone à cause des appels et des messages incessants d'Armelle. La romancière avait l'art d'accompagner ce genre de remarque piquante d'un sourire simple qui faisait immédiatement passer la pilule. Une petite résistance préalable dans l'œsophage n'empêchait pas d'avaler.

— Elle a un solution pour vous. Elle attend nous à Paimpont à notre arrivée. Elle parle d'un très gros orage.

Suzann se pencha alors vers la fenêtre pour constater qu'en effet un énorme nuage noir œuvrait au fond de l'horizon, déchirant le ciel de nombreux éclairs.

Le reste du voyage, entrecoupé de quelques rares silences, permit aux deux passagers de se raconter leur parcours. L'incongruité de la situation les incitait néanmoins à la réserve. Suzann savait distiller avec mesure les éléments de sa vie, pour ne laisser marcher personne sur son propre chemin de ronde.

Aux yeux d'Édouard, la forêt sous des trombes d'eau parut sinistre et inquiétante. Les arbres affrontaient la pluie avec courage, jamais à l'abri d'être la cible du prochain éclair qui couperait le pauvre élu en deux sur toute sa hauteur et le condamnerait à mourir en quelques années seulement. Les bourrasques secouaient les branches et l'eau ruisselait sur le bas-côté de la route, plaquant au sol les longues tiges d'herbe verte comme des cheveux mouillés qu'on peigne. Suzann aimait ces moments où elle pouvait admirer la nature qui se déchaîne en étant bien à l'abri. Elle avait survécu jusque-là à tous les orages, toutes les tempêtes, quelques inondations, un incendie, de la neige à n'en plus finir certains hivers des années 1960, alors à son âge, elle savourait la force des éléments, admirative de ce grand tout puissant dont elle faisait partie.

Elle n'avait plus l'âge d'avoir peur.

L'inconnu du bus

Arrivée en avance, Gaëlle savourait d'être à l'abri dans sa voiture. Les énormes gouttes martelaient la carrosserie dans un fracas assourdissant. Ce genre d'orage, assez fréquent en cette période de l'année, pouvait être violent, et elle espérait qu'aucun dégât ne serait à déplorer dans la grange. Rénover et entretenir une maison comme la sienne, dotée d'anciennes dépendances, représentait une charge de travail immense. Certains jours, elle se décourageait d'y vivre seule avec son fils. Il l'aidait déjà beaucoup mais n'avait que quinze ans. Elle refusait de l'impliquer dans ses propres choix, même si ceux-ci avaient été dictés par la recherche d'un équilibre pour lui. Elle ne se plaignait jamais de la solitude, de peur qu'on ne lui rétorque qu'il lui faudrait un homme à la maison.

Qui était celui que Suzann annonçait dans son message ? Cette arrivée impromptue ne la dérangeait pas ; Gaëlle était dotée d'un sens aigu de l'accueil. Pour autant, le mystère avait de quoi éveiller sa curiosité et elle avait hâte de comprendre.

Quand le long véhicule se gara sur la place devant l'église de Paimpont, Suzann se leva pour guetter Gaëlle. Elle mit quelques instants avant de l'apercevoir.

— *God be praised,* elle est là. La blanche voiture ! s'exclama-t-elle.

— Allez-y, je m'occupe de vos affaires.

— Vous êtes fort aimable, cher Édouard.

Son sac sur le dos et le vanity-case en main, Édouard courut en tirant la grosse valise anglaise vers la voiture où Suzann s'était déjà abritée. Gaëlle en sortit pour lui ouvrir le coffre et l'aider à charger les bagages avant de se réfugier dans l'habitacle pour de brèves présentations. Il avait suffi de quelques secondes sous la pluie pour qu'ils soient trempés tous les trois. Suzann avait ôté son chapeau et le tamponnait avec un mouchoir en tissu brodé, pendant que la voiture traversait les rues de Paimpont floutées par l'averse.

— Qu'est-ce qui vous amène ici ? lui demanda la conductrice, en regardant dans le rétroviseur.

Édouard n'eut pas le temps d'élaborer une phrase qui puisse résumer sa situation abracadabrantesque.

— Il cherche des réponses, dit la vieille dame qui poursuivait le sauvetage de sa coiffe humide.

Suzann était experte dans l'art d'intervenir avec justesse pour distiller la bonne information au bon moment. Quelques mots bien choisis, une grande place accordée au mystère, pour laisser s'enchaîner la suite. La technique se montrait toujours intéressante. Elle semait des graines à la volée sans savoir ce qu'elles donneraient en poussant.

— Vaste programme, constata Gaëlle. J'espère que votre séjour vous permettra de les trouver. Et vous Suzann, comment allez-vous ?

— Je suis si ravie être là. Je cherche des idées. Un peu plus que dans les autres années. Aurai-je la jolie chambre de le bas ?

— Elle se languit de vous.

— Se languit ? Quel charmant mot !

Gaëlle admirait les capacités cognitives de la romancière anglaise. Une cliente discrète et raffinée qui ne gardait le lien qu'à travers quelques lettres lorsqu'elle était chez elle en Angleterre, mais qui revenait chaque année avec une exemplaire fidélité passer quelques jours auprès d'eux en septembre.

— Se languir signifie attendre avec un certain chagrin lié à l'absence.

— Voyez-vous, Édouard, même les chambres ont une âme dans Brocéliande, dit Suzann en s'adressant à la banquette arrière.

À quelques kilomètres de là, un homme binait son jardin en épiant le bout du chemin. Suzann était déjà de retour et il n'avait pas vu passer les mois. Si les hirondelles faisaient le printemps, la romancière annonçait chaque année les jours qui déclinent et les premiers feux de bois. Elle n'y était pour rien, mais il détestait l'automne, le potager qui s'endort, les nuits interminables, l'humidité lancinante. Il préférait de loin le printemps et la renaissance de tout. Il marmonna en ramassant quelques pierres sur lesquelles son sarcloir venait de buter, les jeta dans un seau abîmé au bout de l'allée avec une précision d'orfèvre. Rares étaient ceux qui tombaient à côté. Cette année encore, il essaierait de viser au plus juste pour approcher l'Anglaise, comme il savait le faire avec les cailloux. Voilà sept ans qu'il essayait sans succès.

L'orage s'éloignait vers l'est et la voiture croisa bientôt l'éclat du soleil sur la route détrempée. Ils quittèrent la nationale pour bifurquer vers une voie secondaire qui s'enfonçait dans une forêt plus dense. Des pistes rectilignes s'échappaient de la route à intervalles réguliers, témoins d'une exploitation forestière active et soutenue. Cela allait à l'encontre de l'image qu'Édouard se faisait de Brocéliande et de la légende à laquelle elle était liée : des arbres tordus et couverts de mousse, des korrigans, des fées, une épée dans un rocher.

Le panneau « Doux Chemin » apparut enfin. Dans la clairière, quelques maisons de pierres se dressaient, groupées comme pour se tenir chaud l'hiver.

— Regardez, Suzann, l'interpella Gaëlle, Raymond est devant chez lui. Il sait que vous arrivez. Il a dû guetter la voiture.

— Ah ce charmant Raymond ! dit-elle en lui faisant un signe de la main quand le véhicule passa à sa hauteur.

L'homme âgé portait un pantalon en denim et un pull ordinaire qui laissait apparaître un ventre fatigué. De sa main pleine de terre, il avait enlevé son chapeau en feutre pour s'incliner au passage de la vieille dame. Un peu artificiel, le geste n'en était pas moins élégant. Ce tableau touchant fit sourire Édouard.

La voiture s'immobilisa devant la dernière maison du hameau, construite en retrait du chemin dont le macadam laissait place à la terre dans un dégradé aléatoire. On ne savait si le goudron agrémenté de mauvaises herbes et de fleurs sauvages grignotait l'herbe ou s'il fallait y voir l'inverse. Ici, la nature et l'homme se confondaient tout en délicatesse. Devant eux, une cour encerclée d'autres bâtiments, certains en rénovation, eu égard à la bétonnière abritée sous un appentis et au petit échafaudage qui couvrait le mur de la vieille grange de gauche.

La porte de la maison s'ouvrit alors et un adolescent en surgit. Il se précipita vers Suzann pour lui tenir la portière et attendit qu'elle soit debout face à lui pour la prendre dans ses bras.

— Mon petit ange ! Je suis heureuse de revoir toi. Ne me serre pas trop fort ! *My holy God*, tu as encore grandi. Quand arrêteras-tu ?

Elle posa sa main fripée parsemée de taches brunes sur la joue du garçon, puis elle lui agrippa l'avant-bras pour qu'il la guide entre les flaques de la cour.

D'un air curieux et anxieux, le garçon dévisagea l'inconnu qui s'était joint au voyage. L'instant d'après, il souriait à Suzann. Édouard lui avait lancé un bonjour qui resta sans réponse. Gaëlle s'approcha pour l'aider à décharger les bagages. Il ne s'agissait pas de faire rouler la valise sur le parterre boueux. Elle saisit le vanity. Dans un geste instinctif, Édouard avait déjà enfilé son sac à dos. Reçu une quinzaine de jours plus tôt, alors qu'il venait de fêter ses cinquante ans, le courrier – qu'il cachait dans sa pochette d'ordinateur – lui avait fait l'effet d'un électrochoc.

— Mon fils s'appelle Gauvain. Il ne parle pas.

— Ah. Pas du tout ?

— Non. Il est aussi un peu réfractaire à la nouveauté, surtout quand la nouveauté est un homme. Je serai là pour faire le lien.

— Merci de m'accueillir au pied levé.

— Beaucoup de réponses se cachent dans les branches des vieux arbres alentour. Certains mystères vous étonneront.

Le premier soir

La nuit était noire désormais ; aucun éclairage public ne venait la contrarier. Allongé dans le lit en bois d'une petite chambre sous les toits, Édouard se remémorait la journée.

L'endroit était agréable et assez grand pour qu'il puisse y respirer à son aise. À plusieurs reprises, il avait failli se cogner aux poutres basses de la charpente.

Une minuscule salle d'eau se trouvait en haut de l'escalier extérieur, commune avec la chambre d'en face où logeait une jeune femme. Si elle pouvait être contrariée à l'idée de partager une partie de son intimité avec un parfait inconnu qui arrivait à l'improviste, elle n'en montra rien durant le dîner. Elle l'étudia sous toutes les coutures pendant le repas. Elle rangea la table et disparut juste après.

Édouard ne la revit pas.

Il repensait à l'épaisse chevelure châtain clair de Gaëlle et à cette longue mèche, échappée de sa tresse, plaquée sur son front mouillé, quand ils s'étaient réfugiés dans la voiture à la sortie du bus. Ses joues rondes étaient alors roses sur une zone étonnamment délimitée, comme si deux gros pétales s'étaient posés là. Elle n'était pas maquillée. Une beauté naturelle dont il n'avait plus l'habitude, et qui lui plaisait pourtant.

Il essayait d'imaginer son âge, mais se savait très mauvais à ce jeu-là. Il se trompait, parfois de manière inconvenante. *Entre trente et quarante ans ? Guère plus. Pas moins, étant donné l'âge de son fils !*

Édouard avait savouré le délicieux repas à base de légumes du jardin et de pain artisanal. Son épouse détestait cuisiner et se contentait souvent de plats surgelés ou achetés chez le traiteur. Si l'homme avait quelques velléités pour l'art culinaire, il manquait de temps pour s'y atteler. Il retrouvait avec plaisir ce genre de cuisine simple et goûteuse – cela lui rappelait les vacances chez ses grands-parents dans la campagne de son enfance.

De façon exceptionnelle, le dîner avait été pris en compagnie d'un couple de clients qui quittait les lieux le lendemain. Gaëlle proposa à Édouard de se joindre aux repas familiaux, en compagnie de Suzann et d'Adèle, sa jeune voisine de palier. Le fait d'arriver avec la romancière suscitait un accueil chaleureux et privilégié.

En outre, sans voiture, ce hameau laissait peu de place à l'autonomie.

Édouard ne pensa pas au coût du séjour : la maison maternelle vendue, il allait toucher une somme importante. Il pouvait bien se permettre quelques dépenses et se remémora soudain l'idée saugrenue de sa femme de vouloir refaire leur cuisine – qu'elle n'utilisait guère ! Il constata surtout que cette liberté de jouir de son argent sans se justifier auprès de son épouse était un sentiment nouveau. Il frissonna devant cette soudaine prise de conscience. Son épouse gérait à peu près tout au quotidien et il se laissait porter depuis des années dans ce confortable courant où tout était programmé. Même s'il donnait son avis, il n'était acteur de rien.

Il reposait sur le lit, vêtu d'un simple caleçon. N'en ayant que deux autres dans son sac, il allait devoir jongler sans se laisser déborder. Un porté, un disponible, un qui sèche. Gaëlle lui avait promis un peu de lessive à cet effet. De même pour son tee-shirt de rechange et le seul pantalon qu'il portait sur lui au moment des faits. Le reste s'en était allé dans la valise commune traînée par sa femme.

Édouard l'imaginait fulminer, ou pleurer, ou les deux à la fois. Il avait essuyé d'autres tempêtes à moindre échelle, alors…

Penser à Armelle le plongeait dans la culpabilité. Il essayait de chasser ses pensées. Voilà quelques heures qu'il avait fui et il ne ressentait aucun soulagement. Aucun remords non plus. En dehors d'une tension du diaphragme et d'un souffle court, il avait l'impression d'habiter un corps inerte. Il aurait pu se sentir léger de goûter à de grandes bouffées de liberté entre les côtes, exalté d'avoir fui sur un coup de tête, curieux d'expérimenter le bonheur de se laisser porter par des décisions instinctives. Rien de tout cela.

Le temps passait et Édouard reposait sur ce lit en se demandant quel genre de déserteur il était.

La porte de la chambre mitoyenne venait de s'ouvrir et de se refermer. De l'autre côté du mur, Édouard entendit la jeune femme éternuer sur le palier, d'un minuscule « atchiiii » qui la lui rendit attachante.

À sa droite, son téléphone, toujours éteint, qui contenait à coup sûr les vociférations de sa femme. Tant qu'à fuir, autant fuir en paix.

Suis-je un monstre ?

Il aurait pu demander au chauffeur de s'arrêter, faire du stop pour retourner à Vannes, prendre le TGV suivant et essuyer les cris de sa femme en arrivant à Paris. Mais un déserteur ne revient pas sur ses pas. Qui irait de son plein gré au-devant de son peloton d'exécution ?

À sa gauche, le courrier reçu quinze jours plus tôt, plié dans son enveloppe.

Un fil invisible, qui passait à travers lui, reliait ces deux éléments. Son téléphone et la lettre. Sa femme et son passé. Il entreprit de le détricoter car, tout emberlificoté autour du cœur, ce fil le serrait inéluctablement.

Cette enveloppe avait été posée par la secrétaire de l'accueil sur son bureau, au milieu des épais dossiers.

Le choc fut doux et puissant à la fois.

Puis les vacances avec sa femme, les nombreuses frictions quotidiennes, les moments calmes et sereins quand il partait seul pour marcher au bord de la mer ou sur les remparts de la ville.

Le retour à la gare.

Cette valise à porter.

Une romancière malicieuse qui lui avait parlé de réponses.

Ses questions.

La montée dans le bus.

L'arrivée à Doux Chemin.

Et là, en caleçon, dans un lit en bois, sur un drap bleu à pois, dans la nuit d'une forêt légendaire paisible après l'orage, un téléphone éteint et une lettre à portée de main.

T'es un salaud.

Lui le gentil garçon, le fils raisonnable, le gendre parfait, le mari dévoué.

Ce téléphone inanimé le narguait à côté de l'oreiller. Il le prit en main, le reposa, détourna les yeux vers la fenêtre pour tenter d'échapper à la tentation. En vain. Agacé, il le saisit et l'alluma. De nombreux messages. Un de Pauline, leur fille : « Kes tu fous, papa ? » Vingt-sept SMS de sa femme, dont le dernier : « Je ne te pardonnerai jamais ce que tu as fait aujourd'hui. » Prenant son courage à deux mains, il finit par répondre : « J'ai besoin de prendre du recul. Je t'appellerai bientôt. » Puis il éteignit son portable pour ne pas affronter de réponse. Il jeta l'appareil désormais inoffensif dans le fauteuil à côté du lit, avant de saisir la lettre, qu'il retira de l'enveloppe et déplia avec précaution pour ne pas l'abîmer. Sa lecture l'inonda à nouveau d'une douce chaleur contre laquelle il ne pouvait lutter. Contre laquelle il ne *voulait* lutter. Seulement sentir, éprouver, savourer, replonger dans ses souvenirs et se demander comment il envisageait l'avenir.

Un salaud heureux.

Il sortit ensuite de son sac le petit carnet aux coins usés qui le suivait dans la plupart de ses déplacements depuis l'âge de dix-sept ans. Un journal inachevé qu'il espérait toujours compléter de quelques scènes magiques et dont les dernières pages restaient vides depuis tant d'années.

Et il en commença la lecture...

Un personnage de roman

Suzann attrapa son cahier Moleskine, l'ouvrit à une nouvelle page, enleva le capuchon de son stylo-plume, et réfléchit aux quelques notes qu'elle allait coucher sur le papier.

Rencontre, gare de Vannes. Pourrait ouvrir un prochain roman.

Édouard : grand, petit surplus de poids mais musclé. Sûrement gourmand.

Bel homme, yeux bleus (à vérifier), grisonnant, charmant, rides marquées à la Jeff Goldblum.

La cinquantaine. Marié, malheureux, perdu, éteint.

Sensible. Facile à convaincre, à influencer.

Fait intriguant : avant d'arriver à Paimpont, a sorti de son sac un ordinateur, a ouvert la pochette de protection en retirant à moitié une petite enveloppe.

Pour vérifier sa présence ?

Besoin de la voir ?

Adresse = jolie écriture. Féminine ?

Autre pensionnaire : jeune femme, longs cheveux noirs. La vingtaine.

Belle, mystérieuse, aguichante.

Séduisante ou séductrice ?

Observait Édouard avec insistance durant le dîner.

Les imaginer ensemble ?

Différence d'âge : sujet à creuser.

Des miettes de certitude

La nuit d'Édouard fut agitée. Des réveils en sursaut causés par les bruits de la forêt alentour, et le brouhaha de ses pensées, aussi désordonnées que les branches durant l'orage de la veille. D'étranges cris d'oiseaux l'intriguèrent un peu après minuit et quelques grognements lointains lui firent imaginer dans les parages des hordes de sangliers. Il connaissait mieux les sirènes d'urgence et les éclats de voix dans la rue quand ferment les derniers bars. L'homme mit du temps à se rendre compte, dans la chaleur de la couette, qu'il venait de dormir dans un endroit inconnu, au milieu de gens nouveaux, avec trois caleçons, deux tee-shirts, un pantalon, son ordinateur, son rasoir, ses papiers dans un sac à dos.

Et quelques mots, protégés à l'ombre d'une enveloppe.

Il les lut et relut encore, à la lueur du petit jour. Plusieurs fois cette nuit-là, alors que le sommeil ne voulait pas de lui, il avait décidé de rentrer à Paris, de s'excuser auprès de sa femme, de lui offrir la plus belle des cuisines, et même de s'engager à l'occuper de temps en temps, de reprendre son travail, de jeter cette lettre et de tout oublier. Adieu pesante culpabilité. Il n'était pas trop tard pour que personne ne sache quel mauvais rôle il jouait depuis la veille.

Pour autant, à chaque nouvelle lecture de ces lignes, il savait que plus rien ne serait comme avant. La lettre n'était pas très longue, mais il avait suffi de quelques mots pour réduire en miettes les certitudes sur lesquelles il avait construit jusque-là son existence.

« … *J'ai fait confiance à la vie…* »

Ces mots, nés d'une belle écriture manuscrite, lui donnaient envie d'en faire de même, et de croire l'espace d'un instant que rien n'était hasard et que le destin lui avait envoyé juste avant son départ une romancière anglaise pour qu'il l'aide à tirer une valise trop lourde et qu'elle l'emmène avec elle en ces lieux où il serait accueilli au même titre qu'un hôte.

Comme s'il avait perdu l'habitude d'y prêter attention, il mit un certain temps à réaliser que son caleçon était tendu sous les draps. Cela faisait des mois qu'une telle érection matinale ne s'était pas produite. Aucune pensée singulière ne pouvait expliquer cet état. Une abstinence forcée qu'il s'interdisait de braver par le biais d'infidélités – et qu'un plaisir solitaire ne compensait pas – condamnait cette partie de lui à un sommeil maussade depuis des années. Elle se réveillait enfin, lui prouvant qu'elle n'était pas morte et avait encore quelque fonction agréable. Il eut honte. Fallait-il qu'il soit loin de sa femme pour retrouver l'efficacité de ses mécanismes intrinsèques ? Ou était-ce la lettre ? Ou plus précisément celle qui l'avait écrite ? L'air de la forêt et ses vertus régénérantes ?

Il aurait cependant poursuivi cet instant fort plaisant, voire en en cherchant l'acmé, s'il n'avait pas eu cette douloureuse vessie qui tiraillait. Il se souvint alors du thé de la veille au soir, que Suzann lui avait proposé d'agrémenter d'un nuage de lait, ce qu'il n'avait jamais expérimenté. Se posa la question de sa voisine de palier. Il ne l'avait pas encore entendue se manifester. Il fallait donc qu'il s'habille pour dissimuler cette vigueur masculine soudaine au cas où ils se croiseraient sur le palier. Rarement une érection ne lui avait mis tant de baume au cœur, comme s'il voulait l'entendre dire : « Quelle belle journée s'annonce là, Édouard ! »

Fallait-il être désespéré pour chercher des augures heureux dans le simple fait de bander ?

Pousser comme un chêne tranquille

Laissée pour morte, elle gisait dans la paille de la grange, seulement animée d'une respiration fluette.

Elle savait son heure arrivée, de n'avoir pu fuir, de n'être pas assez forte pour se battre contre son agresseur. Son destin s'arrêtait là, petit corps insignifiant au pied du box d'un grand cheval blanc.

D'un léger coup de patte, Platon avait vérifié l'état de sa proie quelques minutes plus tôt. La souris ne bougeait plus assez pour être amusante. Il se dirigeait vers la maison après sa nuit de maraude quand il aperçut Édouard descendre l'escalier. L'animal avait senti, dès le premier contact, une hostilité de l'homme à son encontre. Lui, un chat si doux, si plaisant, comment pouvait-on ne pas l'aimer ? Platon hésitait : rester à distance ou chercher à l'apprivoiser ? L'animosité de ce visiteur pouvait-elle être préjudiciable à Gaëlle et Gauvain ? Il serait attentif et méfiant, sortirait ses griffes acérées à la moindre menace.

Plus matinal que les autres convives, Édouard entra le premier dans la pièce où se partageaient les repas communs, en manquant trébucher sur le chat qui profita de l'ouverture de la porte pour se faufiler entre ses jambes. Il surprit Gaëlle et Gauvain enlacés, et s'excusa en rebroussant chemin.

— Reste, tu ne nous gênes pas.

Le garçon se dégagea des bras de sa mère et disparut dans la cuisine pour enclencher la bouilloire d'eau et couper du pain, sans même jeter un œil à l'inconnu.

— Le tutoiement ne te dérange pas ? Nous nous tutoyons tous.

— Tu vouvoies Suzann.

— Tout le monde vouvoie Suzann. Tu as bien dormi ?

— À peu près. Il me faut toujours un temps d'adaptation.

— On s'adapte vite, ici. Je n'en suis jamais repartie.

— Je n'ai pas prévu d'y rester. Juste réfléchir un peu. Je me suis laissé porter par les dires de Suzann pour penser à moi.

— Quelqu'un pourrait te le reprocher ?

— Ma femme !

D'aucuns pourraient la juger complice, mais Gaëlle avait appris à rester neutre, sans prendre parti ou s'impliquer dans des conflits qui lui étaient étrangers. Elle rendait service quand on la sollicitait. Le reste ne lui appartenait pas.

En quelques mots, Édouard lui expliqua pourtant son départ. L'appel du notaire, les vacances difficiles, sa femme abandonnée sur le parvis après les mots de Suzann, ses remords somnifuges, le recul nécessaire. Un écureuil se promenait dans la cour. Un pelage roux, une queue touffue, le regard perçant et les gestes furtifs, il évoluait sous ses yeux avec la légèreté et la grâce d'une ballerine.

— Oh, un écureuil ? C'est rare ! s'exclama Gaëlle. Ils ont souvent peur du chat. Rare et intéressant ! s'écria-t-elle en se dirigeant vers la bibliothèque installée dans un coin de la pièce. Je crois qu'il a une symbolique particulière, dit-elle en tirant un livre par sa tranche et en l'ouvrant à l'index alphabétique.

— Je ne crois pas trop aux symboles ni aux signes.

— On ne croit qu'à ce qui nous parle. Tiens, l'écureuil : « Il augure l'arrivée d'une transformation majeure, et/ou la nécessité de se délester de ce qui ne portera plus aucun fruit. Donnez ce dont vous n'avez plus besoin et préparez-vous au grand changement. » Une signification pour toi ?

Une tasse de thé entre les mains, elle enveloppait Édouard de son regard. Gaëlle considérait les autres avec délicatesse. Ainsi se livrait-on à elle avec spontanéité et confiance. D'en avoir l'habitude ne l'empêchait pas d'accueillir ces élans de confidence avec étonnement.

— Et pour savoir si on ne s'est pas trompé, quel animal faut-il voir ?

— On n'a pas besoin d'un animal pour nous le dire. Il suffit de choisir d'agir pour réaliser ses rêves.

Édouard rembobina mentalement la phrase de Gaëlle. Elle complétait à merveille la lettre qu'il lisait et relisait depuis deux semaines. Ainsi lui martelait-on avec insistance – y compris à travers les traits d'un écureuil – ce principe mis de côté à l'adolescence. Il s'était construit des rêves doux, ambitieux, puissants, et quelqu'un les avait enfermés à double tour en jetant avec mépris la clé dans un abîme. Les yeux dans le vague, il ne vit pas Gaëlle préparer la table du petit déjeuner. Toute la vaisselle était uniforme, en céramique d'un bleu intense et lumineux, aux reflets moirés. Elle prenait grand plaisir à soigner la présentation.

— La nourriture est plus savoureuse quand la table est jolie, non ?

— Artisanat local ? demanda Édouard, en saisissant l'une des tasses pour s'accrocher à une rassurante matérialité.

— On ne peut plus local.

— Tu les fais toi-même ?

— Non, un potier dans le hameau d'à côté. Moi, je fabrique des lampes.

Elle pointa alors son doigt vers l'angle de la pièce à côté du canapé. Une immense branche de bois lisse, tortueuse et cirée, entourée d'un large fil électrique qui finissait en une grappe de suspensions en métal au-dessus du vide s'élançait vers le plafond.

— Nous serons à l'atelier cet après-midi, je pourrai te montrer les productions en cours.

— Tu as aussi réalisé la lampe de la chambre « des désespérés » ?

— Des désespérés ?

— C'est ainsi que Suzann me l'a présentée. La petite chambre « au cas où », pour les désespérés comme moi.

Gaëlle sourit avant d'ajouter que dans « désespoir » on entendait « des espoirs », puis elle disparut dans la cuisine pour chercher le plateau chargé de nourriture et de boissons.

Édouard observait la petite étagère à compartiments fixée à droite de la porte d'entrée. Cinq téléphones portables y étaient rangés, chacun dans un casier.

— Il y a un casier pour toi, si tu veux, l'informa Gaëlle.

— Dans quel but ?

— Couper pour profiter de la nature. J'ai proposé le principe il y a trois ans. À force de voir tant de touristes passer quelques jours au vert sans réussir à déconnecter.

Elle avait atterri dans la forêt comme on arrive au bout d'un chemin de fuite, désertant l'agitation des hommes, la fausseté, la compromission, les jeux de pouvoir et de domination. Elle s'était soustraite à la société de consommation, l'acharnement publicitaire et la rentabilité à tout prix. Elle ne demandait rien d'autre qu'être heureuse dans la discrétion et la simplicité. Elle voyait passer des coachs, des guérisseurs, des gourous et des guides. De ceux qui prétendent faire le bien autour d'eux alors qu'il n'est question que d'argent. De ceux qui piétinent la nature en faisant semblant de la vénérer, à coups de morceaux de miroirs brisés, fichés dans l'écorce des vieux sages de la forêt, soi-disant pour fêter des dieux intérieurs ou célestes, sans penser qu'un hêtre blessé dans son aubier allait devoir composer avec le mépris de certains et pousser autour de leurs incantations tranchantes. Son Dieu à elle se cachait dans les arbres, dans les herbes, dans le soleil et dans la pluie. Elle se contentait de se nourrir et faire manger son fils, l'aider à pousser droit comme un chêne tranquille, et vivre au rythme des saisons pour savourer la beauté des feuilles d'automne et la neige sur les sentiers, la renaissance printanière et la chaleur de l'été.

— La forêt n'est pas dangereuse. On peut s'y promener sans téléphone.

Édouard remarqua l'étui de la romancière. Il supposa que les deux autres appartenaient au couple de clients encore présents. Manquait celui d'Adèle. Ainsi ne jouait-elle pas le jeu, pensa-t-il.

— Adèle n'en a pas, dit Gaëlle comme si elle avait lu dans ses pensées.

— Une jeune femme de son âge ?

— Elle est arrivée sans téléphone il y a un peu plus d'un an et n'en a pas éprouvé le besoin ici.

— De quoi vit-elle ?

— De peu. Je la loge, je la nourris, elle m'aide en retour. Elle propose quelques visites contées de la forêt pour l'office du tourisme.

Il s'en voulut d'avoir porté un jugement trop hâtif. Élevé dans la normalité, la marginalité de certains le questionnait cependant.

— Je ne suis pas dépendant de mon téléphone. En ce moment, il est éteint sur le fauteuil à côté du lit.

— On est parfois bien plus dépendant qu'on ne pense. Ne le regardes-tu pas à peine les yeux ouverts le matin ?

— Si. J'y règle la fonction réveil. Il faut bien que je l'éteigne.

— Et tu ne rafraîchis pas ta boîte mail plusieurs fois par jour.

— Si, pour le travail.

— Même le week-end ?

— Oui. Quand je suis d'astreinte. Je le consulte moins que ma femme. Elle passe son temps à communiquer avec ses amies sur les réseaux sociaux.

Gaëlle lui suggéra d'essayer de le couper, même s'il ne se sentait pas dépendant. Cette mise en quarantaine lui offrait le droit d'aller respirer les arbres de la forêt sans être joignable à toute heure.

Édouard le lui promit.

Peut-être.

Plus tard.

Doux chemin

En entrant dans la pièce un peu plus tôt, Suzann avait caressé le chat en lui chuchotant quelques paroles douces en anglais. Il avait miaulé de plaisir en se trémoussant sous sa main.

Gaëlle, prévenante, s'assurait que chacun trouve son bonheur sur la table. La vieille dame buvait son thé au lait par petites gorgées, et se contentait d'une fine tranche de pain. Cela suffisait à son organisme frêle et délicat jusqu'au déjeuner. Concernant Édouard, la maîtresse des lieux avait prévu large, supposant qu'une telle carrure appelait une alimentation conséquente. Pourtant, il n'avait presque rien touché. Elle mit ce manque d'appétit sur le compte de sa situation inconfortable. Il avait quand même fini par avaler une tartine de pain complet, sur laquelle il avait étalé une noisette de beurre salé, et quelques regrets du passé.

— Le nom du hameau vient donc de ce fameux chemin dont tu me parlais tout à l'heure et que je devrais emprunter ? demanda-t-il à Gaëlle.

Un petit sourire éclaira le visage de Suzann. Elle écouta, pour la énième fois, l'explication des origines de ce nom. Elle ne s'en lassait pas. La clairière du village reliée à une autre clairière par un chemin qui partait vers l'est, à deux cents mètres de la maison de Gaëlle. Un chemin bordé de vieux arbres formant un tunnel, dont la voûte était constituée de branches tordues et enchevêtrées ne laissant passer la lumière qu'au creux de l'hiver – quand plus aucune feuille n'avait résisté au couperet de l'automne. Ainsi, cette allée toujours humide était couverte de mousse, comme un tapis vert qu'une entité supérieure aurait déroulé là pour mener avec solennité les visiteurs jusqu'au tilleul multicentenaire qui régnait sur la deuxième clairière. Un chemin long d'une bonne centaine de mètres qu'il fallait avoir emprunté pieds nus au moins une fois dans sa vie pour faire goûter à ses voûtes plantaires – et par capillarité vibratoire, au reste du corps – l'exceptionnelle sensualité que la nature pouvait offrir à l'homme.

— Suzann, l'avez-vous déjà fait ? demanda Édouard en terminant son café.

L'air amusé de l'Anglaise renvoya l'homme au ridicule de la question. Oui, elle réitérait cette pratique chaque automne. Elle y puisait l'énergie suffisante pour tenir jusqu'à l'année suivante.

Édouard peinait à imaginer la vieille dame tirée à quatre épingles réaliser cette expérience. Quelle tenue pouvait-elle bien enfiler pour aller se perdre dans la nature sauvage ?

— Il vaut mieux l'arpenter au petit matin, précisa Gaëlle, pour profiter de la rosée.

Suzann regagna sa chambre pour, dit-elle, « quelques petits étirements avant un long séance d'écriture ». Édouard la trouvait débordante d'énergie ; au crépuscule de son existence, elle semblait aspirer à une nouvelle aube. Intrigué par les vertus du doux chemin, il n'en fit cependant pas une priorité. De n'avoir plus marché pieds nus dans la nature depuis un nombre incalculable d'années, il craignait de se blesser ou de se faire piquer par un insecte. Les écureuils, les pouvoirs de la mousse, toutes ces croyances étaient si éloignées de ses préoccupations citadines et pragmatiques : garder ses mains dans ses poches pour ne pas se faire voler une nouvelle fois son téléphone dans le métro, arriver à l'heure au travail malgré les pannes et incidents de voyageurs, trouver le parcours le plus fluide en voiture pour quitter la capitale le week-end.

Il décida de reporter l'expérience à un autre jour. Une nouvelle rosée serait au rendez-vous. Il avait d'autres préoccupations en tête. L'urgence de ce premier matin consistait à prévenir son supérieur qu'il prolongeait ses vacances de quelques jours à la suite d'un contretemps. Pour lui qui était chef d'équipe ingénieur à la SNCF, les imprévus professionnels, nombreux et réguliers, ajoutaient sans cesse des jours de récupération qu'il n'arrivait jamais à écouler et qui finissaient par être perdus. Enfin il osait les revendiquer, poser ses conditions, frôler l'idée de rébellion.

En raccrochant, il se surprit lui-même d'avoir réussi à tenir tête à son interlocuteur ; il craignait désormais les conséquences dès son retour. L'institution faisait payer les réfractaires.

Il comptait sur une balade au soleil pour dissiper l'ombre de ses pensées et découvrir les alentours immédiats.

Après avoir déposé son téléphone dans le casier qui lui était destiné – plus par amusement que par conviction, bien décidé à prouver à Gaëlle qu'il pouvait aisément s'en passer –, il s'avança vers ce gros chat poilu qui avait failli le faire tomber en entrant et qui reposait sur un coussin devant la fenêtre, sous la chaleur des premiers rayons. Allongé en croissant de lune, la tête droite et les yeux fermés, il en ouvrait un de temps en temps, pour vérifier qu'aucun danger ne le menaçait, puis le refermait aussitôt. Quand Édouard s'approcha, l'animal se redressa et s'étira en grognant. L'homme ne sut analyser son attitude. Il ignorait le langage des chats, il ne les avait jamais vraiment aimés et ils le lui rendaient bien. L'aura de celui-ci attirait cependant les gens vers lui. Suzann, les clients, Adèle, chacun y allait de sa petite caresse. Même Édouard, malgré la peur. Le souvenir d'enfance d'une sale blessure refaisait surface quand il croisait l'un de ces félins. Le chat se laissa câliner et se mit à ronronner. Édouard n'avait jamais goûté une sensation si intense et il fut surpris par l'effet apaisant des vibrations animales sur son organisme.

Arrivé au milieu de la cour, il se retourna. Le chat le regardait à travers la vitre, en soulevant sa queue à un rythme régulier. Édouard se sentit presque suspect.

Il entreprit de vagabonder dans le hameau à la découverte des lieux, des habitants, pour les saluer. Il aperçut, en retrait de la route, une masse sombre s'agiter dans l'herbe. En s'approchant, il constata qu'une tortue était tombée sur le dos et essayait désespérément de se remettre d'aplomb pour poursuivre sa route. Elle brassait l'air en faisant tournoyer ses pattes, tentait de trouver un appui pour basculer. Il la saisit délicatement de part et d'autre de sa carapace en prenant garde à ses griffes qui s'agitaient de façon désordonnée ; il la souleva tout en la retournant – ce ne fut pas une entreprise aisée. Elle mit quelques instants à se stabiliser sur ses pattes puis repartit dans l'herbe d'un pas nonchalant.

Édouard remarqua ensuite le vieux voisin qui les avait salués la veille à leur arrivée. Il binait son jardin, presque plié en deux, d'un geste ferme et précis. Le retraité se redressa à son approche et s'appuya sur son outil, tel un cantonnier de bord de route qui prend une pause bien méritée.

— Elle était encore retournée ?

— Qui ? demanda Édouard, étonné par cette entrée en matière.

— Viviane ! La tortue. Vous l'avez retournée. Avec l'herbe haute, d'ici je ne pouvais pas voir qu'elle était dans cette mauvaise posture. Ça doit encore être Platon.

— Platon ?

— Le chat de Gaëlle. On a beau le crier, il continue. Un p'tit coup de patte, et hop, il est content de son coup. Le pouacre ! Et il l'abandonne en se disant que quelqu'un passera bien par là pour la remettre sur ses pieds.

— Les animaux d'ici portent des noms étranges !

— Mon cheval s'appelle Perceval. C'est drôle, non ?

— Je m'appelle Édouard.

— C'est moins drôle, comme qui dit. Moi, c'est Raymond. T'es en vacances ?

— En quelque sorte.

— T'es arrivé avec cette chère Suzann ! Tu la connais ?

Édouard dut avouer que non, ce qui rappela à sa conscience l'incongruité de son arrivée. Il évoqua le concours de circonstances et la durée incertaine de son séjour. Puis il demanda au vieil homme s'il connaissait bien la forêt, sa légende, s'il croyait à la magie qu'on lui prêtait.

— C'est en nous qu'est la magie, les arbres sont juste un moyen de nous la montrer. Pour d'autres ce sera la mer ou la montagne.

— Et votre magie à vous, elle est ici ?

Raymond planta son outil d'un coup sec dans la plate-bande et cogna ses sabots contre un caillou pour détacher le plus gros de la terre encore lourde de l'orage passé, avant d'emprunter une petite allée pavée jusqu'au vieux muret au bord du chemin.

Arrivé à la hauteur d'Édouard, il lui serra la main d'une poigne ferme, rugueuse et humide.

— Ma magie à moi ? Elle est là, dans les légumes, dans la forêt autour, dans mon atelier, dans mes voisins et dans le temps qui passe et qui pense à me réveiller chaque matin. Elle est dans le fait de sentir que ça sonne juste au fond de moi ! Et la tienne, c'est où qu'elle sonne juste ?

Ce vieil homme qui semblait inoffensif venait de frapper un grand coup de glaive dans le bouclier qu'Édouard se forgeait depuis des années pour se protéger de sa propre réalité. Elle était où, sa magie ? Elle était où depuis trente ans ? Pas à Paris ni dans son travail, encore moins dans le regard de sa femme. Existait-elle encore ?

— À vrai dire, je ne suis pas sûr d'en avoir au fond de moi.

— Calembredaines ! Tout le monde en a. Certains oublient en posant plein de bazar dessus, comme là-bas, dit-il en montrant du doigt un amas de poutres, de tôles et de vieilles pierres effondrées d'un mur, chez le voisin. À première vue, tu vois juste des trucs sans intérêt, mais en dessous, qui te dit qu'il n'y a pas un nid de petits hérissons, ou une plante sauvage rare qui ne pousse que dans les endroits humides et sombres et que les druides du coin cherchent désespérément, hein ?

Édouard eut peur des réponses qu'il était venu chercher. Il savait à quoi ressemblait sa magie. Il voyait tous ces morceaux de planches, de parpaings, de bouts de tout et de rien qu'il avait entassés au fil des années pour mieux la dissimuler et essayer d'oublier qu'elle agonisait.

Il erra des heures durant autour de la maison. Il respirait à peine, se sentait lourd et plein de rien.

Il n'avait même pas pensé à rentrer pour le déjeuner. Gaëlle lui avait offert la veille de se sentir libre de toute contrainte à leur égard. Elle s'adaptait toujours, un couvert en plus ou en moins.

Libre de toute contrainte.

Plusieurs fois, il avait cherché machinalement son téléphone dans sa poche pour vérifier d'éventuels appels ou messages, oubliant le petit défi qu'il s'était lancé. Plusieurs fois, il se sentit idiot, témoin direct de sa propre addiction. De son corps et de ses automatismes qui échappaient à sa conscience.

Un robot qui voulait s'affranchir.

Libre de toute contrainte.

Toutes ces années, il avait fait en sorte d'être joignable à tout moment. Si cela se justifiait durant l'enfance de Pauline, l'importance d'être accessible avait perdu en intensité. Il la savait autonome et indépendante, entourée de bons amis. Il comprit qu'il s'était enfermé dans ce principe intangible pour sa femme. Il se rendait disponible pour qu'elle lui fiche la paix. Du reste, elle ne lui laissait pas le choix. Qu'il ne réponde pas, ou qu'il ne rappelle pas dans la demi-heure et elle lui reprochait de ne pas être prévenant, de ne pas penser à elle, de ne pas l'aimer. Ainsi, il décrochait, acquiesçait à ses dires sans lâcher des yeux son ordinateur et répondait machinalement. Armelle peinait à décider seule, tergiversait en permanence, s'en remettait à lui pour nombre de décisions du quotidien ; le principe même du choix l'angoissait. « La nouvelle bouilloire, je la prends en rouge ou en bleu ? — En rouge », s'entendait-il répondre sans avoir réfléchi un instant, se fichant bien de la couleur de l'objet. Il en était ainsi pour tout. Les cartes de restaurant, summum du calvaire, la faisaient opter pour le même menu que son mari. Édouard renonçait parfois à des plats dont il raffolait sachant qu'elle ne les apprécierait pas. *Exit* les fruits de mer, le foie gras, les plats en sauce et le ris de veau. Il était pris au piège d'un fonctionnement tacite accepté il y a bien longtemps. À y réfléchir, dès le début de leur relation. Tout s'était construit sur cette dépendance et si cela l'avait flatté un temps, lui donnant de l'importance, voire un côté indispensable, il comprit alors à quel point il s'y sentait désormais prisonnier.

Assis sur un tronc mort, il se noyait dans ses pensées, sombrait, refaisait surface, sombrait à nouveau. Il comprenait, dans un cruel constat, quel élément, de l'air ou de l'eau, constituait sa vie de couple. Il ignorait cependant le temps qu'il lui faudrait pour trouver une zone où il avait pied. Pour l'instant, l'urgence était de trouver l'air.

Une disparition inquiétante

Gendarmerie des Rousses – haut Jura

Robert s'assit sur la chaise en Formica qui faisait face au lieutenant. Christine n'eut d'autre choix que de s'installer sur celle qui était dissimulée derrière l'écran d'ordinateur. Personne ne lui avait demandé son avis. Personne ne le lui demandait jamais d'ailleurs. Le menton dans le cou, elle fixait le carrelage qui datait des années 1950. Les minuscules carreaux gris mouchetés étaient parsemés de quelques pièces rouges, jaunes ou bleues et il en manquait un, juste devant son pied, laissant apparaître la dalle de béton. La vétusté du sol résumait assez bien sa vie. Quelques rares morceaux en couleur, le reste en gris, et ce morceau qui manquait. Elle apercevait les rangers sous le bureau, parfaitement cirés, aussi soignés que la chemise bleue qui avait été repassée avec soin. Elle avait posé son sac à main sur ses genoux et triturait la lanière en cuir pour occuper ses mains.

— Alors, dites-moi la raison de votre présence, commença le gendarme.

— C'est pour vous signaler une disparition inquiétante, répondit Robert d'une voix forte. Ça fait une semaine aujourd'hui.

— Cette disparition concerne qui ?

— Notre fille, Delphine.

— Quel âge a-t-elle ?

— Elle a eu vingt-deux ans le mois dernier.

— Ah. Elle est donc majeure.

— Oui, et alors ?

Christine sentit de l'agacement dans la voix de son mari. Colérique et impulsif, il suffisait d'un rien pour qu'il s'emporte. Le processus venait de s'enclencher. Elle espérait que leur présence dans cette gendarmerie suffise à le contenir un minimum. Elle se fit plus recroquevillée encore.

— Quels sont les faits qui vous font dire qu'elle a disparu de façon inquiétante ?

— Du jour au lendemain, elle n'était plus là, et nous n'avons aucune nouvelle depuis.

— Ce n'est pas dans les habitudes de Delphine, ajouta Christine d'une minuscule voix, en cherchant un mouchoir dans son sac. Elle avait réussi à refréner un sanglot mais pas les larmes silencieuses qui ne cessaient de couler depuis quelques jours.

Robert se tourna alors vers elle en la sommant d'arrêter de pleurnicher. Puis il soupira bruyamment.

— Excusez-la, elle est trop sensible. Ah, les bonnes femmes. Donc, pour vous, disparaître sans prévenir, c'est pas inquiétant !

— Un événement s'est-il produit qui puisse expliquer son départ ?

L'homme sembla hésiter un instant avant de répondre.

— Non, rien de bien particulier. Elle se plaignait que les clients lui mettent la main aux fesses de temps en temps, mais bon, elle a toujours été précieuse dans son genre.

— Vous tenez l'auberge au centre-ville ?

— Oui ! Nous avez-vous déjà fait l'honneur de votre visite ? demanda le restaurateur, sourire aux lèvres, qui pensait désormais plus à la notoriété de son établissement qu'à la disparition de sa fille.

Le gendarme répondit vaguement, avant de demander à Christine si les agissements des clients pouvaient expliquer son départ. Elle hésita. Elle se sentait coupable de ne pas avoir empêché des gestes déplacés envers sa fille. Elle en avait été victime également. Même si rien n'est infaillible, l'âge s'apparente à une carapace qui pousse et vous protège de mieux en mieux des envies d'intrusion. Elle savait surtout, pour avoir abordé une seule fois le sujet avec son mari, qu'elle obtiendrait une fin de non-recevoir, accompagnée d'une remarque acerbe sur le *degré de coincement de son cul*. Mais là, en présence du gendarme, oserait-il ? Peut-être était-ce l'occasion ?

— Elle le vivait mal, finit-elle par lâcher dans un souffle.

— Elle est serveuse à temps plein ?

— Non, de façon occasionnelle, car mademoiselle fait de hautes études, lâcha le père pour reprendre la discussion en main et faire taire sa femme.

— D'autres serveuses se plaignent des clients ?

— Non, si ça ne leur plaît pas, elles savent que j'en ai cinq qui attendent le poste !

— Et vous, madame ?

— Elle ? Qui peut bien encore vouloir lui mettre la main aux fesses ? s'esclaffa l'homme dans un rire gras.

Humiliée, Christine leva les yeux vers le gendarme, un bref instant, pour guetter sa réaction. La peur commençait déjà à s'insinuer dans son ventre ; elle pensait au retour dans la voiture, aux reproches de son mari qui tomberaient dès le parking de la gendarmerie et à la soirée qui s'annonçait chargée comme chaque vendredi. Il lui sembla apercevoir un furtif élan de pitié à son égard de la part du gradé avant qu'il ne se tourne vers Robert.

— Méfiez-vous quand même de ne pas laisser s'installer des situations qui pourraient vous nuire.

— Oh, tout de suite les grands mots. Une main aux fesses n'a jamais tué personne.

— Je vous parle de la loi. Surveillez un peu vos clients à l'avenir. Je ne voudrais pas avoir à intervenir dans votre établissement. Quant à votre fille, si aucun événement troublant n'a eu lieu qui pourrait nous faire craindre un enlèvement ou un accident, j'ai le regret de vous dire qu'elle est libre de partir où bon lui semble sans vous donner de nouvelles. Elle est majeure.

— C'est donc à ça que sert notre argent ! finit de s'emporter le père. À payer des gendarmes pour nous dire qu'ils ne peuvent rien faire pour nous.

Robert se leva, prêt à en découdre. Son épouse lui attrapa le bras pour l'entraîner hors du bureau, en essayant de le raisonner. Il voulait avoir raison, et râler pour râler, comme il le faisait à longueur de journée, contre ses concurrents au village, les femmes, les immigrés, les banques, les hommes politiques. Elle s'était résignée depuis bien des années. Pour autant, l'habitude ne la protégeait pas de l'humiliation quand il se comportait ainsi en public, alors à la gendarmerie... Par chance, ou par facilité, le gradé ne lui tint pas rigueur de cet emportement et mit cela sur le compte de l'inquiétude.

En voyant s'éloigner le type dans le couloir, qui moulinait des bras, sa femme un peu en retrait, pour ne pas être la cible d'un coup perdu, le lieutenant se demanda si le père n'était pas en partie responsable du départ de sa fille.

Puis il aperçut son collègue qui revenait d'intervention. Il surprit un regard appuyé du capitaine Desnoyaux en direction de la femme, qui se retourna pour lui rendre son regard avant de disparaître à l'extérieur avec un mari qui vociférait toujours.

— Tu la connais ?

Le vertige d'être libre

Édouard se réveilla tard le deuxième matin. D'une nuit plus perturbée que la précédente. Il en connaissait la raison.

La veille au soir, assis dans le canapé du salon, il avait consulté ses messages sur son téléphone. En le voyant portable en main, Gaëlle lui avait adressé un sourire dénué de jugement. Sa culpabilité oscillait pourtant. S'il avait imaginé des messages en attente, il en avait sous-estimé la teneur dramatique. Une grappe de SMS s'afficha. Armelle y exprimait à quel point elle se sentait sans intérêt, lui donnait raison d'être parti. Sa femme avait toujours souffert d'un manque de confiance et d'un besoin démesuré de considération. Journaliste dans un magazine de mode, elle vantait la beauté de l'apparence tout en rejetant la sienne. Édouard la trouvait élégante, séduisante, sublime. Son visage harmonieux, son corps ferme, ses mains fines, ses seins galbés sans insolence. Il le lui avait souvent dit. Puis s'était abstenu, fatigué d'essuyer ses revers. Lui se fichait bien de savoir quelle robe elle enfilait le matin ou qu'une nouvelle ridule était apparue au coin de l'œil. Quant à ses cheveux gris, il avait juste eu le temps de les trouver charmants avant qu'ils ne soient engloutis sous une épaisse coloration dont la zone de repousse lui causait un souci supplémentaire toutes les trois semaines. Édouard avait jeté les armes depuis quelques années. Outre l'absence d'espoir de voir la névrose de sa femme s'améliorer, celle-ci l'agaçait désormais. Ce message en était la preuve. Les yeux sur son téléphone, il n'eut ni l'envie ni la force d'argumenter. L'aimait-il encore ? Le doute entretint son insomnie.

La pièce était déserte. Il attrapa le journal local et le feuilleta en mâchant sa tartine sous le regard du chat qui reposait sur son coussin près de la fenêtre. Seul bougeait le bout de la queue, accompagné parfois d'un clignement de paupière. Platon semblait le dévisager comme s'il voulait le sonder jusqu'au plus profond de son être. Édouard finit par ouvrir grand les pages devant lui afin d'ériger un mur de papier entre eux. Contrarié, l'animal sauta au sol et s'éloigna vers l'arrière-cuisine en miaulant.

L'homme rangea, passa l'éponge, vérifia que tout était en ordre. Il avait prévu de découvrir les environs, prendre l'air, se changer les idées. Avant de franchir la porte, il sortit son téléphone de sa poche, hésita. « La forêt n'est pas dangereuse. » Aurait-il les mêmes automatismes que la veille s'il le laissait dans son casier ? Il n'y avait qu'un moyen de le savoir.

Il s'engagea sur un chemin plat qui longeait le hameau et s'enfonçait dans la forêt au bout de la clairière.

Il s'aperçut, après avoir marché plusieurs centaines de mètres, qu'il avait oublié de mettre sa montre. Il faillit rebrousser chemin mais se ravisa et s'amusa à évaluer l'heure en fonction de la position du soleil sur l'horizon, comme son père le lui avait appris. Il se sentit finalement souverain dans ses choix. Poursuivre sa marche, aller à gauche, ou plutôt à droite, s'arrêter, repartir, rester des heures. Il s'assit dans l'herbe et observa ce corps sans attaches. Cette carcasse un peu lourde qu'il avait l'impression de traîner depuis des années.

Butinant les dernières fleurs de l'été, papillons, abeilles et insectes divers vaquaient autour de lui. Les branches dansaient au-dessus de sa tête dans un ballet lent et harmonieux. Le vent, en chef d'orchestre, donnait à chaque feuille un rôle dans le spectacle. Ainsi coulait le temps, loin du tumulte de la ville, dans une légèreté dont il fut désireux.

Édouard, assis près de trois vieux hêtres sentinelles, la peau ensoleillée par quelques rayons délicats, n'avait aucune contrainte, aucun repère spatio-temporel, aucune perspective à court terme. Il se sentit nu, porté par le mouvement universel, doté d'une liberté qu'il n'avait pas éprouvée depuis bien longtemps, du moins pas à ce point. Cette liberté immense et trop soudaine lui donna le vertige. Un angoissant vertige. Tous ses repères voltigeaient, ce qu'il avait construit s'effritait. Il se sentait disparaître à l'intérieur de lui-même, n'être qu'un éboulement, un puits naturel qui se forme, sans pouvoir s'accrocher aux parois trop friables. Il allait mourir sous ses propres gravats.

Il s'allongea dans l'herbe pour reprendre ses esprits et son souffle. La parcelle avait donné quelques balles de foin, quelques autres de regain. L'herbe avait eu le loisir de repousser avant que les températures trop froides de l'automne n'interrompent le processus de croissance.

En se couchant sur le dos, il ne voyait plus qu'un rideau bas de verdure autour de lui et le bleu du ciel que le soleil avait déjà en partie traversé. Les jambes pliées, il posa ses deux mains à plat contre le sol puis ferma les yeux. Ses doigts pouvaient atteindre cette zone plus fraîche, un peu humide, à l'ombre des brins qui dressaient leur fierté vers le soleil. L'herbe était douce et bienveillante. Il bougeait l'extrémité de ses doigts par petits mouvements comme un enfant porté le ferait dans les cheveux de sa maman. Il avait envie que les tiges les plus longues le couvrent et l'enlacent pour le réconforter. Édouard se sentait tout petit, minuscule, un brin parmi les autres. Et encore. Eux au moins montraient cet élan de vie qui les poussait vers la lumière. Il se sentait sec et mort d'avoir été déraciné trente-trois ans plus tôt. Déraciné de sa magie, de sa terre, de sa source. Chaque main se referma sur une grosse touffe d'herbe et il serra fort ses doigts pour essayer d'y puiser l'énergie qui ne circulait plus en lui. Au bord de ses paupières closes perla une goutte de peine qui dévala jusqu'à l'oreille. Il pressa un peu plus fort ce bout de prairie à laquelle il s'accrochait pour ne pas tomber dans le tourbillon. La prise était solide. Tous ces brins ensemble tenaient bon. Lui aussi allait tenir bon. Il en eut la certitude, et le promit à la fétuque, au ray-grass, au chiendent, au colchique, pour s'en persuader lui.

Le son d'un sabot de cheval le sortit de sa promesse végétale. Il se redressa, hagard, et vit apparaître Adèle et Gauvain sur un grand étalon blanc. Ils avançaient sur le chemin qui sortait de la forêt à une trentaine de mètres. L'animal, superbe et puissant, arborait une crinière tressée avec des rubans rouges comme l'étoffe que portait la jeune femme. Elle aussi était magnifique, vêtue d'une grande robe animée de longs pans d'un tissu léger et fin qui dansaient avec le vent et les mouvements. Son costume de scène pour les visites contées.

Quand Gauvain aperçut l'homme, il sauta du cheval en marche et atterrit lourdement au sol. Il se leva en se frottant la cheville gauche et se dirigea vers lui en clopinant d'abord, puis en courant. Édouard ne comprenait pas cet élan soudain, alors que le garçon était plutôt distant depuis son arrivée. Seul au milieu de nulle part, ce tête-à-tête imminent l'effrayait.

Gauvain arrivait tout sourire. Il se retourna pour répondre d'un signe de main à Adèle qui venait de crier : « Moi je rentre ! » Quand il pivota à nouveau dans la direction d'Édouard, il tendit son bras qu'il avait caché dans son dos et brandit un morceau de bois. Il riait de plaisir.

L'homme le prit en main et l'observa sous divers angles, sans comprendre ce qu'il devait y avoir d'amusant. Le garçon le mit alors dans un certain sens et pointa du doigt quelques détails qui laissaient apparaître un visage. Une proéminence pour le nez, une fissure en dessous, deux trous presque symétriques pour les yeux, et une écorce couvertes de rides.

— Tu as l'œil ! Vous étiez en visite guidée ?

Gauvain acquiesça, puis lui demanda en lançant son pouce vers les maisons s'il avait prévu de rentrer.

Cet adolescent singulier, capable à quinze ans de s'émerveiller comme un enfant de cinq devant un morceau de bois figuratif, venait de reconnecter Édouard à une charmante réalité. Il accompagna Gauvain sur le chemin du retour, saisissant là une chance de l'apprivoiser. Il lui parut insolite de marcher en silence. Insolite et doux. Tellement rare à Paris qu'il en savoura le concept. En outre, il sentait une complicité naturelle avec le garçon. Une sorte de fil qui les unissait, sans en comprendre l'origine.

Alors qu'il se dérobait derrière la maison, le chat vit arriver Édouard et Gauvain. Il était trop loin pour sentir avec précision ce qui se jouait en l'homme et la teneur de ses vibrations. Cependant, il ne constatait aucune hostilité envers le garçon. Au contraire. S'était-il trompé sur les intentions du nouvel arrivant ?

L'homme était peut-être inoffensif. Gauvain, lui, l'avait nourri depuis son sevrage, avait joué avec lui quand il était chaton, le caressait souvent. Il se sentait redevable et investi d'une mission de protection envers son maître.

Platon ne baisserait pas la garde.

Un bouquet pour la reine

Au troisième jour, Suzann enfila ses baskets, bien décidée à profiter du soleil pour qu'il l'aide à structurer son récit : marcher participait à la construction de ses histoires. De nombreuses idées germaient lorsqu'elle arpentait les chemins autour de son cottage anglais ou ceux de Brocéliande. Des scènes emprisonnées que le mouvement faisait éclore. Outre le fait de stimuler son inspiration, la marche entretenait son corps vieillissant. Avec des œufs brouillés chaque matin, un petit verre de vin rouge le soir, peu de sucre et beaucoup de thé vert, le tout arrosé d'un soupçon de machiavélisme. Peut-être était-ce la recette pour maintenir son dynamisme. Par ailleurs, son métier de romancière constituait un ingrédient non négligeable de sa joie. Mariée deux fois et deux fois veuve, elle vivait seule depuis une vingtaine d'années. La solitude avait du bon et elle l'avait apprivoisée sans en souffrir. Son corps n'avait pas voulu d'enfant. Sans jamais en connaître la cause, elle en accepta les conséquences.

Elle passa la tête dans l'ouverture de la porte de l'atelier pour encourager Gaëlle et Gauvain qui s'activaient autour de leur branche respective puis s'aventura sur le chemin vers l'entrée du hameau. Elle aimait les deux vieux chênes qui trônaient là-bas, tels les gardiens d'un temple sacré.

Raymond, toujours à l'affût du moindre mouvement dans le voisinage, l'avait aperçue alors qu'elle quittait l'atelier. Il s'était empressé de cueillir quelques fleurs dans son jardin et les avait arrangées de manière harmonieuse avant de dissimuler son bras derrière lui. Il faisait semblant de désherber les abords du muret en attendant que Suzann arrive. Il se fichait de ce que faisait sa main droite avec les adventices. Seule la gauche, toute de fleurs vêtue, retenait son attention. La vieille femme, menue et petite, avançait d'un pas lent. Alors qu'elle arrivait à hauteur de chez Raymond, celui-ci se redressa et lui sourit, feignant la surprise.

— Belle journée, n'est-ce pas ?

— Magnifique. Je compte bien de profiter. Vous aussi, je vois ! Vous jardinez ?

— Ça me rendrait grimaud de rester dedans par ce temps.

— Grimaud ?

— Grimaud… triste ! Ah si je n'étais pas là pour vous apprendre quelques mots de vieux français, qui le ferait ? Je retourne un peu mes mauvaises herbes, et j'ai semé la mâche. J'ai aussi cueilli quelques fleurs, ajouta-t-il en lui tendant le bouquet.

— Oh, mon cher Raymond, comme vous êtes bien aimable. Je être touchée.

Un ange passa avant qu'elle n'explique le but de sa promenade et les idées qu'elle espérait trouver au bout du chemin.

— Je peux vous offrir un café au retour ?

— Oh, je suis confuse à refuser cette gentille proposition, j'ai beaucoup du travail. Ne m'en voulez pas.

Le grincement d'une porte se fit entendre. Celle de l'écurie de Raymond, un peu plus loin sur la gauche. On ne distinguait pas l'intérieur du bâtiment. Seuls quelques cliquetis résonnaient dans l'ombre de l'ouverture béante. Après quelques minutes de silence, Adèle en sortit, toute de noir vêtue, tenant un cheval par les rênes. Elle portait un grand chapeau en feutre et ses longs cheveux flottaient au vent. Un pantalon serré épousait la forme de ses jambes élancées et des bottes en cuir usé lui donnaient des allures de Calamity Jane. Au bout de quelques mètres, elle immobilisa sa monture, colla son visage contre le chanfrein de l'animal en lui caressant les joues, puis monta en selle avec une facilité qui laissait supposer un corps musclé et une pratique maîtrisée de l'équitation. Pas une seule fois elle ne regarda dans leur direction.

— Ce cheval est à vous, non ?

— Oui. Elle monte Perceval régulièrement depuis qu'elle est arrivée et s'en occupe beaucoup. Il est content, et moi aussi. J'ai plus l'âge de le monter.

— Cette jeune femme est mystériouse. Je ne l'a pas entendue beaucoup depuis je suis là. Elle vit ici depuis quand ?

— Un peu plus d'un an je dirais.

— Elle semble un peu perdue.

— Beaucoup de jeunes un peu paumés viennent se perdre dans notre forêt, comme qui dit, pour qu'on leur fiche la paix. Une gamine à peine majeure il y a peu, dans le village d'à côté. Deux adolescents le mois dernier, mais ceux-là, on les a vite retrouvés. Adèle est là depuis bien plus longtemps.

— Que fait-elle ?

— Des visites de la forêt. Elle a le physique pour faire rêver les gens. Elle aide aussi Gaëlle en échange de la chambre et des repas.

Suzann la regarda s'éloigner jusqu'à ce qu'elle disparaisse dans la forêt. Un personnage intéressant. Percer les secrets de cette jeune femme énigmatique ne serait pas chose aisée. Elle interrogerait Gaëlle.

Suzann brandit le bouquet en signe de remerciement et poursuivit son chemin jusqu'aux deux chênes.

La journée s'annonçait inspirante.

Elle devrait consigner quelques notes en soirée pour ne rien en perdre.

Agatha

Le cahier Moleskine attendait patiemment sur le bureau qu'une jolie lampe éclairait.

Assise sur son lit, Suzann avait fermé les yeux et se remémorait sa journée. Elle se promit de ne plus prendre autant de risques – ce n'était plus de son âge –, mais dut se rendre à l'évidence : comme il était excitant de se mettre dans la peau de miss Marple ! Elle avait vérifié avec soin que personne ne puisse la surprendre dans son entreprise, avait agi vite et sans laisser de trace.

Elle se leva et s'assit à son bureau, ajusta ses lunettes et ouvrit le carnet à une nouvelle page.

Lettre souvent lue, papier abîmé.

Contenu plutôt neutre. Effet bombe sur Édouard. Pourquoi ?

Rappelle des souvenirs ? Gratte une vieille blessure ?

Parle de rêves à réaliser. Lesquels ?

C'est une femme. Ils se sont connus. Édouard amoureux ?

Penser à chercher l'adresse sur une carte.

Adèle : semble dans son monde. Méfiante. Solitaire. Énigmatique.

Trop belle pour être heureuse.

Monte divinement à cheval. Chute grave ? Blessure ? Édouard la sauverait ? Plusieurs scénarios possibles. À creuser.

Vieux voisin. Fait un peu pitié. Fleurs du jardin : romanesque.

Une femme doit-elle entretenir l'espoir ? Suffisant pour certains hommes ? Thème séduction homme-femme / amours impossibles.

Potager : liens possibles tempérament du jardinier / structure du jardin (exemple Raymond).

Arbres : lumière entre les branches, dessins de l'ombre au sol.

Murmure des feuilles qui dansent : quel message ?

Caractère des arbres, structure : métaphore de l'homme (racines / s'élève vers la lumière).

Y retourner au soleil couchant.

Pieds nus dans la mousse

Platon entra par la chatière de l'arrière-cuisine. La maison dormait encore. Une souris était piégée dans une tapette au coin de la pièce, une gouttelette de sang séché sous le nez. Elle n'avait pas eu le temps d'attraper le morceau de fromage. Il se dit qu'au moins, pour cruel que fût le procédé, elle avait rendu l'âme sur une note d'espoir. Aucune autre n'avait osé chaparder le gruyère, malgré le mécanisme devenu inoffensif après s'être abattu sur la nuque de la pauvre victime. Encore une qui lui avait échappé ; non par négligence. Il ne pouvait caler que quelques courts épisodes de chasse dans son emploi du temps chargé. Platon parcourait parfois plusieurs kilomètres par jour quand il était question de suivre les habitants dans leurs pérégrinations. Les autres chats de campagne se la coulaient douce, en comparaison.

Il ne pouvait donc être aux souris et aux humains.

Choisir, c'est renoncer. La tapette compensait.

Il mangea le morceau de fromage puis s'installa sur son coussin en attendant les premiers arrivants.

Gaëlle et Gauvain se suivirent de peu, déjà alertes malgré un visage encore chiffonné. Édouard leur succéda, posa son téléphone dans le petit casier à peine la porte franchie. Le matin était calme, presque silencieux. Échange minimal pour laisser à chacun le loisir d'entrer dans la journée à son rythme. *Trois nuits déjà.*

Quand Suzann apparut dans l'encadrement de la porte, Platon se redressa pour l'observer dans ses moindres gestes. Lui revint dans une précision d'orfèvre chaque détail de la scène à laquelle il avait assisté la veille. Elle avait pensé à vérifier qu'aucun humain ne puisse l'apercevoir, elle avait oublié Platon, couché dans la paille à l'étage de la grange en rénovation. Quand il l'avait vue emprunter l'escalier, il s'était précipité pour monter les marches à son tour, et avait pu l'observer par la porte entrouverte fouiller dans les papiers d'Édouard, ouvrir une lettre, la lire, la replier. Il avait sauté in extremis sur une poutre de la charpente du toit qui surplombait le bâtiment avant qu'elle ne ressorte et l'avait scrutée alors qu'elle redescendait les marches de son air de vieillarde innocente.

Avant de s'installer à la table du petit déjeuner, elle s'approcha de lui pour lui délivrer sa petite caresse matinale. Platon attendit que la main fripée se trouve au-dessus de lui pour la griffer avec force, avant de disparaître par la porte entrebâillée.

— Oh, s'écria Suzann. Pourquoi faire cela à moi ?

Édouard regarda Gaëlle soigner les trois sillons parallèles et sanguinolents de l'Anglaise en songeant avec tristesse à ce jour où un chat s'en était pris à lui sans raison quand il avait neuf ans, dans la cour de l'école. Lui revint également la blessure de cœur qu'on lui infligea ce même jour. Puis l'autre, presque dix ans plus tard.

Cette lettre qu'il lisait et relisait depuis plus de deux semaines était le baume sur son entaille à lui, autrement plus profonde qu'un coup de griffe sur la peau.

Et s'il était temps de cicatriser ?

Le chemin doux l'attendait. Il eut soudain envie de croire Gaëlle.

Arrivé à l'entrée du passage, Édouard fut saisi par l'atmosphère particulière qui y régnait. Quelques toiles d'araignée que la rosée soulignait de blanc se détachaient du fond vert de la mousse, et de rares rayons fins d'un soleil encore levant transperçaient le feuillage de cette fin d'été. Un lieu sombre et solennel. Il retroussa son pantalon et ôta ses chaussures. Au bout du tunnel, un petit halo plus clair annonçait la deuxième clairière. L'image de ce qu'on décrivait de la mort, de ce qu'était la naissance. La lumière après le passage obscur. Était-il venu chercher cette lumière après trente ans d'obscurité ?

Il prit une grande inspiration et commença à marcher. Le froid de la rosée anesthésiait la peau fine de sa voûte plantaire tandis que la mousse veloutée réveillait d'autres perceptions. Une vague de douceur l'envahit. Il s'immobilisa, désarçonné par cette sensation profonde. Il dut remonter très loin dans ses souvenirs – et il savait lesquels – pour retrouver semblable émotion. Il ferma les yeux pour mieux l'apprécier et regretta de ne pas avoir pris la lettre avec lui. Il y pensait si fort. Les mots alignés d'une écriture ronde, la joliesse des quelques phrases. La joliesse surtout du souvenir de celle qui avait signé. Tout souriait en lui. Ses pieds, ses mollets, ses genoux, ses cuisses, son sexe, son ventre, ses épaules et ses lèvres. Même ses cheveux souriaient.

Gaëlle suivait un sentier parallèle en surplomb du doux chemin. Elle se cachait tantôt derrière un tronc, tantôt à l'abri d'un rocher pour observer ses réactions. Elle savait que ceux qui tentaient l'aventure n'avaient que faire de leur environnement. Elle ne risquait rien.

Ce visiteur inattendu – plutôt taciturne et sombre depuis son arrivée – semblait réagir à la mousse. Il prenait le temps, s'arrêtait, souriait.

Gaëlle s'amusait de le voir parfois tordre son corps sous l'effet d'une probable brindille sous le pied. Elle qui marchait pieds nus une bonne partie de l'été n'y était plus sensible.

Elle était heureuse qu'il ait suivi ses conseils. Il lui avait semblé si *torturé* en arrivant. Voir souffrir les autres lui était pénible, et elle cherchait toujours à redonner des couleurs aux cœurs en peine. Elle savait à quel point la nature pouvait apaiser les organismes et les pensées. Le mécanisme se confirmait sous ses yeux.

La clairière qu'il était sur le point d'atteindre était plus sauvage. Elle la connaissait par cœur. De-ci de-là, de petits arbustes semblaient prendre l'ascendant sur la prairie et l'herbe était haute. Un arbre immense se dressait au fond, à l'opposé du chemin. Un tilleul majestueux d'une circonférence de plusieurs mètres et de forme insolite que Gaëlle avait aimé dès sa première rencontre. Un tronc unique montait jusqu'à environ deux mètres du sol avant de se séparer en deux énormes branches jumelles qui partaient à l'opposé l'une de l'autre, formant un arbre siamois doté d'une surface plane en son centre. Chaque côté avait ensuite développé un réseau immense de branches épaisses et tortueuses. La mousse qui le couvrait lui conférait d'emblée une image de douceur malgré les anfractuosités de l'écorce.

Soucieuse de le laisser découvrir cet arbre en toute intimité, elle rebroussa chemin et s'amusa, sur le sentier du retour, de croiser au loin un autre visiteur qui se dirigeait vers la clairière.

Édouard s'avança vers le tilleul majestueux, troublé par la présence à son pied d'un lierre et d'un chèvrefeuille. Si les deux lianes avaient poussé chacune de leur côté, elles se rejoignaient et s'entrelaçaient un peu plus haut dans les branches. Les dernières fleurs de chèvrefeuille encore présentes en cette fin d'été venaient colorer l'étendue vert foncé du lierre. Bien que n'ayant jamais été féru de littérature classique, il se souvint cependant de *Tristan et Iseult*, étudié au lycée, et de cette puissante histoire d'amour.

La forêt des symboles...

Éprouvant le besoin de le toucher, il s'approcha du tilleul. Une sorte de fluide invisible l'envahit, l'aidant à apprivoiser le vertige du vide.

Ne te sens pas coupable. On a parfois besoin de se retrouver seul pour faire le point. Tu as aimé ta femme. Peut-être pas aussi fort qu'il est possible d'aimer, mais tu l'as aimée. Et puis tu l'aimes moins. Différemment. Tu as de l'affection. Une simple affection. Même le désir s'en est allé.

Alors pourquoi tu restes ?

Par confort ? Par habitude ? La peur de décevoir ? Ou celle, plus insidieuse, de faire mal ?

Tu réfléchis beaucoup, alors que tu as déjà toutes les réponses.

Cherche bien. Cherche en toi.

Tu sais.

Pieds nus dans l'herbe mouillée, il pensait à Élise.

Tout sonnait juste au fond de lui.

Oui.

Tout sonnait juste.

Il ouvrit les yeux comme on s'éveille en sursaut.

En levant la tête vers les branches hautes, il aperçut le chat, allongé sur l'espace plan entre les deux branches maîtresses. Il ne l'avait pas entendu arriver, ni même grimper dans l'arbre. Ce côté furtif, imprévisible, le dérangeait. Le félin reposait là, et le regardait avec l'insolente certitude de se sentir à sa place.

Il enfila ses baskets sur ses pieds mouillés, et se précipita vers un chemin qui partait en direction du nord. Il espérait rejoindre le hameau en bifurquant au premier carrefour. Reprendre le chemin de mousse ainsi habité par cette urgence de retourner à la civilisation lui aurait donné l'impression de le gâcher, de le trahir. De piétiner le sacré.

Il se sentait mal.

Il avait peur.

De lui, de l'avenir, de tout. Un cri restait bloqué dans la gorge. Il y demeurerait. On lui avait trop appris à se taire, à se contrôler. Alors il entreprit de courir jusqu'aux maisons. Le plus vite possible.

Courir pour crier autrement.

Courir pour cesser de penser.

Courir pour échapper à son destin.

Courir pour qu'il ne le rattrape pas.

Perdre la main

Armelle ne s'en remettait pas.

Gérant le quotidien, organisant tout au détail près, y compris la vie de son mari – même si elle lui demandait sans cesse son assentiment –, elle ne comprenait pas qu'il ait ainsi pu lui échapper.

Assise devant sa coiffeuse, éclairée de multiples ampoules – de quoi se sentir mannequin dans les coulisses d'un défilé de mode renommé –, elle cherchait comment poser son maquillage sur des yeux inondés de larmes. Son rendez-vous à suivre, de la plus haute importance, ne souffrirait aucun relâchement de sa part. Elle ne devrait laisser paraître aucune faiblesse. Le nez irrité de s'être mouchée, les paupières gonflées à force de les essuyer, son visage trahirait ses pensées. Elle essayait de respirer profondément, de regarder vers le plafond, tamponnait avec délicatesse le coin de ses yeux à l'aide d'un mouchoir en papier. L'armée de larmes n'avait pas encore livré tous ses soldats. S'autoriser à pleurer une bonne fois pour toutes résoudrait le problème de ces fuites lacrymales désordonnées, mais elle n'en avait pas le temps. Le déjeuner approchait.

Non content de l'avoir plantée sur un parvis de gare, Édouard, en gardant le silence, poursuivait son entreprise de destruction passive.

Armelle avait besoin d'être fixée. Elle ne pouvait rien prévoir sans savoir. Et cette incertitude la minait. Quel affront ! Il savait pourtant qu'elle détestait l'imprévu et qu'elle pouvait perdre pied par manque de repères. Il le savait depuis toujours. N'avait-il donc aucun état d'âme à son égard ? Elle se posait la question en soulignant d'un trait de crayon gris sa paupière inférieure, qu'un doigt tirait vers l'extérieur de l'œil. En la relâchant pour vérifier l'effet, une nouvelle larme déborda, avec une insolente liberté.

Et puis, où était-il ? Dans quelle situation ? Il n'était parti qu'avec son sac à dos. Par calcul mathématique, opéré en rangeant la valise du retour – elle s'était toujours occupée de prévoir les vêtements d'Édouard en vue de leurs vacances –, elle en avait déduit le nombre de tenues qu'il devait avoir avec lui. Lui qui n'était pas fichu de s'acheter des caleçons à sa taille ou de faire sa lessive, il serait vite débordé avec si peu d'affaires.

Malgré ce qu'elle avait essayé d'imaginer, Armelle ne supportait pas l'idée qu'il devienne autonome, encore moins celle qu'une autre femme puisse l'y aider.

Elle ne voyait qu'une solution pour connaître la décision de son mari : appeler son meilleur ami et lui soutirer des informations. Ils étaient si proches qu'il était forcément au courant de quelque chose.

Elle avait besoin d'une réponse concrète et définitive.

Et n'était pas la seule à l'attendre.

Bonheur vestimentaire

— En attendant, je vais te prêter quelques vêtements de Gauvain, au moins pour aller dans la forêt. Si tu veux t'en acheter, tu peux prendre ma voiture.

Voilà quelques jours qu'il était arrivé, et les premiers matins froids de ce début d'automne imposaient à Édouard d'étoffer sa garde-robe. Il évoqua la question avec Gaëlle en se rendant à son atelier. Elle portait un long tablier qui la couvrait jusqu'aux pieds. La branche qu'elle ponçait avait été débarrassée de la mousse et de l'écorce. Édouard s'assit sur un tabouret à quelques mètres d'elle, en lui intimant de poursuivre son activité sans tenir compte de lui. Il la regardait gratter la substance jusqu'à l'aubier, pour ne laisser aucune trace de bois mou.

— J'ai un gros marché bientôt, où je vends beaucoup. Il est assez connu en Bretagne et très fréquenté. J'y livre aussi des commandes, et je dois refaire l'une d'elles. La branche précédente a cassé alors que la lampe était quasi finie. J'avais sous-estimé sa zone de fragilité.

Édouard parcourait du regard les différentes lampes installées dans la pièce. Des petites, des grandes, confectionnées à partir de branches simples, ou doubles, avec des abat-jour en tissu ou en métal ajouré. À côté, des sculptures faites de morceaux de bois fixés entre eux par des clous ou des lanières de cuir. De formes abstraites, elles dégageaient une grande puissance. Il s'y attarda.

— Les œuvres de Gauvain. Il est toujours très fier de les exposer au marché, encore plus quand l'une d'elles est vendue.

Depuis son arrivée, Édouard ne se lassait pas de voir Gaëlle et son fils communiquer avec les mains, les bras, le visage, les yeux. Se jouaient dans ce langage codé une danse élégante et des secrets partagés, au nez et à la barbe de ceux qui n'avaient pas appris. Leur surprenante complicité occupait plusieurs tableaux, y compris celui de l'activité artisanale. Ils veillaient l'un sur l'autre de façon remarquable. Une minuscule famille énigmatique tant l'adolescent ne ressemblait pas aux jeunes de son âge. Édouard se demanda d'où venait ce mutisme, où était le père, s'ils avaient toujours vécu ici.

— Il n'a jamais parlé ? osa-t-il.

— Si, jusqu'à la mort de son père. Il avait cinq ans. Les médecins ont conclu à un choc émotionnel.

— Pardon, je suis maladroit.

— Tu ne pouvais pas savoir.

— Que s'est-il passé ?

— Un accident.

Elle n'en dit pas plus.

Il n'insista pas.

Gaëlle passait un chiffon à peine humide sur l'ensemble de la branche lisse pour la débarrasser des dernières poussières, puis elle se mit à la cirer. Ses gestes étaient gracieux. Édouard lui avoua alors qu'il avait toujours admiré les métiers manuels. S'il n'avait pas fallu devenir ingénieur pour satisfaire les besoins de sécurité de ses parents quant à son avenir, il se serait orienté vers une profession artisanale.

— Tu travailles dans quel domaine ? demanda-t-elle en remettant de la cire sur son chiffon.

— Je suis ingénieur en génie électrique à la SNCF.

— Ce qui consiste à… ?

— Gérer les postes d'aiguillage, et plusieurs équipes. Quand tu entends parler d'une panne généralisée du circuit électrique de la gare Montparnasse qui bloque des milliers de voyageurs en vacances, je suis déjà en train de me faire remonter les bretelles, alors qu'avec mes collègues nous faisons de notre mieux avec une installation plus qu'obsolète.

Il observait Gaëlle frotter son tissu sur la matière avec une attention singulière. On distinguait le mouvement des feuilles, soumises sans relâche aux bourrasques de vent, à travers la fenêtre ouverte au fond de l'atelier. Seule agitation au milieu du silence. Le bruissement était extérieur, Édouard se sentait protégé dans ce moment calme. Il aimait regarder les mains fines qui se posaient sur le bois avec la tendresse d'une caresse sur la peau. Gaëlle portait une chemise en lin rose dont les premiers boutons étaient ouverts. Son corps ondulait d'avant en arrière pour couvrir un maximum de surface en un seul geste et quand elle se penchait, on devinait l'ombre de son décolleté. Ses seins généreux partagés par un profond sillon dévoilaient quelques promesses.

— Tu veux toucher ?

Édouard sursauta, surpris par la proposition incongrue de cette femme qu'il ne connaissait pas. Surpris et traversé par un élan de désir. Il n'avait pas touché les seins d'une femme depuis si longtemps.

Elle s'approcha et tendit la branche douce et luisante vers lui. Il espéra avec force être capable de masquer son trouble. Comment avait-il pu imaginer qu'elle puisse parler de ses seins ?

Édouard posa ses doigts sur le bois. Le velouté de la surface lui rappela le souvenir du grain de peau de sa fille quand elle était bébé. Une douceur extrême que rien ne pouvait égaler. Il se décida à l'appeler dans l'après-midi. Il n'avait pas répondu à son message et elle devait s'inquiéter. Elle lui manqua soudain, même si elle avait quitté le domicile parental depuis plusieurs années. Il avait besoin d'entendre sourire sa voix.

Édouard tenait toujours l'extrémité du bois entre ses mains. Relié à Gaëlle par cette matière noble. Elle se tenait droite et le sillon avait disparu dans les plis du tissu. Il se sentit idiot.

— Je peux emprunter ta voiture, cet après-midi ?

Elle acquiesça, et lui suggéra d'en profiter pour aller visiter les environs.

— Le Val sans Retour est un bel endroit. Les ruisseaux devraient couler après le gros orage que nous avons essuyé. De nombreuses légendes circulent autour de ce lieu, et en cette période de l'année, il devrait y avoir moins de touristes.

Rien ne laissait présager les surprises que ce Val sans Retour lui réservait pour les jours suivants.

Lui non plus n'en reviendrait pas.

Une faille dans le rocher

Au sortir du repas, l'adolescent avait regardé le nouveau venu quitter la maison au volant de la voiture de sa mère. L'après-midi s'annonçait calme et serein. Il en profita pour rejoindre la clairière et travailler quelques figures techniques.

En sueur après deux heures d'efforts, Gauvain était sur le point de ranger son matériel. Il avait déjà hésité à laisser la *slackline* en place d'un jour à l'autre, entre le tilleul et le rocher, afin d'éviter ce temps d'installation. Pour autant, même si la clairière se trouvait peu fréquentée, il refusait qu'un quelconque touriste de passage y monte. Cette sangle lui appartenait, elle portait un symbole inestimable, il ne voulait la partager qu'avec ceux pour lesquels il avait de l'estime. Gaëlle avait essayé une fois. Adèle, souple, gracile, tonique, se débrouillait plutôt bien pour une débutante. Raymond était trop vieux pour s'y aventurer.

Alors qu'il enfilait son pull, assis dans le tilleul, il vit le chat sauter sur la pierre et s'engager sur la surface instable, dans sa direction. L'animal y évoluait avec une arrogante aisance. Quand il arriva à sa hauteur, Gauvain rejoignit le sol pour commencer à relâcher les tendeurs et libérer le tronc de la tension infligée.

Platon lui passa entre les jambes en miaulant puis s'éloigna en se retournant sans cesse vers le garçon. Il recommença son manège à plusieurs reprises. Gauvain avait compris ! Cependant, il devait finir de détacher son matériel avant de le suivre.

*

* *

Au même moment, de retour de son expédition vestimentaire en ville, Édouard s'arrêta à Tréhorenteuc, sur le parking situé à l'entrée du Val sans Retour. Il entreprit de baptiser ses nouvelles chaussures de marche. La petite route plate et goudronnée qui menait vers le Val lui permit de vérifier qu'elles étaient ajustées. Puis vint la forêt. Sombre déjà. Un panneau racontait la légende, la fée Morgane, la malédiction des chevaliers infidèles. Il ne se souvenait pas de cet épisode.

Le large sentier vers le premier lac était désert malgré les conditions météo clémentes. Le silence et le calme conféraient à l'étendue d'eau quasi figée un aspect inquiétant. Pour autant, son esprit cartésien offrait encore à Édouard quelque résistance à la présence de mystères en ces lieux.

Il s'approcha d'un arbre couvert d'or. Il trônait au milieu de cinq troncs noirs et des milliers de petites pierres saillantes se dressaient alentour. Il demanderait à Gaëlle de l'éclairer sur la signification de ce lieu insolite.

*
* *

Juste au-dessus de lui, dominant le lac, le rocher des Faux Amants, dont la faille courait du haut en bas et le coupait à jamais en deux entités distinctes, supportait le poids du chagrin d'une femme. Adossée à sa base, elle regardait la colline en face, les joues couvertes de larmes silencieuses. Elle pensait à sa mère, qui par moments lui manquait terriblement. Elle était heureuse et triste à la fois d'avoir choisi la solitude et l'isolement. Presque recluse. Ses vœux ne s'adressaient pourtant pas à Dieu. Qu'on me laisse tranquille, clamait-elle en son for intérieur, tout en souffrant des conséquences de ses choix.

Alors oui, parfois, elle venait pleurer ici, pour repartir au combat l'esprit lavé de ses regrets.

*
* *

S'ils n'avaient été silencieux, Édouard aurait pu entendre ses sanglots, portés par le vent. Il s'engagea sur le sentier qui longeait le lac par la droite. D'étonnants reflets orange aperçus dans la rivière en contrebas coloraient également le ruisseau en amont, où ils viraient au rouge. Le sentier escarpé et enclavé empruntait le lit d'un ancien cours d'eau. Il vit disparaître un écureuil derrière un amas de terre et de racines. La nature le mettait à l'épreuve de ses propres certitudes, lui qui refusait d'accorder une légitimité aux signes du destin. Il s'en amusa avec autant de légèreté que celle dont faisait preuve le petit animal roux qui dansait maintenant dans les branches.

Un second lac apparut, plus sauvage que le premier. Pour éviter d'être surpris par la nuit – qui en ce mois de septembre tombait plus vite qu'à l'accoutumée –, il hâta le pas. Sur les indications d'un minuscule panneau, il emprunta un petit pont de bois qui enjambait la rivière. Le sentier escarpé et abrupt qui permettait de rejoindre l'autre versant de la vallée le priva de son souffle et l'obligea à interrompre sa marche à plusieurs reprises. Il en voulut à son embonpoint récent, qu'Armelle critiquait. Elle y voyait l'apparence, il en comprit les effets néfastes sur sa vélocité.

*

* *

À cinq cents mètres de là, à vol d'oiseau, Gauvain suivait le chat, sa sangle enroulée sur l'épaule. Platon avait des allures de lynx quand il sillonnait ainsi la forêt. Son endurance étonnait parfois l'adolescent. Il comprit vite où l'animal voulait le mener. Ce n'était pas la première fois.

Ils avaient marché une bonne demi-heure quand ils aperçurent le rocher au bout du chemin qui permettait d'y accéder par le nord. Gauvain savait qui se trouvait derrière, à regarder le paysage, les yeux dans le vague.

Il remercia le chat avant d'en faire le tour.

*

* *

Plus au nord, Édouard atteignit le sentier de crête qui dominait la vallée encaissée dont on apercevait à peine les deux lacs successifs. L'endroit, très minéral, couvert de vastes rochers à fleur de terre, remuait d'une discrète chorégraphie entre les oiseaux, les insectes et le vent qui dirigeait de sa baguette invisible un orchestre de graminées et de fleurs sauvages. Le spectateur était invité à s'asseoir et se laisser bercer. De concert, Édouard battait la mesure, de son cœur apaisé, les questions en sourdine.

Il s'assit un long moment, à même le sol.

Comme il était doux de s'en remettre au vent.

Il raconterait cela à Pauline.

*

* *

Adèle ne regarda pas l'adolescent quand il s'assit à côté d'elle. Elle lui prit simplement la main, pour le remercier d'être là. Elle n'avait jamais connu tendresse aussi simple avec un garçon. Peut-être parce qu'elle l'avait d'emblée considéré comme un petit frère. Et lui comme une grande sœur. Pas besoin de mots entre eux. Les émotions parlaient sans se soucier du moindre discours. La jeune femme aimait en Gauvain cette capacité qu'il avait de réconforter en silence. Juste un sourire. Juste une tête posée sur l'épaule. Juste une main. Juste lui.

Platon avait escaladé le rocher et, moustaches au vent, il appréciait le calme. La saveur de se trouver là, témoin d'une affection solide entre deux jeunes gens, au lieu de chasser des souris ordinaires dans l'ombre d'une grange. Il préférait sentir flotter dans les airs des effluves de tendresse plutôt que la panique d'un rongeur. Bien que cette peur puisse le combler d'un appréciable sentiment de toute-puissance dont il ne rechignait pas à se délecter.

*

* *

Édouard hésitait à reprendre la marche. Il avait regardé l'horloge sur le tableau de bord en quittant la voiture, et n'avait désormais aucune idée de l'heure. Voilà trois jours qu'il évoluait sans penser au temps qui passe. À Paris, il courait après chaque seconde, pestait contre le temps perdu, cherchait sans cesse à optimiser son planning trop serré. Il n'avait pas imaginé connaître ce genre de répit en montant dans le bus à Vannes.

Il décida de prolonger cet instant de pleine liberté, dont il appréciait la nouveauté, la profondeur, la richesse.

Il en mesurerait bientôt la nécessité.

*

* *

Gauvain avait passé son bras autour des épaules de la jeune femme, et la berçait. Elle ne se laissait aller qu'avec lui. Il ne la jugeait pas, n'attendait rien, ce qui donnait d'autant plus envie à Adèle de lui offrir sa protection quand elle en avait le pouvoir.

Puis il lui frotta l'avant-bras avec vigueur et lui proposa, dans cette langue des signes qu'elle commençait à comprendre, de lui faire un bon gros chocolat chaud.

Ils s'engagèrent sur le sentier par lequel ils étaient arrivés et qui contournait l'arbre d'or par le nord, offrant un itinéraire plus court vers Doux Chemin, au moyen de quelques raccourcis connus d'eux seuls.

*

* *

Ignorant encore la géographie des lieux et le temps nécessaire pour rejoindre la voiture, Édouard se décida à reprendre la marche, afin de ne pas être surpris par la nuit.

Il n'eut qu'une centaine de mètres à parcourir avant d'entrevoir un gros rocher au loin.

Probablement celui des Faux Amants d'après la légende d'une carte postale aperçue sur le pêle-mêle en liège de Gaëlle. Il se souvint de la carte touristique qu'il avait consultée dans les documents de la chambre et en conclut que la boucle était presque fermée car la roche surplombait l'arbre d'or.

*

* *

Alors qu'il venait de sauter de l'énorme caillou et s'apprêtait à emboîter le pas aux jeunes gens, Platon aperçut un homme arriver au loin. Il le reconnut d'emblée. Grand, la démarche un peu lourde. Il s'en fallut de peu pour qu'ils se croisent tous, et la rencontre n'eût pas été du goût du chat. Édouard n'avait pas besoin de tout savoir des habitants de Doux Chemin. Ni leurs failles ni leur complicité. Il devrait désormais se méfier et mieux surveiller ses arrières.

Se faire belle en l'étant déjà

Elle avait encore la saveur du chocolat chaud dans la bouche.

Cela lui donna de l'énergie pour la soirée qui s'annonçait. Le goût de l'enfance contre sa condition d'adulte.

Adèle avait cette chance de pleurer sans laisser de trace. Comme si ses yeux étaient désengagés du chagrin. À peine les paupières roses, même pas gonflées. Un trait de crayon fondu au pinceau recouvrirait la peine d'un voile de séduction.

Elle soigna son teint, en rehaussant les pommettes, brossa ses sourcils, appliqua son mascara. Elle finissait toujours par les lèvres qu'elle trouvait un peu épaisses, sans pour autant ignorer que cela plaisait aux hommes. Elle les couvrit de rouge. Un rouge intense et mat, qui ne laissait aucune trace.

La jeune femme se brossa les cheveux. Épais et noirs, ils étaient lisses comme la surface du Miroir aux fées. Elle aimait s'y rendre la nuit, quand plus personne n'osait. On ne la chercherait pas là-bas. Ni elle ni celui qui devait la rejoindre.

Elle se regarda un instant dans le miroir.

Parfait ! Il ne résistera pas.

Elle vérifia qu'elle n'avait rien oublié. Surtout pas le petit étui à la ceinture.

Elle croisa Édouard dans l'escalier. Il venait de s'adresser au chat, qui avait encore retourné Viviane dans l'après-midi, pour lui enjoindre de laisser cette tortue tranquille. Platon n'en eut cure et s'enfonça dans les profondeurs de la nuit sans même lui adresser un regard.

— J'ai essayé aussi, rien n'y fait ! dit Adèle en arrivant à sa hauteur.

Elle vit le trouble dans les yeux de l'homme. Elle savoura l'effet de sa longue robe noire au profond décolleté. Assez ample pour monter à cheval sans encombre, elle ne laissait aucun homme indifférent. Quand elle se retourna au pied de l'escalier, Édouard la regardait. Il lui lança un sourire gêné avant de disparaître dans sa chambre.

Un autre l'attendait.

Un lapin dans le combiné

Il mit quelques instants avant de se remettre de l'image de cette incandescente beauté. Il pensa à Pauline, qui devait avoir le même âge. Sa fille était-elle capable d'une telle transformation ? Il ne l'avait jamais vue à ce point aguichante et un frisson d'effroi parcourut son dos à l'idée de la découvrir un jour dans une telle démarche de séduction. Il était fier d'elle. Une gamine battante, courageuse, autonome et bien dans sa peau. Il espérait tenir une part de responsabilité dans l'équilibre dont Pauline faisait preuve.

Il supposa qu'Adèle se rendait à un rendez-vous galant.

Une fois sur le lit, il alluma son téléphone. Il n'était pas encore prêt à le laisser une journée entière sans le consulter. Il imaginait sa femme effondrée et détruite, se prépara à un flot de messages après avoir tapé le code de déverrouillage. Il n'y en eut qu'un, glaçant.

Jusqu'à présent, l'idée de passer pour un odieux personnage le hantait. Pour la première fois, il doutait d'avoir fait le bon choix en optant pour la fuite.

Il ignorait de quoi Armelle était capable. Qu'engendrait la colère ? De quoi accouchait le désespoir ? Jusqu'où l'envie de mourir se dotait de courage pour passer à l'acte ?

Il prit son téléphone pour l'appeler, sélectionna son contact. Sur le point d'appuyer pour lancer l'appel, il jeta son téléphone sur le lit, fit volte-face et se rendit à la salle de bains. Il enleva son pull, puis son tee-shirt, mit ses mains en creux sous le robinet et aspergea son visage et son torse. En relevant la tête, il se regarda longuement dans le miroir. Il dégoulinait d'eau froide et de regrets.

« Je sais que tu ne reviendras pas, je ne te mérite pas, tu as sûrement trouvé une femme bien plus belle et plus intelligente que moi. Tu as eu raison de partir. Je n'en vaux pas la peine. D'ailleurs, plus rien ne vaut la peine. La vie a-t-elle vraiment un sens ? »

En ramassant ses vêtements abandonnés à ses pieds, il aperçut un string en dentelle noire, oublié dans un coin de la minuscule salle de bains. Il revit Adèle, son visage magnifique, sa bouche provocante, son envoûtant décolleté. À côté, Armelle semblerait si froide, deux beautés opposées. Le feu, la glace. Il le ramassa et le respira un instant, mû par le besoin de renouer avec l'odeur intime d'une femme, puis le jeta au sol avec violence et se détesta pour ce qu'il venait de faire, comme s'il avait abusé d'elle. Il pourrait être son père.

Il revint torse nu dans sa chambre, saisi par la fraîcheur du soir sur sa peau mouillée alors qu'il franchissait le palier extérieur qui séparait les deux chambres. Il s'en voulait encore d'avoir humé ce morceau de tissu, de laisser Armelle dans ce silence criant de lâcheté.

C'est le moment que choisit Denis pour l'appeler. Il décrocha.

— Ben alors ? T'es où, lapin ?

— Armelle vous a contactés ?

— Évidemment ! Le premier soir, et le deuxième, et ce soir encore. J'ai fini par lui promettre d'essayer de t'appeler vu que tu ne lui réponds pas.

Denis était son ami d'enfance. Ils s'étaient connus au collège, et ne s'étaient plus jamais quittés. La rencontre, malgré leur jeune âge, avait été marquée du sceau de l'évidence et un amour fraternel leur offrait un indéfectible lien. Denis avait rencontré Diane en seconde et leur couple durait toujours. Ils étaient les plus vieux amis d'Édouard. Situation compliquée et pratique à la fois : il était psychiatre. Sans considérer Édouard comme un patient, il lui posait les bonnes questions pour le faire rebondir, même autour d'une bière ou au bord d'une piscine en vacances. Armelle arriva bien après le lycée, alors que leur trio était constitué et solide.

— Elle a essayé de me tirer les vers du nez. Elle est persuadée que tu es parti pour une autre. Je l'ai rassurée pour l'idée d'une autre femme. Cette pensée la mine. Tu es où ?

— Au cœur de la forêt de Brocéliande, dans une chambre d'hôtes. C'est comme si ce n'était pas moi qui étais monté dans cet autocar. Je n'ai pas pensé à Armelle. Juste à moi.

— Il était temps.

Édouard, interloqué, marqua un silence. Il attendait un sermon de son ami. Ce dernier connaissait bien Armelle, son caractère, sa fragilité, et les conséquences possibles d'un tel départ inopiné. Édouard surveillait une petite araignée qui s'attelait à tisser un piège entre la poutre et les lambris au-dessus du lit. Il n'en avait jamais eu peur et avait consacré des heures entières de son enfance à espionner, admiratif, le travail des bâtisseuses de soie. Les occasions étaient devenues rares depuis bien longtemps. La phobie d'Armelle ne souffrait aucune tolérance à leur égard.

L'insecte brodait sous son nez une idée soyeuse de la liberté.

— Tu ne me fais pas la morale ?

— Si ! *Il était temps.*

— Je pensais que tu m'en voudrais !

— Je t'en veux d'avoir mis si longtemps à comprendre. Ce n'est pas faute d'avoir essayé de t'ouvrir les yeux. Je sais à quel point chacun a besoin d'aller jusqu'au bout de l'impasse avant de rebrousser chemin et prendre une autre rue. Mieux vaut tard que jamais.

— Denis, tu es en train de me dire que j'ai bien fait ?

— Tu n'es pas heureux, Ed, ça se voit depuis des années comme le nez au milieu de la figure, sauf que le nez, à force de le voir, on ne le voit plus. Tu vois ?

— Euh, non.

— Tout le monde voit que tu n'es pas heureux, sauf toi.

Armelle l'avait vidé de son énergie au fil des années et Denis lui avoua qu'il s'attendait depuis longtemps à ce moment où il « péterait un câble », signe qu'il était arrivé au bout de l'effort qu'il pouvait fournir, exsangue.

— Voilà plusieurs années - que dis-je, plusieurs dizaines d'années - que tu la soutiens en pure perte et que tu te diriges, sans même t'en rendre compte, vers un état de déprime, au milieu de ta tristesse, de ta colère et de ta culpabilité d'avoir échoué à lui faire du bien. Tu étais arrivé à un stade où tu savais que rien ne pouvait l'aider, et surtout pas toi. Et aujourd'hui tu culpabiliserais de prendre tes jambes à ton cou pour t'offrir enfin, à cinquante ans, une vie digne de ce nom, joyeuse et positive ? De grâce, épargne-toi ça !

— Elle dit qu'elle a envie de mourir, que sa vie n'a pas de sens sans moi.

— Ta vie a-t-elle encore un sens avec elle ?

— ...

— Non ! Et tu le sais très bien. Depuis combien d'années n'as-tu plus fait l'amour ? Que partagez-vous encore ?

— Notre fille, quand même.

— Pauline est une adulte indépendante. Elle ne rentre plus si souvent à la maison.

— Et si Armelle se suicide ?

— Les dépendants fusionnels, ce que je pense qu'elle est, ne passent à l'acte que s'ils sont sûrs que l'autre en portera la culpabilité. Tu dois désamorcer ses menaces en lui affirmant qu'elle serait seule en cause et que tu n'endosserais aucune responsabilité.

Sans pouvoir lutter, Édouard imagina de quelle façon Armelle choisirait de mettre fin à ses jours. Un probable mélange d'alcool et de médicaments. On la retrouverait noyée dans la baignoire, ou étendue sur le lit conjugal, une lettre d'adieux accablante sur la table de chevet. Il devrait déménager pour fuir les regards assassins des voisins et ne pourrait plus jamais s'engager dans une quelconque histoire d'amour. Sa fille ne lui parlerait plus, lui faisant à jamais porter le poids de la mort de sa mère, et il finirait seul, rongé par le souvenir de cette vie ratée. Édouard décida d'appeler Pauline dès qu'il aurait raccroché.

— Lapin, t'es là ? Dis quelque chose !

— Et si elle le fait quand même ?

— Tu n'en serais pas responsable. Elle ne le fera pas, crois-moi ! Par contre, il est grand temps qu'elle se soigne.

— Je suis quand même un peu fautif.

— Tu es responsable d'avoir accepté cette situation de couple et cette dépendance. N'en avais-tu pas besoin quand tu l'as connue ? Tu sortais d'un gros chagrin d'amour. Après, le processus était enclenché. Vous étiez dans un cercle vicieux dont il est difficile de sortir.

Édouard encaissait le seau d'eau froide que son ami lui flanquait à la figure comme on ramène un poulain mort-né à la vie. Denis le lui disait depuis longtemps, nous sommes responsables de ce que nous acceptons. Seuls responsables.

— Quel a été le déclic pour partir ?

— Un concours de circonstances. Une lettre qui m'a fait prendre conscience que le chagrin d'amour dont tu parles, je n'en suis jamais vraiment sorti. Élise m'a écrit.

— Oh. *Notre* Élise. Après si longtemps !

— Oui.

— Et que te dit-elle ?

La proie

Un de plus.

Il fallait les voir l'implorer, la supplier. Ils en auraient presque pissé. Elle aimait cette lueur de panique dans leurs yeux quand ils comprenaient. Ils s'étaient trompés sur elle, avaient pris des risques, il était trop tard.

Qu'ils paient.

Elle avait joué de ses atouts quand elle était gamine. Un sourire bien placé et elle obtenait ce qu'elle voulait. Avec son père, d'abord. Et puis à l'école primaire. Tous les garçons lui tournaient autour et elle n'avait qu'à lever le petit doigt pour choisir son équipe dans la cour, la plus grosse part du gâteau d'anniversaire, ou la meilleure place dans le bus. Elle se sentait aimée, adulée, élevée, protégée. Rien ne pouvait lui arriver. Elle faisait tourner les têtes et les têtes n'en faisaient qu'à la sienne. Un sentiment de toute-puissance jouissif et savoureux. Cette place à prendre dans le monde, et tant pis pour les autres, celles que la nature avait moins gâtées, celles qui avaient le nez un peu gros ou les yeux écartés, les oreilles décollées ou les dents mal rangées. Elle était née avec cette plastique parfaite et il suffisait de se baisser pour ramasser les fruits sucrés de sa vénusté.

Sa beauté se retourna contre elle à l'adolescence. Les garçons voulaient en profiter. Ils s'en sentaient le droit et transformaient chaque occasion en approche à peine déguisée, l'appétit d'autant plus aiguisé qu'elle n'en élisait aucun au rang de privilégié. La meute lui tournait autour à la recherche du trophée à brandir au-dessus des perdants qui baveraient d'envie.

De petite fille toute-puissante, elle était devenue proie.

Et personne ne l'y avait préparée.

Robinson

Élise Lenoir
3, rue des Mouettes
22370 Pléneuf-Val-André

Val-André, le 10 août 2018

Mon cher Édouard,

Je remercie le destin de m'avoir permis de te retrouver juste au moment où j'avais besoin de t'écrire.

Je peux ainsi t'envoyer cette petite lettre, comme nous nous l'étions promis il y a maintenant si longtemps, pour t'annoncer que j'ai enfin réalisé mon rêve d'adolescente.

À cinquante ans, il était temps !

J'ai fait confiance à la vie…

J'espère que tu as réalisé le tien, l'idée était si belle et si importante à tes yeux…

Je pense souvent à toi. Je ne t'ai pas oublié.

Je ne t'oublierai jamais. Comment pourrais-je…

Je t'embrasse,
Clic-clac,

Élise

Seul dans une chambre au milieu de nulle part, il manquait de bras qui rassurent et câlinent. Il aurait donné cher pour qu'on l'accompagnât dans le tourbillon des décisions déterminantes qu'on prend seul. Il se sentit faible. Lui, un homme grand et large, aux tempes grisonnantes, père et mari, chef d'équipe responsable. Faible d'être sensible au point d'éprouver ce besoin criant de bras pour le réconforter.

Il repliait la lettre quand il entendit une porte claquer au rez-de-chaussée, des bruits étouffés. Puis des pleurs, des cris. L'homme ne bougeait plus, respirait à peine pour déceler le moindre son, la moindre nuance dans une voix. Il n'entendait que les gémissements de Gauvain.

Un étage en dessous, une mère silencieuse prenait son fils dans les bras en se demandant pourquoi, depuis plusieurs semaines, elle essuyait ce genre de naufrage. Son petit Robinson semblait plus perdu qu'en pleine mer.

Gauvain hurlait la peur pour s'en débarrasser. À quoi servent les mots pour décrire un cauchemar quand la seule solution serait de se réveiller ? Ce qu'il avait vu, le garçon était sûr de ne pas l'avoir rêvé. Que pouvait-il en faire, à part l'oublier ?

Édouard se demanda s'il avait la légitimité de descendre pour proposer son soutien à Gaëlle.

Fallait-il agir ou s'abstenir ? Ne surtout pas nuire. Y aller ? Ne pas y aller ? Pour faire quoi ?

Le temps qu'il tergiverse, plus rien ne bougeait au rez-de-chaussée. Il supposa que la crise était passée, sans pour autant en être certain. Le silence n'est pas toujours bon signe. Et il reposait là, tranquille, dans son lit, loin du fracas. Il ne se sentit pas bien courageux. Il éteignit la lumière sur ce constat minable d'impuissance.

Juste avant qu'il ne sombre, il perçut le bruit sourd d'un écoulement d'eau. Épuisé, il n'avait plus le courage de se redresser dans son lit pour écouter plus attentivement l'origine du son. D'ailleurs, était-il encore réveillé ? Il n'avait pas la réponse. Il flottait entre deux mondes. Dans son demi-sommeil, tout semblait se mélanger, lui échapper, se confondre. Il ne distinguait plus ni le type d'information auditive ni sa provenance.

Il comprenait seulement qu'il n'était pas le seul à devoir affronter ces quelques mystères qui planaient dans ce hameau.

PARTIE II

Toute véritable transformation sera précédée d'un grand moment d'inconfort. C'est là le signe que vous êtes sur le bon chemin.

Ajahn CHAH

Un bout de fil autour du doigt

Gendarmerie des Rousses

Afin de n'éveiller aucun soupçon, Christine attendit que son mari parte à la pêche pour se préparer à sortir. Elle voulait y retourner seule. Voilà trois semaines qu'ils étaient allés se plaindre de la disparition de leur fille à la gendarmerie. Un mois de vide glaçant. Christine avait appelé les amis de Delphine, demandé aux anciens voisins de son appartement d'étudiante, à certains professeurs. Même sa meilleure amie n'avait aucune nouvelle. Delphine s'était évaporée et Christine sentait monter l'angoisse chaque soir et chaque matin, à chaque relâche dans la journée. Seuls les services très chargés où il fallait rester concentrée lui faisaient oublier un temps le chagrin de cette disparition et l'angoisse d'une issue fatale.

Trois semaines durant lesquelles elle repensa à Raphaël et au regard qu'ils avaient échangé à l'entrée de la gendarmerie alors qu'elle était en plein désarroi. Ainsi travaillait-il là-bas. Elle ne l'avait jamais aperçu en ville.

En arrivant à l'accueil, elle demanda s'il était envisageable de voir le capitaine Desnoyaux. « Je le connais personnellement. »

Le jeune gradé de l'accueil décrocha son téléphone et échangea quelques mots avec son interlocuteur. Il avait ce tic nerveux d'appuyer sur l'arrière de son stylo-bille avec son pouce à une vitesse hallucinante. Le cliquetis régulier et ininterrompu avait pour seul effet de transférer son stress sur les nerfs de ses collègues. Christine le regardait faire en se demandant s'il aurait ce type de manie en étant bûcheron ou garde forestier. Le même homme dans un endroit calme et paisible ne serait peut-être pas le même homme. Elle, en tout cas, trouvait dans sa grande promenade quotidienne en forêt, avec son saint-bernard, entre le service du déjeuner et celui du dîner, une façon efficace de s'extraire du stress de son travail. Et de son mari. En raccrochant, le jeune homme tourna l'arrière du stylo vers le comptoir d'accueil et recommença à jouer avec l'embout ; cette fois-ci contre la surface mélaminée, ce qui en accentua le bruit. Elle devrait patienter quelques instants.

Christine s'assit sur la moins abîmée des trois chaises alignées contre le mur en face du cliquetis. Elle regardait les affiches d'information scotchées tout autour. Ces photos d'enfants disparus, vieillis par un logiciel tant ils avaient dû changer avec les années. Elle tressaillit. Delphine était une jeune adulte qui ne grandirait plus. Elle n'osait pas imaginer que l'absence dure plusieurs années comme les affaires affichées dans toutes les gendarmeries de France et qu'on ne résolvait parfois jamais. Un autre visuel dénonçait les violences conjugales avec le numéro 3919 en gros, en gras, à composer en cas d'urgence. Combien de femmes osaient décrocher leur téléphone ? se demanda-t-elle. Et là, comme message de prévention contre la vitesse excessive, une voiture écrabouillée contre un arbre et dont il ne restait qu'un entrelacs de tôle, de plastique, de tissu, de verre et de la bouillie humaine à la morgue.

— Je me disais bien que je t'avais reconnue, dit le capitaine Desnoyaux en arrivant. Viens, on va trouver un bureau calme.

Christine marchait en retrait de lui dans un long couloir. Elle vouait depuis toujours une profonde admiration aux hommes en uniforme. Pompiers, militaires, policiers, gendarmes. Cela la rassurait. L'ordre et le dévouement, la force, la rigueur, la justice. Elle se sentait protégée. Ce dont elle manquait cruellement. La chemise bleue repassée, l'écusson fixé sur l'épaule, le pantalon marine, l'énorme ceinturon sur lequel étaient accrochées les menottes qui s'entrechoquaient à chaque pas, l'arme dans son étui, et les rangers cirés. Le contexte n'aurait pas été celui pour lequel elle pleurait depuis des semaines, elle aurait presque été heureuse. D'ailleurs, elle se demanda pourquoi elle était venue. Après tout, il ne lui dirait rien de plus que son collègue.

— Assieds-toi, je t'en prie. Depuis combien de temps ne nous sommes-nous pas revus ?

— Pfiou, des dizaines d'années, constata Christine dans un minuscule rire.

— On était ensemble en quoi ? En quatrième et en troisième ?

— Le temps file, n'est-ce pas ?

— Tu n'as pas changé. Je t'ai reconnue tout de suite.

— Moi aussi, répondit-elle en baissant les yeux.

Raphaël se souvint qu'elle avait déjà cette attitude timide et réservée. Il se dit que personne ne change vraiment. On acquiert tout au plus de l'expérience, le reste nous poursuit sans relâche. Ce léger retroussement du nez, cette main qui passe dans les cheveux, ce petit rire nerveux.

— Tu étais très discrète en classe, constata-t-il.

— Et toi, plutôt volubile. Je ne t'ai jamais vu aux Rousses depuis le collège.

— J'étais parti longtemps, en région parisienne, et dans le sud de la France. Je suis revenu depuis six mois. Ma maman est malade, et mon père ne s'en sort pas. Je voulais être plus proche. Et toi ?

— Je ne suis jamais partie. Je me suis mariée jeune, à Robert, tu sais, et l'hôtel-restaurant a occupé toute ma vie.

Un voile de regret passa dans ses yeux à l'évocation de cette vie passée trop vite dans le tumulte d'une entreprise qui lui mangeait son temps et son énergie.

— Mon collègue m'a expliqué en trois mots la raison de votre venue. Toujours aucune nouvelle ?

— Aucune.

Christine chercha un mouchoir dans son sac. Avec le temps, les larmes s'étaient un peu taries. Pour éviter les remontrances de son mari. Et puis, il fallait bien se ressaisir. Pas le choix.

Mais là, d'en reparler…

Et d'en reparler avec Raphaël.

Elle s'en voulut soudain de faire perdre son temps à l'homme déjà bien occupé.

— Mon collègue m'a aussi dit que tu ne semblais pas avoir une vie facile avec Robert.

— Tu te souviens de lui ! répondit-elle en relevant la tête et en essayant de cacher son embarras. Il n'a pas changé non plus depuis le collège. Enfin si. Je crois qu'il ne s'est pas arrangé. Je fais avec. J'ai une bonne situation.

— Tu le sais, toi, pourquoi elle est partie votre fille ? Il s'est passé quelque chose ?

— Elle en a sûrement eu marre de ce qui se passe avec certains clients. Les habitués se sentent comme chez eux, et se croient tout permis, surtout en fin de journée, après le boulot et quelques bières. C'est une jolie fille. Trop jolie.

— Un ras-le-bol accumulé qui l'a fait partir du jour au lendemain ?

— Peut-être.

— Rien d'autre ?

Christine baissa à nouveau les yeux. Un petit fil dépassait de la couture de la capuche de la veste posée sur ses genoux. Ton sur ton avec la couleur du tissu, elle ne l'avait pas vu jusque-là, sinon, elle l'aurait coupé. Ou alors s'était-il décousu entre-temps ? Elle ne voyait plus que lui. N'avoir que ce petit bout de fil en tête l'arrangeait. Elle jouait à l'enrouler serré autour de son index au point de voir blanchir la dernière phalange puis à le dérouler en comptant les secondes où il restait courbé avant de retrouver sa forme initiale.

Elle aussi se sentait courbée.

Un fil qui dépasse, on le coupe. Il ne sert à rien, sauf à paraître négligé.

Elle aussi se serait bien coupée du monde.

Le gendarme la regardait triturer son fil en silence. Christine respirait à peine, comme pour ne pas s'autoriser à lâcher l'énorme soupir qui restait coincé dans sa poitrine. Elle ne pensait à rien, et à tout à la fois. Ce qu'elle endurait sans pouvoir en parler n'avait aucune valeur.

Elle se demandait combien de temps allait durer ce silence dans le bureau du capitaine. Tant que le fil tenait bon autour de son index, elle pouvait s'y accrocher. Mais s'il lâchait ? S'il la lâchait ? Ou si Raphaël insistait ?

Elle ignorait qu'il avait appris avec le temps à laisser mûrir certains mots au fond des gens, car les extraire de force leur faisait perdre leur sens et leur puissance. Il n'en pensait pas moins. La gamine qu'il aimait beaucoup au collège et qu'il trouvait touchante de douceur et de sensibilité à l'époque s'était transformée en une femme qui faisait dix ans de plus que son âge ; la lumière dans ses yeux s'était éteinte. Il l'avait pourtant vue s'éclairer à son arrivée quand ils avaient évoqué le collège.

Il attendait le moment où une larme allait s'échapper d'une de ses paupières. Seulement d'un côté d'abord. Celui vers lequel la tête penche un peu. Une larme tellement grosse d'avoir été retenue si longtemps qu'elle roule sur la joue à toute vitesse avant de s'écraser au hasard.

Elle arriva quelques secondes à peine après qu'il y eut pensé. Et elle éclata sur l'index qui continuait à tournicoter le fil derrière lequel Christine se réfugiait pour ne pas parler.

— Il faut que j'y aille, dit-elle soudain en se redressant et en affichant un sourire crispé mais néanmoins sincère à l'égard du gendarme.

Un sourire qui retient de toutes ses forces le flot de larmes qui ne demande qu'à rompre la digue. Un sourire sac de sable pour colmater, le temps de sauver les meubles. De sauver les apparences, face à son ami d'enfance.

— Reviens me voir quand tu veux, d'accord ? J'ai plaisir à te retrouver. Je t'appréciais beaucoup au collège.

— Moi aussi.

Puis elle se leva d'un bond et disparut dans le couloir avant que le capitaine Desnoyaux n'ait eu le temps de la raccompagner. En remettant les chaises en place, il constata qu'un petit morceau de fil noir gisait au sol. Il le ramassa et le regarda un moment.

La vie ne tient parfois qu'à un fil.

En équilibre

Le garçon a pris de l'élan pour sauter et s'est suspendu à bout de bras d'abord à une extrémité, puis à l'autre. Ses pieds ne touchent pas le sol. Puis il a encore vérifié les attaches. Celle autour du tilleul qu'une bande de feutre épais protège des frottements et l'autre au rocher. À trois reprises. Il ajoute un dernier cran au tendeur à cliquet, comme il le fait à chaque fois dans une sorte de rituel protecteur. Il accentue la difficulté, n'a jamais fixé la *slackline* aussi haut sur le tronc. Il lui faut ce shoot d'adrénaline et d'endorphine. La peur pour remplacer la colère. Il ne la connaît pas, cette alchimie au fond de lui, qui opère quand il est en l'air, mais il sent dans ses veines et dans ses nerfs quand il faut marcher sur la sangle. Comme ce matin. Plus haut pour plus d'adrénaline. Pas trop pour ne pas se casser le dos. Flirter avec le danger pour s'obliger à se concentrer et oublier le reste. Se vider de ses autres peurs en affrontant celle du vide.

Le jour n'était pas encore levé au moment de partir vers la clairière. Il ne voulait pas prendre le risque de croiser quelqu'un. Qu'on lui fiche la paix dans sa guerre. Celle qui s'est déclarée il y a si longtemps déjà et qui ne lui laisse que peu de répit. Ses blessures sont intérieures et il est son propre tortionnaire. Personne ne le sait. Il ne veut pas faire de mal à sa mère. Il ne veut pas qu'on le sépare d'elle.

Il a laissé ses chaussures dans l'herbe et s'est assis sur l'embranchement plat de l'arbre. C'est là que son ami vient généralement le saluer. Il ne l'a pas encore vu. Peut-être plus tard. Il l'espère.

Il a fermé les yeux et se concentre. Puis les ouvre et se dresse sur ses jambes. Son pied droit se pose sur la minuscule surface froide. Toujours commencer par le droit. Le rituel protège. La sangle est en tension extrême. Il a serré fort. Au maximum. Pour moins trembler. En revanche, s'il s'y heurte en tombant, il sait que l'hématome sera inévitable et restera plusieurs jours sur ses cuisses. Alors que son autre pied repose encore sur le tronc, la violence des images de la veille surgit dans son esprit.

Allez-vous-en ! Je veux plus vous voir. J'aurais pas dû vous voir. Elle devait pas faire ça. Pas à lui. À personne. Il n'a rien fait de mal, il ne le mérite pas. Pourquoi elle fait ça ? Il a dû avoir mal. J'ai rien pu faire. J'aurais peut-être dû. Partez, putains de pensées. Si vous restez je vais tomber, et me faire mal. Personne ne sait que je suis là. Maman, tu le sais, toi ? Tu t'en doutes au moins, hein ? Tu sais que je viens là quand ça va pas. Toi aussi.

Ça, je le sais. Si elle leur fait du mal, c'est qu'elle ne les aime pas. Et moi ? tu crois qu'elle m'aime ? Elle me fera du mal ? J'espère qu'il va bien. La sangle. Le rocher. Regarde le rocher. Sens le vent dans les feuilles au-dessus de toi. Il faut en tenir compte pour l'équilibre. La sangle, le rocher. Mon autre pied. Avance. Respire. Respire. Regarde le rocher, pas tes pieds.

Il a quitté l'écorce. Ses jambes tremblent et peinent à se stabiliser. Les vibrations envahissent l'ensemble de son corps. Ses bras en croix bougent rapidement pour chercher l'équilibre. Il aperçoit le sol. L'herbe sera molle mais le sol en dessous ne lui fera pas de cadeau. Il regarde à nouveau le rocher, gaine son corps, et sent la sangle se stabiliser. Il respire doucement et avance de quelques pas. Il cligne des yeux pour chasser le flou. Une larme coule sur sa joue. Il respire en fixant le rocher. *Il pleurait de douleur et de peur et j'ai rien pu faire. Et s'il était mort ? L'autre, j'ai rien pu faire et il est mort*. La sangle se met à trembler. Trop. Ses bras s'agitent quelques instants pour chercher la stabilité mais il sent ses jambes tanguer. Il a juste le temps de regarder le sol avant de sentir son corps basculer.

Cheval et couture

Malgré les premiers rayons de soleil, son voisin ne s'était pas encore manifesté. Elle investit donc la salle de bains pour se laver une seconde fois de cette fange obscène et noire qui lui faisait horreur et qu'elle avait entrepris de remuer.

Elle irait ensuite soigner Perceval et le faire marcher au calme, dans la forêt, pour lui éviter les courbatures. La veille, elle l'avait poussé au bout de ses performances. Il n'était plus tout jeune, elle l'avait peut-être trop sollicité. Puis elle finirait sa couverture aux ornements médiévaux.

Adèle avait deux passions dans la vie.

Durant son enfance, elle passait tous ses mercredis au centre équestre, à deux pas du centre-ville, accessible en dix minutes à pied à travers champs. Papoter avec des filles de son âge. Soigner les animaux, les brosser, leur parler, se confier parfois. Et puis, ces sentiments d'humilité et de puissance, quand on est sur le cheval. Le guider, le faire obéir, le respecter, sinon, il vous fiche par terre sans ménagement. Quand son père tiquait à cause du prix des cours, sa mère insistait, en lui disant que, pendant qu'elle était là-bas, les garçons ne lui tournaient pas autour. Argument imparable pour le père d'une adolescente. Il payait. Elle avait passé tous ses galops avec succès, du premier coup, et elle avait même participé à des compétitions. Elle montait donc à cheval avec un naturel et une facilité qui forçaient l'admiration.

Sa passion pour la couture lui venait de sa maman. Elle l'avait toujours vue assise à sa machine pour confectionner des vêtements, du linge de maison ou de petits objets qu'elle offrait autour d'elle. Son unique loisir après ses longues heures de travail, qui la faisait parfois veiller tard, seulement éclairée dans une pièce sombre par la petite lampe au-dessus du pied qui portait l'aiguille. Adèle apprit très vite. Sa mère, heureuse de lui transmettre son savoir-faire, ne recula devant aucun défi, et, à treize ans, sa fille savait coudre des chemises à col Claudine, des jupes à fermeture Éclair invisible, des manteaux épais, des mitaines doublées, des sacs ou des poupées.

Cette activité leur permettait de partager une passion et de s'y réfugier, parfois ensemble, pour se protéger des trop grosses vagues qu'on leur infligeait. Puis Adèle s'engagea dans des études de droit.

Ce serait son combat. Rendre justice. Elle était née pour ça. Elle croyait plus aux destinées qu'aux hasards.

Le secret

Gaëlle terminait son petit déjeuner quand Édouard s'assit à la table. Elle était seule. Pas d'assiette devant elle, ni de miettes sur la table, elle n'avait avalé que son café. Édouard réfléchissait à la façon d'engager la conversation sans la froisser à propos de sa fatigue manifeste ; il ne voulait pas non plus paraître intrusif en posant des questions concernant les bruits de la veille.

— Tu as bien dormi ? dit-il, cédant à une pitoyable facilité.

— Pas trop.

— À cause de Gauvain ?

— Tu l'as entendu ?

— Oui.

— Je ne sais pas ce qui se passe. Il est rentré essoufflé, plein de boue et de larmes. Il était parti à vélo après le dîner.

— Il sort souvent la nuit ?

— Oui. C'est son jardin secret. Je le respecte. Depuis quelque temps, il lui arrive de revenir avec cette colère en lui, comme hier, et je ne sais pas quoi faire.

— Si seulement il pouvait parler.

Il se mordit l'intérieur de la joue.

Gaëlle avala la dernière gorgée de son café et se leva pour ranger la table. Édouard ne savait pas quoi lui dire, il se sentait idiot. Quelques jours dans la vie de cette femme, une broutille à l'échelle de son histoire, insuffisante pour l'autoriser à un quelconque nouveau commentaire, surtout s'il était aussi débile que le précédent, pensa-t-il.

Édouard constata que Gaëlle était seule, elle aussi. *Tout le monde est seul quand il est question d'affronter les événements difficiles.* Il essayait d'imaginer le même genre de difficulté avec sa fille, supposa qu'il était impossible, sans l'avoir vécu, de comprendre le désarroi d'un parent quand son enfant va mal. Pauline avait eu la chance de n'avoir à faire face à aucun gros nuage. Quelques chagrins d'amour de faible intensité dont elle s'était vite remise, pas de maladie, pas d'accident, pas de deuil, pas de névrose. Une fille intelligente et équilibrée, engagée sur les rails de son avenir à une vitesse de croisière. Comme il avait été heureux d'entendre sa voix la veille, de constater qu'elle ne le jugeait pas. Certes, elle était triste à l'idée que le couple parental puisse traverser une mauvaise passe, mais elle ne prit position ni pour l'un ni pour l'autre, et demanda à son père comment elle pouvait les aider. « Rester celle que tu es », lui avait-il répondu.

À l'évidence, Gaëlle avait peur pour son fils ; Édouard éprouva l'envie de la prendre dans ses bras. Il s'en garda.

— N'hésite pas, si tu penses que je peux faire quelque chose.

Elle le remercia poliment et il se sentit à nouveau ridicule à l'idée d'imaginer que sa simple présence puisse leur venir en aide. Il venait se sauver dans cette forêt, en quoi pouvait-il être utile aux problèmes des autres ?

— Je crois qu'il lui manque une figure masculine à laquelle s'accrocher pour se construire en tant qu'homme, lui confia-t-elle. J'ai tout misé sur la douceur pour soigner son agressivité de petit garçon. Ce noyau sain que nous portons dès la naissance. Parfois, on se retranche, on se durcit pour protéger le doux et le fragile quand des obstacles trop nombreux se mettent en travers de la route. Il a rencontré des obstacles. J'ignore si je lui ai donné les armes pour se battre, les franchir. Il en avait peut-être besoin aussi.

— Faut-il être un homme pour transmettre ce bagage ?

— Au moins être deux ?

— Tu n'en as jamais eu l'occasion depuis ?

— D'être deux ?

Gaëlle se tut un instant. Elle lui adressa un sourire poli, puis rejoignit la cour. Il respecta sa dérobade – même s'il sentait qu'elle portait un poids dont il l'aurait volontiers délestée. Elle disparut dans l'atelier, chanceuse de pouvoir se vider la tête au contact de ses branches.

Il décida de retourner à l'arbre, fort du souvenir de leur première rencontre, aussi bénéfique qu'étrange.

Il avait remarqué qu'une troisième voie aboutissait à la clairière, plus petite que le chemin de mousse et que celui qu'il avait emprunté au retour, pieds mouillés et cerveau retourné. Le sentier qui s'échappait derrière la maison de Raymond l'inspira. Il disposait d'un honorable sens de l'orientation – qualité salutaire dans cette forêt. Couvert d'aiguilles issues des pins qui le bordaient, de feuilles mortes en partie décomposées, ce chemin était encombré de troncs qui gisaient en travers du passage. S'il avait plutôt tendance à s'éloigner de la clairière au départ du hameau, la longue courbe qu'il dessinait ensuite l'en rapprochait. Édouard entendit soudain une voix. Plutôt masculine, sans pouvoir l'affirmer avec certitude, elle exprimait de la colère et des larmes. Des gens se trouvaient donc déjà où lui se rendait et il en fut contrarié. Si le triste spectacle d'un couple qui se dispute ne l'enchantait guère, il avança cependant, mû par une inavouable curiosité. Pour tromper sa conscience, il se retrancha derrière l'idée louable de se sentir utile si cela venait à dégénérer. Il coupa par la forêt et distingua une silhouette bouger au loin, entre les arbres. Alors qu'il s'était approché jusqu'à la lisière avec la discrétion d'un lynx, il fut cloué sur place quand il découvrit à qui appartenait la voix.

Gauvain s'adressait à la pierre sur laquelle il s'était hissé.

Il criait.

« Dur. »

« Homme. »

« Marre. »
« Peur. »
« Hier. »
« Rocher. »

Ces mots se distinguaient au milieu d'autres plus confus. Une voix grave, ponctuée de quelques pointes plus aiguës, résultat d'une utilisation hasardeuse et rare de ses cordes vocales. Nerveux, il sauta au sol et ramassa un morceau de bois puis remonta sur la roche, et la frappa de toutes ses forces. Il cria de plus belle jusqu'à ce que le bois se brise et jeta le morceau restant au milieu de la clairière avec une impressionnante puissance. Enfin, il se coucha sur la pierre à plat ventre et l'entoura de ses deux bras.

Édouard, sous le choc, resta caché derrière le tronc épais d'un chêne qui bordait la clairière. Stupéfait, il se demanda si Gaëlle le savait et qui cachait quoi à qui dans ce hameau d'apparence paisible.

Soudain, Gauvain se redressa et sécha ses larmes d'un revers de manche. Il se présenta face à la sangle qui l'attendait à deux mètres du sol, mit ses bras à l'horizontale, ferma les yeux, respira plusieurs fois à pleins poumons. Quand il les ouvrit, il fixa le tilleul et se lança sur l'étroite surface instable. Trop vite. Au bout de quelques mètres, il bascula.

Édouard sursauta, le souffle coupé.

Déjà, le jeune homme, qui s'était rattrapé à la sangle lors de la chute, passait l'une de ses jambes au-dessus d'elle, pour s'y asseoir. Il se redressa avec lenteur après sa pirouette. Il ne s'agissait pas de retomber. Debout et stable, il prit une grande inspiration et fixa l'arbre avant de repartir, plus concentré. Un écureuil déambulait dans le tilleul en épiant Gauvain. Le garçon termina sans encombre la traversée dans les airs et s'assit dans l'arbre en fouillant sa poche puis tendit sa main ouverte vers l'animal. Celui-ci s'approcha, hésitant, et saisit ce qui lui était offert pour le porter à sa bouche. Gauvain s'allongea le long du tronc, les bras repliés derrière la tête et les yeux fermés. Le petit mammifère grimpa alors sur son corps et en fit le tour plusieurs fois avant d'atteindre les branches hautes.

Édouard se sentit dans un autre monde. *Il se prétend muet mais parle aux pierres, est ami avec un écureuil, danse sur une sangle au-dessus du vide. Où suis-je ?*

Il repartit à reculons en veillant à éviter les branchages susceptibles de craquer sous ses pas.

Perdu dans ses pensées, il se demandait comment réagir. Raconter cette troublante réalité à Gaëlle, au risque de la blesser et de rompre l'harmonie entre eux ? Garder le poids de ce secret ?

En apercevant les premières maisons du hameau, il opta pour le silence. Il voulait prendre le temps de comprendre la situation, de mieux connaître Gauvain. Et s'il sentait un jour l'opportunité d'en parler à sa mère, il le ferait.

Comment aurait-il pu imaginer, à cet instant précis, que d'autres événements l'attendaient, bien plus troublants encore ?

Le roulement d'un mouton

Le métro venait de repartir quand elle surgit sur le quai, son grand cabas chargé de mille choses dans une main et quelques sacs griffés dans l'autre.

Quand elle n'avait pas le moral, Armelle faisait les magasins. La plupart des vêtements qu'elle choisissait seyaient à son corps harmonieux et galbé. Pourtant, elle finirait par les ranger au fond de son placard, quand le souvenir du contexte émotionnel dans lequel elle les avait achetés lui deviendrait insupportable.

L'appel qu'elle espérait tardait. De quoi accentuer son sentiment d'abandon. À tel point qu'elle commença à douter du bien-fondé du processus enclenché quelques semaines plus tôt.

Elle s'immobilisa sur le quai au milieu du tumulte et des vibrations. La rame qui venait de disparaître dans le tunnel, celle qui arrivait en face, le grondement d'une autre juste au-dessus de sa tête. La ville grouillait, il fallait suivre le mouvement, courir pour attraper le bus, un taxi, un train, courir pour être à l'heure au bureau, courir, courir, courir pour atteindre un idéal qu'elle croyait juste. Une famille, des amis, un appartement, un travail, de l'élégance dans les soirées, du sport pour ne pas se laisser aller. Le regard vers le bas, elle vit se déplacer sur le sol un petit amas de poussières diverses que le souffle du métro entraînait derrière lui. Un mélange indéfinissable de tout ce qui avait pu s'agglomérer pour former une entité concrète, visible, presque vivante malgré l'insignifiance de chacun des éléments qui la constituaient. Elle roulait sur elle-même en attrapant au passage de petites particules supplémentaires, boulimique d'autres riens insignifiants pour grossir petit à petit et devenir quelque chose.

Armelle, pauvre petit amas d'insignifiance pris dans le souffle du temps, se sentit boule de poussière.

Elle était seule.

La caverne de Raymond

Édouard avait encore mal dormi et se leva aux aurores le jour suivant, heureux de constater que Gaëlle allait mieux. Le marché annuel occupait ses pensées. La voiture et une remorque, chargées de leurs nombreuses œuvres, patientaient dans la cour. Gauvain trépignait. Il savourait ce moment où les badauds admiraient ses sculptures, le congratulaient, en acquéraient parfois une. Il appréciait de tenir la caisse, de rendre la monnaie et d'emballer joliment les sculptures dans du papier de soie puis de journal. Il était habile et appliqué, soucieux du travail bien fait. Sa mère l'encourageait en ce sens. « Dans notre monde jetable, c'est la qualité qui survivra », lui répétait-elle comme un mantra.

Gaëlle proposa à Édouard de les accompagner. Il déclina l'invitation. Il avait surtout besoin de calme pour laisser reposer le nouveau tourbillon dans lequel il tournoyait depuis la veille.

Durant le dîner, il avait observé la tablée avec attention. Qui savait ? Qui mentait ? Quelqu'un mentait ? Avait-il atterri là pour lever le voile sur un troublant secret qui ne pouvait plus durer ?

Il pouvait choisir de se comporter comme s'il n'avait rien vu, laisser cette situation familiale en l'état sans intervenir, quitter le hameau avec ce mystère au fond de lui. Même s'ils composaient avec leurs petits arrangements, Gauvain et sa mère souffraient. Il se refusait à laisser les gens dans la peine quand il pensait pouvoir atténuer celle-ci. Il prit conscience que ce mécanisme avait œuvré dans son couple jusqu'à ce jour, vers un point dont il ignorait s'il serait de non-retour. Au malaise d'avoir abandonné sa femme s'ajoutait désormais ce troublant secret qu'il ne pouvait ignorer. Pas lui. Malgré la volonté, parfois, de convertir sa générosité en égoïsme, son altruisme en mépris, sa douceur en froideur, il réalisait qu'on ne peut pas devenir un autre. Qu'on ne change pas. Que peut-être un peu, au prix d'efforts intenses, mais pour combien de temps ?

Parfois, il rêvait de devenir insensible. Ou con. Ou les deux. Juste un gros con insensible. Un Bidochon en marcel qui gueule sur l'arbitre et sur sa femme. *Comme ça doit être confortable de ne pas réfléchir, une bière à la main à se gratter les couilles en reniflant.* Sur ces pensées, l'envie s'évanouissait d'elle-même.

Après ce dîner, à peine la table débarrassée, alors qu'il buvait un thé avec Suzann qui évoquait sa technique de travail et ses sources d'inspiration – « J'aspire les histoires des gens autour de moi comme un vampire le sang, méfiez-vous » –, Gauvain s'était installé en face de lui, un plateau entre les mains et une joyeuse humeur sur le visage. Un sourire qui n'aurait souffert aucun refus. Édouard avait été inscrit au club d'échecs du collège – ce qui lui avait évité les heures de perm. Il avait aussi beaucoup joué avec son père, avant qu'il ne perde la tête. Ce fut d'ailleurs l'activité que le vieil homme réussit à pratiquer le plus longtemps, comme si l'automatisme des coups court-circuitait sa mémoire criblée de trous.

Ce jeu allait bien au garçon. Un jeu où le silence est d'or.

En effet, l'adolescent le battit à plate couture, à trois reprises. Il était redoutable et rapide. Un esprit vif, organisé, capable d'anticiper plusieurs coups à l'avance sur plusieurs options. Capable surtout de prévoir ce qu'Édouard allait jouer. Ce dernier était sorti de cette confrontation à mi-chemin entre le découragement à l'idée de recommencer et la motivation de se remettre sur les rails pour avoir une chance d'être à la hauteur. Comme le jeune homme l'intriguait par ailleurs, il se dit qu'il pouvait être intéressant de l'apprivoiser grâce à cette discipline et il avait mis à profit une partie de la soirée à relire quelques règles et astuces sur l'ordinateur afin de s'améliorer.

Gaëlle et son fils étaient partis depuis au moins deux heures. Toujours assis à table, un reste de café froid dans la tasse, il n'avait pas vu le temps passer, perdu dans ses pensées.

Il ne s'attendait pas, en montant dans cet autocar, à être ainsi embarqué dans la tourmente. Celle de sa femme, oui, et il l'assumait. Quoique le silence offert à Armelle ne fût pas en soi une véritable assomption. Être pris lui-même de tels vertiges existentiels l'épuisait et il voyait dans le silence de ce hameau un remède intéressant à son éparpillement.

Malgré le temps maussade et froid, et la pluie fine qui s'était mise à tomber, Suzann était partie marcher pieds nus dans la mousse, ce qui força l'admiration d'Édouard. « Souvenez-vous d'où je viens », lui avait-elle lancé pour le rassurer.

En quittant la maison, il aperçut Raymond qui rangeait des outils dans sa remise. Il eut soudain envie de le rejoindre et s'approcha d'un pas rapide en remontant le col de la veste.

— Sale temps pour jardiner !

— En Bretagne, comme qui dit, la pluie ne tombe que sur les cons, lui répondit Raymond en rigolant.

Édouard dégagea la tête du col montant et se redressa.

— Façon de parler !

— Pourquoi tu la commences pas avec une remarque positive, ta conversation ? On n'a pas assez de râleurs en France ?

— Certes.

— Du genre « Adèle est quand même une sacrée jolie fille », ou « Comme ils sont beaux tes légumes brillants sous la pluie », ou encore « Tu me sembles en forme aujourd'hui, Raymond, ça fait plaisir à voir ». Tu vois ?

— Oui.

— Bon !

— Là, c'est trop tard ?

— Ben oui, on va pas refaire la scène ! Tu sauras pour la prochaine fois. Et si déjà tu me causes météo, vois-y le bon côté puisqu'on n'y peut rien. S'il y a bien deux choses sur lesquelles l'homme n'a aucune prise, c'est le temps qu'il fait et le temps qui passe.

Édouard savait que le voisin avait raison. Ce n'était pas un penchant naturel chez lui que d'être négatif, et il avait toujours eu tendance à voir le verre à moitié plein, alors qu'Armelle le voyait vide. Par dépit et par simplicité, il avait opté pour le mimétisme.

— Fiche-toi la paix ! Depuis que t'es là, t'as les sourcils froncés. Viens, je te montre mon atelier ! somma-t-il d'un hochement de tête vers le portillon de son jardin.

Édouard y entrait pour la première fois, une certaine émotion chevillée au corps à l'idée de fouler cette allée confidentielle au milieu des plates-bandes entretenues avec minutie par le retraité. L'étranger se devait de respecter le domaine, le royaume, l'endroit sacré.

Rien, de l'extérieur, ne laissait présager le trésor qui se trouvait de l'autre côté des murs. Une énorme table de bois, épaisse et carrée, au milieu de l'espace. Tout autour, des linéaires d'étagères, des caisses annotées, des tiroirs, des crochets pour les outils, des lattes en pin, des tiges filetées et autres pièces en tout genre.

— Bienvenue dans mon bazar ! Ça t'en bouche un coin, hein ?

— Vous faisiez quoi dans la vie ?

— Technicien dans les télécommunications.

— Vous n'avez même pas un téléphone dernier cri ?

— Pour quoi faire ? Tu veux pas me tutoyer ? J'ai l'impression d'être encore plus vieux. Surtout que t'es plus tout jeune non plus.

— Après votre carrière, je me dis que vous devez être à la pointe de la technologie.

— Je suis à la pointe du progrès en vivant dans la forêt. Un jour ce sera vrai ! Tu verras ! J'ai bricolé toute ma vie, en haut des pylônes. J'étais dans l'équipe des situations extrêmes. Le GIGN des techniciens télécoms. Ceux qui n'ont pas peur de grimper très haut, qu'il neige ou qu'il vente, pour réparer les dégâts après une tempête. Alors tu penses bien que j'ai pas pu m'arrêter à la retraite. Je grimpe plus sur les pylônes, mais je bricole toujours. Enfin beaucoup moins maintenant.

Raymond lui racontait sa vie en lui montrant les petits moteurs, les bouts de fil de fer, les attaches en tout genre, les pièces métalliques particulières qu'il avait récupérés au fil des ans et soigneusement classés par catégorie.

Édouard pensait à la lettre d'Élise.

« J'espère que tu as réalisé ton rêve. »

Tout était là, sous ses yeux, à portée de main.

Il sentit une bouffée puissante d'oxygène l'envahir, à deux doigts de soulever le couvercle de ses désirs enfouis.

— Tu serais d'accord que je vienne un peu bricoler avec toi ? s'entendit-il dire sans préméditation.

— Tope ! Tu viens quand tu veux, même si je ne suis pas là, tu prends tout ce qui pourra te servir. Je vais rien emmener de toutes ces choses dans ma tombe ! Tu me débarrasseras. Et ça t'évitera de t'acagnarder.

— Me quoi ?

— Devenir fainéant. Tu connais pas beaucoup de mots !

Édouard n'avait aucune excuse.

Tout était là.

Avec le dos de la main morte

Après avoir emprunté le doux chemin, pieds nus dans le froid d'un matin d'automne, Suzann revint dans sa chambre et passa ses orteils sous l'eau brûlante.

Voilà des heures que tombait une pluie pénétrante, un mi-chemin aqueux entre l'averse et le brouillard. Des milliers de gouttelettes qui s'accrochent à vos cheveux et s'insinuent dans les profondeurs des fibres textiles. Dans la salle commune, le poêle à bois ronronnait comme un matou âgé. Il baignait d'une chaleur enveloppante la maison qui avait connu quelques jours d'un agréable soleil et affrontait désormais une météo maussade. Après avoir eu froid, Suzann aimait plus que tout cette chaleur qui, à partir d'une source définie, de préférence à base de bois, réinvestit le tissu cutané jusqu'à atteindre les couches les plus profondes. Sensation d'autant plus savoureuse qu'elle redoutait ce jour où le mécanisme inverse opérerait et où elle sentirait la chaleur de ses organes et de ses fluides la quitter à jamais.

Elle aimait l'odeur qui régnait dans la pièce. Les quelques bûches stockées au pied du fourneau, le pain complet dans sa huche, les saveurs de cuisine de la veille, l'humidité ambiante. Ça sentait la campagne, la forêt, la douceur de vivre. Au fond d'un confortable fauteuil, Suzann prenait quelques notes quand Édouard entra.

— Vous venez aussi mettre vous à l'abri ? lui lança-t-elle.

— Cette étrange bruine semble insignifiante et pourtant, elle imprègne le tissu.

— *Yes !* Cette pluie est comme certains émotions. Elles paraissent faibles et elles entrent en vous jusque dans le fond. Le *bone marrow*, comment dit-on, le moelle ?

— Vous pensez à quoi ?

— Aux regrets.

— Gaëlle m'a dit qu'il y avait un plat tout prêt pour le repas de midi, je vais m'en occuper.

— Vous êtes fort aimable.

— Adèle est partie pour la journée, nous sommes donc en tête-à-tête.

— Cela inquiète vous ? taquina la vieille femme.

— Pas du tout ! Je devrais ?

Suzann répondit par un sourire énigmatique. Elle avait enlevé ses petites lunettes rondes qu'elle tenait entre ses doigts noueux et regardait Édouard sans un mot. *Oui, tu devrais l'être, tu devrais être inquiet de t'être même posé la question. Sentirais-tu en moi quelque chose d'anormal ? Il suffit que je sème le doute pour que tu l'entretiennes au fond de toi ? Qui es-tu, Édouard*

Fourcade ? De quoi te caches-tu ? As-tu quelque chose à te reprocher ?

On peut vaciller sous certains regards et ne tenir qu'à un fil, au bord du tourbillon.

— Bon, je vais chauffer notre repas, trancha-t-il comme s'il s'extirpait d'une séance d'hypnose, et il se dirigea vers la cuisine.

— Voulez-vous je dresse le couvert ?

Suzann étudiait Édouard dans ses moindres gestes tandis qu'il réchauffait un risotto de champignons forestiers. Elle n'avait jamais été capable de reconnaître les comestibles des dangereux et appréciait d'autant plus son séjour à Brocéliande que Gauvain revenait avec des paniers entiers de spécimens ultrafrais et fort goûteux.

— Vous connaissez en les champignons ? demanda-t-elle.

— Trop peu...

— Gauvain vous emmènera peut-être dans ses secrets coins si vous approivisez lui.

— Apprivoiser. Comment y parvenir ?

— Respecter lui, pas de jugement, avoir un commun activité, ne pas laisser lui gagner comme hier soir, il est plus un enfant.

— Mais je ne l'ai pas laissé gagner ! protesta Édouard.

— *Really ?* répondit Suzann en refrénant un rire.

Elle connaissait autant les règles que les champignons et pensait sincèrement qu'il était aussi facile de jouer aux échecs qu'aux petits chevaux.

— Il est très fort.

— Il est intelligent. Tous les gens croient lui idiot car il sourit beaucoup et ne dit pas les mots, alors qu'il est un doué enfant.

— Savez-vous ce qui a pu l'empêcher de parler ?

— Le mort de son père ? Sa maman ne dit pas de sa enfance et de ce qui a pu produire ce mutation.

— Ce mutisme, vous voulez dire ?

— Oui, ce mutisme. Pardonnez-moi, je mixe certains mots. On peut ne pas parler cause on a peur, ou cause on ne voit pas un intérêt, ou pour se couper de le monde. Vous, mon cher Édouard, vous êtes parfois mutant, n'êtes-vous pas ?

— Mutique !

Il sourit, en se demandant s'il n'était pas un peu mutant aussi depuis son arrivée dans cette forêt mythique. Il commençait à comprendre qu'il devenait vital de laisser derrière lui son corps trop lourd, son confort trop établi, son amour trop las, ses automatismes trop destructeurs.

Mutique ? Oui. Il n'avait pas tout dit. Ni à sa femme ni dans cette maison d'hôtes. Ni à lui. Il se mentait depuis longtemps. Un mensonge par omission. Consensuel. Qui arrangeait tout le monde.

Suzann marquait un point et elle le savait. Édouard s'était engouffré dans le bus chargé de ses secrets. Ces derniers l'avaient entraîné jusqu'au point de rupture, elle en était persuadée. Quels étaient donc ces rêves d'adolescents dont il était question dans la lettre et qui ressurgissaient des dizaines d'années plus tard au point de faire perdre pied à un homme pourtant bien ancré dans sa vie ? Elle se devait de le découvrir avant de repartir en Angleterre, ce qui lui laissait très peu de temps. La romancière savourait ces séances d'analyse personnelle, sources inépuisables d'histoires possibles, toutes plus rocambolesques les unes que les autres. Elle lui demanda s'il avait trouvé quelques réponses depuis son arrivée et osa évoquer l'idée d'une autre femme comme raison de ses doutes.

— Vous n'y allez pas avec le dos de la cuillère !

— Avec quoi ?

— C'est une expression. Vous n'y allez pas de main morte.

— De main morte ?

— Vous ne faites pas dans la dentelle, renchérit Édouard, que ce petit jeu des expressions inconnues de l'Anglaise commençait à amuser. Il cherchait déjà la suivante.

— Ah, je comprendre celle-ci. Je n'ai pas mon langue dans ma poche, n'est-il pas ?

— Pourquoi au juste me posez-vous toutes ces questions ?

Suzann mesura l'imprudence dont elle venait de faire preuve. Elle n'aurait pas dû s'aventurer sur ce terrain. Elle qui pensait l'avoir assez endormi pour qu'il se livre sans réfléchir, elle devait revoir sa stratégie. La proie n'était pas si facile. L'homme avait gardé quelques réflexes de protection.

Suzann se trompait parfois, ce qui la vexait terriblement.

Elle trouverait une pirouette pour obtenir ce qu'elle cherchait.

Une femme comme les autres

Allongée sur son lit après cette journée intense de marché, la lampe de chevet allumée comme un dernier rempart à la nuit, Gaëlle pouvait localiser chacun de ses muscles, même les plus anecdotiques, tant la douleur leur donnait une existence. Des semaines à tirer les branches dans les sous-bois, les nettoyer, les frotter, les poncer, les cirer, construire les lampes, les tester, parfois recommencer, les emballer, les mettre dans des caisses, les charger dans la voiture, les décharger sur le stand, rester debout des heures, recharger les invendus, les ranger dans l'atelier. Gauvain avait beau être fort et solide, sa mère se refusait à le laisser tout faire. Elle avait toujours été volontaire et travailleuse. Elle ne rechignait pas devant l'effort et ce soir-là, elle ressentait une bonne fatigue, satisfaite du travail accompli. De quoi chasser les autres pensées : la tristesse, la peur, les remords, la solitude, l'envie de revenir en arrière et tout recommencer, avant Gauvain, avant son père, surtout. Elle l'avait aimé, et détesté. Il était doux, drôle, il l'entraîna dans des choses un peu folles, grisantes, au sortir de sa vie d'adolescente sérieuse et appliquée. Il était son premier amour. Un premier amour aux airs de toujours. Avant que son ventre rond ne dégoupille la grenade. L'homme en était devenu malade. Malade de jalousie. Comme s'il se sentait écarté, jeté, abandonné. Il devint suspicieux et agressif. La menace d'être frappée se fit aussi douloureuse que de l'être vraiment. Douloureuse autrement. Des coups dans l'âme, aussi sensible que le corps. D'aucuns se demandaient pourquoi elle ne le quittait pas. Elle l'aimait quand même. Il n'était pas heureux, il le serait encore moins si elle partait. Gaëlle pardonnait. Elle et sa bonne conscience. Elle et sa charité. Elle et son esprit de sacrifice. Et puis, Gauvain était là...

Pour quitter les méandres de ses idées noires, elle revint au marché.

Ils avaient bien vendu. Deux grandes lampes, cinq petites et surtout, deux sculptures de Gauvain. Le regard qu'il avait lancé à sa mère reflétait sa fierté et l'envie de recommencer. De la reconnaissance aussi. *C'est toi qui m'as tout appris*.

Gauvain disposait de l'argent issu de ses ventes. Cette fois-ci, il était revenu du centre-ville avec une mallette complète de clés et de tournevis à cliquets. Même s'il n'en avait pas une grande utilité, il était fasciné par le bruit du cliquet et la façon dont le tout était rangé, par ordre croissant de taille, chaque pièce engoncée dans une mousse préformée. Un rêve venait de se réaliser, à son échelle d'adolescent.

En rentrant au hameau, il avait brandi la valisette rigide pour montrer son acquisition à l'assemblée. Si Suzann n'avait pas exprimé grand intérêt, Édouard, en revanche, l'avait presque envié. Lui aussi aimait le bruit du cliquet. Il profita de l'occasion.

« Tu vas pouvoir bricoler, lui dit-il. Si tu as envie de fabriquer des choses qui bougent toutes seules, Raymond nous ouvre son atelier, je peux t'apprendre. » Gauvain opina du chef avec beaucoup d'enthousiasme, et ils disparurent jusqu'au dîner.

Pour se changer les idées, Gaëlle focalisa son attention sur Édouard. Un drôle de type tombé du ciel, venu chez elle par un curieux hasard, qui s'était montré agréable et prévenant. Distant avec son fils les premiers jours, il lui accordait désormais plus d'attention. La partie d'échecs, cette fin d'après-midi passée ensemble dans l'atelier de Raymond. À un homme bricoleur, Gauvain s'attacherait. Elle savait son fils aussi manuel qu'intellectuel. Créatif, surtout. Qu'il lui propose de fabriquer des objets qui bougent, qui tournent, qui s'agitent tout seuls ne pouvait que le rendre enthousiaste. Elle était émue qu'ils nouent des liens, car cela manquait à l'adolescent.

Elle le savait.

Elle connaissait aussi ses propres manques, et s'arrangeait avec des hommes de passage. Le plaisir sans les risques lui allait bien.

Édouard serait-il de ceux-là ?

Il devait être du genre à poser sa main sur une joue et la caresser comme le soleil sait le faire.

Une force glacée

Au même moment, Édouard était bloqué au milieu d'une paroi vertigineuse. Le vide en dessous lui semblait infini, le sommet à atteindre invisible, pris dans les nuages. Il se dirigea vers la fenêtre de sa chambre en ayant pris soin d'éteindre toutes les lumières, enleva son tee-shirt et ouvrit les carreaux pour s'offrir aux éléments, nu dehors comme ce qu'il était en dedans. Il sentit la morsure du froid sur sa peau telle une claque qui réveille le boxeur sonné.

Le ciel dégagé et criblé d'étoiles avait rangé la lune de l'autre côté de la terre. Un volet entrouvert du rez-de-chaussée déposait sur la pelouse un léger voile de lumière sur le néant. Une telle obscurité naturelle, intense et dense, parut si rare et si précieuse à Édouard qu'il s'amusa un temps à l'éprouver, la vérifier, la fouiller de ses yeux tantôt fermés, tantôt ouverts. Il recula d'un pas pour ne plus voir le trait doré sur l'herbe. Aucune différence en dehors des étoiles. Ainsi, ses paupières ne s'ouvraient que pour lui offrir l'infini lumineux. Il picorait du bout des yeux des grains de lumière comme on le ferait avec du sucre en poudre sur la table, d'un bout de doigt humide.

À entendre le souffle des premiers arbres au loin, dont les cimes dansaient avec le vent, on craignait le danger. Ce soir-là, Édouard trouva la forêt rassurante et solide. Les troncs dressés s'élevaient en rempart pour le protéger du réel hostile.

Paris, son épouse, son travail appartenaient à une autre galaxie. La lettre d'Élise posée sur le lit rendait sa présence palpable, ainsi que Gaëlle dans le voile de lumière qui caressait la pelouse ; il provenait de sa chambre à coucher. Un peu plus tôt, elle avait pris un thé avec Édouard qui lisait *Tristan et Iseult*. La douceur de son regard avait troublé l'homme, qui supposa qu'elle était détendue de savoir derrière elle ce marché important. Il voyait pourtant dans ce regard une dimension plus voluptueuse qu'un simple soulagement et elle le lui destinait.

Plusieurs fois, il respira profondément pour se nourrir encore de cette force glacée et tonique que lui envoyait la forêt.

Il en aurait besoin pour affronter le vide.

À la vitesse d'un cheval au pas

— Tu peux peut-être l'emmener avec toi ? proposa Gaëlle le lendemain.

— Je pensais y aller à cheval.

Il était question de chercher le pain pour la semaine. Un simple aller-retour dans un hameau voisin. Adèle s'y rendait souvent, elle aimait l'odeur du fournil. Elle y serait restée la journée entière, si elle ne craignait pas de mauvaises intentions de la part du boulanger. Discret, il vivait seul et ne semblait pas méchant. Mais qui sait ce que cachent la timidité et la réserve ? Adèle se méfiait des hommes énigmatiques. Elle se contentait donc du temps nécessaire à l'achat du pain pour nourrir son odorat et redonner du volume à ses souvenirs d'enfance. Quand elle se rendait à l'école par les champs en passant à l'arrière de la boulangerie du village, les molécules en suspension qui voyageaient dans le vent la saisissaient sans lui laisser d'autre choix que de fondre sur place en fermant les yeux pour mieux s'en imprégner. Cet effet envoûtant lui était également offert avec le café. Aussi loin qu'elle s'en souvienne, elle avait toujours eu ce plaisir secret, durant les courses, de s'arrêter au rayon des boissons chaudes, de saisir quelques paquets les uns après les autres et de les presser avec délicatesse, la petite valve en plastique devant le nez, pour nourrir ses capteurs sensoriels de cette odeur qui la faisait chavirer. Longtemps habitée d'une certaine honte à l'idée de voler l'odeur du café à ceux qui achèteraient les paquets en question, elle n'avait plus eu aucun scrupule en comprenant un jour la raison de cette petite valve. Le produit devait dégazer après empaquetage, et ce parfum magique qui s'en dégageait dès qu'elle pressait le paquet entre ses mains serait sorti de toute façon. Comment, dès lors, se priver de ce plaisir ?

La jeune femme avait coutume de se rendre chez Antonin à cheval, en passant par les chemins de terre. Itinéraire court et tranquille. Elle aimait la campagne en bordure de forêt. Les champs et les bosquets, généreux de petits animaux remuants et bruyants, lui faisaient un temps oublier le vacarme du monde ; Adèle aimait la solitude.

Pour autant, elle saisit l'occasion que lui offrait Gaëlle de mieux connaître l'homme qui partageait sa salle de bains depuis quelques jours. Qui était-il ? Que voulait-il ? Entrait-il dans ses critères de sélection ?

— Je pourrais en profiter pour courir un peu, si le cheval s'adapte à mon rythme, proposa Édouard.

— Tout dépend du rythme !

Il espérait au moins être en mesure de suivre le pas d'un cheval, même s'il n'avait pas couru depuis longtemps.

Adèle acquiesça, avant de monter dans sa chambre pour se préparer.

Édouard comptait sur elle pour mener la conversation durant l'aller-retour – lui serait trop essoufflé –, malgré ce tempérament taciturne qu'il devinait chez elle. Du reste, le défi était intéressant à double titre. Retrouver quelques sensations sportives et en savoir plus sur cette jeune femme mystérieuse.

Elle avait revêtu un haut plus décolleté et son pantalon d'équitation qui moulait ses fesses à la perfection.

Devant son miroir, elle vérifiait chaque détail de son visage. Elle n'épilait pas ses sourcils – leur épaisseur lui donnait du caractère –, mais elle les brossait avec soin. Elle souligna ses yeux d'un trait d'eye-liner qu'elle voulut discret pour sublimer son regard sans montrer qu'elle cherchait à lui plaire. Elle laissa à ses lèvres leur couleur naturelle, et appliqua une huile sèche dans ses cheveux pour les rendre brillants.

Enfin, elle vérifia ses jambes et ses aisselles au cas où la pilosité soit rédhibitoire aux yeux d'Édouard.

Adèle prenait son temps, consciente qu'un homme la désirait d'autant plus qu'il l'avait attendue.

Édouard trottinait dans la cour en l'attendant, ses éternelles baskets aux pieds. Gauvain lui avait prêté un short de sport trop serré. Le large tee-shirt qu'il avait enfilé dissimulait tant bien que mal la proéminence de son sexe. Il détestait l'idée qu'on imagine la taille de celui-ci quand le vêtement se révélait trop moulant. Et il espérait qu'Adèle n'irait pas perdre son regard à cet endroit.

Elle finit par redescendre, un sac en tissu épais dans les mains, et se dirigea vers l'écurie sans un mot. Elle aimait qu'on la suive sans y être invité ; elle y voyait là le symbole de son magnétisme. Il lui emboîta le pas sans hésiter et sans voir le sourire satisfait de la jeune femme qui le précédait de quelques pas. Elle accrocha le sac à un clou près du box.

— C'est pour le pain ? demanda Édouard.

— Oui.

— Tu l'as cousu toi-même ?

— Oui.

— Tu fabriques aussi les robes ?

— Oui.

— Elles sont belles.

— Merci.

Simple, concis, précis. Adèle.

Alors qu'elle préparait Perceval, Édouard lui posa des questions techniques concernant le monde équin. Il avait tout à apprendre. Elle comprit qu'il n'était monté qu'une fois et n'avait tenu que dix secondes avant de rejoindre le sol. Il n'avait jamais osé d'autre tentative.

Elle brossa l'animal, en se disant qu'elle en prendrait surtout soin au retour quand il aurait eu chaud, si tant est qu'il puisse transpirer avec un homme d'une cinquantaine d'années qui reprend la course à ses côtés. Puis, après l'avoir couvert de son tapis, elle fixa la selle et le filet. Elle le tenait par les rênes le temps de sortir du hameau, afin qu'il s'échauffe avant d'être monté et demanda à l'homme s'il voulait déjà courir.

— Je peux. Je ne garantis pas de tenir longtemps.

— Vous me direz.

— Tu ne veux pas me tutoyer ? Il paraît que tout le monde se tutoie.

— Va à ton rythme, je te suis.

Édouard commença à trottiner en pensant à sa cheville. Celle qui l'avait éloigné du sport. Il devait vérifier sa résistance et sa tonicité. Le cheval marchait au pas et Adèle le sollicitait pour quelques foulées plus rapides afin de le rattraper quand l'écart se creusait. Puis, cheville silencieuse et souffle résistant, il accéléra. La jeune femme se cala au trot dans le sillon du joggeur. Il ne pensait qu'à maîtriser son souffle pour ne pas le perdre. Après quelques kilomètres se profila une côte a priori anodine. Il aurait dû ralentir. Le cheval l'entraînait dans un rythme trop rapide pour son corps lourd. Tenir. Rester fier. Tenir encore. Ne pas montrer qu'on tire sur la corde. Que les forces vous lâchent. Ce besoin ridicule de faire bonne figure…

Il s'arrêta au sommet sans avoir ni force ni courage de prévenir Adèle et il les vit s'éloigner.

Quand elle revint sur ses pas, il était plié en deux, les mains sur les genoux, sa fierté dans les chaussettes, à la recherche d'un battement cardiaque raisonnable et de quelques alvéoles pulmonaires conciliantes.

— Tu as besoin d'une pause ?

— Je crois que oui.

— Tu veux le monter ?

Édouard déclina. Il devait poursuivre un minimum d'effort pour éviter les courbatures.

Adèle le suivait à quelques mètres et en profita pour le détailler en silence. Le deuxième jour, elle avait surpris une conversation entre Suzann et Gaëlle à son propos. Les deux femmes assises sur le banc n'avaient pas entendu Adèle sortir de sa chambre. Celle-ci s'était immobilisée sur le palier pour tendre l'oreille. Il était question d'une épouse sur le parvis de la gare, de quelques jours au vert, d'un abandon notoire. Ce fut la seule fois depuis leur arrivée qu'Adèle en apprit sur lui. Car, dès qu'elle entrait dans la pièce, Suzann se taisait ou changeait de sujet.

Un faux plat descendant sur le parcours permit à Édouard de retrouver sa respiration et un semblant de conversation.

— Tu te plais ici ? souffla-t-il.

— Oui.

— Tu n'es pas de la région, comment as-tu atterri chez Gaëlle ?

— Le hasard. L'office du tourisme cherchait quelqu'un, j'ai potassé la légende. Je crois que mon allure les a intéressés. Avec une robe de princesse sur un beau cheval blanc, je suis tout de suite crédible, non ?

Adèle ne se sentait pas observée avec les yeux habituels d'un homme en chasse. Elle en était vexée. N'avait-il donc aucune attirance pour elle ? Elle le croyait pourtant. Ce regard quand ils s'étaient croisés dans l'escalier, le sourire gêné qui suivit. Audacieuse, elle lui demanda sans détour s'il était marié. Sa réponse confuse, hésitante, ce besoin de recul qu'il exprima offrirent à la jeune femme une occasion parfaite.

— Je peux t'aider si tu as besoin de te détendre…

— Toi ? En voilà une proposition frontale !

— Si tu situes la détente d'un homme au niveau du front, je doute de pouvoir t'être utile.

— Tu m'as bien compris ! Et même si j'en avais besoin, je…

— Tous les hommes en ont besoin ! affirma-t-elle, un couteau dans la voix.

— OK ! Alors, même si j'en avais besoin, ce n'est pas vers toi que je me tournerais.

— Et pourquoi pas ?

— Parce que tu as l'âge de ma fille.

Adèle comprit qu'elle n'obtiendrait rien de lui. Au moins était-elle fixée. La réaction de l'homme avait été si définitive qu'elle ne souffrirait aucun revirement ni aucune exception. Quand elle lui demanda les raisons de ce malaise conjugal, il resta évasif. Une femme compliquée, l'ennui, la routine du quotidien établi et rodé, le besoin de changement.

Quelques voitures étaient garées devant la grange d'où émanait une savoureuse odeur de pain. Adèle descendit de cheval et fixa les rênes à un anneau de fer fixé dans le mur, puis se saisit du sac en tissu. Elle salua Antonin et lui présenta Édouard.

Au fond d'une auge en bois tapissée d'un linge blanc, de gros pains carrés et sombres se tenaient chaud. Chaque client prenait la quantité commandée la semaine précédente et payait la somme due dans un bocal en verre qui trônait sur la table. On notait ensuite la commande pour la fois suivante. Le boulanger continuait à sortir des pains du four et à les ranger les uns sur les autres. Il ne surveillait pas les comptes. Toute l'organisation reposait sur la confiance. Édouard se désola de sa propre méfiance.

Sans dire un mot, Antonin sortit d'un linge un pain formé de plusieurs pâtons qui avaient cuit les uns contre les autres. La commande spéciale de Raymond.

Sur le chemin du retour, Édouard tenta en vain d'en savoir plus sur la relation qu'Adèle entretenait avec Gauvain. Mais leur amour ne regardait personne.

Quand il essaya de courir à nouveau, ses muscles, endoloris par la tentative trop violente à l'aller, n'obéirent pas aux ordres. Adèle lui proposa d'en profiter pour tenter à nouveau de monter à cheval. Contre toute attente, il accepta sans hésiter. Elle faillit rire en constatant son manque de souplesse pour atteindre l'étrier et la façon lourde qu'il eut de s'écraser sur la selle après avoir réussi à se hisser sur le cheval. *Pauvre Perceval !* Magnanime, l'animal ne protesta pas et resta immobile le temps nécessaire à l'entreprise maladroite du vieux débutant. Adèle marcha une trentaine de mètres à côté de lui, en dirigeant le cheval, avant de stationner près d'un rocher pour y prendre appui et grimper à cru à l'arrière de la selle, les jambes reposant sur le sac à pain chaud. Le cheval était assez puissant pour les supporter tous deux. Elle passa ses bras autour d'Édouard pour saisir les rênes et diriger l'animal depuis l'arrière.

Il sentit deux seins fermes dans son dos et se refusa à les imaginer, encore honteux d'avoir cherché une odeur féminine dans un peu de dentelle. *L'âge de ma fille*. Il revit alors le sillon de Gaëlle, quand elle se penchait pour cirer la branche. Il se sentait fébrile devant ces fantasmes qui renaissaient en lui comme une montée de sève après un hiver trop long.

Le visage à côté de l'épaule masculine, Adèle fut surprise de ne pas être incommodée par l'odeur d'Édouard, pourtant puissante après l'effort. Sans être agréable, cette légère exhalaison âcre et piquante, mêlée à un parfum artificiel de déodorant, ne déplut pas à la jeune femme. Elle en fut troublée tant le fait était rare. Que signifiait cette proximité ?

Elle fut soulagée d'arriver au hameau et à la conclusion suivante : Édouard était inoffensif.

Elle se sentit en sécurité.

Pour une fois.

Elle était une fois

Les souvenirs de la journée s'entrechoquaient sans logique.

Allongé dans son lit, les yeux fermés, Édouard revoyait Adèle dans ses habits de cavalière. Une fée de conte, solitaire et fragile. Sa proposition pour le moins directe l'avait choqué. Il se demanda comment se comportait sa fille avec la gent masculine, même si l'idée était taboue. Il avait passé le cap de vouloir à tout prix la garder sous cloche pour la protéger des loups – sans pour autant être capable de l'imaginer en tigresse. Pauline avait connu quelques garçons, triés sur le volet et avec lesquels la relation se concrétisait après de longues semaines d'approche. Édouard avait su installer avec sa fille un climat de confiance et il comprit un jour que Pauline se confiait plus à lui qu'à sa mère quant à ses questionnements amoureux et intimes, au point de lui demander parfois conseil. Il ressentit ce jour-là une fierté et un honneur indescriptibles. Le père d'Adèle pouvait-il en dire autant ?

Édouard, lui, envisageait la séduction à petits pas feutrés. Un échange de regards, de mots – de frôlements peut-être – et le doux crescendo vers un aboutissement patient. Préparatifs, valse-hésitation, incertitudes, et peur de ne pas plaire. Où la timidité est touchante et les initiatives mesurées. Attendre, ô attendre que les cœurs s'apprivoisent, même s'ils ont déjà succombé.

En ce jour, Édouard n'avait pas seulement cherché du pain dans un hameau voisin. Il avait réalisé qu'existaient des modes de vie radicalement différents du sien.

Raymond lui apprit un nouveau mot bizarre quand il reçut sa commande. « Aaaah, mon petit Édouard, tu m'apportes là un de mes plus intenses plaisirs. » Il avait séparé le pain aux endroits où les pâtons s'étaient rejoints durant la cuisson et en avait coupé le bord. « Ça, c'est la *baisure*, mon morceau préféré. Antonin me le fait exprès en marguerite pour qu'il y en ait plusieurs. Cette texture ! Pareille à aucune autre ! Et tu sais pourquoi ? Parce que les pâtons se sont câlinés en gonflant dans la chaleur du four. Ils se sont fait de l'œil, et puis se sont frôlés, avant de se blottir, les uns contre les autres. Quand tu croques dans une tranche de *baisure*, t'as le goût de l'amour sur la langue. »

Son supérieur l'avait appelé en début d'après-midi pour obtenir de lui sa date de retour ou pour le moins un certificat médical. Édouard ne savait même pas s'il pensait à revenir. Quant à être souffrant, quelle pathologie pouvait-il imaginer ? Peut-on être malade d'un amour qu'on tente de retrouver ? Il fit valoir ses droits cumulés et colossaux de congés payés et de RTT. L'homme au bout du fil avait grogné, grondé, tout en une administrative retenue. La lubie d'Édouard perturbait le planning. Il essaya les menaces, la mise à pied pour abandon de poste. Il s'entendit répondre : « Soit ! » Rien de pire pour un supérieur que ces employés blasés qui n'ont plus rien à perdre. De guerre lasse, il lui accorda ses congés. « Tu fais chier, Fourcade ! »

Il n'était plus le fonctionnaire modèle.

Devenu déserteur, la lettre d'Élise en guise de courrier de démobilisation.

Élise.

Il y pensait le matin, le soir, dans tous les moments où de belles choses se présentaient à lui et qu'il avait envie de partager. Elle était l'incarnation du beau dans ce monde plutôt laid.

Elle était une nuit de pleine lune quand on a peur du noir.

Elle était le rayon de soleil sur les feuilles d'automne.

Elle était la première fleur du printemps.

Elle était une campagne enneigée à l'aube.

Édouard en voulait à sa propre mémoire de l'avoir enfouie sous cette routine amoncelée.

Jusqu'à cette lettre.

Il regardait l'horloge accrochée au mur dans un coin de la pièce. Chaque seconde qui s'égrenait était du temps perdu.

Il fallait qu'il la voie.

Il fallait qu'il sache si l'amour était encore là, au fond de lui.

Si elle était toujours la lune, le soleil, la fleur, la neige.

Si elle était toujours ce petit morceau de magie.

Le non-retour

Édouard avait dormi. Une vraie nuit. Profonde et réparatrice.

Son téléphone reposait encore dans le petit casier du rez-de-chaussée. Il commençait à s'habituer à ne le consulter qu'une poignée de fois par jour. Lorsque Gaëlle le taquinait en lui suggérant de l'éteindre le temps du séjour, il feignait de ne pas l'entendre.

Il distinguait les bruits feutrés du dehors, qui venaient s'évanouir contre les carreaux. Les sabots du cheval sur la route goudronnée, la voix de Gaëlle, un coq. Le quotidien banal. Doux Chemin s'était réveillé sans l'attendre et il aimait l'idée de s'être octroyé cette liberté-là.

Partez devant, je vous rattrape.

Il avait saisi son journal intime inachevé. Pour la deuxième fois depuis son arrivée, il révisait Élise comme un poème.

Il avait commencé ce journal après leur rencontre, saisi par l'urgence de garder une trace du bonheur qu'ils traversaient et ne l'avait plus touché depuis son départ.

Il sut qu'il avait déjà perdu trop de temps dans une existence qui lui promettait si peu de nouveaux printemps. Trente ? Quarante tout au plus ?

Il devait revoir Élise.

Il était urgent de donner du sens à chaque nouvelle seconde. Pour compenser les heures, les jours, les années passés à ne pas en trouver.

La veille, il avait accepté la proposition de Gaëlle. Il supposa qu'elle l'attendait déjà. Il se prépara à la hâte, descendit les marches en trombe.

Suzann, assise sur le banc à l'abri du vent, lézardait au soleil du matin. Sa peau ridée, offerte aux rayons orange, dessinait les dunes d'un désert aride.

— Elle vous attend ! lui lança-t-elle sur un ton malicieux sans même ouvrir un œil.

Gaëlle revenait du jardin avec quelques légumes en main et les cheveux lâchés. Il la trouva belle. Elle évoluait dans la nature comme si elle en faisait partie. L'allure d'un roseau solitaire offert aux bourrasques, qu'aucun autre élément ne protège ; il plie sous le vent et se redresse malgré tout. Il ne savait rien d'elle. Si peu. Juste qu'elle tenait debout, digne, avenante, généreuse.

Gaëlle lui avait proposé de randonner dans le Val sans Retour pour lui distiller quelques explications arthuriennes. Enfin prêt, Édouard l'avait rejointe dans la cour. Elle l'attendait, adossée à la voiture. Il admirait chez elle cette capacité qu'elle avait de savoir parfois ne rien faire plusieurs minutes d'affilée. Ni scruter un téléphone, ni lire, ni désherber le bas-côté *en attendant*. Rien. Seulement se laisser traverser par le temps qui passe.

Ils s'arrêtèrent au préalable à Tréhorenteuc, devant l'église du Graal. Édouard vit en ce nom un parallèle avec sa propre quête. L'abbé Gillard, promu recteur de cette petite paroisse en 1942 – nomination qui sonnait comme une punition –, se dévoua durant des années pour rénover cet édifice qui tombait en ruine. Il réhabilita le lieu saint en entremêlant l'histoire chrétienne, la tradition celtique, la légende du Graal, et même l'astrologie. De quoi être considéré comme un dissident.

Il s'arrêta devant le porche de l'entrée et relut plusieurs fois l'inscription gravée dans la pierre. « La porte est en dedans ».

La porte est en dedans.

Si la sienne grinçait d'être rouillée, il disposait désormais de quelques outils pour lui redonner du jeu. L'atelier de Raymond, les mots de Denis, la gentillesse de Gaëlle, la curiosité de Gauvain. Une lettre.

Il devait revoir Élise.

Assis sur un banc, face au premier lac à l'entrée du Val, l'arbre d'or à leur gauche, ils regardaient la brume persistante au fond de l'étendue, et le reflet des pins qui tenaient la colline. Ambiance étrange et calme. Ce vallon coupé du monde semblait vous condamner à vous regarder en face, à l'abri du temps.

La porte est en dedans.

— Le Miroir aux fées, ou lac de Morgane. Encaissé et entouré de végétation, le lieu est protégé du vent, d'où la surface immobile, comme un miroir. Le Val sans Retour est un des lieux les plus symboliques de la forêt. Élève de Merlin, la fée Morgane, après avoir trouvé son amoureux Guyomard dans les bras d'une autre, jeta une malédiction sur les amants infidèles en les enfermant dans ce Val. Lancelot du Lac réussit un jour à les libérer. La réputation sulfureuse de Morgane a fait scandale quand l'abbé Gillard l'a fait apparaître sur le chemin de croix de l'église du Graal. Je te montrerai quand nous la visiterons.

Gaëlle resta silencieuse un long moment. Lui pensait aux avances d'Adèle. À sa ressemblance troublante avec la fée. Belle, élancée, aux atouts certains et aux longs cheveux noirs, libre et provocante. Un peu magicienne.

— J'aime venir ici, poursuivit sa voisine. En dehors de la période touristique où il y a trop de badauds, l'endroit est isolé et calme. On s'y sent protégé.

— Tu te sens en danger ?

— Ne peut-on être vulnérable sans être en réel danger ?

Si.

Son épouse, et sa peur intrinsèque de la solitude, était aussi frêle devant le vertige du silence et du néant qu'au bord d'une haute falaise par grand vent. Elle éprouvait sans cesse le besoin de s'entourer de bruit, de gens, de choses, de beaucoup de choses, pour couvrir l'appel hypnotique d'un vide sidéral intérieur.

La fuite d'Édouard à Vannes avait ajouté de la profondeur au précipice. D'un autre côté, en agissant ainsi, il s'était éloigné du sien. Une phrase de Denis lui revint : « Le respect de soi n'est pas de l'égoïsme. » Sur ce banc, devant ce lac, à côté de cette femme, dans ce moment calme, il ne se sentait pas égoïste. Il pensait à lui.

— On en fait le tour ? lui proposa Gaëlle.

Il la suivit sur le sentier. À nouveau, l'eau rougeâtre du petit ruisseau. Il mit ce reflet sur le compte d'un gisement important de fer géologique. Sa guide avait une tout autre explication. Des fées vivant au fond du lac, l'une d'elles amoureuse d'un beau chevalier de passage sur le chemin, l'ire terrible de ses sœurs. Le bel homme assassiné, la vengeance de la chagrinée. « La couleur que tu vois là, en contrebas, n'est que le sang des sœurs à jamais blessées. »

Le ruisseau orange est à l'image de chacun de nous, se dit Édouard. Il y a la réalité, l'histoire que l'on s'invente, la légende que l'on se fabrique. Un chagrin d'amour faisait aussi couler le sang rouge d'une blessure ancienne dans ses propres veines.

Il devait revoir Élise.

Ils reprirent la marche sur le sentier balisé. Il était temps de bifurquer vers la crête et grimper entre les énormes cailloux. Il passa devant, lui tendit la main par endroits pour l'aider à gravir les roches plus hautes. Elle souriait en retour, encore plus jolie que le matin, les pommettes rougies par l'effort. Ses joues rebondies la rendaient rassurante. On devinait un corps aux formes généreuses, contre lequel il devait être bon de se blottir.

Seul avec cette femme au cœur du Val des amants infidèles, Édouard eut soudain envie d'elle. Il chassa de son esprit ces pensées encombrantes, indécentes ; il voulait n'avoir envie que d'Élise.

Quand bien même Denis lui assurait depuis toujours l'utilité des fantasmes, Édouard se sentait coupable – et bien embarrassé de se trimballer en bandoulière le désir pour une femme qui marchait dans son ombre.

Le sentier devenait plat et suivait la ligne de crête qui offrait un horizon dégagé, seulement entouré de quelques pins, de chênes trapus. Une lande s'étendait alentour, couverte d'ajoncs affreusement piquants – il en avait fait l'expérience la fois précédente en les frôlant de son avant-bras –, de genêts colorés, de callunes, de bruyères et d'asphodèles. Au sol affleurait un schiste rouge qui dessinait de nombreuses formes et présentait par endroits de longues plaques inclinées vers le lac en contrebas, comme d'immenses toboggans malheureux.

— Voilà le siège de Merlin ! proclama Gaëlle en tendant ses deux bras en direction d'une excavation creusée dans le schiste. La légende dit qu'il venait s'y installer pour méditer et veiller sur le Val sans Retour.

— On peut s'y asseoir ?

— Bien sûr ! Par contre, de là à devenir sorcier...

— Je n'en espère pas tant. Quoique d'après Raymond, la magie est déjà en dedans. Comme la porte, ajouta-t-il en s'installant.

Elle rit, et il en fut joyeux.

Même si les premières feuilles mortes virevoltaient, la fin de l'été s'éternisait. Il avait fermé les yeux, le visage tourné vers le soleil.

Il repensait à l'église, aux symboles, à Élise, à ses paroles.

Il se réjouissait d'être là, de ne penser à rien et à tout à la fois. À l'atelier de Raymond, à Gauvain, au plaisir qu'ils avaient eu à fouiner dans les étagères, à celui qu'ils auraient à bricoler ensemble. Édouard avait tant de choses à lui montrer, le garçon tant de secrets à lever. Depuis la gare de Vannes, un enchaînement étrange de circonstances œuvrait. Son arrivée dans cette communauté improvisée relevait-elle du hasard ? Pourtant cartésien, il se surprenait à développer quelque élan spirituel pour expliquer des coïncidences troublantes, le derrière posé sur le siège d'un magicien.

Au sortir de sa rêverie, il aperçut au loin le bleu d'un pull derrière un gros rocher et rejoignit Gaëlle d'un pas rapide.

— Rocher des Faux Amants, commença-t-elle. La légende dit que Morgane a changé Guyomard et sa maîtresse en ces deux éléments, séparés de quelques centimètres seulement et condamnés pour l'éternité à ne plus se toucher.

Elle passait sa main le long de la faille, caressant ainsi, avec une douceur infinie, le chagrin des amants de pierre.

Édouard vit soudain le visage d'Élise, ses yeux tristes quand elle lui annonça la décision de son père. L'espace entre eux que le destin scellait désormais de vide. Trente ans pour le combler. Sans être sûr que la faille se colmate. Il ne savait pas si l'amour était intact, ce qu'elle ressentait pour lui, ni l'avenir possible. Il n'avait que les bribes du passé, magnifique et tragique. Un passé fou et doux. Elle lui avait écrit, ne l'avait donc pas oublié. Lui non plus. Tout émergeait, remontait, jaillissait dans sa mémoire.

Il devait revoir Élise.

— Quelque chose ne va pas ? demanda Gaëlle en posant sa main sur l'épaule avachie d'Édouard.

Il ne répondit pas, se contenta de lui sourire avec la force du rescapé.

— Rentrons, dit-elle, Gauvain doit nous attendre.

— Je peux t'emprunter la voiture, demain ou après-demain ?

— Quand tu veux, répondit-elle, déjà engagée dans le sentier qui dévalait vers le lac.

Il peina à la suivre. La petite silhouette se faufilait mieux entre les rochers empilés que sa grande carcasse sans souplesse. Édouard avait commencé à la trouver encombrante à l'adolescence, quand il passait son temps à renverser le verre qu'il tentait de saisir, à rater les clenches de porte, à bousculer les gens dans la rue. Il avait toujours rêvé d'être grand avant de se rendre compte qu'une taille plus raisonnable offrait bien des avantages. Comme en ce moment précis où il se trouvait gauche et ridicule.

— Tu es plus rapide en montée qu'en descente, constata Gaëlle qui l'attendait sur le banc près du lac. Mais j'aime ta grandeur, elle est rassurante.

Il fut troublé qu'elle formule ainsi un compliment sur sa taille, alors qu'il venait de semer dans toute la descente des petits cailloux de mépris de lui-même. Et à nouveau il avait envie de se blottir contre elle, ou plutôt de la prendre dans ses bras. La délicate renaissance du désir le rendait léger.

Sur le chemin du retour, il eut peine à dissimuler son trouble.

Une certitude s'imposa à Édouard : cette promenade les avait conduits jusqu'à un point de non-retour.

Il n'imaginait pas jusqu'où cela les mènerait.

La tessiture d'une voix perdue

Gendarmerie des Rousses

L'homme au tic avec son Bic n'était pas présent ce jour-là. À l'accueil, Christine eut affaire à une de ses collègues qui paraissait bien jeune, sûrement l'âge de sa fille, et elle ressentit son cœur essoré comme une serpillière qui rend un liquide grisâtre et sale. Elle faillit vaciller mais se retint au comptoir. La jeune gradée semblait sûre d'elle, volontaire et déterminée, sûrement les qualités minimales requises pour faire ce métier, se dit la femme frêle.

— Vous voulez donc voir mon collègue ?

— Si possible.

— Asseyez-vous, je vais l'appeler.

Les affiches n'avaient pas changé. Le même accident, la même femme battue, les mêmes enfants disparus. Le temps semblait s'arrêter pour qui vivait ce genre de drames. Figée, la tôle froissée. Tatouées, les ecchymoses sur l'œil et la pommette. Oubliés, les enfants perdus.

La vie reprend-elle pour ceux qui restent, quand l'essentiel est parti ?

Christine pétrissait ses réflexions quand Raphaël se présenta. Même parcours dans le couloir, même impression rassurante laissée par l'uniforme, même bureau qu'il entreprit de ranger rapidement en empilant les dossiers en cours qui s'y étalaient.

— Je te dérange encore, s'excusa Christine.

— Tu ne me déranges pas. Du nouveau ?

— Non, rien. Je...

— Oui ?

— Je me demandais s'il n'y avait pas quand même quelque chose à faire pour la retrouver.

— Par la voie officielle et juridique, j'ai peur de te décevoir. Tu as essayé ses amis, les réseaux sociaux, les moteurs de recherche ? Les endroits qu'elle aimait ? Son banquier ?

— Tout. J'ai l'impression d'avoir tout essayé. Son banquier m'aurait renseignée, il nous connaît bien. Elle a retiré tout ce qu'elle avait sur son compte en partant et depuis, plus aucun mouvement.

— Elle a dû en ouvrir un autre dans une banque concurrente.

— On dirait qu'elle s'est évaporée.

Raphaël regardait Christine avec bienveillance. Au début de sa carrière, il avait dû traiter le dossier d'un enfant disparu, qui n'avait d'ailleurs pas été retrouvé. Il revoyait l'effondrement des parents. Delphine avait l'avantage de la majorité, donc l'option qu'il ne fût rien arrivé de grave et qu'elle fût partie de son plein gré. Alors que l'enfant de huit ans, dans cette affaire non résolue qui le hantait toujours...

Depuis, Raphaël redoutait la confrontation avec des parents qui venaient signaler une disparition. Il comprenait Christine. Il savait qu'elle avait déjà imaginé les pires scénarios et que rien n'y faisait. On ne peut pas lutter contre ce genre d'idées noires. Pas quand son enfant est concerné. Même grand.

— Je fais des cauchemars. Je la vois dans un trou, au milieu de la forêt, le visage livide, les yeux ouverts et fixes, nue, à moitié couverte de feuilles.

— Essaie de l'imaginer dans un endroit qu'elle aime bien. Je sais que c'est difficile, mais je t'en prie, Christine, essaie de l'imaginer vivante. Ta pensée consciente du jour prendra peut-être le pas sur les cauchemars de la nuit. Tu te fais du mal.

— C'est plus fort que moi. Je ne suis pas idiote. J'ai entendu parler des trafics, des réseaux, des pervers. Elle est belle et ne passe pas inaperçue. Elle attire les regards et les convoitises.

Le capitaine Desnoyaux savait qu'il fallait avancer à petits pas. Il connaissait sa douleur. Il se souvenait de la fois précédente, de la façon dont elle s'était barricadée dans sa coquille, en jouant avec ce petit fil qui dépassait. Celui-ci avait fini par lâcher. Pas elle. Christine était à prendre avec précaution, comme on entoure un moineau de deux mains légères pour ne pas lui casser une aile.

— Tu veux me dire comment se déroulaient les journées à la maison ?

Cette honte qu'elle ressentit soudain ! L'inquiétude aussi, et l'envie farouche de tout faire pour que Delphine revienne. Quand bien même il était dur d'admettre, de se sentir coupable, si elle parlait, peut-être y avait-il une chance de la retrouver.

— Mon mari et ma fille sont deux caractères forts. Ils se sont souvent affrontés à partir de l'adolescence. Il n'imaginait pas lui donner plus de liberté, la voir grandir, lui échapper, et elle n'en pouvait plus de se sentir emprisonnée. Elle ne supportait plus d'encaisser sans rien dire, au restaurant, sous prétexte qu'il fallait être gentille avec les clients pour qu'ils reviennent. Elle repoussait les mains baladeuses, rembarrait ceux qui la hélaient comme une servante au Moyen Âge, ou comme une… enfin comme une…

— Prostituée ?

— Oui, répondit Christine dans un sanglot qu'elle sut réprimer à temps.

— Robert ne comprend pas où est le problème, pas vrai ?

— Non. Et elle me reprochait de me laisser faire, moi aussi, de ne pas réagir. Elle ne m'en voulait même pas de ne pas l'avoir défendue. Oh Raphaël, je ne l'ai pas assez protégée, et aujourd'hui elle est partie. C'est de ma faute.

Le gendarme avait posé sa main chaude sur celles de Christine, jointes et tremblantes sur le bureau. Il avait de la peine pour elle. Il savait que la culpabilité était au moins aussi aiguisée que l'inquiétude pour blesser en profondeur et laisser des cicatrices boursouflées dont on garde les stigmates. Il savait aussi que peu de mots réconfortaient ces remords-là.

— Tu n'as pas à t'en vouloir, tu as fait ce que tu pouvais. Je ne crois pas que Delphine t'en veuille. Si elle est partie pour se protéger, cela veut dire qu'elle n'est pas en danger, tu ne crois pas ?

— Peut-être. J'aimerais juste savoir où elle est. Non, même pas où. Juste savoir qu'elle va bien. Qu'elle est vivante, en bonne santé. Et heureuse. Plus heureuse qu'ici.

— Et toi ? Tu es heureuse ?

Christine le regarda en éclatant de rire. Un rire forcé, un rire qui pleure. Heureuse ? Elle ne se posait même plus la question. Elle vivait au jour le jour. Les promenades avec son chien. Les petites escapades shopping avec son amie d'enfance qui revenait de temps en temps aux Rousses. Cela lui suffisait. Elle rangeait le reste dans sa malle toute pleine de son chemin de croix. Le mari et son rire gras, le restaurant à nettoyer chaque jour, le brouhaha permanent durant les services, les clients mécontents qui font tout pour avoir une remise, alors qu'elle travaillait déjà dur.

Heureuse ? Mieux valait ne pas se poser la question.

— Quelque chose a pu faire déborder le vase ?

De nouveau Christine cherchait comment fuir tout en restant. Son ami d'école ne lui voulait aucun mal, il souhaitait l'aider. Elle le regardait en ouvrant la bouche, puis en la refermant, comme un poisson qui agonise sur la berge. Christine agonisait de ce qu'elle avait à dire. Elle agonisait de honte. Puis elle se jeta à l'eau. Elle était en sécurité avec Raphaël. Il portait l'uniforme, la chemise bien repassée, les rangers cirés, les menottes, l'arme.

Les yeux de Christine partaient dans tous les sens de peur de se fixer dans ceux du gendarme. Elle avait honte. Honte de vivre avec ce type, aussi dégueulasse que son ventre négligé, qui la recouvrait comme une peau d'animal quand il grimpait sur elle pour sa petite affaire, honte de laisser ses gros doigts la fourrer sans ménagement, au point de la faire saigner parfois, de laisser sa langue baveuse lui lécher le lobe en lui éclaboussant l'oreille d'un « laisse-moi voir si t'es encore bonne ».

Christine ne lui dirait rien de cette souillure-là. Elle ne le dirait jamais à personne. Plutôt crever que d'avouer qu'elle était trop faible pour refuser. Elle se sentait déjà assez sale de le vivre, alors coller des mots dessus, certainement pas.

La main du gendarme était revenue sur ses doigts froids et blancs d'être croisés trop fort. Il les avait secoués, de l'air de dire : « Allez ! Vas-y, saute ! Je te rattraperai. » Elle prit une grande inspiration.

— Elle supportait de moins en moins les avances des clients. Robert essayait de la caser avec l'un ou l'autre des hommes seuls qui passaient leur soirée au bar, surtout ceux qui avaient une bonne situation. Il était temps qu'elle se range qu'il disait. Mais un soir, ils ont crié de plus en plus fort et... elle... enfin... elle...

Christine pleurait à nouveau. Le couteau venait de replonger dans la plaie, tourna d'un quart de tour. Elle continua à parler, entre les sanglots. Raphaël se pencha vers elle, concentré, prêt à cueillir au vol le moindre mot qu'il pouvait déchiffrer, quand sa prononciation n'était pas déformée par la voix pleine de chagrin qui n'arrivait plus à se poser sur sa tessiture et dérapait dans les aigus.

Et la révélation, enfin.

Il comprit.

Elle se tut.

Le temps de retrouver sa respiration, elle ajouta :

— Je ne lui en voulais pas pour ce qu'elle avait dit. Peu importait, je voulais qu'elle soit heureuse. En revanche, Robert est parti dans une colère noire. Il l'a attrapée pour la corriger. Elle s'est débattue, elle l'a mordu jusqu'au sang, et est partie s'enfermer dans sa chambre. Ce soir-là il a avalé une demi-bouteille de whisky en vomissant sa fille, notre fille, dans des insultes qu'il crachait comme du venin, et il a passé la nuit sur le canapé. Moi, je n'ai pas dormi.

— Elle est partie à la suite de cette scène ?

— Non.

Christine regarda l'heure, leva des yeux paniqués vers le gendarme et rassembla les anses de son sac dans une main et prit son gilet dans l'autre.

— Il faut que je parte !

Le capitaine Desnoyaux l'observa s'éloigner d'un pas rapide jusqu'au bout du couloir. Le collègue qui les avait reçus la première fois s'approcha de lui. Depuis le bureau d'en face, il n'avait pas pu ignorer les sanglots de la femme.

— Il y a quand même des sacrés connards sur cette terre, siffla Raphaël.

— Elle t'a dit quelque chose de déterminant ?

— Je sens qu'on approche. Ce qu'elle m'a déjà avoué aurait suffi à faire partir la gamine, pourtant il manque un morceau et je m'attends au pire.

— Tu penses qu'elle reviendra te raconter la suite ?

Le capitaine Desnoyaux retourna à son bureau sans répondre. Il avait quelques notes à compulser, tant que le fer était chaud. Il se contenta de lever ses bras de part et d'autre de ses hanches en signe d'ignorance.

Vérifier l'incandescence

Édouard relut la lettre d'Élise avant de la glisser dans la poche de sa veste. Il en profita pour saisir l'adresse dans le GPS de son téléphone.

Il avait évoqué son escapade du jour au petit déjeuner. Gaëlle connaissait peu Val-André, Suzann y était passée avec son deuxième mari durant des vacances sur la Côte d'Émeraude ; elle demanda pourquoi là-bas. Édouard noya le poisson en lui répondant qu'il y retrouvait un ami d'enfance. Il n'avait parlé d'Élise à personne. Il s'était déjà bien assez dévoilé concernant son épouse puisque la vieille femme avait été témoin de la scène. Il n'allait pas y ajouter un amour de jeunesse qui ressurgit comme une rivière souterraine plus de trente ans enfouie. Il avait besoin de la revoir en secret. Aux yeux des autres, quitter sa femme pour une autre femme n'est pas du même acabit que la quitter pour prendre du recul.

Parce que tu as quitté ta femme ?

Gaëlle s'était adossée au chambranle de la porte, étonnée d'entendre ronronner sans fin la voiture dans la cour. Elle observait Édouard, assis derrière le volant. Il venait d'essayer la casquette de Gauvain qui traînait sur le tableau de bord, en vérifiant son allure dans le miroir du pare-soleil, puis l'avait reposée avant d'empoigner fermement le volant. Il regardait droit devant lui, immobile et calme.

À quoi pensait-il ?

Bien qu'elle sente un trouble évident chez lui depuis son arrivée, elle se gardait bien de lui en demander la cause, de peur de devoir se dévoiler elle-même en retour.

Il finit par passer la première et commença à rouler. Elle le vit jeter un œil machinal dans le rétroviseur en quittant la cour. Les feux stop s'allumèrent un instant, puis il accéléra.

Édouard roulait sans cesser de penser à Élise. Elle ignorait sa venue. Elle avait entrouvert une porte. Avant de lui répondre, avant de prendre le risque de replonger tout entier dans un engrenage dont il ne connaissait ni le mécanisme ni surtout l'aboutissement, il avait besoin d'éprouver ce qu'il ressentait face à elle. Il n'avait gardé que son image d'adolescente. Certes d'une intensité sans commune mesure mais qui s'était évanouie avec le temps. Une silhouette égarée dans un brouillard tenace ; celui des souvenirs définitifs qu'on ne conjugue qu'à l'imparfait. La lettre qui voyageait dans sa poche donnait à leur rencontre la forme d'un verbe infinitif.

Qu'attendait-elle ? Et lui, qu'espérait-il ? N'était-il pas en train de se nourrir d'illusions perdues qui l'achèveraient d'un coup de massue décisif sur la nuque ? Elle tenait peut-être seulement sa promesse : l'informer de ce rêve abouti.

Arrête de réfléchir, bon sang. Va, vois et agis.

Il ralentit dans les derniers virages et vit s'allonger devant lui la grande avenue parallèle à la promenade en bord de mer. Il avait étudié le plan. Sa rue était une de ces nombreuses travées perpendiculaires qui partaient de la route où il roulait et débouchaient sur le front de mer. En théorie, sa boutique faisait presque le coin avec la promenade. Édouard avait entrepris de se garer quelques ruelles en amont ; la discrétion était nécessaire à son entreprise. Il ne voulait rien précipiter. Surtout pas lui-même.

Après trente-trois ans, il fallait prendre le temps !

Il réalisa alors ce qu'il s'apprêtait à vivre et ses mains se mirent à trembler sur le volant. Il prit la première rue à gauche et se gara comme il put. Il avait détaché sa ceinture. Le reste de son corps ne bougeait pas, coincé dans cet habitacle envahi par deux souvenirs épais. Le premier et le dernier d'Élise, qu'il avait lus et relus quelques jours plus tôt dans son journal inachevé – ce journal, commencé le jour où il avait croisé son regard pour la première fois, et laissé en suspens après son départ.

3 janvier 1985

Nous sommes en première. Les vacances de Noël viennent de s'achever et la rentrée commence avec un cours de maths. Je suis à côté de Denis, dans la troisième rangée, celle le long des fenêtres, à l'avant-dernier rang. Nous sortons nos affaires de nos sacs US. Les derniers élèves entrent en se précipitant avant que le prof ne referme la porte. Je le vois se raviser et l'ouvrir un peu plus grand pour accueillir la CPE. Elle vient nous présenter la nouvelle élève qui intègre notre classe. M. Castano lui enjoint de s'asseoir au cinquième rang de la première rangée contre le mur. Elle porte une robe rouge avec des petites fleurs noires et de la dentelle, sur des collants en laine, et des Kickers aux pieds. Sa fantaisie vestimentaire attire mon regard et mon intérêt. J'aime l'idée qu'elle ne cherche pas à se fondre dans la masse. Son originalité est si lumineuse en regard des autres filles si ternes. Elle a posé sa veste militaire kaki doublée de fausse fourrure sur le dossier de sa chaise et s'est assise pour déballer ses affaires. Quelques instants plus tard, elle enlève son écharpe et se retourne pour venir la déposer dans la capuche de sa parka.

C'est là que tu me regardes. Je ne t'avais pas quittée des yeux depuis que tu avais franchi la porte. Je te fais un sourire discret. Le tien est magnifique. Les deux fossettes qui l'accompagnent me clouent sur place.

Le violent coup de coude de Dédé dans mes côtes me ramène à la réalité des équations du second degré inscrites au tableau.

« Reviens sur terre, Ed. Tu badineras à la pause. Si Castano te voit la regarder, il ne te loupera pas pour t'humilier devant tout le monde. »

Il a compris.

— Édouard Fourcade, la nouvelle vous intéresse plus que mes équations ?

Quelques élèves ricanent.

Je me sens humilié.

Humilié mais amoureux.

Il peut se les garder ses équations, j'en ai une autre à résoudre dont l'inconnue s'appelle Élise.

C'est l'instant où j'ai recommencé à compter les couleurs.

*

* *

7 juillet 1986

Je ne l'ai pas vue depuis une semaine. Je n'arrive plus à lui téléphoner. Sa mère fait barrage. À croire qu'ils l'ont enfermée dans sa chambre depuis la fin des exams. Nous sommes tous agglutinés devant la cour du lycée, anxieux d'attendre que le proviseur ouvre le portail sur nos résultats au bac. Denis et moi charrions Diane. Elle est sûre de ne pas l'avoir, alors qu'elle a dû obtenir une mention bien – le syndrome de la bonne élève qui doute. Je sens alors une main nerveuse m'agripper le bras. Quand je me retourne, elle est là. Je me penche pour l'embrasser mais elle m'emmène à l'écart, sous les pins qui bordent le lycée.

— Mon père m'attend dans la voiture de l'autre côté de la rue. Il ne veut plus qu'on se voie. Il est dans une rage folle. J'ai rendez-vous la semaine prochaine à Sainte-Anne. Ils n'ont rien voulu savoir. C'est mieux que tu m'oublies.

Sa barrière de cils est inondée de larmes et sa voix tremble. Ses yeux disent le contraire de sa bouche. Et je ne sais pas qui croire.

— Élise, t'as bientôt dix-huit ans, non ? Ils ne peuvent pas t'empêcher de vivre ta vie.

— Ce sont mes parents. Tout est écrit là, dit-elle en me tendant une enveloppe en papier kraft.

— Et moi ?

— Édouard. On va déménager. Il a demandé sa mutation. On part en Afrique.

— Quand ?

— Dans deux semaines.

J'ai le souffle coupé. Je n'ai même pas pu la prendre dans mes bras. Elle a filé. Sa petite robe bleue suit sa silhouette comme elle peut, brinquebalée dans le fracas de cette annonce et de sa fuite. Élise court sans se retourner jusqu'à la voiture. Son père regarde droit devant lui, un sourire satisfait sur ses lèvres serrées.

Avant de monter dans la voiture, Élise se tourne vers moi et je lis sur ses lèvres : « Je t'aime pour toujours. »

Denis s'approche de moi. Je ne sais pas depuis combien de temps je regarde l'emplacement resté vide après leur départ.

— T'as gagné le droit de fêter ton bac, Ed.

— J'ai perdu Élise.

En ouvrant les yeux, Édouard vit au loin l'horizon flou et incertain de la mer qui flirtait avec le ciel. L'eau salée avait pourtant atteint ses paupières. Il ouvrit la portière tout en essuyant d'un revers de manche ce souvenir qui coulait sur sa joue. La scène semblait si lointaine et si proche à la fois.

Trente-trois ans et une lettre.

Il posa la main sur sa poitrine, en face de la poche intérieure pour aller puiser du courage dans le papier tant de fois plié et déplié, et il se redressa en verrouillant la voiture.

Ikebana

Debout dans l'arrière-boutique, Élise achevait une de ses créations tout en surveillant la cuisson d'une fournée. La journée était douce et les vacanciers encore présents sur la promenade flânaient le nez au vent. Son magasin, à l'emplacement idéal, attirait autant les touristes que les habitants à l'année. Il fallait profiter des derniers beaux jours de septembre avant la baisse d'activité hivernale. Petite, elle avait vu se transformer la mercerie initiale en boutique de fleurs et objets de décoration faits maison. Sa grand-mère, dotée d'un talent hors du commun, proposait des créations d'une fabuleuse harmonie. Elle était connue dans toute la région autour de Saint-Brieuc pour l'originalité de ses bouquets. Pour compléter ses revenus, elle s'était ensuite diversifiée en vendant des biscuits bretons qu'elle fabriquait dans sa cuisine, le soir, une fois la boutique fermée.

Élise avait toujours rêvé de prendre la suite de sa grand-mère. Elle mesurait la chance d'avoir hérité de l'expertise de ces différents métiers. Un stage d'ikebana – qu'elle avait suivi à l'âge de quarante ans pour se consoler d'une rupture douloureuse – lui avait fait prendre conscience que sa grand-mère pratiquait cette technique sans le savoir et qu'elle avait transmis son talent à sa petite-fille. Le maître japonais qui leur avait enseigné les règles d'asymétrie, d'espace et de profondeur durant une semaine l'avait saluée à la fin du stage en l'encourageant à poursuivre et développer cet art pour lequel elle était *si douée*.

Quand elle s'était enfin installée dans la maison de ses grands-parents, elle avait proposé un concept particulier. L'ikebana sous toutes ses formes. Fleurs, bois flottés, tissus, rubans, coquillages, galets et depuis le printemps, des ikebanas alimentaires. L'agencement harmonieux de biscuits, d'éléments en chocolat, de caramels, de chips de sarrasin plaisait beaucoup aux clients qui offraient ces pièces originales pour le plaisir des yeux, avant celui des papilles.

En sortant ses gâteaux du four, elle pensa à Édouard. Plus d'une fois, quand elle était adolescente et qu'elle le fréquentait, elle était revenue d'un week-end chez sa grand-mère chargée de sachets entiers d'éclats de biscuits ratés qui ne pouvaient être vendus. Son amoureux les adorait et les baisers qui suivaient s'en trouvaient parfumés – vanille, citron, caramel au beurre salé.

Voilà plus d'un mois qu'elle lui avait écrit et elle était sans nouvelles. Elle ignorait si la lettre était arrivée, s'il l'avait lue, s'il l'avait jetée – après tout ce temps, peut-être avait-il oublié leur histoire – ou s'il avait été touché de la recevoir. Cette bouteille à la mer faisait son chemin sans qu'Élise puisse influencer les courants marins.

Elle entendit la cloche de la boutique tintinnabuler.

Une fidèle cliente venue chercher sa commande.

Après avoir échangé quelques banalités, Élise la raccompagna à la porte. À chaque fois qu'elle apercevait la mer, elle mesurait sa chance de vivre ici, ainsi : exercer un métier qu'elle aimait dans un environnement idyllique. La marée basse avait puni les vagues à plusieurs centaines de mètres de la jetée, sous un ciel changeant. Elle aimait ce bord de mer quel que fût le temps. Elle irait marcher pieds nus dans le sable, en fin de journée, comme chaque soir de l'année.

Un homme se tenait à quelques dizaines de mètres, adossé à la rambarde métallique. Il portait une casquette grise à large visière et des lunettes de soleil. Elle ne voyait que le bas de son visage. Elle hésita un instant. Elle avait l'impression de le connaître. Peut-être un client, ou un touriste déjà croisé d'autres années. Ou un acteur célèbre, comme il en passait souvent dans cette petite station balnéaire à deux heures de Paris en TGV. Il consultait son téléphone sans lever le nez de son écran.

Elle ferma les yeux et sourit au vent. Le bruit, l'odeur, l'humidité de l'air, elle se laissa envahir par la mer le temps d'une minuscule pause, avant de rejoindre sa boutique où ses créations en cours l'attendaient. L'homme s'était retourné, le regard vers le large.

Elle ne saurait jamais.

Respirer sur le banc

Édouard passa plusieurs heures sur un banc face à la mer. Devant lui, l'immense rocher en forme de pain de sucre, le Verdelet, offrait un spectacle ornithologique rare. Il contemplait les vagues qui venaient s'y briser, les goélands et les scènes du passé, quand il était adolescent au lycée. Dès que revenait la déchirure du départ d'Élise le jour des résultats du bac, il chassait ce souvenir en y installant à la place son visage féminin devant l'horizon, un peu plus tôt sur la promenade.

Après avoir quitté la voiture, Édouard avait enlevé ses chaussures et avait piqué tout droit vers l'eau sur une centaine de mètres. Le moelleux du sable humide lui rappela l'expérience sur le chemin de mousse, même si les deux ambiances s'opposaient. Végétale pour l'une, minérale ici. La nature savait montrer plusieurs visages de sa douceur. Il avait ensuite marché en parallèle de la promenade qui se dressait, arrogante, face à l'étendue immense de la mer. Il voulait s'approcher d'Élise sans pour autant se confronter à elle. Ce n'était pas lui qu'il souhaitait préserver, ni elle, mais ce « nous » qui avait souffert de la déchirure et qu'il fallait réapprivoiser à petits pas.

Il avait dépassé la petite maison carrée, avec une minuscule tourelle ronde, un peu en retrait des autres – d'après ses calculs, le 3, rue des Mouettes, la boutique d'Élise – et avait poursuivi jusqu'à l'avancée de pierre en demi-lune qui offrait un parvis au casino. Il s'était assis dans le sable pour remettre ses chaussures, même s'il détestait enfiler des chaussettes sur des orteils dont la peau salée collait au tissu. Il n'y pensa même pas. Ses récepteurs sensoriels n'en avaient que pour le cœur. Plus trace d'orteils collants, ni de pieds, ni de bras, ni de mains, peut-être même plus de tête. Il était un cœur géant à deux doigts de défaillir. Édouard le sentait cogner dans sa poitrine. Deux battements entre chaque pas. Parfois trois. Son corps se résumait à deux jambes qui portaient un organe en chamade sur la promenade. La mer remontait au bout de la langue de sable, comme ses souvenirs heureux, par vagues.

Il avait enfilé la casquette et ses lunettes de soleil avant de remonter le col de sa veste légère. Une minuscule cour séparait la maison de la promenade goudronnée et la boutique se trouvait côté ruelle, en retrait de l'allée piétonne. La vitrine donnait plein nord. Il s'était d'abord arrêté face à la mer, les mains agrippées à la rambarde métallique pour s'ancrer solidement à quelque chose de sûr, face à l'ouragan qui approchait : des vents violents soufflaient en lui. Des vents contraires d'amour et de peur, d'espoirs et de regrets. Puis, dans un élan de courage, il avait fait volte-face et sorti son téléphone de sa poche pour faire semblant d'y consulter des messages. Ses yeux s'étaient relevés derrière ses lunettes noires et il l'avait aperçue à travers la vitrine, malgré le reflet. Il la devinait à peine, ignorant si ce flou était dû au carreau ou au temps qui les avait séparés.

Sur ce banc face à la mer, Édouard vivait une seconde fois la vague chaude et sucrée qu'il avait ressentie en l'apercevant. Une déferlante qui s'était propagée dans chaque recoin de son corps et l'avait empli d'une sensation qu'on aurait pu nommer beauté. Ou encore complétude. Un grand OUI heureux et puissant d'évidence. Une certitude qui vous imprègne et change votre couleur de sorte que vous ne faites plus qu'un avec elle. Vous n'avez pas la certitude, vous ÊTES la certitude.

Élise était là, tout près de lui.

Trente-trois ans et vingt mètres.

Il avait éprouvé un instant de panique quand elle avait suivi une cliente pour remettre le chevalet en ardoise, déplacé avec le vent fort du large.

« Remise de 10 % sur les ikebanas grand format ».

Une longue mèche blanche tombait le long de sa joue et s'était mise à danser avec le vent. Elle avait regardé la mer un instant, le visage lumineux, et avait fermé les yeux en inspirant profondément. À ce moment-là, Édouard respirait à peine. Il avait très chaud sous sa casquette et dans le col de sa veste. Il s'était alors tourné vers le large et avait empli ses poumons de particules de mer et de vent, fortes d'espoirs iodés et de désirs salés.

Trente-trois ans et une mèche de cheveux blancs.

Il ne voyait pas les oiseaux tournoyer autour du Verdelet, ni les promeneurs passer sur le sentier des douaniers à quelques mètres de lui. Il ne voyait qu'elle à l'horizon. Des larmes coulaient sur son sourire et tombaient en contrebas, sur son ventre gonflé de promesses et de regrets. Les grains de sable entre ses doigts de pied dansaient le tango, et son cœur commençait à peine à retrouver un rythme normal. Ses certitudes d'adolescent remontaient, aussi puissantes que les mots qu'il avait envie de coucher sur le papier dès le soir, pour lui écrire ce « nous » qu'il avait tant regretté, ce « nous » qu'il se prenait à rêver à nouveau. Toutes ces phrases débordantes et vives comme des vagues qui claquaient contre les rochers, et qui se bousculaient au fond de lui dans un indescriptible remous, méritaient évidemment un peu plus de nuance et de retenue pour en chasser l'écume. Au point où ils en étaient, il ne fallait rien bousculer, juste caresser le destin du bout des doigts pour lui suggérer une direction à prendre. Il avait tout le trajet retour pour réfléchir, tourner et retourner dans sa tête ce qu'il voulait qu'elle sache.

Trente-trois ans et un rêve.
Un rêve et un avenir.

Pour une autre

Ne voyant pas revenir Édouard – qu'il attendait pour poursuivre le bricolage –, Gauvain partit ramasser des champignons avec Raymond. Un nouveau coin à lui montrer qu'il avait découvert en arpentant le versant ouest du Val. Personne ne pouvait soupçonner la force du lien entre eux. De ces liens étranges qui existent déjà avant que les êtres se connaissent et frappent la rencontre du sceau de l'attachement inné et indéfectible. Cela avait permis à Raymond de comprendre l'enfant malgré le mur de silence et à Gauvain d'abandonner ses tourments à la confiance du vieux. Pas de passé à partager dont il fallait tenir compte. Juste vivre le quotidien banal mais nourrissant, au propre et au figuré. Ce qu'on ne dévoile à personne, ils se le partageaient. Nul n'allait dans les endroits reclus qu'ils connaissaient, loin des sentiers battus et même des plus sauvages. Si Raymond avait parfois du mal à suivre quand il était question de cèpes, de pieds-de-mouton et de bolets, il crapahutait comme un gamin à la chasse au trésor. Au diable ses articulations vengeresses.

Platon ne les avait pas accompagnés. Il avait préféré rester avec Gaëlle qui partageait un thé avec la vieille Anglaise. Celle-ci se méfiait désormais de ses griffes et n'avait plus approché sa main de lui depuis son coup de patte. Il ne rata rien de leur conversation après le déjeuner.

— Il est charmant, n'est-il pas ? avait commencé la romancière.

Gaëlle savait de qui elle parlait et pourquoi. Cette conversation était récurrente, d'année en année.

— Qu'a bien pu faire sa femme pour qu'il ait envie de partir ?

— Ou pas faire, ajouta Suzann dans un petit rire complice. Je crois ce n'est pas un ami de l'enfance qu'il est allé voir *today*.

— Qui d'autre ?

— Une femme, je assume.

— Qu'assumez-vous, Suzann ?

— *I assume*. Je pense sans être sûre.

— Vous supposez !

— Voilà.

— Pourquoi supposez-vous cela ?

— *Old instinct*. Il est perdu. Peut-être il a quitté sa femme pour une autre femme ?

Gaëlle n'avait pas envie d'y croire. Platon, installé sur ses genoux, la sentait songeuse et soucieuse après l'hypothèse de Suzann, qui s'était retirée dans sa chambre. Il aimait de moins en moins cette vieille chouette qui semait la zizanie partout où elle passait. Il sauta au sol et alla gratter à la porte pour sortir.

— Tu ne peux pas passer par la chatière de la cuisine ? lui dit Gaëlle une fois la porte ouverte.

Elle le regarda s'éloigner la main sur la clenche. Le chat retourna Viviane sous ses yeux, puis s'éloigna de quelques mètres vers la forêt. Après avoir remis la tortue sur ses pattes, Gaëlle jugea Platon d'un œil sévère. Il la fixa en retour d'un regard déterminé avant de se diriger vers le doux chemin, satisfait d'entendre que Gaëlle lui emboîtait le pas. Son plan – même s'il impliquait quelques remontrances de la part de sa maîtresse – fonctionnait à merveille.

Il avait pris de l'avance et était déjà couché dans l'arbre quand elle arriva dans la clairière. Elle s'assit contre le tronc du vieux tilleul et installa ses jambes en position de lotus. Elle entretenait sa souplesse par quelques postures régulières de yoga. L'autre élément, avec le bois, qui lui avait permis de sortir de sa nuit à elle. Puis elle ferma les yeux.

Tu y as cru à la douceur, hein ? Il était charmant, presque trop. L'arbre qui cachait la forêt et le loup dedans. Petite Chaperon rouge naïve. D'après tes rêves de princesse, Gauvain aurait dû être un fruit d'amour. Il a été à l'origine du mal, du changement, du loup qui sort du bois dans cette vie que tu croyais sereine.

Tu as rebondi depuis. Le loup est mort. Gauvain mérite ton amour infini. Mais toi ? Ah, c'est bon, un homme de temps en temps. Combien ? Une fois par an ? Peut-être deux ? Trois, les années exceptionnelles ? Tu dis t'en satisfaire ? Bien sûr que non. Toi aussi tu voulais la chaleur de l'autre au petit matin, le café les yeux dans les yeux en tenant le bol chaud entre les mains. Des projets et des souvenirs communs. Un cocon pour porter Gauvain. Et pour le défendre des chiens. Ceux déguisés en humains, qui vont mordre et lacérer sa sensibilité à fleur de peau dès qu'il sera lâché dans la meute. Tu as peur, n'est-ce pas ? Peur de retomber sur un loup.

Tu aurais bien eu envie qu'Édouard soit un gentil, un vrai, et que le destin te l'ait déposé là, comme un cadeau venu de nulle part. Et qu'il t'aime, et qu'il aime la vie à Doux Chemin...

Il doit être tendre. Et intéressant. Il aime la forêt. Ça se voit. Et Gauvain l'apprécie. C'est rare, aussi vite. Il aurait été bien, ici.

Mais s'il aime une autre femme que la sienne ?

Demande-toi pourquoi il est là.

Pense à demain. À ce que tu espères. À ce que tu redoutes. Et fais-toi un chemin au milieu de tout ça.

Platon quitta le plat du tronc un peu plus haut et vint se lover dans l'espace rond entre les jambes en tailleur de la femme.

Il ronronnait.

Il réparait.

Il était à sa place.

Sur la touche

Gaëlle se trouvait encore à la clairière quand Édouard revint en fin d'après-midi.

Il avait craint d'être démasqué par ce sourire qui s'accrochait à son visage depuis Val-André. Il préférait ne rien dévoiler. Il voulait d'abord écrire à Élise, savoir où en était le « nous » de son côté à elle. Il pensait aussi à Gaëlle, sur le pas de la porte quelques heures plus tôt, un voile étrange dans le regard. Il s'en voudrait de lui faire de la peine en affichant son bonheur de penser à une autre femme si d'aventure elle commençait à s'attacher à lui ; puis se trouva fort prétentieux de pouvoir imaginer cela. Par chance, il ne vit personne. Il en profita pour emporter dans sa chambre quelques fruits et un morceau de pain – il n'avait rien avalé depuis le matin.

En l'absence d'Adèle, il s'autorisa une longue douche chaude. Il remua ses orteils et regarda le sable s'en aller avec le filet d'eau qui coulait à ses pieds. Comme ils semblaient insignifiants, ces petits grains perdus qui disparaissaient dans la canalisation après avoir occupé ses espaces interdigitaux. Un seul d'entre eux dans l'œil aurait provoqué des douleurs atroces ; il eut soudain une pensée pour Armelle. Édouard releva la tête, offrant son visage au jet puissant du pommeau et il revit Élise, sa mèche rebelle et grise, sa robe noire et son petit tablier rouge aux couleurs de l'enseigne de sa boutique. Les hanches à peine plus rondes qu'au lycée, elle avait encore cette façon gracieuse et discrète de se mouvoir. Les deux fossettes qui l'avaient cloué sur place au lycée lui faisaient toujours le même effet. La nuque dégagée, surplombée d'un chignon simple, laissait comme avant apparaître le léger bombant de sa première vertèbre saillante. Il se remémora tout ce temps passé à caresser du bout des doigts cette petite proéminence quand elle était penchée sur ses cours, ou qu'elle dormait sur le ventre. Il aimait effleurer cette zone comme on touche une pierre sacrée pour se nourrir de son énergie. Et faire un vœu.

Le sourire d'Édouard s'agrandit, généreux et ouvert, laissant s'engouffrer quelques goulées d'eau brûlante dans la bouche. Se laisser pénétrer, envahir de chaleur, comme par le vent du large, tout à l'heure, sur la promenade, comme par l'image de cette adolescente laissée trente-trois ans plus tôt, un « je t'aime pour toujours » sur les lèvres.

Tout en se savonnant, il s'interrogea sur sa vigueur sexuelle. Un réveil en grande forme garantissait-il des performances en situation ? La perte d'habitude ajoutée à l'émotion qui l'envahirait s'il serrait Élise dans ses bras l'inquiétaient. Comme s'il ne savait plus.

Il ferma le robinet et chassa ses doutes en se frottant vigoureusement avec la serviette-éponge rêche d'avoir séché au vent.

Assis au bureau face à la fenêtre, une page blanche devant lui et un stylo à la main, il réfléchissait. La carte postale destinée à Élise – trouvée à l'office du tourisme en face de l'église du Graal – l'attendait, fière et calme comme l'arbre multicentenaire dont elle était l'image. Il regardait dehors en réfléchissant à la façon dont il allait commencer et finir son courrier. Difficile de faire court quand débordent des dizaines d'années de mots cachés, de phrases enfouies, d'émotions enterrées et d'espoirs bannis. Il avait tant de choses à lui dire et en même temps si peu. Un « je t'aime toujours, Élise » résumait à merveille le chantier de fouilles qu'il avait entrepris voilà des jours sur les vestiges de son adolescence. Mais comme un musée soigne la présentation de ses œuvres, Édouard voulait y mettre les formes et s'offrir la chance de faire revivre son Pompéi à lui.

Il n'avait toujours rien écrit quand il vit revenir Gaëlle, puis Adèle. Sa petite chambre en hauteur faisait office de tour d'observation. Gauvain était arrivé un peu plus tard, un panier en osier plein de champignons accroché au bras. Ainsi se profilait le menu du soir.

Il s'était enfin décidé pour « Ma chère Élise », et venait de le coucher sur le papier, d'une écriture émue, quand il entendit le piano du salon. Malgré le son étouffé, il distinguait la mélodie. Son cœur se mit à battre, sa respiration s'accéléra. Il fallait qu'il sache. Il dévala l'escalier et ne chercha même pas à retrouver un semblant de contenance avant d'entrer dans la pièce où les mains d'Adèle dansaient sur les touches de l'instrument. Le souffle court et le regard perdu, il garda la clenche de la porte en main quelques instants, puis s'assit sans bruit sur un coussin de sol dans un coin du salon.

— Ça va ? lui demanda Gaëlle alors que l'instrument vibrait encore de ses dernières notes.

— Ce morceau…

— Elle le joue si joli, dit Suzann depuis son fauteuil près du fourneau où une petite flambée réchauffait l'ambiance.

— Pourquoi tu as joué celui-là ? la questionna Édouard.

Une caresse à Platon

Le chat avait suivi Édouard après l'épisode du piano. Pour faire bonne figure et dissiper l'embarras de son entrée fracassante, ce dernier s'était adressé à Gauvain avant de quitter la pièce.

— On bricole demain ? Si ta mère peut me prêter à nouveau sa voiture, nous irons acheter tout ce qu'il faut et je te montrerai quelques trucs sympas à faire.

Gauvain avait brandi ses deux pouces vers le haut, en guise d'approbation. Édouard commençait à comprendre les nuances émotionnelles de la gestuelle du garçon. Un seul pouce l'aurait déçu.

Puis il était remonté dans ses quartiers sans dîner : « Je suis fatigué, sûrement l'air marin. » Platon savait bien que son visage maussade n'avait rien à voir avec la mer. Édouard avait parlé tout bas et sa voix était sombre. Ce grand type solide était envahi d'une lassitude que l'animal n'avait jamais sentie auparavant chez lui ;

d'ailleurs, pour la première fois, il avait été autorisé à entrer dans la chambre.

Avec la même discrétion qu'en cherchant à surprendre un oiseau dans un taillis, Platon s'était approché de l'homme allongé sur le lit puis s'était couché contre lui. Édouard avait même consenti quelques caresses de sa main droite. La gauche tenait son carnet qu'il lisait avec émotion.

28 mars 1985

De nous deux, c'est Élise la plus instinctive. Je m'en doutais. Sa façon de se comporter, d'intervenir en cours, d'agir parfois sans réfléchir.

Ce soir, j'en suis sûr.

Voilà des semaines que nous nous tournons autour à coups de sourires et de petits mots et que nous faisons exprès de nous frôler en gagnant nos places ou dans la file de la cantine parce que c'est la seule intimité que nous pouvons voler à la face du monde. Au stade, en sport, je passe mon temps à la chercher du regard dans le groupe des filles, et elle me le rend souvent, preuve qu'elle fait de même. Denis me chambre : « Tu te décides quand ? » Pétri de doutes, je n'ose pas. Et si elle réagit mal ? Et si je me trompe ? Et si elle n'en a rien à faire de moi ? Mes « si » m'enferment dans ma bouteille où je respire de moins en moins bien tellement je suis amoureux et tellement j'ai envie de l'avoir contre moi. Tout contre. Toute la journée.

« T'es con ! Tout le monde voit que vous êtes faits l'un pour l'autre, et toi, tu restes les bras croisés à attendre comme si t'avais besoin qu'on te le démontre par A + B. » Denis a raison. J'ai peur.

Et puis, aujourd'hui, elle est venue à la maison pour faire des exercices de maths. Elle a du mal à suivre et trouve que j'explique bien. On n'a pas le temps de faire les exercices. Elle est assise à côté de moi au bureau et elle sent la cerise. Je commence à lui parler d'intégrales, mon crayon de papier entre les doigts, elle me le prend des mains en me disant qu'elle n'a pas envie de travailler. Je me souviendrai toute ma vie de ce regard, de ses yeux bleus avec des petits reflets marron et gris, que je peux distinguer parce qu'ils sont à dix centimètres des miens et qu'ils pétillent comme jamais je n'ai vu des yeux pétiller. Elle me sourit et je réussis à lever ma main pour effleurer sa fossette. Je tombe dans un tourbillon quand je sens ses lèvres contre les miennes. Elle a fermé les yeux. Les miens restent ouverts, je ne veux rien rater. Elle se recule et me regarde. Tout pétille, tout brille. Elle est émue, revient. Ses lèvres, sa langue, ses mains autour de mon cou. Je perds pied et mon émotion saisit tout mon corps.

Nous passerons une heure, allongés sur mon lit, à nous embrasser et nous câliner du bout des doigts pour cette première fois où mes parents sont dans le jardin. Le manque de sécurité aurait gâché plus d'intimité.

Elle est partie depuis plus d'une heure et je suis retourné me coucher sur mon lit. Sa spontanéité m'a sauvé de ma timidité et je lui en suis reconnaissant. C'était bien comme ça. Le manque me tord déjà le ventre, mais je me dis qu'on a toute la vie, et que je la revois lundi.

J'ai le nez dans mon oreiller et il sent la cerise.
J'ai le nez dans mon oreiller et j'aime Élise.

Une demi-heure plus tard, la lettre était prête. Édouard avait cessé de réfléchir et de tergiverser sur chaque mot. La spontanéité avait été leur meilleure alliée à seize ans. Pourquoi en serait-il autrement à cinquante ?

En éteignant la lampe de chevet, il avait devant lui le visage lumineux d'Élise face à la mer, devant sa petite boutique, devant son rêve.

Des gâteaux qui parlent

Levé le premier, Gauvain s'impatientait. Il avait griffonné une liste de matériel sur un bout de papier et attendait Édouard pour la lui confier. Quand ce dernier entra dans la pièce, il n'eut pas le temps de s'asseoir ; le garçon lui tendit la liste et partit chercher un reste de café et du pain qu'il venait de faire griller.

Durant leur visite de l'atelier, Édouard avait évoqué les automates qu'il fabriquait à son âge, les fournitures nécessaires pour les réaliser. Il l'avait félicité pour son diplôme en électrotechnique en lui certifiant que cela leur serait très utile. Même si l'ingénieur avait gardé de bonnes notions, un regard neuf se révélait toujours précieux. Ils avaient exploré chaque recoin, ouvert chaque tiroir, chaque porte, fouillé dans les étagères et Édouard avait dressé un inventaire du matériel de base manquant. Gauvain fut emballé par le projet quand il lui montra quelques vidéos trouvées sur Internet. Reprendre cette activité trop longtemps mise au rebut l'inondait déjà d'un immense plaisir ; initier Gauvain à cet art décuplait sa motivation. Le garçon – intelligent, curieux, créatif – serait un très bon élève. Preuve en était cette petite liste de courses.

— Tu sais ce que tu veux faire ?

Les yeux de Gauvain pétillèrent une réponse.

— De la corde ? De différents diamètres ? Des poulies, du fil de fer ? Que veux-tu faire avec toute cette corde ?

Gauvain ne répondit pas. Il lui fit comprendre en un regard et le geste d'une main qu'il verrait bien le moment venu.

Édouard s'empressa de finir son pain tant l'adolescent piaffait de s'atteler au projet.

Après le petit déjeuner, Gaëlle ne s'attarda pas et fila à son atelier sans même leur dire au revoir.

Le moteur en marche et Gauvain installé, Édouard hésita à enclencher la première. Il détacha sa ceinture et se dirigea vers la grange où se trouvait l'atelier de Gaëlle. Elle grattait une branche, de la musique celtique en bruit de fond.

— On pourrait se parler tout à l'heure, quand nous serons de retour ?

— Après le déjeuner ?

— OK. Gauvain a déjà essayé de conduire ?

— Non, je n'ose pas.

— Tu veux bien, dans le bout du chemin, là où rien ne craint ?

— Propose-lui.

Le visage de Gaëlle retrouva des couleurs. Édouard avait besoin de partir sur cette image.

Il n'aimait pas faire mal. Même sans être responsable.

Alors pourquoi tu te comportes comme ça avec Armelle ?

Face au sourire de Gaëlle, il comprit que son épouse était abonnée au malheur. Un malheur ancré en elle, constitutionnel. Denis le lui avait certifié une année plus tôt. « Ça veut dire qu'ils sont condamnés ? » s'inquiéta Édouard ce jour-là. « Ils vivent, ne t'inquiète pas. Parfois bien plus longtemps que d'autres, à croire que le chagrin conserve. Leur mode de fonctionnement ne prévoit pas la joie. C'est ainsi. Et si par malheur elle leur tombe dessus, ils partent en courant. »

Si certaines personnes étaient condamnées au malheur, d'autres étaient programmées pour la joie. Comme Élise. Ces pensées se bousculèrent à toute vitesse dans la tête d'Édouard entre la grange et la voiture où Gauvain l'attendait. Il sut en s'asseyant au volant qu'il avait besoin de lumière.

Il démarra sans tarder. Édouard profita de cette escapade pour tenter d'instaurer quelques règles de communication avec le jeune homme. Si sa mère savait déchiffrer le moindre frémissement sur la commissure des lèvres, le plus petit tremblement de paupière et chaque nuance dans l'iris clair de son fils, pour un inconnu, l'alphabet sur le visage de Gauvain se résumait à oui, non, surprise, peur, colère, tristesse, joie. Édouard s'attendait donc à faire face à quelques difficultés quand il serait question de lui parler de cames, de poulies, de moteurs, d'entraînement, de bascule, de mouvements circulaires, continus, linéaires, aléatoires, alternés, en phase. Sans douter de sa compréhension, il présageait de nombreuses questions. Le petit calepin serait plus que jamais nécessaire. En attendant, il apprenait les tremblements infimes d'un morceau de joue ou d'un coin de paupière comme un alphabet de hiéroglyphes cutanés à découvrir.

Il imagina un instant poser une question frontale. « Je t'ai vu parler à la pierre. » C'eût été d'une infinie maladresse. Il s'en garda.

Il lui fallait percer le mystère autrement ; cette mission qu'il s'était assignée lui tenait à cœur.

Ils passèrent près de deux heures dans les allées du magasin. Pitons, écrous de 6, de 8 et quelques-uns de 4, crochets, anneaux, pattes de jonctions, petits moteurs, fils de soudure, boulons à tête ronde, rondelles, colle, équerres d'assemblage, tiges, charnières, mortier adhésif à prise rapide. Et les fameuses cordes de différents diamètres.

Devant leur chariot plein, Édouard imagina un instant la tête de Raymond, qui lui avait plutôt enjoint de vider son atelier que de le remplir de nouveautés. Cependant, sous ses yeux se trouvait la base de tout, car il fonctionnait à tâtons, et n'était pas en mesure de prévoir les éléments précis dont il aurait besoin. Il valait donc mieux disposer d'un mini-magasin à domicile. Même s'il savait qu'il n'était là que de manière transitoire, il comptait bien mettre Gauvain sur les rails d'une créativité qu'il imaginait sans limites.

Le jeune homme frétillait. Sur le chemin du retour, il griffonna des ébauches de plan, des schémas. Une idée très précise de ce qu'il voulait réaliser naissait sous son crayon. Il n'avait eu qu'à demander « on peut tout faire ? » et obtenir un oui inconditionnel de son professeur pour laisser libre cours à son imagination.

Il ne savait pas encore que ce même professeur l'initierait également à la conduite et qu'il y prendrait un plaisir fou.

Sa mère les attendait sur le banc au soleil. Elle glanait les derniers rayons, comme du foin dans la grange, une réserve de lumière avant la saison sombre. Dans la forêt, l'hiver pouvait être gris et froid. Une humidité triste qui pénétrait les vêtements et ne vous abandonnait que sous une douche brûlante ou la peau collée au fourneau. On pardonnait à Brocéliande, puissante et belle, ses sautes d'humeur et ses chagrins de ciel.

Gaëlle s'avança vers eux pour cueillir la fierté du jeune conducteur et s'en désaltérer. Breuvage sucré des mères.

Gauvain s'en alla déposer le matériel chez Raymond, et manger quelques gâteaux accompagnés d'un chocolat chaud. Le vieil homme rangeait une boîte métallique toute cabossée dans la porte droite du buffet de la cuisine. Il la tenait de sa mère, qui la tenait de sa mère. Il y versait chaque semaine des petits gâteaux de toutes sortes. Son seul dessert depuis toujours.

Gauvain, curieux de découvrir une nouveauté, en connaissait l'emplacement. Avec leur inscription, les gaufrettes emportaient sa préférence. « Qui dort dîne », « Bien faire, laisser dire », « Veux-tu danser ? », « Plus on est de fous, plus on rit », « J'm'énerve pas, j'explique ». Raymond lui demandait parfois où son silence mettait tous ces mots à force d'avaler des gâteaux qui parlent. Il raffolait aussi des croissants de lune, avec leurs petits éclats de noisette, et des Finger avec lesquels il aimait d'abord jouer avant de les croquer. Dix ans qu'il venait chez Raymond. Dix ans la même boîte. Dix ans au même endroit. Sous peine de perdre de leur charme, certaines petites choses simples de la vie se devaient d'être aussi immuables qu'un soleil qui se lève chaque matin à l'est.

Un radeau dans les herbes hautes

Gaëlle et Édouard se retrouvèrent seuls. L'un et l'autre savaient que ce moment serait important. Une gêne palpable, une timidité, des gestes un peu gauches, des regards dérobés, ils affrontaient le tout drapés d'un certain courage.

— On va à la clairière ?

Gaëlle s'assit la première dans l'herbe couchée au pied du vieux tilleul. La lumière de cette fin d'après-midi donnait une couleur singulière à la prairie. Les longs brins luisants se couchaient par touffes entières dans des sens opposés, petites vagues dissipées d'une mer vert foncé. Édouard s'installa en face d'elle. Leurs genoux se frôlaient. L'arbre retenait son souffle. Pas l'ombre d'une brise ne venait chatouiller l'air ambiant qui, stoïque, donnait au paysage des allures de tableau. La nature, toujours un peu grouillante, mouvante, ondoyante, agitée de minuscules soubresauts de-ci de-là, pouvait-elle tout entière retenir sa respiration pour les laisser se confier ?

— Tu voulais me parler ? commença Gaëlle.

— Par où commencer…

— Quelque chose t'inquiète ?

Édouard évoqua son attitude sur le pas de la porte, certaines fuites à peine dissimulées.

— J'apprécie que tu te soucies de moi. Je suis très heureuse que tu te rapproches de mon fils. Il a bien besoin de ce genre de relation.

— J'ignore combien de temps je vais rester.

— Ce qui est pris…

— Alors d'où vient ce voile un peu triste depuis hier ?

— Les hommes ne sont pas souvent sensibles à ce genre de signe.

— Dans quelle norme masculine suis-je censé entrer ?

La femme sourit en baissant les yeux. Elle attrapa une brindille et se mit à jouer avec un insecte téméraire qui essayait de franchir la végétation dense devant son pied.

— Suzann pense que tu es allé voir une femme hier. Chaque année, elle cherche d'autres solutions pour me caser.

— Elle aurait voulu que ce soit avec moi ?

— Je suppose.

— Elle avait déjà cette idée en tête pour ne pas me dissuader de monter dans ce bus à Vannes ?

Gaëlle se mit à rire, en passant ses doigts dans sa longue chevelure avant de la ramener sur son épaule. Édouard aimait ces petits gestes inconscients qu'avaient les femmes avec leurs cheveux.

Une mèche qu'on remet derrière l'oreille, un chignon parfait qu'on recompose pourtant, une boucle qu'on tournicote sans fin. Adolescente, Élise passait son temps à les tresser sans jamais les bloquer dans un élastique. Épais et ondulés, ils tenaient comme ils pouvaient. Et quand ils s'affranchissaient, elle recommençait. Il ne s'en lassait pas.

— Je vais lui parler. Elle ne peut pas agir pour les autres contre leur gré.

— Imaginer quelque chose avec moi va contre ton gré ? demanda Édouard sans détour.

— Je parlais de ce qu'elle pourrait manigancer contre le destin pour arriver à ses fins sous prétexte de faire le bien autour d'elle.

— Je sais.

Gaëlle lui avoua qu'elle n'était pas indifférente à sa présence. Quelque chose en lui la touchait et lui donnait envie de creuser la relation. Elle comprenait aussi qu'après les mots de Suzann elle ferait mieux de couper court à ce genre d'idée. Édouard fut touché par la confidence de Gaëlle. Il fallait un sacré courage pour oser l'avouer. Rien ne l'obligeait à répondre et elle aurait pu se réfugier derrière un petit mensonge pour se sortir de cette discussion embarrassante.

— Je me dois de t'expliquer la situation…

— Tu ne me dois rien, le coupa-t-elle.

— Maintenant, si.

Édouard saisit lui aussi une brindille et il occupa ses doigts à y entourer des brins d'herbe tout en expliquant les raisons de son errance. Sa femme dépendante affective et pourtant distante depuis des années, cette lettre, avant leur départ en vacances, reçue d'Élise dont il n'avait eu aucune nouvelle depuis trente-trois ans, leur promesse de se dire, même des années plus tard, si leur rêve s'était réalisé. Celui d'Élise, la boutique de sa grand-mère, son installation dans la station balnéaire du nord de la Bretagne. Puis Suzann à la gare de Vannes juste après un appel du notaire qui le mettait dans un soudain confort financier. Les quelques mots échangés avec la romancière qui lui avaient filé un coup de pied pour le faire monter dans le bus en partance. Elle connaissait la suite.

— Oui, je pense à une autre femme. Elle ignore que je suis venu. Je voulais vérifier ce que je ressentais en la revoyant.

— Et tu éprouves encore des sentiments si longtemps après ?

— Te répondre m'est difficile.

— Pourquoi ?

— Tu préférerais peut-être que je te dise non.

Gaëlle ne lui demandait rien. Sa situation lui convenait. Gauvain, ses amis, ses voisins, les clients de passage. Elle finit par l'assurer de sa joie sincère s'il pouvait retrouver Élise.

— J'ignore si elle le souhaite. Je lui ai écrit une lettre. Je verrai ce qu'elle me répond. Nous nous sommes quittés à dix-sept ans, nous en avons cinquante, l'histoire est incroyable. Si nous nous retrouvons, je ne sais même pas si je suis encore capable.

— Capable de ?

Édouard lâcha un petit rire nerveux. Il était trop tard pour se raviser. Cette confidence lui avait échappé. Il mit cette faiblesse sur le compte de la confiance spontanée qu'il éprouvait envers Gaëlle. Il poursuivit sans savoir vers quoi cela le mènerait.

— Voilà une éternité que je n'ai pas pris une femme dans mes bras pour la... pour lui... pour...

— Lui faire l'amour.

— Oui. Je ne sais même pas si j'y arriverais encore.

— Vérifie avant !

— Avec qui ?

— Avec moi ?

Gaëlle se leva, se pencha vers lui et l'embrassa sur le front avant de fuir vers le hameau, la démarche vive et dansante, les bras écartés pour frôler les quelques graminées encore dressées en cette fin d'été et qui venaient à sa rencontre pour caresser ses paumes.

Édouard se laissa tomber dans la verdure luisante. Entouré de vagues douces et lisses, il était le radeau qui dérive à la recherche d'une île.

Il regardait le ciel et prenait conscience de ce corps à l'abandon qu'il trimballait gauchement en le privant de confiance ; minuscule entité humaine portée par la planète entière. Aussi insignifiant soit-il à l'échelle de l'univers, il se sentit puissant. Une femme venait de l'inviter à faire l'amour – avec un naturel singulier et sans engagement. L'audace de Gaëlle l'avait flatté. À y réfléchir, il était assez partant. Édouard s'était attaché à elle, attendri et admiratif devant sa situation de mère combative.

Il s'adossa au vieux tilleul et ferma les yeux pour laisser décanter cette discussion.

Ne te voile pas la face. Tu as envie de cette femme. Quel homme renoncerait ? Elle te le propose ! Lâche tes grands principes et ose. Tu as juste besoin d'un moment intime pour te rassurer, pour vérifier que tout fonctionne. Tu serais bien bête de refuser. Tu quoi ? Tu te demandes si tu y parviendras ? Si tu auras assez envie pour bander ? Tu en as déjà envie. Regarde dans ton pantalon ! L'idée est excitante et tes parties sont partantes. Oublie Armelle. Oublie Élise s'il le faut, ou alors pense à elle. Aucun fantasme n'a jamais tué personne. Et après ? Avec Gaëlle ? Après, vous pourrez choisir d'en rire, ou au moins d'en sourire.

Ce soir ?

En ouvrant les yeux, son premier réflexe fut de vérifier qu'il était bien seul dans cette clairière, car il avait la mine réjouie, sa main posée sur un pantalon durci.

La peur n'évinçait pas l'envie.

Il aperçut le chat, posté dans l'arbre, qui le fixait sans ciller, qui semblait même sourire, ce qui le plongea dans un embarras joyeux. Cet animal le suivait partout, l'observait, le décortiquait. Édouard se leva et poussa un râle de dépit avant de traverser la clairière pour fuir ce jugement félin.

Le plancher qui grince

Allongé sur son divan, celui de ses patients, Denis cherchait lui aussi une réponse. Diane consultait dans la pièce à côté. Il suffisait de l'attraper au vol, entre deux patients, pour lui demander son avis. Elle aurait une réponse. Sa femme avait toujours été plus catégorique que lui. Pour autant, dans ce cas précis, il soupçonnait qu'elle ne fût pas objective. Elle n'avait jamais vraiment apprécié Armelle. Lui avait plus de patience et de compassion envers elle. Mais quelle était sa propre objectivité quand la problématique concernait son meilleur ami, son frère, Édouard ?

Il constata que la structure du divan présentait une bosse désagréable dans le creux des reins. Pourtant, il n'était pas prêt à se séparer de ce vieux meuble, hérité d'un ancien professeur auquel il vouait une admiration profonde – la veuve lui avait offert l'objet à la mort de son mari, sachant son attachement pour l'étudiant qu'il avait été. Denis se demanda si l'inconfort perturbait le cheminement psychique de ses patients ou s'il le stimulait.

Il se leva et déambula dans la pièce.

Il avait raccroché quelques minutes plus tôt. Armelle savait donc que son mari avait repris contact avec Élise. Elle refusa toutefois de lui dire comment elle l'avait appris. Devait-il en informer Édouard ? Cela changeait-il quelque chose à la réflexion sylvestre de son ami ? Le plancher grinçait sous ses pas à un endroit précis, entre le bureau et la bibliothèque. À chaque nouveau passage, il essayait de poser son pied ailleurs, et le sol couinait toujours. Au téléphone, l'épouse de son ami semblait résignée et triste, pourtant, quelque chose clochait, sans qu'il sache définir quoi. S'il s'était longtemps méfié de son instinct, il l'écoutait désormais. Et son instinct lui criait : « Méfiance ! »

Il s'assit à son bureau, les mains posées à plat sur le sous-main en cuir. Il les observait. Des doigts longs et fins – sa mère aurait voulu qu'il joue du piano – qui s'agitaient comme s'ils étaient autonomes et martelaient la surface noire pour essayer d'en extraire une réponse. Celle qui tardait à venir. Celle que Denis ne trouverait peut-être jamais. Ou alors la mauvaise. Il n'était jamais aisé de se trouver entre deux feux sans trahir l'un ou l'autre des camps.

Armelle lui avait d'abord menti en faisant semblant d'ignorer la présence d'Élise. À quoi bon changer sa version ? Qu'attendait-elle de lui ? Qu'il parle à Édouard ? Certainement pas !

La réponse était là, sous ses yeux. Soit Armelle était maladroite, soit elle cherchait à l'utiliser. Dans les deux cas, il devait laisser Édouard affronter seul la situation. Il ne pouvait le prévenir de rien. On ne met pas en garde sur une sensation désagréable, sur un vague instinct.

Un sentiment étrange stagnait en lui.

Une malheureuse prémonition.

Édouard allait souffrir et il ne pourrait rien faire.

Les corps engagés

Adèle se démaquillait devant le miroir. Elle avait surpris quelques regards complices entre Édouard et Gaëlle durant le dîner. Elle ne cessait d'y penser. Elle frottait avec vigueur la petite lingette en tissu, noircie par le mascara, en se demandant si elle était rassurée qu'il puisse céder à Gaëlle alors qu'il s'était refusé à elle ou si elle devait en être vexée. Elle se retourna pour fuir ses yeux noirs et s'adossa au lavabo pour brosser ses cheveux.

Un tee-shirt de son voisin attendait d'être lavé dans un coin de la minuscule salle de bains. Elle le saisit et y plongea son nez à la recherche de l'odeur qui l'avait apaisée sur le cheval. Elle inspira profondément une première fois. Puis une deuxième. La troisième respiration s'accompagna d'une émotion qu'elle ne comprenait pas. Un mélange puissant de tristesse et de joie. Elle aurait tant eu besoin, à cet instant précis, qu'Édouard se trouve dans le tee-shirt et la prenne dans ses bras en lui disant : « Ça ira, ne t'inquiète pas. »

Mais il était en bas, il ne remontait pas.

Elle entrouvrit la porte pour vérifier qu'il n'arrivait pas et fila dans sa chambre, le tee-shirt sous le bras.

Elle ne vit pas le chat, posté sur le toit.

*
* *

Il referma la porte derrière lui.

— Tourne la clé.

Gaëlle était assise sur son grand lit, en tailleur. Elle portait une longue robe bleue qui la couvrait jusqu'aux chevilles ; des draps rouges à fleurs roses, quelques coussins sentinelles postés autour d'elle. Une timide lampe, allumée sur un bureau lointain, enjoignait de se dévoiler. Elle lui sourit. Édouard la regardait sans trop oser s'approcher. Il pouvait encore faire demi-tour. Lui vint l'image de sa femme, qu'il chassa sans ménagement. Puis le visage lumineux d'Élise. Il hésitait encore, luttait. Ses pensées virevoltaient sur un champ de bataille violent et lumineux où il n'était question que de vie et d'envie.

Gaëlle attendait.

Il s'approcha du lit, ses mains le long du corps, sans trop savoir qu'en faire. Elle les prit et les embrassa, jointes devant sa bouche, avant de les lâcher à nouveau. Puis elle souleva son tee-shirt pour atteindre la ceinture du pantalon. Les premiers fourmillements envahirent Édouard. Des gestes féminins lents et sûrs. Aucun chemin détourné, elle savait où elle allait. Édouard l'aima, à cet instant précis – pour son audace, sa simplicité, le goût de plaisir de son regard. Elle se mit à genoux au bord du lit pour s'approcher de lui, défit la boucle métallique puis écarta les deux lanières de cuir, ouvrit le bouton et descendit la fermeture Éclair. Il sentit ses mains saisir son pantalon et son caleçon pour les descendre d'un commun glissement le long de ses jambes. Elle s'était penchée pour accompagner le tissu et son visage frôla son érection. Il bandait avec une rassurante certitude. Oh, comme il aurait eu envie qu'elle le prenne dans sa bouche, si proche, si prometteuse ! Il dégagea ses pieds de ses vêtements, et la vit se reculer. Son tee-shirt reposait comme la toile affalée sur la bôme d'un voilier. Soulagé et fier, l'assurance gagnée lui donna le courage d'enlever son tee-shirt. Il était nu devant elle et il n'avait pas peur, malgré son corps qui n'avait plus vingt ans, son ventre qui prenait ses aises et sa peau détendue. Elle approcha ses mains et les posa sur son torse puis descendit vers son nombril. Il n'y avait aucun jugement dans cette envie. Cette envie, bon sang ! Ce que sa femme avait banni de son corps. Édouard pouvait presque pleurer le soupir en lui qui disait merci. Qui lui disait merci de lui offrir ces yeux-là. Puis elle empoigna ses fesses avant de malaxer ses bourses entre ses doigts délicats. Une fulgurance de plaisir envahit Édouard. Il avait fermé les yeux et respirait pour se contenir. Elle se recula et il soupira en ouvrant ses paupières sur son sourire satisfait et provocant.

Il la vit croiser ses bras et saisir le bas de sa robe. Elle la souleva et l'enleva en inclinant sa tête pour dégager ses longs cheveux de l'ouverture du cou. Elle était nue. Toujours à genoux, le dos droit, elle se laissait regarder. Ses seins reposaient sur elle. Ils l'attendaient, Édouard le vit à leurs mamelons saillants. Son ventre, traversé d'une cicatrice épaisse et blanche sur le bas-côté à l'emplacement de l'appendice, était un peu rond, tout comme ses cuisses, blanches et striées de quelques lignes parallèles et nacrées. Pour imparfait qu'il fût, son corps n'en était pas moins beau, drapé de promesses volubiles.

Elle écarta alors ses genoux, dévoilant son sexe foncé. Une invitation non dissimulée pour qu'il s'installe à ses côtés. À genoux en dedans, humble et honoré, comme un chevalier adoubé. Ce désir féminin était l'épée sur ses épaules baissées devant lequel il s'inclinait, fier combattant du plaisir retrouvé. Ils se regardaient en silence et tout semblait naturel. Ils ne s'étaient pas encore embrassés ; ce n'était pas urgent. Les mains avaient pris la parole en premier. Celles de Gaëlle étaient maintenant posées sur le bas de ses cuisses. Elle l'attendait. Il frôla sa joue, et sentit sa tête venir à la rencontre de sa paume. Il descendit vers son sein gauche. Le cœur battait sous la peau. Pouce et index se refermèrent sur son téton dur. Il se pencha pour le sucer. Puis la regarda à nouveau. Elle ne souriait plus, mais ses yeux brillaient. Le sérieux s'était invité dans l'instant. La main d'Édouard descendit alors sur son ventre et se dirigea entre ses cuisses.

Sa respiration devint haletante. Elle écarta un peu plus encore les genoux pour s'ouvrir à lui. Son doigt cherchait le creux où il pourrait se faufiler. Elle mouillait comme la source qui affleure une roche couverte de mousse fine, jeta sa tête en arrière et se cambra pour s'offrir. Il regardait son corps, son cou, ses frémissements, sa poitrine qui se soulevait en saccades quand son majeur entrait en elle. Édouard avait perdu cette notion de chaleur humide et enveloppante, il la retrouvait avec délectation. Il avait envie de la goûter, de la boire, d'aller plus loin, de l'explorer dans ses petits recoins. Son pouce caressait le sommet de son clitoris et il le sentit gonfler autour de ses doigts. Gaëlle était follement attirante quand elle s'abandonnait ainsi. Le dos creusé, ses longs cheveux tombaient sur ses talons, cordes tendues d'une harpe vibrante. Des femmes pouvaient aimer leur corps, même imparfait, et en jouir sans entraves.

Élise, dis-moi que toi aussi.

Dans un sursaut de lucidité, il évoqua l'idée de se protéger. Gaëlle entrouvrit alors le tiroir de sa table de chevet et le couvrit avec délicatesse avant de le guider dans les profondeurs de Vénus. Enfin leurs bouches se trouvèrent. Il évoluait en elle comme un conquérant sur ses gardes attiré par l'inconnu. Sa queue ne lui appartenait plus, aussi immense que la forêt. Il ne se souvenait plus de cette intensité-là. Gaëlle vibrait d'un plaisir non feint et cette seule pensée en donnait à Édouard. Plus rien n'existait autour de leurs deux corps qui se mélangeaient, se confrontaient, se mangeaient.

Elle lui dit « viens », en promenant sa main pour jouir elle aussi. Son cri discret, étouffé, dans une maisonnée qui pouvait les entendre, se vengea du silence imposé. Elle empoigna la fesse d'Édouard à l'en faire sursauter. Un mal pour un bien. La douleur de l'extase n'en était pas une.

— Merci, dit-il dans sa nuque.

— Tu m'as donné aussi.

— Je n'ai pas tenu bien longte…

— Chut, lui dit-elle, son index sur les lèvres de son partenaire. Tu es capable. Le reste importe peu. Le reste vient avec le temps. Le reste se passe aussi après, avant.

Édouard était encore capable.

Lui qui pensait avoir déserté son corps, évoluant en parallèle de lui depuis toutes ces années. Il venait de le réintégrer, de réinvestir la place, de retrouver son logement. Qu'il ne voulait plus jamais quitter.

En sortant de la chambre, il vit Platon s'échapper dans le couloir et tourner vers la cuisine, puis il entendit le clapet de la chatière osciller en grinçant. Quel drôle d'animal, se dit-il, toujours là, à vaquer parmi les humains, l'air de rien, à des moments déterminants. Avait-il senti les ondes de plaisir émaner de la chambre ? S'en était-il délecté en voyeur innocent ? Édouard souriait en quittant la maison. Il se fichait du chat. Il ne pensait qu'à lui, à elle. À elles.

Seul au milieu de la cour, dans ces ténèbres fraîches, après cette incartade heureuse dans les bras d'une femme généreuse, un sentiment de non-retour le gagna. Jamais il ne pourrait retrouver la pâleur de sa vie d'avant, ni la torpeur dans laquelle sa femme le plongeait, l'abrutissant d'inutiles futilités, de néant et de vide.

Il voulait se réveiller, vibrer, crier, aimer.

Se sentir libre et chevalier.

Certains gestes anodins

Ce matin n'était pas comme les autres.

Raymond s'était joint à eux pour ce dernier petit déjeuner anglais – Suzann repartait. Il gardait le silence, en regardant la vieille femme, déçu qu'elle s'en aille déjà sans qu'il eût réussi dans son entreprise. Il essaierait l'année suivante. Si elle était encore là – et lui aussi.

Gaëlle servait les boissons aux uns et aux autres avec un sourire discret, égale à elle-même. Elle ne laissa rien paraître quand Édouard entra. Elle savait feindre la neutralité. Ils s'étaient mis d'accord. Même s'il fallait renoncer, elle savait qu'il reviendrait à Doux Chemin. Elle le savait comme si de tant l'espérer lui en donnait la certitude. Elle n'avait pas offert son corps pour le retenir. Elle s'était donnée parce que le lien était déjà là, quelque part, dans l'air, dans les yeux, dans les hasards heureux.

Arrivé en dernier – il avait longuement cherché ce tee-shirt qu'il était sûr d'avoir laissé dans la salle de bains –, Édouard s'installa à côté d'Adèle. Celle-ci se pencha vers lui pour saisir le beurrier à bout de bras, et retrouver cette odeur avec laquelle elle avait dormi. Elle s'attarda contre son épaule, un temps à peine plus long que ce qu'il fallait pour ce geste anodin.

— Je suis triste partir, annonça Suzann. Mais contente rejoindre mon cottage.

— Déjà ? s'étonna Édouard, que personne n'avait prévenu.

— *Well,* les jours passent vite dans ce forêt magique. Je suspecte Merlin de voler nous du temps, pour se fabriquer un éternité.

— Je dois vous remercier, Suzann, de m'avoir donné envie de vous suivre.

— Un beau homme jeune comme vous, lui dit-elle en lui tapotant le haut de la main, je suis gratifiée. Prenez soin de les femmes d'ici, ajouta-t-elle sous les auspices d'un clin d'œil. Et surtout de Gauvain. *God bless you.*

Un ange passa, seulement accompagné des borborygmes de Gauvain qui mangeait sans ciller. Le jeune homme venait d'ingurgiter une énorme bouchée de pain après avoir avalé une gorgée de café chocolaté. Une mousse brune dans sa moustache naissante témoignait de ce pied resté dans l'enfance. Il suivait à peine la conversation, absorbé par les plans qu'il avait encore griffonnés la veille, dans sa chambre, casque sur les oreilles et Twenty One Pilots en boucle.

Gaëlle, déjà au volant, patientait le temps des au revoir. Après les avoir tous salués, Suzann s'installa et Raymond referma la portière sur elle en soupirant ; il s'assit sur le banc devant la maison. Platon grimpa sur ses genoux et chercha quelques caresses sous les vieilles mains rugueuses, soulagé de voir disparaître la voiture et la romancière, au moins pour cette année.

Personne n'osait être le premier à reprendre ses activités.

— Allez ! C'est pas le tout, mais mon jardin m'attend ! Tu vas bricoler avec ton élève ? demanda-t-il à Édouard.

Trois générations d'hommes marchaient sur le chemin, suivies par un chat qui s'ennuyait déjà de n'avoir plus à surveiller la vieille pie. Ils croisèrent Viviane, qui déambulait d'un pas lent, et Platon n'eut même pas envie de la retourner, comme si la perfidie s'en était allée avec l'Anglaise.

Raymond reprit le nettoyage d'une platebande, dans laquelle, expliqua-t-il, il allait semer de la mâche, beaucoup de mâche, pour tenir un bout de l'hiver avec des vitamines et de la chlorophylle, jusqu'aux premières salades de printemps qu'il aurait pris soin de faire pousser sous la serre, contre le côté sud de la maison.

— Ça, mon gars, c'est le meilleur repas ! Vous les citadins, vous avez oublié ce bonheur-là. Une grosse salade verte coupée juste avant de manger, encore bourrée de toutes ses vitamines, même que tu sens presque la photosynthèse continuer dans la bouche. Quelques quartiers de tomate, du persil haché, des oignons, de la ciboulette, une carotte râpée, le tout mélangé avec un peu d'huile de noix et de vinaigre de cidre, pour accompagner un œuf mollet. Tout est fait maison ! C'est encore plus savoureux.

— L'huile et le vinaigre aussi ?

— Tout, que j'te dis ! J'emmène les noix à broyer chez un gars qui fait l'huile du côté de Paimpont. Et le vinaigre avec les pommes du verger. On récolte les fruits tous ensemble, et on se partage le résultat. Tu seras peut-être encore là pour nous aider ?

— Je ne sais pas. Je vis au jour le jour.

— T'as raison ! Tu devrais même apprendre à le faire pour toujours. On prévoit la nature, d'une année sur l'autre, pour les semis, les replants, la taille des fruitiers. Le reste, comme qui dit, c'est des plans sur des comètes qui ne passeront peut-être jamais. Tu peux tomber amoureux d'une petite comète. Un jour, elle quitte sa trajectoire, et pfouit, envolée, alors, tous les plans que t'as faits sur elle…

Un chagrin d'étoile se cachait dans le cœur du vieux voisin. Édouard n'insista pas, sachant à quel point les hommes préféraient taire leur peine, surtout celles-ci.

Pourtant, certaines comètes reviennent, pensa Édouard. Et il ne faut pas les laisser passer deux fois.

Une lettre face aux vagues

Élise réussit à la garder intacte jusqu'à sa pause déjeuner. Le facteur ne savait pas, en lui tendant le courrier, qu'il déposait entre deux mains un tournant du destin. Elle, si. Elle reconnut l'écriture, sans le moindre doute. Pour la première fois, elle s'autorisa à fermer boutique quelques minutes avant midi. Rien n'était plus urgent que de prendre ce temps-là.

Assise sur un des bancs de la promenade, face à la mer, elle ferma d'abord les yeux, emplissant ses poumons du vent marin salé et de la chaleur de quelques souvenirs. Elle avait peur. De la réponse, de la suite, d'être déçue ou triste.

Elle déchira le rabat. Lut. Pleura. De joie.

Soudain, l'air du large sembla sucré.

Ma chère Élise,

Quelle surprise de recevoir ta lettre, et quelle joie immense ! Je pensais ne plus jamais avoir de nouvelles de toi. C'était si loin. Pourtant, je m'en souviens comme si c'était hier. Je suis heureux de savoir que tu as pu réaliser ton rêve. Il était tout aussi important que le mien. Pour ma part, je suis parti dans une autre branche, mais ta lettre me fait beaucoup réfléchir. Tu me donnes envie de faire confiance à la vie.

J'aimerais beaucoup te revoir, Élise. Je pourrais venir te rendre visite à Pléneuf-Val-André, si ta boutique t'épargne un peu de temps. Il paraît que la plage y est belle.

Je comprendrais que tu ne préfères pas. Sens-toi libre de me répondre non.

Je rêve d'un oui.

Je ne t'ai jamais oubliée non plus.

Je t'embrasse,

Clic-clac,

Édouard

Sa came

Assis à la grande table de bois, son calepin devant lui, Gauvain attendait son maître. Il était impatient d'apprendre à fabriquer un automate. SON automate. Celui qu'il avait en tête et qui s'agitait au fond de lui depuis plusieurs jours.

Édouard trouvait dans cette activité matière à développer sa curiosité, à inventer des astuces. Elle l'obligeait à essayer, se tromper, recommencer, réussir puis rater l'étape suivante. S'il fallait parfois des heures de travail et de déception, de matériel gâché, trois fois coupé, trois fois trop court, quel bonheur quand on allumait l'interrupteur et que l'objet s'animait !

— Avant toute chose, tu dois raisonner ta création en fonction du mouvement. La base est un moteur qui tourne d'un mouvement circulaire. Par contre, on s'en lasse vite car il n'a aucun relief. On va utiliser l'asymétrie pour le rendre vivant, et cette asymétrie, tu l'obtiens avec des temps de moteurs différents et des cames. Tu sais ce qu'est une came ?

Gauvain saisit son crayon de papier, se le ficha dans la narine gauche en reproduisant la gestuelle d'un drogué qui sniffe une ligne de poudre.

— Non, pas cette came-là, dit Édouard en riant. Pour nous, ce sera un élément que tu découpes dans une pièce rigide, du bois ou du métal, de façon à imposer un mouvement asymétrique à ton objet. Le moteur la fait tourner de façon circulaire, mais si tu fais reposer ton automate sur les contours irréguliers, il aura un mouvement asymétrique. Tu comprends ?

Il comprit. Son esprit vif et son tempérament curieux lui garantissaient une foule de connaissances et une rapidité d'analyse hors du commun. Le chat, lui, après avoir fouiné dans les recoins à la recherche d'une odeur de souris, s'était installé sur un coin de l'établi et somnolait en balayant la surface avec sa queue.

— Donc, la came, ou les cames te donnent l'âme de l'objet. Ensuite, il faut que tu raisonnes ton mouvement en fonction du moteur et de l'endroit où tu peux le placer. Si tu veux faire un personnage qui joue de l'accordéon, ce ne sont pas ses bras qui feront bouger l'accordéon, c'est le mouvement central de l'accordéon qui fera bouger ses bras. Tu vois ?

Gauvain mima le mouvement d'un accordéoniste en fermant les yeux. Il était en train de traduire et d'enregistrer en image ce qu'Édouard venait de formuler. En ouvrant les yeux, il fit oui de la tête.

— Pense à tout avant de commencer. Où vas-tu mettre ton ou tes moteurs pour quels mouvements, l'habillage vient ensuite. OK ?

Il fit encore oui de la tête.

— Essaie, teste, plutôt que de trop réfléchir. On apprend en se trompant.

La phrase à peine finie, Gauvain tapa du plat de ses mains sur le bois de la table et se leva d'un bond en direction de l'amas de cordes. Édouard en profita pour jeter un œil sur le carnet. Le croquis du projet en lui-même était déjà beau. Il avait représenté les mouvements prévus par des traits arrondis et on imaginait le résultat. L'homme se garderait bien de lui faire part de ses premières pistes de réflexion. Le jeune apprenti devait chercher lui-même, se creuser les méninges pour trouver seul les réponses. Ainsi deviendrait-il autonome dans cet art.

Édouard dénicha dans le fourbi de Raymond une vieille roue de vélo aux rayons intacts. Il imagina en faire un manège de foire, qui tourne et s'illumine et dont chaque nacelle pourrait accueillir un petit objet de la boutique d'Élise. Au centre : un ventilateur et une réserve de savon liquide pour que la roue, tout en tournant, fabrique des bulles. Installé dehors, il attirerait l'attention des touristes en été.

Fabriquer un automate pour sa vitrine donnait un sens à leurs rêves qui se croisaient à nouveau. Comme à seize ans.

4 avril 1985

Je l'ai fabriqué avec les moyens du bord et tout ce que j'ai pu récupérer autour de moi. Un petit personnage déguisé en clown qui fait tourner un cœur rouge autour de lui. Je l'ai surtout fait avec mon cœur à moi, en pensant à Élise. Nous sommes samedi après-midi. Elle est venue chez moi. Mes parents sont partis pour la journée. Nous nous appliquons à résoudre tous les exercices du chapitre de maths ou de physique que nous avons étudié dans la semaine, pour être sûrs d'avoir intégré les concepts ou les théorèmes appris et pour l'aider, parce que sa bosse des maths ressemble à un cratère, dit-elle. Elle ne veut pas que j'aille chez elle, à cause de ses parents, trop rigides, et j'ai la chance d'habiter dans la même rue qu'une des filles de notre classe, avec qui elle s'entend plutôt bien. Même si elle n'est pas très partante pour être complice, Isabelle est notre couverture, car Élise préfère venir travailler avec moi. Les exercices sont une excuse, nous passons surtout beaucoup de temps à parler des choses du monde, à écouter de la musique ou à dessiner ensemble sur la même feuille de papier. Ce jour-là, nous avons terminé les exercices sur l'énergie cinétique et elle a encore un peu de temps avant l'horaire de retour imposé. Je sors la petite boîte de mon armoire et je la pose sur le bureau devant elle. C'est le premier cadeau que je lui fais. Cela fait trois mois qu'elle a intégré notre classe, une semaine qu'elle m'a embrassé. J'ai l'impression de la connaître depuis toujours. En voyant le paquet, elle pousse ce petit rire monosyllabique qui la caractérise. Et elle rougit en souriant, laissant apparaître ses deux magnifiques fossettes. Je la mange des yeux et je respire chaque molécule odorante qui émane de son corps. Nous sommes à quelques dizaines de centimètres l'un de l'autre. Je regarde ses petites mains fines déballer l'objet que j'ai mis des heures à concevoir. Elle procède avec beaucoup de précaution, comme si elle savait à quel point je me suis appliqué. « Oooooh », dit-elle simplement en le sortant de sa boîte, le petit fil électrique accroché à lui comme la queue d'une souris. Je m'empresse de le brancher et elle allume l'interrupteur. En voyant ce clown gesticuler avec ce cœur qui tournoie autour de lui, elle ne peut pas retenir ses larmes. Elle le regarde longuement, en laissant goutter ses paupières sur son jean troué, puis elle se tourne vers moi et m'embrasse. Baiser salé.

Nous faisons l'amour pour la première fois. Maladroits, hésitants, nous sommes sur le même nuage, pendant que le clown continue de faire tourner son cœur en arrière-plan sur mon bureau.

Gauvain s'était posté entre la table et les étagères. Il avait fermé les yeux et dessinait deux arcs de cercle avec ses bras. Édouard le voyait bouger ses épaules de façon asymétrique et garder fixe l'angle de ses bras pour comprendre quel mouvement l'épaule donnait au reste du bras. Il était en train de dessiner la came dans sa tête, et l'homme comprit à cet instant précis que le garçon produirait des merveilles.

Le téléphone d'Édouard sonna dans sa poche. Il ne pouvait plus se résoudre à le laisser dans le casier depuis qu'il avait donné son numéro de portable à Élise dans la lettre qu'il avait mis tant de temps à écrire.

Son nom apparut sur l'écran. Un message court : « https://www.iwilive.net.20hcesoir ».

Le passé et le présent s'entrechoquaient. Ils venaient de faire l'amour après le clown automate et elle lui donnait rendez-vous.

En tournant la tête, il vit Raymond à travers la fenêtre sale de l'atelier, qui s'activait dans son jardin. Il avait envie de lui crier qu'il n'avait plus qu'un tas de magie au fond de lui, et rien pardessus. Son cœur s'emballait. Un lien internet, une heure. Elle avait reçu la lettre. Le mécanisme était enclenché ; vers quel mouvement, il l'ignorait.

Ils avaient appuyé sur l'interrupteur.

Élise était sa came, et rien n'avait changé.

Comme une tarte aux pommes

À 19 h 55, Édouard prétexta un rendez-vous téléphonique pour laisser en plan son assiette à moitié pleine et filer dans sa chambre. Abandonner des convives au milieu d'un repas ne lui ressemblait pas. Pour autant, il n'imaginait pas rater ce rendez-vous qu'il attendait, sans le savoir, depuis plus de trente ans. « Je te réchaufferai ton assiette », lui dit Gaëlle avec une pointe de complicité. Elle seule pouvait se douter de l'importance de ce rendez-vous. Comme il était étrange pour Édouard de ne ressentir aucune jalousie de sa part alors qu'il l'avait dans ses bras la veille. Les crises violentes d'Armelle quand il regardait une autre femme s'étaient inscrites comme une norme féminine.

Garde du corps collant, le chat le suivit dans l'escalier qui accédait à sa chambre. Édouard lui claqua la porte au nez ; il miaula, vexé, avant de se coucher sur le paillasson, à l'affût du moindre bruit, de la moindre vibration, même à travers la porte. L'homme voulait être seul devant son écran. Seul dans la pièce. Seul face à lui-même. Seul avec Élise.

Il avait résisté à la terrible tentation d'ouvrir avant l'heure le lien internet. À seize ans, leur esprit joueur les avait rapprochés. Après l'avoir perdu avec Armelle, qui n'avait pas ce penchant, il en retrouvait la saveur. Cependant, depuis le message reçu, il comptait les minutes, les unes après les autres, implorant Merlin, le voleur de temps, de les lui chaparder. Il était prêt à lui offrir toutes celles avant 20 heures.

Il alluma son ordinateur portable et saisit le lien internet dans une nouvelle fenêtre. Apparurent différentes webcams en direct. Celle de Pléneuf-Val-André était la cinquième. 19 h 58. Il venait de cliquer et son cœur allait se décrocher.

Penché sur l'écran, assis les mains sous le bureau, croisées, serrées entre ses genoux, il attendait. On distinguait la promenade devant le casino au premier plan, un morceau du front de mer, jusqu'au Verdelet. Les vagues au loin. Marée basse. Et cette immense plage qui occupait les trois quarts de l'écran. Un couple passait en se tenant la main sur l'allée bitumée. Le vent soufflait et la femme portait une capuche et un foulard. Un vélo les croisa.

19 h 59.

Il se surprit à ne plus respirer.

20 heures.

Il respira.

Il vit entrer à gauche de son écran une petite silhouette emballée dans un gros poncho rouge à capuche. Elle portait une pelle dans la main droite. Elle s'arrêta en haut de la plage, au pied de la promenade, puis se tourna vers la caméra pour enlever sa capuche. Sans distinguer ses traits, il savait que c'était elle.

Elle se mit à tracer un O dans le sable avec le plat de la pelle. Il était énorme, plus grand qu'elle, et il paraissait minuscule sur l'écran.

20 h 01.

Elle commença à tracer un U. Son corps semblait produire un effort puissant dans le sable lourd.

20 h 02.

Elle traça un dernier trait puis se posta en haut de celui-ci en guise de point sur le i.

20 h 03.

Le cœur d'Édouard se décrocha.

C'était OUI.

O, U, I et elle.

Puis elle repartit d'où elle était venue.

Il resta devant l'écran. Regardait les vagues au loin. Le sable devenait rose de quitter le soleil. Ou bien était-ce lui qui voyait tout à travers un nouveau filtre couleur ?

Il voyait surtout flou.

Deux lignes chaudes se frayaient un passage dans sa barbe naissante.

Sa vie défilait comme s'il allait mourir alors qu'il renaissait. Sa petite enfance, l'adolescence, la rencontre avec Élise, leurs moments heureux, son départ, l'école d'ingénieur, sa rencontre avec

Armelle, la naissance de Pauline, ses discussions avec Denis, ses contraintes professionnelles, les événements importants liés à sa fille, et puis la lettre d'Élise, son départ à la gare de Vannes, revoir Élise de loin, l'amour avec Gaëlle, se sentir homme à nouveau.

Et ce OUI sur le sable. Que la mer allait effacer dans la nuit, comme si de rien n'était, comme si la plage n'avait que faire de son petit OUI de rien du tout. Un OUI sur une plage de Bretagne, qu'était-ce à l'échelle de l'univers ? Alors qu'à la sienne...

Il y croyait désormais. Même si elle ne faisait qu'accepter de le revoir.

Peut-être avait-elle quelqu'un dans sa vie.

Peut-être pas.

Peut-être voulait-elle le voir pour lui dire qu'il n'y avait plus rien à construire entre eux.

Peut-être pas.

Peut-être avait-elle prévu de lui dire qu'elle avait réussi à ne plus l'aimer, en trente-trois ans d'absence.

Peut-être pas.

20 h 30.

Édouard ferma le clapet de son ordinateur avec la lenteur de celui qui recule le moment de condamner un instant magique à devenir souvenir. La faim n'était plus une priorité au fond de lui. Il redescendit cependant.

— Tu veux que je te réchauffe ton assiette ? lui demanda Gaëlle qui venait de déposer une tarte aux pommes au milieu de la table.

Gauvain gesticula alors en direction de sa mère qui éclata de rire.

— Il demande si tu as vu la Vierge, tu sembles illuminé de l'intérieur comme une église un soir de messe.

Édouard se contenta de sourire, en mangeant sa tarte aux pommes. Il n'en avait jamais mangé d'aussi bonne. Elle était sucrée, juteuse, encore un peu chaude en son cœur. Comme le souvenir d'Élise. Des mystères par-ci, des surprises par-là. Elle n'avait donc pas changé. Et lui ?

Sa femme avait réussi à l'éteindre, à le restreindre, à étouffer ses envies de fantaisie. Il espéra lever d'un souffle la poussière pour retrouver la vieille boîte de jeux qu'il partageait avec Élise.

Sa femme n'était pas responsable. Denis ne le contredirait pas. « Tu l'as bien voulu. Assume. Mais assume aussi de sortir de l'ornière et de filer à travers champs. » Édouard aimait entendre les commentaires de son ami psy concernant ses réactions, ses choix, Élise. Son analyse pragmatique et poétique lui apprenait à pointer du doigt certaines vérités vis-à-vis desquelles il se voilait la face.

Ah, ces situations où vous êtes aveugle et sourd à qui vous êtes, alors que les autres distinguent ce qu'il y a sous le voile… Une cape d'invisibilité à l'envers en somme.

Denis était maître en la matière.

Le premier interrupteur

Mus par une furieuse envie d'avancer, Gauvain et Édouard ne se laissaient pas distraire. Voilà deux jours que Raymond tentait de douces incursions. « Un café ? Une bière ? Des petits gâteaux ? J'en ai des nouveaux. » Ils restaient concentrés, attentifs à tenir le fil de leur recherche pour obtenir des cames idéales.

Gauvain avançait bien, et vite. Logique, réfléchi, humble, il essayait, s'en voulait de se tromper, s'énervait puis recommençait. Tout le mouvement était constitué, il ne manquait que l'habillage qu'il ferait avec tous ses bouts de cordes et un morceau de fausse fourrure, qu'il avait trouvé dans les chutes de tissus de sa mère.

Édouard avait progressé, lui aussi. Roue repeinte, moteur installé. Son mécanisme était simplissime. En revanche, il devrait consacrer plus de temps à la fabrication de chaque nacelle.

Maintes fois, le jeune homme enclencha l'interrupteur pour tester le mouvement, affiner la came, viser la perfection. Une fois satisfait, il procéda à l'habillage, étape durant laquelle il n'alluma plus le mécanisme.

L'objet était là, devant eux, sur la grande table en bois. Un arbre à double tronc, dont les branches constituées de cordes s'entrelaçaient et devenaient de plus en plus fines vers les extrémités. Au centre, la fausse fourrure représentait un animal.

Platon, revenu parmi eux en début d'après-midi, était monté sur la table de bois et inspectait chaque petit morceau de corde avec la minutie d'un enquêteur zélé, le reniflant, le frôlant de ses moustaches, faisant montre d'une prudence extrême face à cette nouveauté.

Édouard et Gauvain se regardèrent en souriant, puis l'homme lui fit un clin d'œil, signal implicite pour que le garçon appuie sur l'interrupteur qu'il tenait en main. Le chat fit un bond d'un mètre, retombant au sol, après que les cordes se mirent à s'agiter. Ils éclatèrent de rire devant la frayeur du chat, qui s'en alla, contrarié, la démarche néanmoins altière.

— Eh bien ! Du premier coup ! Tu m'épates !

Gauvain n'avait pas assez de dents pour sourire aussi grand que son plaisir.

— Laissons-le tourner pour voir comment il résiste. Parfois, à l'usage, le mécanisme frotte, coince ou saute. En tous les cas, bravo ! Il est magnifique en plus d'être efficient !

Édouard observait Gauvain qui observait l'objet animé dont les cordes dansaient dans un mouvement doux qu'on aurait dit aléatoire. Eux savaient que rien n'était dû au hasard. L'aléa se cachait dans les essais pour l'obtenir.

Cet arbre de corde était fascinant, car il ne racontait pas que des branches qui bougent et un chat, il mettait en image la complicité que le garçon entretenait avec eux, et l'envie, d'une certaine façon, de leur rendre hommage en les intégrant dans sa première création.

Édouard se souvint du jour récent où il l'avait aperçu dans la clairière quand se jouait un ouragan au fond de lui. Il en ignorait encore la cause. Une certitude le rassura : les automates seraient un nouveau langage offert à Gauvain. Libre à lui d'ouvrir quelques tiroirs intimes à travers ses créations.

— On le montre à ta maman ? Elle sera fière de toi !

Édouard l'était de Gauvain. Sans la légitimité d'un parent, ni celle d'un ami, il se sentait proche de l'adolescent, malgré le temps si court depuis leur rencontre. Le secret des mots à la clairière, le rapprochement avec sa mère, se reconnaître sans s'être déjà connu. Une évidence qui ne s'expliquait pas vraiment.

Édouard se demanda s'il n'avait pas un paquet de cases vacantes en attente d'être comblées par des gens qu'il espérait. Élise, pour l'amour, Gauvain pour l'attachement, Gaëlle pour la douceur de l'amitié, Raymond pour la simplicité d'une salade. Il sut qu'une case lui était réservée au fond de lui-même pour s'accueillir dans ce qu'il voulait être. Laisser l'Édouard qui sonnait faux et ouvrir l'espace à l'Édouard de ses vingt ans, sorti violemment de sa propre vie quand Élise s'en était enfuie.

Dans cette forêt, il se sentait libre.

Libre et léger.

Libre et rempli du bon Édouard.

Presque à sa place.

Comme le chat.

PARTIE III

C'est étrange, d'ailleurs, cette sensation d'apaisement lorsqu'enfin émerge ce que l'on refusait de voir mais qu'on savait là, enseveli pas très loin, cette sensation de soulagement quand se confirme le pire.

Delphine DE VIGAN,
Les Loyautés

Dans un infini qui veille

Gendarmerie des Rousses

Quand Raphaël lui avait donné son numéro de portable lors de sa précédente visite, Christine s'était promis de ne pas en abuser. Au même titre que l'uniforme et les galons sur l'épaule, le numéro de téléphone d'un gendarme dans son répertoire la rassurait. Surtout celui de Raphaël, son camarade de classe. Il serait là, quelle que soit la raison de son appel. Elle ignorait si elle avait été amoureuse de lui, ou si elle était encore capable de l'être, de lui ou d'un autre. Christine se sentait détachée de ses propres émotions, du moins certaines d'entre elles, comme un arbre ayant perdu ses feuilles les unes après les autres, au rythme des bourrasques. Si nombre de coups de vent l'avaient déjà bousculée, le dernier en date relevait de l'ouragan. D'autres émotions persistaient, aiguilles fines et pénétrantes dans la chair tendre de son âme. Peur, flétrissure, indignité. Celles-là n'étaient pas tombées. Au contraire, elles s'accrochaient, occupaient le terrain. Tout l'espace. Christine s'en sentait envahie sans répit. Cette femme, dont on vantait la gentillesse et l'affabilité, se voyait comme un cactus. Un cactus à la surface veloutée dont les épines auraient été internes. Un cactus auto-immun qui s'en prend à lui-même.

Elle appartenait à cette catégorie de personnes qui ont fait les mauvais choix et passent le reste de leur vie à laisser l'entourage les autodétruire, sans même s'en rendre compte.

Elle espérait que Raphaël serait capable, à l'aide d'une pince à épiler, de retirer minutieusement chacune de ces épines fichées en elle, sans qu'elle ait à justifier leur présence. Extraire pour soulager. Il était de ceux capables de réconforter sans comprendre.

Elle avait osé lui envoyer un message quelques jours auparavant, le sachant en permission ce jeudi-là, pour lui proposer de marcher dans la forêt.

Il était déjà sur le banc qu'elle lui avait indiqué quand elle arriva. Son chien, un énorme saint-bernard à la démarche indolente, s'était élancé vers l'homme sans animosité, en jetant devant lui ses grosses pattes de manière désordonnée. Raphaël avait peur des chiens, qui, pour la plupart, respectaient la tradition des crocs face à l'uniforme. Il ne le portait pas ce jour-là, ce qui fit perdre quelques repères à Christine. Elle s'habitua, et le considéra au-delà de sa fonction, forte de ses souvenirs d'adolescence. Sur ce banc au milieu des arbres, Raphaël redevenait l'ami qu'elle avait perdu de vue, et elle était heureuse qu'il soit là.

Ils s'embrassèrent puis s'engagèrent sur le chemin forestier que l'animal foulait déjà.

La nature parla à leur place les cent premiers mètres ; cela les arrangea. Il fallait s'installer dans un autre contexte que celui de la brigade, de la disparition qui n'en était pas une. Il fallait passer outre le trouble de se trouver ensemble dans la forêt avec un chien comme seul témoin, après toutes ces années d'absence. Ni l'un ni l'autre ne s'autorisaient pourtant l'ambiguïté. Christine était trop préoccupée pour penser à autre chose qu'au départ de sa fille.

— Tu dors mieux ?

— J'ai l'impression.

— Bien !

— Tu crois qu'on s'habitue à tout ?

— Dormir ne fait pas de toi une mère indigne. Par contre, le sommeil est nécessaire pour rester solide.

— J'ai pourtant l'impression d'être une porcelaine que le moindre petit choc finirait de briser en mille morceaux. Et je n'aurais personne pour me recoller.

— Tu m'y autoriserais ?

— Ce rôle devrait revenir à Robert. Au contraire, il casserait chaque morceau en deux pour me réduire en poudre.

— Tu ne réponds pas à ma question.

— Oui... Je... J'en serais touchée.

— Tu sais que tu peux compter sur moi, n'est-ce pas ?

Christine le remercia en chuchotant, comme si l'avoir dit à voix basse la dispensait de rougir. Elle mesurait la chance de l'avoir retrouvé, dans ce contexte si douloureux. Incarner l'ordre et la loi faisait de lui une béquille solide et fiable à ses yeux. Une béquille qu'on ne pose pas à chaque pas mais qu'on tient dans la main, des fois que… Pour un cœur tout en désordre, il fallait bien cela.

— Pourquoi es-tu restée avec ton mari si tu n'es pas heureuse avec lui ?

— Par simplicité ? Par lâcheté ?

— …

— Je dois faire pitié, non ?

— Je m'interroge. Quel risque prends-tu en partant ?

— Pour aller où ? Et puis, sa colère… Il faudrait que je parte loin pour qu'il me laisse tranquille. Robert est du genre à ne pas lâcher l'affaire. Il considère que je lui appartiens et que je lui dois tout.

— Tu le penses aussi ?

— Tout ce qui nous appartient vient de lui.

— Ton travail depuis toutes ces années représente une valeur importante dans votre patrimoine.

— Ma contribution n'est inscrite nulle part. Tout est à son nom, et nous sommes en séparation de biens. Tu m'imagines tout quitter, avec deux valises et toutes mes affaires dedans ? Pour faire quoi ? Pour aller où ? Je n'ai plus vingt ans. On embauche les jeunes.

— Tu as l'expérience.

Raphaël cherchait quelle échappatoire miraculeuse pourrait sortir Christine de sa prison conjugale. Il les connaissait, ces femmes qui subissaient sans mot dire. Qui se faisaient une raison et finissaient par s'habituer, une perfusion de déni en guise d'anesthésiant pour supprimer la douleur. Mais il en connaissait d'autres qui refusaient la fatalité et qui, malgré une situation qui semblait figée, finissaient par réagir, se réveiller, comprendre qu'il était indigne de rester. Il aurait aimé voir Christine sortir de sa torpeur.

— Pourquoi tu ne m'expliques pas ce qui s'est réellement passé ?

— Je te l'ai dit.

— Pas tout…

— Comment tu le sais ?

— Je le sens.

L'homme se posta devant elle pour l'obliger à s'arrêter. Christine avait baissé la tête. Il la releva en soulevant son menton, pour qu'elle n'ait d'autre choix que de le regarder.

— Dis-moi droit dans les yeux qu'il ne s'est rien passé de plus que ce que tu m'as déjà dit.

Christine, le bas du visage maintenu, ne baissa que les yeux. Elle n'arrivait pas à structurer ses idées. Elle songeait à son mari, à sa fille, au restaurant, au travail, aux clients, à ce que penseraient les gens, à la suite de sa vie qui ne ressemblerait plus à rien. Son menton tremblait dans la main du gendarme. Alors, il la serra tout entière contre lui et elle respira pour tenter de contenir les sanglots puissants qu'elle entreposait depuis des dizaines d'années dans les profondeurs secrètes de son petit moi insignifiant. La seule chose qui les empêcha de jaillir fut l'odeur de Raphaël. Christine s'y accrochait comme à un souvenir heureux qu'elle était en train d'inventer. À concentrer toute son attention sur cette odeur masculine, elle tenait à distance la vérité crasse et rance, cette espèce de bouillie nauséabonde qui éclabousserait tout le monde, elle la première. Raphaël portait un parfum doux et rond, à l'opposé de ceux, musqués, que Christine détestait, et que son mari persistait à garder. Ici, il était question d'un fruit sans acidité qui évoquait un jour d'été, et se mariait avec son odeur corporelle naturelle sans s'y opposer. Presque en la sublimant. Elle se sentait bien, entourée de ses bras puissants, de son torse droit et tonique comme un haut mur d'enceinte, et de cette odeur rassurante, d'une suavité virile et assumée. Elle rêvait que le temps s'arrête là. Qu'une catastrophe glaciaire soudaine vienne les saisir et les emprisonner dans un infini qui veille. Que tout s'arrête pour ne garder que cette sensation heureuse de confort et de sécurité. Mais ce genre de rêve n'était qu'illusion et elle se sentit rattrapée par une horde de loups prêts à lui cracher la réalité à la figure, à mordre ses cuisses de leurs crocs acérés pour réveiller la douleur de laquelle elle tentait de s'extirper en respirant la chemise de Raphaël. Qu'elle essaie de s'en débattre et elle s'enfonçait instantanément dans sa condition vaseuse et désespérée. Alors, comme l'âme s'élève quand la mort est prononcée, elle prit de la hauteur sur elle-même et sauta dans le vide en espérant réussir à voler.

— Dire ce qui s'est passé, c'est allumer une bombe.

— Tu as peur des conséquences ?

— Évidemment.

— Mais Christine, certains bâtons de dynamite déclenchent des avalanches pour éviter justement qu'elles ne fassent de graves dégâts.

— Ceux qui le font restent loin du couloir d'avalanche. Moi, je suis dedans. De toute façon, l'avalanche a déjà eu lieu.

— Je ne sais pas de quoi tu me parles.

— Il vaut mieux cacher certaines horreurs pour qu'elles ne pètent pas à la gueule de tout le monde.

Christine fut surprise du ton qu'elle avait employé. La colère avait pris le pas sur sa retenue habituelle et elle s'en effraya, elle qui contenait tout, maîtrisait chaque geste, chaque parole, se sentant à l'abri du moindre débordement. Car il en allait de sa sécurité que de rester entre ses propres barrières verbales, physiques, émotionnelles.

— De me le dire à moi n'implique pas de l'exprimer au grand jour, et je comprendrais peut-être le départ de ta fille, pour la retrouver. Et te protéger, toi aussi.

— Laisse-moi réfléchir, Raphaël. Il faut que je rentre. Robert va me demander ce que j'ai fait pendant tout ce temps.

— Tu n'as même pas le droit de te promener comme tu veux ?

— Il y a le service de ce soir à préparer.

Le retour vers les premières maisons de la ville se fit en silence. À nouveau, la forêt meublait l'espace entre eux en le comblant de bruissements et d'oiseaux bavards. Ils s'étaient quittés dans un bain commun d'amertume, Christine d'avoir parlé de son secret comme d'une bombe, Raphaël de ne pas savoir comment l'aider à la désamorcer.

Plutôt qu'un échec, l'homme en fit un défi à relever.

En équilibre instable

En ce milieu de matinée, Édouard pensait Gauvain à l'atelier, déjà sur un autre projet, tant le garçon semblait motivé par cette nouvelle activité. Contrairement à la plupart des jeunes de son âge, il se réveillait aux aurores. Loin d'être une période molle et dénuée d'horizon quotidien, l'adolescence de Gauvain se révélait dynamique et riche. Il était souvent d'humeur légère, se levait tôt, se lavait chaque jour, faisait montre d'une activité permanente, sportive ou artistique. La forêt l'accueillait le reste du temps. Toujours prêt à rendre service, il était volontaire et généreux. Édouard se demandait si une telle différence provenait de l'éducation reçue et de la géographie singulière de ce hameau isolé, ou si elle était inhérente à son caractère, à ses gènes, à son histoire. Un ensemble, conclut-il, en se dirigeant vers la clairière où il était sûr de trouver son apprenti.

Il marchait sur le chemin de mousse en chaussures. Il avait hésité. Durant un court instant, il culpabilisa à l'idée de profaner un lieu sacré, puis il se raisonna. La forêt n'avait que faire de ses états d'âme et ce chemin était pareil à un autre. En raison des conditions climatiques, la physiologie des plantes en avait fait un lieu particulier pour les hommes, aussi commun et exceptionnel que le reste alentour aux yeux de la nature elle-même.

L'expérience pieds nus n'était qu'égoïste. Une recherche de sensations personnelles et non la vénération d'un lieu. Dans un éclair de lucidité, Édouard se sentit indigne. Au-delà du chemin de mousse, la forêt tout entière méritait qu'on s'inclinât devant sa majesté. Il avait déjà ressenti une approchante humilité, mais jamais à ce point. Était-ce Brocéliande elle-même qui imposait le respect ou cette période de réflexion personnelle qui y contribuait ? Il l'ignorait. Il marcha jusqu'à la clairière, chaussé, humble et reconnaissant.

La sangle était tendue et le garçon dessus.

L'homme s'approcha sans chercher à étouffer ses bruits de pas, pour prévenir Gauvain de son arrivée. Il prit cependant le temps de l'observer en toute discrétion avant d'apparaître à ses yeux. Le jeune homme lui tournait le dos et évoluait sur la sangle comme il aurait marché sur un tronc d'arbre immobile au sol. Torse nu, son dos luisait, malgré la fraîcheur de l'air. L'apparente aisance masquait un effort intense. Sur son corps fin et sec, chacun de ses muscles se dessinait au moindre mouvement et témoignait d'une condition physique exceptionnelle.

L'activité qu'il pratiquait sur cet espace tendu et mouvant suffisait à elle seule à expliquer ce gainage parfait, les randonnées en forêt ne faisant que s'ajouter à l'entraînement déjà intense.

La sangle n'était qu'à quelques dizaines de centimètres du sol, position moins dangereuse que ce jour où Édouard l'avait vu en tomber de près de deux mètres de haut. Cette fois-ci, Gauvain tentait d'y réaliser des figures périlleuses, et la proximité du sol l'assurait de ne pas se blesser en cas de chute. Il semblait aussi à l'aise sur cette petite surface tissée que sur le sol lui-même, ce qui témoignait d'une longue expérience en la matière malgré son jeune âge. D'une certaine insouciance aussi. Un salto avant, délicat à exécuter, l'obligeait à maintenir un parfait alignement entre le décollage et l'atterrissage. À la première tentative – dont Édouard fut témoin –, Gauvain posa son pied droit dans le vide et termina au sol. La seconde fut plus heureuse et il réussit à poser ses deux pieds sur la sangle, non sans avoir à rectifier l'équilibre grâce aux bras qui brassaient l'air en tous sens. Il ne devait pas en être à son coup d'essai, supposa Édouard qui s'approcha alors en le saluant de loin.

L'accueil fut chaleureux, Gauvain se réjouissait de sa visite. Il le salua de la main avant d'enfiler son sweat-shirt. S'engagea alors une conversation à sens unique, ponctuée de réponses silencieuses, parfois d'une phrase griffonnée sur le carnet sténo qui l'accompagnait partout.

Ainsi Édouard apprit-il que cette activité s'appelait *slackline* et que Gauvain la pratiquait depuis environ quatre ans. Presque chaque jour. Quand le temps était maussade et humide, il tendait la sangle entre deux poutres solides dans une grange du hameau, à l'abri des intempéries. Le jeune homme en était devenu dépendant. « J'en fais tous les jours. Sinon, je me sens mal. Elle me vide la tête, me calme. » Édouard supposa qu'il était là question de shoot de dopamine, d'adrénaline ou d'endorphine : il avait déjà entendu parler de ce genre de dépendance chez les grands sportifs.

« Tu dois essayer ! » griffonna Gauvain.

— Non, non, non ! Je ne suis ni assez musclé ni assez souple, et très lourd pour ta petite sangle de rien du tout !

Gauvain avait des sourires bien trop expressifs pour qu'on ne les comprenne pas. Celui qu'il lui servit alors voulait dire qu'aucun de ses arguments n'était recevable et qu'il le décevrait de ne pas essayer. En d'autres termes, il ne lui laissait pas le choix. Comme pour les échecs. Toujours préoccupé à l'idée d'entretenir et de développer un lien de confiance, Édouard finit par accepter. Il lui demanda si la pratique était risquée et comment s'y prendre. Le garçon lui fit enlever ses chaussures et lui tendit la main pour l'inviter à monter sur la sangle. Il l'assurerait. Édouard se demanda ce qu'il pourrait bien faire de ce corps encombrant et raide sur une aussi petite surface, qui plus est instable. Quand il posa le bout de son pied sur la sangle, il supplia Gauvain de ne pas se moquer. À quoi le garçon répondit par un autre sourire qui, lui, ne garantissait rien.

Dès qu'Édouard prit appui sur son pied dominant en quittant le sol, il sentit la sangle osciller avec force sous son corps et retomba aussitôt, malgré le bras solide de Gauvain. Il lui fallut plusieurs essais avant de réussir à stabiliser sa carcasse et trouver une immobilité rassurante, accroché à la main du jeune homme comme si sa vie en dépendait. Il n'avait pas encore tenté d'avancer l'autre pied.

— Comment est-il possible de tenir debout sur ce truc ?

Le garçon ne répondit pas. Inutile d'entrer dans une quelconque forme d'explication. Comme dans toute discipline, seul l'entraînement rendait la prouesse envisageable. Céder au découragement dès la première tentative compromettait toute idée de réussite. D'un mouvement rapide, Gauvain enjamba l'installation pour se trouver face à Édouard et il lui tendit l'autre main pour qu'il se sente plus stable. La sangle oscillait toujours. Il sentait déjà la plupart des muscles accrochés à son squelette se tendre avec force et douleur. Il comprit alors le corps de l'adolescent. Et en quoi cela pouvait vider la tête et calmer le cœur : sans une concentration extrême, la chute était inévitable. Les adeptes de cette pratique devaient entrer dans une forme de méditation quasi immédiate. Il conçut aisément l'addiction et se réjouit que le garçon puisse avoir recours à cette pratique.

— Allez, libère-moi de cette fabrique à courbatures, supplia Édouard après quelques pas hésitants, il faut que j'appelle un ami. Je te laisse t'entraîner pour ton salto. Je vais aller rougir de honte dans un coin.

Une tape sur l'épaule de la part du jeune homme, qu'il interpréta comme il put, et il fut quitte.

Édouard s'installa en lisière de clairière, à l'opposé du tilleul, sur une souche ancienne, dont l'épaisse couche de mousse donnait l'illusion d'un coussin que les esprits de la forêt auraient posé là pour accueillir le passant fatigué. Ainsi pouvait-il continuer à regarder les prouesses de Gauvain, tout en veillant à rendre sa conversation confidentielle.

— Je te dérange ?

— Non, le rassura Denis. J'attendais de tes nouvelles.

— Comment va Armelle ?

— Elle est colère et dépit. Rien d'anormal. Et toi ?

— Je suis soulagement et espoir. Un peu culpabilité et tristesse quand même. Et toi ?

— Je suis beauté et sagesse. Te concernant, rien d'anormal non plus. Soulagement et espoir parce que des choses positives se profilent ?

— Élise est d'accord pour qu'on se revoie.

— Formidable ! Tu dois être heureux.

Édouard ajouta que sa décision était prise, quelles que soient les retrouvailles avec Élise, il quittait Armelle. Il ne pouvait plus imaginer retrouver sa situation d'avant. Inquiet, il se demandait si son ami le comprenait.

— À ton avis ?

— Putain, Denis ! Tout paraît trop facile avec toi !

— Tu veux quoi ? Que je te fasse douter de ta décision, culpabiliser ? Que je cherche la petite bête pour te retourner le cerveau et que tu te perdes dans ton propre labyrinthe ?

— Je sais pas, moi, que tu vérifies que c'est la bonne décision !

— T'es le seul à savoir. Ces choses-là ne se vérifient pas, elles s'éprouvent. Un événement particulier t'a décidé ?

La chaleur du corps de Gaëlle lui revint à l'esprit et il en éprouva un frisson de chaleur. Cette sensation singulière qu'il n'imaginait plus depuis longtemps. Lui succéda dans la seconde un manque physique global. Une nudité sensorielle qu'il voulait désormais couvrir de tendresse et d'attention.

— J'ai refait l'amour.

— Dieu soit loué ! Avec Élise ?

— Non. Avec Gaëlle.

— Qui est Gaëlle ?

— La femme qui m'accueille dans sa chambre d'hôte.

— Voilà que j'ai du mal à te suivre, s'amusa Denis.

— Moi aussi j'ai du mal à me suivre. Elle me l'a proposé. Je lui avais parlé de mes doutes en la matière. Elle m'a dit qu'il n'y avait qu'un moyen de savoir.

— Elle a raison ! Et ?

— Tu ne veux pas tous les détails quand même ?

— Épargne-m'en ! Dis-moi juste si tu es rassuré.

— Je le suis. Et je suis sûr qu'Armelle ne changera pas.

Denis se réjouissait qu'Édouard progresse vers l'éclaircie, toujours empreint de ce terrible dilemme : lui parler de son échange avec Armelle et de ce qu'elle savait, de cette impression étrange qu'il en gardait, ou le laisser cheminer. Il se contenta d'une proposition qu'Édouard accepta : la préparer en douceur à l'idée que son mari ne reviendrait peut-être pas. Ce dernier envisageait de se rendre à Paris pour chercher quelques affaires, sa voiture et acter son départ. Tout serait bientôt réglé. Le mauvais pressentiment de Denis n'y changerait rien, autant ne pas encombrer les pensées – déjà complexes – de son ami.

— Préviens-la quand même de ta venue.

— Denis, tu crois que je prends la bonne décision ?

— Je te propose qu'on fasse le point dans quelques années !

— Et si je fais le mauvais choix ?

— Et si tu fais le bon ? Personne n'a dit que la vie était facile. Traversons-la en de grandes enjambées heureuses, pas en rampant.

— Je rampais ?

— On voit encore le sillon que tu as laissé derrière toi.

Il raccrocha, les yeux toujours rivés sur Gauvain qui courait maintenant d'un bout à l'autre de la corde avec une insolente aisance. Il voyait dans les acrobaties audacieuses de l'adolescent un pied de nez aux injonctions castratrices de l'existence. Malgré sa prison de silence, Gauvain était libre. Libre sur cette sangle de cinq centimètres de large. Il envia cette force qu'avait le jeune homme de s'extraire des barrières sans même les franchir. Doté de la faculté de se foutre des contraintes et des risques, le garçon rendait ces cinq centimètres invisibles et infinis.

5 mai 1986

Je viens de dire au revoir à Élise.

Nous avons volé ce samedi à notre année de terminale pour aller au bord de la mer. À Saint-Malo plus précisément. Le train nous a déposés dans la matinée et repris en fin d'après-midi. J'étais censé être Isabelle, sa bonne copine, pour une journée de détente entre filles. L'adolescence est une période où le mensonge est un allié indispensable à la découverte du monde et sans lequel peu d'éclosions seraient possibles.

À la sortie de la gare de Rennes, elle prend à gauche et moi à droite. Elle n'a pas voulu que je la raccompagne. Je ne ressemble pas assez à Isabelle.

Je n'ai pas envie de monter dans un bus pour rejoindre mon quartier. Je préfère marcher pour prendre le temps de revivre la journée. Les deux trajets en train où seules nos mains se sont parlé pendant que les yeux se perdaient dans le paysage.

La pointe de chantilly sur le bout de son nez après que sa petite bouche fine n'a pu absorber le trop gros morceau de crêpe au chocolat. La voir courir sur la plage à marée basse et sauter dans les flaques comme une petite fille sage qui s'affranchirait des interdits. Son sourire après les éclaboussures, qui racontait le merveilleux de l'univers dans cette joie si simple. Nos deux corps collés, debout face à la mer, le mien derrière le sien, ma tête posée sur la sienne et mes bras se rejoignant sur son ventre que j'imagine un jour rempli d'un peu de moi. Ses grands discours à propos de sa longue liste d'injustices mondiales qu'elle ne cessait de compléter. Ses silences pour les digérer. Ses autres silences pour ne m'offrir que ses yeux et oublier le reste.

Je marche dans cette ville avec le sentiment qu'Élise est mon horizon, et que le chemin est infini quand elle me tient la main. Que dès qu'elle s'éloigne, je me sens à nouveau enfermé dans ma vie un peu nulle, un peu fade, un peu inutile, en attendant qu'elle vienne m'autoriser à rejoindre à nouveau l'étendue vaste des possibles avec elle.

Pour Édouard, Élise était ces cinq centimètres sur lesquels courait Gauvain. Elle était sa liberté. Son infini sur lequel il osait courir sans avoir peur du reste.

Il fit signe de loin au garçon avant de rentrer au hameau, un peu plus léger qu'en le quittant. Un peu plus sûr aussi.

Raymond s'affairait autour de sa maison, une échelle à bout de bras, qu'il installa le long du mur qui donnait sur le hameau. Édouard s'approcha en ayant pris soin de retourner Viviane aux abords de la cour de Gaëlle.

— Tu en as une belle échelle, et quelle journée magnifique, je suis tellement heureux de te voir !

— T'apprends vite la leçon mais n'en fais pas trop non plus. Comme qui dit, entre râleur et mielleux, il y a un milieu intéressant à viser, répondit le vieux.

Édouard sourit en guise de réponse. Avec Gauvain, il était à bonne école pour imprimer à ses lèvres un sens précis et lisible. Raymond enchaîna.

— Tu sembles plus détendu ! T'as trouvé des réponses ?

— Figure-toi que oui. Je continue quand même à creuser.

— Bien ! Moi, j'ai décidé de fixer la tuile qui bouge sur mon toit, avant l'hiver. Chacun ses problèmes, hein ? Le mien est plus terre à terre, mais comme j'ai pas tes soucis, il faut bien que je m'occupe.

Édouard lui proposa son aide. Habitué à bricoler seul, Raymond avait déjà prévu les outils nécessaires dans une large ceinture en cuir équipée de sangles pour les accueillir. Par réflexe, une fois le vieil homme engagé sur les premiers barreaux, Édouard s'appuya contre l'échelle en tenant les montants afin de la stabiliser. À chaque barreau franchi, Raymond poussait un soupir d'effort qui venait de loin.

— Tu es sûr que tu ne veux pas que j'y aille à ta place ? insista Édouard.

— Et pis quoi encore ? Je suis capable de bricoler sur mon échelle.

Raymond le questionna sur la durée de son séjour. Ce nouvel arrivant l'amusait, l'intriguait. Il eût été déçu qu'il reparte bientôt. Édouard le rassura. Il n'avait pas trouvé les réponses à toutes ses questions.

— Si tu les attends toutes, t'es pas près de repartir !

Édouard, conscient du degré d'incertitude qui demeure parfois une vie entière, voulait cependant éclaircir encore quelques points. Une femme à prévenir. Une autre à retrouver. Un adolescent à faire parler. Retrouver son corps. L'ambitieuse entreprise le sortait doucement de la torpeur dans laquelle il baignait depuis trente ans. Au fil des jours, il redevenait l'adolescent bouillonnant de projets, laissant derrière lui celui qui avait été fauché en plein vol et qui depuis s'était rangé sur une voie de garage, moteur cassé.

— Pas trop triste que Suzann soit partie ? lança-t-il à Raymond.

— Moi ? Triste ? Certainement pas !

— Je croyais que tu y étais attaché, voire un peu amoureux.

— Je suis plutôt déçu de toujours pas avoir réussi à la coincer.

— La coincer ?

— C'est une patte-pelue ! Un jour je la démasquerai.

— Une quoi ?

— Une patte-pelue ! Encore un mot que tu connais pas ? Qui fait semblant d'être douce et honnête pour obtenir ce qu'elle veut !

Le vieil homme lui parlait de Suzann comme de la pluie et du beau temps, en rafistolant le fil de fer qui tenait la tuile à la structure. Édouard avait lâché l'échelle, dont la stabilité ne dépendait de toute façon pas de lui, et s'était assis sur le rebord du mur, sidéré par la réponse de Raymond. Décidément, les apparences étaient trompeuses dans ce hameau de quelques âmes.

Raymond, face au silence du sol, s'arrêta et se tourna.

— T'es tout ébaubi, j'ai l'impression.

— Il y a de quoi ! Tu fais semblant de la courtiser pour mieux la piéger, Gauvain fait semblant d'être…

Édouard se ravisa. Pris dans l'élan, troublé par la surprise des révélations du voisin, il avait failli en dire trop.

— … muet alors qu'il parle aux arbres et aux rochers ? compléta Raymond.

— Tu es au courant ?

— Bien sûr que je suis au courant ! Mais toi, je savais pas que tu l'étais.

— Je l'ai vu de loin, à la clairière, quelques jours après mon arrivée. Tu en as parlé à Gaëlle ?

— Non, répondit le vieux. Elle a déjà assez de soucis comme ça pour pas lui faire un nœud de plus dans le cerveau.

— Gauvain sait que tu sais ?

— Je sais pas. Et toi, tu sais s'il sait que tu sais ?

Édouard avala cul sec toutes ces nouvelles troublantes émanant d'un homme que cela ne semblait pas déstabiliser, sur son échelle en bois affleurant le toit.

— T'es tout blanc, gamin ! Dis quelque chose !

— Pourquoi tous ces mystères ?

— Des mystères ? Parce que je fais semblant de conter fleurette à une manipulatrice pour mieux la piéger et l'empêcher de faire du mal à ceux que j'aime ? Ces gens-là, il faut leur rendre leurs escobarderies tout pareil.

— En quoi est-elle manipulatrice ?

Raymond jugea que la tuile résisterait désormais à toutes les tempêtes de l'hiver avant d'engager son retour sur la terre ferme. Une fois au sol, il prit le temps de défaire sa ceinture et d'aller ranger ses outils dans son atelier. En réapparaissant à la porte, il invita son visiteur toujours ébahi sur son muret à venir boire un alcool maison dont il tenait la recette de son grand-père, puis disparut dans l'entrée – considérant la proposition comme une injonction qu'il n'envisageait pas qu'on refuse. Édouard le suivit et s'assit à la table de la cuisine. Il regardait le vieux sortir deux verres à cognac, la boîte métallique fatiguée – dont le couvercle une fois soulevé laissa apparaître toutes sortes de gâteaux secs – et enfin la bouteille à moitié remplie d'un liquide translucide de couleur caramel dans lequel baignait une pomme entière de la taille d'un poing.

— Tu me demandes pas comment j'ai fait pour faire rentrer la pomme à travers le goulot ?

— Je ne suis pas né de la dernière pluie ! protesta Édouard.

— Oh, avec vous, les citadins, des fois j'ai des doutes ! Gauvain, la première fois que je l'ai sortie, il est resté les yeux grands ouverts à fixer la pomme pendant cinq bonnes minutes. Je voyais son cerveau réfléchir en direct. Tu sais ? Les engrenages qui tournent à toute vitesse, comme tes automates. Il devait avoir cinq ou six ans.

— Et il a trouvé ?

— Tout seul ! répondit Raymond. J'étais déçu ! Si on peut même plus impressionner les gosses avec nos combines, on est foutus. J'ai compris ce jour-là qu'il en avait dans la tête, le môme.

— Je ne sais même pas si ma femme saurait.

— Hom ! Tu m'inquiètes !

Édouard saisit le verre bien trop rempli que Raymond venait de lui tendre. S'il n'avait pas déjà pris sa décision, il aurait pu faire de cette question la solution à son problème. *Si elle sait comment on fait rentrer une pomme plus grosse que le goulot de la bouteille, je reste, si elle l'ignore, je la quitte*. Jeu cruel et incertain. De toute façon, sa décision était prise.

Il trempa ses lèvres dans la boisson et ferma les yeux pour avaler. Son corps serait protégé des microbes pour quelques semaines avec ce genre de breuvage mais dans quel état si d'aventure il finissait le verre ! Il entreprit de réduire chaque gorgée au strict minimum pour écouter avec attention ce que le vieux avait à lui conter tout en faisant semblant de l'accompagner. Un tel cérémonial cachait forcément des révélations.

— Je commence par Suzann ou par Gauvain ?

— Je te laisse choisir. Tu as sûrement tes raisons.

— Bon, si t'es là, c'est parce que t'as suivi Suzann, alors on va commencer par elle. Et pourquoi tu l'as suivie ?

— Parce qu'elle a su me dire les bons mots ?

— VOILÀ !

Raymond avait crié sa réponse en abattant sa main ouverte sur la table, comme la guillotine sur un cou. Édouard sursauta, ainsi que la paupière droite du chien sans âge qui reposait dans un panier en osier – et se faisait oublier juste à côté de la porte à l'arrière de la maison. Édouard n'avait jamais vu l'animal ; vu sa réactivité, il devait vivre ses dernières semaines, peut-être ses derniers jours. Édouard imagina le chagrin qu'allait traverser Raymond et en fut triste.

— Tu avais prévu de laisser ta femme en plan sur le quai de la gare avant que la vieille débarque avec sa valise ?

— Non.

— Elle t'a dit trois mots et tu l'as suivie dans le bus ?

— Oui.

— Elle a essayé de t'en dissuader ?

— Non.

— Tu t'étais disputé avec ta femme ?

— L'échange n'était pas des plus cordiaux.

— Elle a flairé le bon poisson. Vous étiez le couple parfait pour y semer la zizanie.

— La zizanie n'était pas nouvelle et j'ai finalement bien fait de partir.

— La question qu'on se pose, c'est pourquoi t'es là, pas si c'est une bonne chose !

— Gaëlle m'a dit que Suzann essayait chaque année de lui trouver un nouveau compagnon.

Raymond avala une rasade d'alcool sans donner l'impression d'une quelconque atteinte des muqueuses internes, puis reposa son verre sur la table avant de choisir un gâteau dans la boîte.

— Ils sont bons, ceux-là, tu devrais goûter ! Et le piano ?

— Quel piano ?

— Le morceau l'autre soir. Gauvain m'a dit, enfin façon de parler, hein, que tu étais rentré en trombe dans la pièce comme si t'avais vu la même chose que Bernadette Soubirous ! Et comment elle s'appelle, cette femme que tu es allé retrouver à la mer ?

— Gauvain t'en a parlé aussi ?

— Peu importe. Alors ?

— Elle s'appelle Élise.

— Et Adèle jouait quoi ?

— *Lettre à Élise*.

— Et qui c'est qui lui a demandé de jouer ce morceau ?

— Suzann.

Édouard se remémora soudain le petit sourire entendu de la vieille romancière, assise dans un coin de la pièce, quand il s'était tourné vers elle après qu'Adèle lui eut expliqué que la demande de ce morceau émanait d'elle.

— Comment aurait-elle pu savoir ?

— Elle fouine partout ! Je l'ai déjà vu ressortir des chambres du haut, de l'atelier de Gaëlle. Même de chez moi un jour où j'avais oublié un truc en partant faire mes commissions. Elle trouve toujours une bonne excuse pour nous entourlouper.

— Pourquoi agit-elle ainsi ?

— Tu le sais très bien !

« *J'aspire les histoires des gens autour de moi comme un vampire le sang, méfiez-vous.* » La phrase de Suzann lui revint à l'esprit comme un boomerang qu'on a jeté pour s'en débarrasser. À en croire Raymond, elle ne faisait pas qu'aspirer les histoires des autres, elle essayait d'en modifier le cours.

— Comme qui dit, il y a des gens qui aiment foutre le bazar dans la vie de leurs concitoyens, juste pour voir ce que ça va donner. Je suis sûr qu'elle s'en inspire pour raconter ses histoires ! ajouta Raymond.

Édouard ne savait pas s'il devait se sentir déçu ou reconnaissant. Bien lui avait pris de la suivre depuis Vannes. Sans cette grosse valise à porter, il n'aurait peut-être jamais revu Élise. En revanche, si les dires de Raymond se révélaient exacts, la pratique était condamnable.

— Des manipulateurs, il y en a partout. Il faut juste savoir les reconnaître. Même moi, je pourrais être en train de te manipuler.

— C'est le cas ? s'inquiéta Édouard.

— Bien sûr que non sinon je ne te le dirais pas. Quoique, ça pourrait être le comble de la manipulation de te faire croire que j'en suis pas un alors que si !

— Et pourquoi lui faire croire que tu en pinces pour elle ?

— Pour l'endormir et lui soutirer des indices sur ses agissements. Mais elle est bougrement futée, la sale bête ! De toute façon, elle est partie, on est tranquilles pour un an.

Édouard but une énorme gorgée pour engloutir le dossier Suzann sous une bonne dose de désinfectant. Il le regretta sur-le-champ et ne put dissimuler la brillance de ses yeux.

— Elle déménage, la recette de mon grand-père, hein ? T'as pas loin à rentrer, va ! dit-il en le resservant.

S'ensuivit un long monologue de Raymond à propos de Gauvain pendant qu'Édouard dézinguait ses papilles à l'alcool fort et perdait dans le même temps sa plasticité cérébrale. Il retint quand même l'essentiel.

Le vieux voisin avait découvert depuis quelques années, de façon fortuite, comme Édouard, les confidences de l'adolescent aux éléments de la nature – ce qui en soi ne le chiffonnait pas puisqu'il considérait la forêt comme un être à part entière. Il s'était posé la même question : en parler ou pas à sa mère. Bien des jours, il réfléchit, pesa le pour et le contre, hésita, se ravisa, repoussa l'idée. Après plusieurs années, le silence faisait jurisprudence et il considérait désormais que personne n'avait à s'octroyer le droit de trahir le secret de Gauvain. Si le mutisme était inconscient, il pouvait tout aussi bien être volontaire et justifié. Raymond avait émis plusieurs hypothèses. L'enfant avait peut-être un secret à cacher. Ou alors avait-il un besoin fondamental de tranquillité. Se couper des autres était un bon moyen de l'obtenir. Quelle qu'en fût la raison, Raymond estimait que sa relation personnelle avec le jeune homme lui convenait ainsi et cela semblait réciproque. Le garçon n'était pas malheureux et le voisin considérait que le destin finissait toujours par vous indiquer le bon chemin. Ce serait peut-être un jour le cas pour Gauvain.

— Et Gaëlle ? demanda Édouard.

— Tu la trouves malheureuse ?

— Non.

— Bon ! Alors ! À vouloir aider les autres, des fois, on fait plus de mal que de bien, surtout quand ils ne t'ont rien demandé.

— Mais s'ils ignorent qu'on peut les aider parce qu'on sait quelque chose qu'ils ne savent pas ?

— Tss ! Tss ! Fais confiance à la vie !

Tout en remplissant encore le verre de son visiteur, Raymond avait mis fin à la discussion par cette affirmation qu'Édouard avait lue cent fois dans la lettre d'Élise.

Les gâteaux n'eurent aucun effet salvateur ; après quelques verres, Édouard était saoul. Il insista pour franchir seul la centaine de mètres qui le séparait de la cour de Gaëlle – question d'honneur – et s'y écroula le sourire aux lèvres, dans un coin de pelouse tendre et accueillante. Quand Gaëlle arriva, il caressait l'herbe comme les cheveux d'une femme. Elle le gifla avec une certaine fermeté jusqu'à ce qu'il ouvre les yeux et réussisse à les fixer dans sa direction, puis elle appela Gauvain à l'aide. La montée de l'escalier fut laborieuse, mais une fois l'homme chiffon jeté sur le lit, l'adolescent descendit en laissant dans son sillage sa mère et quelques rires sonores. Gaëlle entreprit d'installer Édouard pour un sommeil dégrisant.

Alors qu'elle lui avait enlevé ses chaussures et qu'elle ouvrait la ceinture de son jean, il l'attira vers lui. Elle le repoussa avec tendresse.

— Tu regretterais et moi aussi.

Après avoir couvert l'homme en tee-shirt et caleçon de la couette, elle le regarda quelques instants, l'embrassa sur le front et quitta la chambre. Il avait les yeux fermés et souriait bêtement. Elle s'amusait déjà de la façon dont il émergerait le lendemain matin.

Hypersensible

Édouard dormit plus que de coutume. Il se réveilla avec le cerveau pelotonné comme un enfant coupable et une barre douloureuse en travers du front. Ce sentiment de revenir de loin l'inquiéta, avant de lui laisser un petit goût de liberté. Il s'était affranchi de la réalité, ce qui pour lui n'était pas un exercice facile. Son attention permanente aux autres et à l'environnement lui interdisait ce genre de coupure mentale et une fatigue nerveuse semblait vivre en lui comme un ver solitaire, le vidant de sa substance. Englué dans ce réveil brumeux, il regretta de devoir en passer par une bonne cuite pour obliger ses neurones à suspendre leur activité. Il jouissait cependant d'une gaieté simple et en profita encore une dizaine de minutes.

Son corps et sa tête retrouvèrent un semblant d'harmonie sous une douche brûlante. Ainsi serait-il présentable aux yeux de ceux qui l'avaient raccompagné jusqu'à son lit. Sa fierté mise à l'épreuve la veille retrouverait peut-être quelques lettres de noblesse, même s'il craignait de découvrir une vérité embarrassante.

Il entra dans la pièce les épaules fatiguées et le regard fuyant face à Gauvain. Ce dernier le salua et lui fit signe, poing serré en rotation devant le nez puis pouces levés et rire sincère, qu'il en tenait une bonne couche la veille, avant de sortir, sa sangle sous le bras. Il ne restait que Gaëlle à table, discrète et complice.

— Qui d'autre m'a vu, à part ton fils ?

— Moi. Et Raymond, cela va de soi.

— Je ressemblais à quoi ?

— À un homme heureux.

— Vraiment ?

— Vraiment. Tu devais penser à quelque chose ou quelqu'un, ou bien ne penser à rien, le visage détendu et joyeux.

— J'ai fait des choses compromettantes ?

— Je t'en ai empêché, le rassura Gaëlle.

— Avec toi ?

— Je t'enlevais ton pantalon. Ton cerveau noyé a dû se méprendre sur la destination du geste.

— Excuse-moi.

— Il n'y a aucun mal. Tout le monde s'est fait avoir par la goutte de Raymond, moi la première.

Tout penaud, Édouard cherchait à changer le cours de la conversation. Si un morceau de sa soirée avait disparu dans des limbes éthyliques où il valait mieux le laisser, il se remémora la clairière, la sangle, et surtout la conversation avec

Denis pour lui annoncer sa décision. Il s'était laissé glisser dans l'enivrement pour étourdir son cerveau et sombrer dans un sommeil profond. Comme certains ont l'alcool triste, ce matin-là, il avait la culpabilité sereine, encore tapie sous quelque buisson de lâcheté. Cependant, la certitude dominait et l'autorisa à se dévoiler. Il l'annonça à Gaëlle.

— Tu te sens soulagé ?

— Je ne sais pas. Oui. Peut-être. En équilibre instable. Tout est à réfléchir, à imaginer. Le lui annoncer, redémarrer quelque part, penser à la suite.

— Tu peux rester ici le temps nécessaire. Tu ne nous déranges pas et Gauvain t'apprécie.

— Tout est allé très vite.

— Inutile de tergiverser des mois quand la réponse est là, non ?

Adèle entra pour chercher une pomme et un morceau de pain. Elle leur annonça qu'elle allait jusqu'à Paimpont à cheval pour une course et qu'elle y resterait la journée, demanda à Gaëlle si elle devait lui ramener quelque chose. Avant de quitter la pièce, elle regarda Édouard quelques instants et s'assura, amusée, qu'il allait bien. Elle n'attendit pas la réponse ; la porte se refermait déjà sur ses longs cheveux noirs.

— Les effets de la cuite se voient tant ?

— Gauvain a dû lui dire, tu penses bien !

— Raymond m'a parlé de Suzann.

— Je sais ce qu'il t'a dit.

— Est-ce le cas ?

— Oui, je crois. Je n'ai pas la colère de Raymond. Je ne me sens pas menacée. Et toi, tu te sens floué ?

— Je le prends comme un mal pour un bien.

— Alors n'en parlons plus. Que fais-tu aujourd'hui ?

— J'ai besoin de marcher. Longtemps.

Gaëlle lui proposa de le déposer de l'autre côté de la forêt, dans la vallée de l'Aff, en lui fournissant une carte pour qu'il puisse rentrer à pied. Elle précisa qu'il ne fallait pas trop tarder, la nuit tomberait vite sur cette bonne quinzaine de kilomètres à parcourir. Pendant qu'il préparait son sac à dos, elle lui confectionna un pique-nique complet.

Après vingt minutes de voiture, elle le déposa à l'endroit évoqué, en le mettant en garde de bien rester sur le sentier.

Édouard constata par lui-même les injonctions précises que des panneaux fixés aux arbres tous les cinquante mètres lui rappelaient sans relâche. « Interdiction absolue de pénétrer dans la zone de forêt derrière cette limite. Risque de mort ».

L'école militaire de Saint-Cyr-Coëtquidan formait là les officiers français de l'armée de terre, et de l'autre côté de cette barrière virtuelle s'étendait sur plus de cinq mille hectares leur terrain d'entraînement. Il était étrange de marcher au rythme des tirs de mitraillettes et d'obus, et d'aucuns espéraient que la zone de sécurité fût assez vaste pour éviter une balle perdue.

13 juillet 1986

Élise est partie en même temps que les résultats du bac sont arrivés. Voilà une semaine. Et dans une autre semaine, elle s'envolera pour le Sénégal où son père est affecté sur demande personnelle. C'est l'armée qui nous sépare. Par la voie de son père, par la distance. Nous serons deux continents différents, alors qu'il nous semblait constituer ensemble le même roc, la même montagne, le même océan. Élise aimait me poser des questions de « si j'étais ». Et si tu étais un animal ? Et si tu étais une plante ? Et si tu étais une émotion ? À chacun de mes choix, elle répondait : « Moi je serais... » et s'imaginait en part complémentaire de ce que j'avais évoqué.

— Un chien !

— Moi, je serais une puce.

— Un chêne !

— Moi, je serais une truffe – elle riait !

— La Norvège !

— Je serais la Suède.

— Un violon !

— L'archet.

— L'amour !

— L'amour en retour.

Et nous nous embrassions, et nous nous caressions, et nous nous promettions un avenir infini, un doux mélange de nous, et des rêves à réaliser.

Elle ne pouvait pas en vouloir à son père. Si elle détestait la chose militaire, elle aimait quand même son père. Cruelle ambivalence qui opposait une valeur à un sentiment.

Depuis une semaine, je déteste les militaires parce que je déteste son père. L'amalgame est inévitable, et à ce moment-là, je n'imagine même pas revenir un jour sur ce jugement tant il me ronge et me détruit.

Tout le long du sentier, les pas rythmés par les tirs, Édouard réalisait – le cœur marqué au fer rouge par le sourire satisfait du père d'Élise, qui avait gâché deux vies – qu'il l'avait toujours détesté. Pour autant, la maturité lui avait enseigné que toute armée était nécessaire et il avait tempéré son jugement concernant les militaires.

Il s'en voulait de n'avoir cherché à aucun moment à retrouver Élise, même des années après. Il se haïssait d'avoir fait preuve de tant de défaitisme. Si seulement il s'y était attelé, il l'aurait peut-être retrouvée plus tôt, ils auraient pu poursuivre ce que ce salaud de père avait décidé de casser.

S'éloignant des bruits d'obus et de fusils, il retrouva progressivement la douceur d'une forêt magnanime qui l'accueillait en son sein comme une femme généreuse.

Bien lui avait pris d'avoir glissé dans son sac à dos une lampe frontale. Après s'être trompé plusieurs fois de piste et de chemin, il arriva à la fontaine de Barenton – non loin du hameau de Doux Chemin – dans une nuit noire qu'aucune lumière ne pouvait contredire. Il s'y arrêta un moment ; il connaissait le parcours pour rejoindre la maison, et ne risquait plus de se perdre.

Cette fontaine singulière offrait au visiteur patient un phénomène étrange. Par intermittence apparaissait un minuscule bouillonnement, malgré la fraîcheur de l'eau, donnant lieu à diverses croyances. D'aucuns lui prêtaient la vertu de guérir la folie, d'autres d'annoncer une rencontre amoureuse à celui qui en était témoin. Édouard attendit, la frontale braquée sur la surface noire de l'eau calme, pris dans ses folles pensées. Il avait pu, durant cette journée solitaire en forêt, digérer sa décision, la tamiser au rythme de ses pas réguliers et rapides, laissant s'échapper à travers le grillage de ses émotions des poussières d'idées noires pour ne garder en lui que les morceaux essentiels et colorés. Ne restait au final qu'Élise. Son visage devant les yeux, il aperçut une dizaine de bulles éclore à la surface. La tradition voulait qu'un vœu soit formulé. Les arbres alentour furent témoins du sien.

Gaëlle lisait dans le grand canapé moelleux du salon, emmitouflée dans un pull en laine épaisse, les jambes cachées sous une couverture. Elle posa son livre sur sa poitrine en voyant s'approcher Édouard.

— Ce que tu lis est triste ?

Elle assumait cette émotion visible et ne chercha en rien à s'en cacher. Il l'embrassa sur le front et s'installa contre elle, faisant semblant de lire par-dessus son épaule. La douceur du contexte et leur solitude manifeste auraient pu générer du désir ; il n'en fut rien. La tendresse suffisait. Entre eux s'instaurait une relation paisible et généreuse, qu'un moment d'intimité avait scellée.

Elle n'avait pas dîné, l'attendait, soucieuse. Elle aimait la forêt, l'avait apprivoisée. Pour autant, quand la nuit venait s'immiscer entre les troncs et les fougères, Brocéliande redevenait mystérieuse, imprévisible. Lorsque Gaëlle voyait sortir quelqu'un d'entre les troncs anthracite, elle avait l'impression que la forêt l'expulsait comme on vomit un corps étranger.

Elle lui proposa de réchauffer quelques restes pendant qu'il se douchait. Édouard se réjouit de cette perspective savoureuse pour finir sa journée. Il ne frotta que les zones essentielles et s'habilla à la hâte.

À quelques kilomètres de là, Gauvain pleurait en silence dans des taillis épais, figé comme une statue scellée dans le béton. Ce qu'il voyait dans la pénombre le terrorisait, au pied de cette roche tout juste éclairée par un quartier faible de lune. Adèle changea de ton. De mielleuse et aguichante, elle se transforma en furie. D'une voix grave et menaçante, l'homme tenta de hausser le ton. En vain. Les mains liées et le corps contraint par trois tours de corde, aucune tessiture, même virile, ne faisait le poids face à la rage d'une femme.

Gauvain, pétrifié, n'osait bouger. Intervenir provoquerait la colère d'Adèle envers lui. Perspective inimaginable. Partir signifiait abandonner l'homme qui semblait voir sa dernière heure arriver. Alors il resta, sans autre choix, les pieds dans le ciment. Sans comprendre, en témoin bien trop jeune. Fasciné cependant par la violence, prisonnier de ses doigts crochus – petit oisillon dans la main d'une sorcière qui lui susurrait quelques souvenirs passés.

L'homme gémissait maintenant, et Gauvain s'essuyait les yeux. Quelque chose lui imposait de ne rien rater de la scène et de tous ses détails. Ceux-ci le transperçaient de décharges électriques. Il serait parti chercher de l'aide s'il n'était privé de tout discernement par un passé tortionnaire qui refaisait surface.

Adèle trancha les liens, enfourcha le cheval blanc et frappa de son pied le dos de l'homme à moitié nu. Il vacilla, vidé de toute énergie. Gauvain s'élança vers le sentier escarpé, le dévala jusqu'à l'arbre d'or et saisit son vélo pour rentrer chez lui.

Sa lampe fixée au guidon rendit l'âme durant ce retour désordonné et il finit à l'instinct, réunissant ses souvenirs topographiques, convoquant ses sensations physiques pour l'informer du revêtement sur lequel il évoluait. Mollesse de l'herbe et rugosité de la route. À l'entrée gauche du hameau, la lumière à la fenêtre de la cuisine de la vieille Simone, puis le noir sur cinquante mètres, la route assez droite jusqu'au four à pain abandonné qui jouxtait la chaussée et s'imposait comme une masse un peu plus sombre que la nuit. À partir de là, le macadam suivait une légère courbe sur la gauche avant de redevenir rectiligne à hauteur de la maison de Raymond, sur sa droite, facilement reconnaissable à la petite bougie sur la fenêtre, comme chaque soir. Il restait alors une trentaine de mètres avant la cour de la maison.

En l'atteignant, il sauta de son vélo, qui finit en roue libre avant de flancher sur l'herbe dans un bruit de sonnette qui agonise, pendant que le garçon pénétrait dans la maison, le souffle court et les yeux écarquillés. Il ne regarda ni Édouard ni sa mère, qui terminaient leur assiette, et que cette entrée fracassante avait fait sursauter. Il s'élança dans le couloir et claqua la porte de sa chambre derrière lui.

— Ça recommence, soupira Gaëlle, qui se levait pour le rejoindre, avec une lenteur qui criait son désarroi.

Édouard lui emboîta le pas sans tergiverser cette fois. Il s'arrêta dans l'encadrement de la porte, offrant à ce minuscule noyau familial, assis sur des draps habitués à la défaite, une distance assez intime pour être consolante.

Gaëlle lui lançait à intervalles réguliers un regard désabusé, reconnaissante de sa présence silencieuse. Il scrutait les murs de la chambre de Gauvain, couverts d'affiches et de croquis, de Post-it, de photos, de schémas, de textes, n'offrant plus aucune surface libre. Un adolescent intranquille, un esprit vif et désordonné, puissant mais sans cadre et sans limites.

Puis il s'approcha et s'accroupit à hauteur du jeune homme pour essayer d'obtenir des informations. « Tu veux nous dire ce qui se passe ? », « Quelqu'un t'a fait du mal ? », « Te sens-tu en danger ? », « Tu as vu des choses graves ? ». À chaque question, Gauvain accentuait sa position fœtale et se tordait les doigts.

Édouard retourna à table pour avaler un verre d'eau, réfléchir, laisser la mère et son fils dans leurs soupirs. Soudain, il aperçut Adèle traverser la cour en direction de l'escalier. Il se précipita dehors en aboyant son prénom. Elle fit semblant de ne pas l'entendre. Il la rattrapa alors qu'elle arrivait sur le palier, et la saisit par le bras.

— Tu vas me dire ce qui se passe avec Gauvain, maintenant ! À chaque fois qu'il rentre dans cet état, tu arrives peu après !

— Ça te regarde pas !

— Si !

— C'est pas ton fils !

— Non, mais je l'aime beaucoup. Tu lui fais du mal ?

— Bien sûr que non ! Je sais pas pourquoi il est comme ça. J'étais pas avec lui !

— Et toi ? Tu faisais quoi pendant ce temps ?

— C'est mon problème !

Elle dégagea son bras d'un geste brusque dont la force surprit Édouard, s'engouffra dans sa chambre et claqua la porte. Elle tourna la clé sans attendre. Édouard resta interdit plusieurs minutes, le nez collé à la surface tiède du bois, le souffle court, submergé par la colère. Il entendait Adèle remuer dans la pièce. Elle marmonnait.

La porte s'ouvrit soudain puis se referma avec la même vigueur quand elle constata qu'il était toujours planté derrière.

— Dégage ! Et fous-moi la paix ! beugla une voix sourde.

Édouard regagna la maison et s'assit dans le gros canapé. Il tendit les bras vers Gaëlle, qui déplaçait quelques objets dans la pièce, sans but précis hormis celui d'occuper ses mains et une part de son cerveau fatigué.

Elle s'installa contre lui comme une souris dans son nid d'herbes sèches, roulée en boule pour garder la tiédeur rassurante de son ventre de mère et s'envelopper de muscles et de chaleur humaine. Elle posa sa joue sur le torse d'Édouard et ferma les yeux. Résonnait dans son oreille un battement cardiaque lénifiant. Elle se concentra sur ce bruit. S'y accrocha. Tant qu'elle l'entendait, elle était en sécurité. Un cœur qui pulse, c'est la vie qui circule – comme l'énergie qui jaillissait dans celui de son fils, désordonnée, puissante, dévastatrice. Une fourmilière en panique après un coup de pied.

— Tu sais, j'ai toujours eu du mal avec Gauvain. Ses réactions me déstabilisaient. Il réagissait à tout comme si c'était la fin du monde. Je le trouvais tellement sensible. Les yeux brillants à chaque contrariété. Mon mari n'avait pas la patience, il ne supportait pas cette *sensiblerie*, comme il disait. Il s'énervait et ne faisait qu'ajouter de l'émotion au drame. J'ai consulté une psychologue après la mort de son père. Elle lui a fait passer des tests. Quotient intellectuel hors du commun et extrême sensibilité.

Édouard la laissait parler sans l'interrompre. Il lui effleurait l'épaule d'un mouvement lent. Il imaginait l'enfance de Gauvain et le traumatisme qu'avait dû être la mort de son père, sous ses yeux, si petit. Une mauvaise chute dans l'escalier, lui avait expliqué Gaëlle. Elle poursuivit, l'oreille toujours collée sur le battement lointain et calme.

— J'ai lu des livres, beaucoup de livres, j'ai parlé avec la psychologue, avec d'autres parents, j'ai compris que mon fils était un enfant différent. Si différent qu'il fallait que je m'adapte.

— En quoi l'est-il ?

— Une construction cérébrale particulière. Il a besoin de tout comprendre, de tout expliquer, d'utiliser les bons termes, d'avoir le dernier mot. Parfois, on laisse tomber, même si on pense avoir raison. Lui, non. L'abandon lui est impossible face à l'approximation. Il est en vigilance permanente, analyse tous les paramètres, comme si sa vie était une tour de contrôle. Il a une pensée en arborescence, toujours en état de marche, sans savoir organiser ses idées. Si certaines sont géniales, tout est désordonné. Il fonctionne à l'instinct, à l'intuition.

— Je l'ai remarqué avec l'automate.

Elle lui expliqua la façon dont il pressentait les choses avec une certitude absolue sans pouvoir l'expliquer, le problème que cela posait à l'entourage, toujours en quête d'explication. Qu'il était garçon à tout discuter, tout interpréter, ne pas supporter la frustration, encore moins l'injustice. Et cette quête de vérité, nécessité absolue chez lui. Elle s'inquiétait de ce décalage permanent alors qu'il avait l'illusion que les autres fonctionnaient comme lui. De quoi être perdu. Quant aux émotions... Gauvain ressentait avec beaucoup de finesse l'état émotionnel des autres, parfois avant que ceux-ci en aient conscience. Il percevait leur fragilité, leur souffrance, leur faiblesse, et était bombardé en permanence par ces signaux, sans pouvoir s'en protéger, sans jamais réussir à déconnecter. Elle ajouta qu'il était doté d'une sensorialité exacerbée qui le mettait en quête de contacts physiques rassurants. Tout le touchait et souvent le blessait. Absolu et intense dans ses sentiments d'amour ou de haine, une blessure restait ouverte très longtemps. D'un autre côté, il était capable d'un amour, d'une passion pour un adulte dont il ressentait la solidité et la capacité à surmonter ses faiblesses.

— Édouard, je crois qu'il se produit cela avec toi.

— Je n'ai pas l'impression d'être solide et fort.

— Tu l'es pourtant. Du moins dégages-tu cette image. Il s'est attaché à toi à une vitesse que je ne lui avais jamais connue. Maintenant, j'aimerais comprendre pourquoi il revient parfois dans cet état.

— Nous allons trouver. Tu crois que son mutisme est lié à cette hypersensibilité ?

— « Possible mécanisme de défense », m'avait dit la psychologue après l'accident. Pour se protéger de trop d'émotion. J'aimerais que tu restes à Doux Chemin encore un peu.

— Je reste encore un peu, Gaëlle. Il faut seulement que je me rende à Paris pour chercher quelques affaires et ma voiture.

La petite souris se blottit un peu plus fort contre lui, son tympan en conversation avec le battement. La force rassurante du héros solide. Elle non plus, malgré leur nuit d'amour, n'éprouvait pas de désir. En cet instant, la relation basculait dans une autre dimension – celle, cristalline, d'un attachement durable, solide, paisible.

Édouard, impuissant face à la situation, tout petit en regard du monstre invisible qui s'en prenait à Gauvain, se sentit investi d'un rôle de soldat dans un combat sérieux et grave. La futilité de sa vie d'avant lui apparut avec d'autant plus de contraste ; triste et rasséréné, il prenait la décision juste.

Quand Gaëlle s'endormit, il se dégagea du canapé avec une délicatesse millimétrée, la couvrit d'un plaid avant de monter se glisser sous sa propre couette. Aucun bruit ne parvenait de la chambre de sa voisine, ni du rez-de-chaussée. Le calme apparent masquait un fracas en chacun des occupants de cette maison. Par rapport aux autres, la situation d'Édouard perdait de son drame.

Lui revint la description que Gaëlle avait faite de son fils, et qui le replongea au creux de sa propre enfance. L'hypersensibilité dont il avait souffert, sur laquelle il n'avait jamais posé de mots. Il avait dû appartenir à cette catégorie d'enfants différents qu'on appelait aujourd'hui précoces, ou dys-quelque chose. Quarante ans plus tôt, ce genre de dépistage n'était pas monnaie courante. Le comportement de cet adolescent le renvoyait à sa propre réalité – il en fut consolé. Sa différence, ressentie depuis toujours, ne lui apparaissait plus comme une faiblesse mais comme un fait dont il s'était accommodé.

Une épreuve attendait Édouard le lendemain, dont il devrait s'accommoder aussi.

6 000 pièces

Gaëlle l'avait déposé en gare de Rennes.

Le TGV avait quitté le quai en douceur et Édouard espérait en faire de même concernant son couple. Il choisit de somnoler durant le voyage pour se soustraire à ses pensées.

Il arriva en gare de Montparnasse sans s'en rendre compte et se dirigea vers le métro, qui le déposerait à République. Il n'avait emmené que le strict minimum : son double des clés, ses papiers, son téléphone. Sa femme – qu'il avait prévenue l'avant-veille – lui avait répondu qu'elle rentrerait pour déjeuner.

Les rames avaient déjà régurgité le plus gros des voyageurs du matin dans les couloirs et les rues de la capitale. Visages fermés, absents ; petites âmes humaines isolées dans leur bulle impénétrable. Comparé au silence mélodieux de la forêt, celui du métro glaçait les visiteurs inaccoutumés. Édouard l'était devenu en quelques jours. Tout grouillait autour de lui depuis son arrivée à la gare, la valse folle des anonymes qui couraient en tous sens, pléthore d'informations, de publicités, turbulence de lumières, de couleurs vives, de sons agressifs, brouhaha permanent, saleté, odeur âcre. Le bitume n'avait pas vocation à absorber la pisse comme s'en débrouillait l'humus. Il eut l'étrange sensation d'évoluer dans un monde moribond de sens, soumis à la quête effrénée d'en trouver un. Une société en état de fibrillation. Édouard savait que ce genre de symptôme, quand il était question du cœur, annonçait un arrêt cardiaque fatal. En quoi pouvait consister la réanimation d'une telle communauté ?

Assis sur un strapontin élimé, il ferma les yeux et s'exila dans l'herbe de la clairière, au pied du vieux tilleul. S'invita en lui un battement régulier et consolant. Le chant rassurant des feuilles et du vent. Le sourire de Gauvain, les branches satinées de Gaëlle, les mots désuets et les sabots de Raymond, un vieux chien calme, le silence de la nuit. De s'être fabriqué cette nouvelle carapace contre les bombardements sensoriels extérieurs, il respira mieux. La tortue avait rentré sa tête et ses pattes, elle attendait que l'orage passe, que le trajet se fasse. Revenir vivre à Paris le condamnerait au même sort que Viviane, sur le dos, fragile et vulnérable. Comment l'expliquer à Armelle ? En se gardant bien de parler de Viviane. Elle se moquerait de lui. Pourrait-elle accepter qu'il prenne ainsi conscience de s'être trompé toutes ces années *avec elle* ? Il anticipait un choc violent et supposa qu'elle culpabiliserait de n'avoir rien vu, d'en être responsable, d'avoir participé au gâchis, ou lui en voudrait à lui pour sa malhonnêteté. « Pourquoi tu n'as rien dit ? »

Édouard n'avait pas menti. Sincère dans l'ignorance de ses aspirations véritables. Comme on jette des miettes au sol d'un revers de main sur la table, il avait balayé nombre de rêves et d'envies en renonçant à Élise. Le père de l'adolescente avait appuyé sur une touche de réinitialisation, et il avait redémarré à dix-sept ans sur un nouveau programme qui écrasait le précédent, sans plus jamais s'investir – chagrin d'amour oblige – pour une autre femme avec la même force.

Il faillit rater sa station. Il avait opté pour la ligne 4, qui le déposait à Strasbourg-Saint-Denis, avant de finir à pied, en remontant le boulevard Saint-Martin jusqu'à la place de la République. Il aimait la topographie de l'avenue, ses trottoirs qui dominaient la chaussée parfois deux mètres plus haut, protégeant les passants des voitures qui roulaient en contrebas, à vive allure et sans discontinuer. Il eut une pensée triste en observant les arbres qui ponctuaient l'artère. Élancés et chétifs, ils semblaient supplier l'infini du ciel d'échapper au trottoir. En regard de ceux, majestueux, qu'il croisait autour de Doux Chemin, la fragilité de ces pauvres échoués faisait peine à voir. Là-bas, au creux de leur forêt, Édouard les imaginait enracinés dans une terre riche et naturelle, habités dans leur sève par la certitude d'avoir, sous eux, accès à la planète entière, pour quelques racines aventurières à qui il viendrait l'idée de s'émanciper. Ils avaient dû se faufiler entre les roches de schiste rouge, se mélanger aux systèmes radiculaires voisins, partager les richesses du sol, le nourrir en retour. Quel vaste monde souterrain s'offrait à eux, sans limites, spacieuse liberté de leur immobilité ! Sur ce boulevard parisien, les arbres étaient contraints et leurs racines se contentaient d'un espace réduit, prison de béton, de câbles, de tuyaux, de grilles métalliques. Seul le macadam en surface, craquelé et déplacé, faisait état de leur rébellion silencieuse et lente, affamée de cette liberté sylvestre. Et leurs feuilles, chaque automne – que des employés municipaux ramassaient –, ne venaient pas enrichir la terre alentour ni alimenter leur descendance qui n'avait de toute façon aucune chance de prospérer. Elles finissaient dans des fosses communes, mélangées aux épluchures et à l'herbe coupée, affublées de cet insultant sobriquet de « déchets verts ». Un arbre ne produit aucun déchet, Édouard le savait, il participe à l'éternel cycle qui fait du mort le vivant d'après et de la matière perdue un substrat gagné. Il se demanda si ces arbres avaient conscience de leur condition, de ce triste sort que de vivre en milieu urbain, s'ils souffraient de la pollution et du bruit. Il se mit à les saluer les uns après les autres, en apposant sa main sur leur tronc, en leur transmettant une intention positive et douce. Ce qu'il ressentit à leur égard s'apparentait à de l'affection.

4 avril 1986

Ce samedi de printemps est particulièrement doux. Élise ne m'a pas laissé le choix.

— Aujourd'hui, nous allons au parc des Gayeulles. Je n'ai pas vu mon arbre depuis trop longtemps.

— Ton arbre ? Tu as un arbre à toi là-bas ?

— Aucun arbre n'appartient à personne. Ils sont libres et autonomes. Mais lui, je l'aime. Il est mon compagnon vert, comme toi chez les humains.

— Tu vas me rendre jaloux !

Elle a souri sans répondre. Ses yeux me lancent : « Tu peux toujours essayer, ça ne changera rien : je l'aimerai quand même. » En descendant du bus qui nous a déposés à proximité de l'entrée, elle me prend la main et m'attire derrière elle d'un pas rapide. Elle ne me lâchera qu'après avoir quitté le sentier pour s'enfoncer dans la forêt. Elle semble connaître l'endroit par cœur. J'ai du mal à la suivre, je trébuche sur des morceaux de bois mort, je m'accroche dans les ronces, mon visage est fouetté par les petites branches terminales entre lesquelles nous nous faufilons. Elle semble se couler dans l'élément comme si elle en faisait partie. Soudain, sa main ne me tient plus. Elle est partie en courant. Je m'arrête et la regarde se diriger vers un arbre dont le tronc est fortement penché. Elle y grimpe de façon gracieuse en agrippant ses mains autour de l'écorce rugueuse, puis s'allonge sur lui, en laissant pendre ses quatre membres de part et d'autre de la surface, comme un lion nonchalant dans un acacia de la savane. Elle a posé sa joue contre le bois et fermé les yeux. Je m'approche d'elle le plus silencieusement possible. Elle semble absorbée et lointaine, coupée de la réalité. J'en viens à me demander si elle n'est pas en pleine conversation avec l'arbre. Je suis à cinquante centimètres d'eux. Il ne me reste qu'un pas avant de pouvoir la toucher. J'hésite. Ravi de la voir heureuse de ce moment et jaloux qu'elle accorde à un être végétal plus d'attention qu'à son petit ami. Je décide de m'immiscer dans leur conversation et je fais ce dernier pas, qui en est un premier pour lui signifier que ma jalousie n'est que l'envie de compter pour elle. Et de compter plus qu'un arbre. Je l'embrasse sur la joue, ce qui la fait sourire un peu plus. Elle ne bouge cependant pas d'un millimètre.

— Pourquoi cet arbre en particulier ?

— Je ne sais pas. Je suis tombée sur lui comme s'il m'avait appelée. Je peux te retourner la question… Pourquoi moi ?

— Je ne sais pas non plus. Je l'ai su quand tu m'as regardé le jour de la rentrée.

— Tu vois ? Ces choses-là ne s'expliquent pas. On les vit. Là, contre lui, je suis bien. Comme je suis bien contre toi.

— Tu sais qu'il ne pourra jamais t'emmener au cinéma ou au bord de la mer ?

— Non, mais il me raconte autre chose.

— Tu veux que je vous laisse ?

— Non, il t'aime bien !

— Il te l'a dit ?

— Oui.

Elle a ce piment de fantaisie, ce brin de folie, cet univers de joie que n'ont pas les autres filles. Rêveuse et sûre d'elle. Quelque chose d'inébranlable la tient droite et debout face au monde. Elle a envie d'aimer un arbre ? Elle l'assume. D'autres garçons l'enverraient promener.

Moi, je l'aime encore plus.

Édouard voyait en chaque souvenir qu'il avait relu avec émotion une raison supplémentaire de retrouver Élise et un argument imparable pour quitter Armelle. Sa femme était insensible à la nature. Elle avait peur des petites bêtes, ne voyait aucune poésie dans le souffle des herbes folles et trouvait répugnant de marcher sur un chemin de terre boueuse.

Il atteint leur immeuble au début de la rue Voltaire avec une sensation d'oppression au niveau de la cage thoracique et l'effrayante perception de manquer d'oxygène. Il se demanda si son corps avait pu en si peu de temps modifier sa physiologie, au point de n'être plus adapté à la ville. Ses poumons, dotés comme en chaque être humain d'une adaptabilité remarquable, n'étaient pas en cause dans cette suffocation. Vingt-cinq années de vie commune et un enfant comportaient quelques plombs lourds attachés au filet qui le retenait vers le fond. Il en avait détaché un certain nombre, dans le jardin de Raymond, au pied du tilleul, dans les automates, dans le lit de Gaëlle, dans la lettre d'Élise, puis dans ses deux fossettes en bord de mer. Il s'apprêtait à se défaire des derniers et non des moindres. La réaction d'Armelle, le règlement des problèmes administratifs, la porte refermée sur son passé révolu. Il était temps, à cinquante ans, de finir de distiller sa légèreté d'adolescent, celle qu'on lui avait confisquée sans lui demander son avis – ce qu'il avait accepté sans ciller. Il souffrait plus aujourd'hui de cette lâcheté dont il avait fait preuve que de culpabilité à l'égard de sa femme.

Situé au dernier étage, au-dessus du houppier des arbres, leur appartement leur épargnait les bruits de la rue grâce à la hauteur importante et au double vitrage. Édouard y était entré comme un soldat qui revient de la guerre et ne sait plus vraiment s'il est chez lui. Cet espace familier qu'ils avaient choisi ensemble lui sembla étranger – l'ordre, la propreté extrême. Armelle lui reprochait souvent de trop laisser traîner ses affaires. À l'inverse, Édouard se sentait oppressé par ces appartements qu'on aurait dit témoins tant ils étaient rangés. S'il avait l'esprit vif et ordonné, son environnement l'était beaucoup moins. Il trouvait ces lieux sinistres et menaçants, qui l'observaient de leurs yeux emmurés et de leur parquet alerte, à l'affût du moindre faux pas.

Il ouvrit la fenêtre qui donnait sur la rue et ferma les yeux, comme le soir précédent à Doux Chemin où il avait affronté la nuit. Des deux mondes, celui qui était bruyant et agressif l'effrayait désormais. Il s'étonna de s'en être accommodé jusque-là sans trop de dégâts, si tant est qu'il puisse ignorer la notion de temps perdu.

Il referma la fenêtre et regarda l'heure. Armelle n'allait pas tarder à franchir le pas de leur porte et elle n'avait que le temps du déjeuner. Il entreprit de le préparer en allant fouiller dans le frigo et les placards. Il n'y trouva que quelques œufs et de la salade verte. Une barquette de leur traiteur italien contenait des cœurs d'artichaut et des fèves assaisonnées. D'un reste de baguette sous plastique, abandonné sur le plan de travail, lui revint en mémoire l'odeur du fournil d'Antonin, et le sac en tissu accroché au cheval. Il eut pitié de ce pauvre pain des villes.

Voilà que je me prends d'empathie pour de la nourriture.

Il mélangea les ingrédients trouvés en une salade composée, arrosée d'un filet d'huile de noix et de jus de citron et prépara le nécessaire pour y ajouter des œufs pochés le moment venu. Il dressait la table quand il entendit claquer la porte d'entrée, puis le bruit sec des talons sur le parquet. Des pas rapides, nerveux, qui bousculaient son rythme cardiaque – calme jusque-là – comme un chef d'orchestre exigeant et fou.

— Bonjour. J'ai rapporté des lasagnes de chez le traiteur, il faut juste les réchauffer. Je ne pensais pas que tu ferais à manger, ajouta-t-elle, en apercevant la table.

Elle s'adressa à lui comme à un collègue de travail, de façon neutre et détachée, sans même le regarder, et déposa le sac en papier contenant le repas.

— Tu vas bien ? demanda Édouard.

— Ça va. Et toi ?

— Oui.

Édouard n'osait pas l'approcher. Il la sentait électrique, prête à exploser.

— Je vais enlever mes chaussures, elles me font un mal de chien. Tu mets les lasagnes au micro-ondes ?

Elle n'attendit pas la réponse. Les mêmes pas vifs et impatients s'éloignaient. S'il appréciait le galbe d'un mollet, l'allure élancée d'une silhouette sur des talons hauts, Édouard n'avait jamais compris la souffrance que s'infligeaient certaines femmes – une journée entière sur des pieds en captivité que leurs geôliers vernis et étriqués torturaient sans vergogne. Ces victimes consentantes, Armelle la première, ne s'autorisaient à gémir que dans l'intimité de leur meuble à chaussures. Il pensa à la mousse sur le chemin qui mène à la clairière. Il avait besoin de cette douceur-là, et rien ne lui était offert de semblable dans cet appartement. Il se rendit au salon pendant que le four faisait tourner la première assiette, enleva ses chaussettes et fit quelques pas sur le tapis épais et moelleux devant le canapé.

— Tu fais quoi ? lui lança-t-elle.

— J'essaie de me détendre.

— Tu es nerveux ?

— Il y a de quoi, non ?

— C'est moi qui devrais l'être, tu ne crois pas ?

— Tu l'es ?

— Je ne marche pas pieds nus sur un tapis de salon.

La sonnerie retentit à la cuisine et il n'eut pas le temps de réagir. Elle y était déjà pour enfourner l'autre assiette. Édouard se sentit idiot sur son tapis, à essayer de reproduire une sensation qu'aucun objet manufacturé ne pourrait jamais procurer. Il anticipa la seconde sonnerie et entra dans la cuisine quand elle retentit. Armelle était assise sur le tabouret haut du bar, en face de lui. Il sortit son assiette et s'installa en face d'elle.

— Ne tournons pas autour du pot. Pourquoi tu es revenu ?

— Pour venir chercher quelques affaires et la voiture.

— Tu repars ?

— Oui.

— Tu reviendras ?

— Non.

Armelle n'avait pas la réaction qu'il avait crainte ; celle-ci était pire. Sa froideur et son détachement le déstabilisèrent. Elle venait de lui couper l'herbe sous le pied en anticipant son annonce. Édouard en fut presque vexé. Ainsi ne lui faisait-elle pas de scandale quant à son départ d'une lâcheté ignoble, ni de scène théâtrale pour essayer de le retenir. Il se dit que Denis avait eu les mots justes pour la préparer, peut-être même les mots tout court pour lui dire que son mari la quittait. Ou alors était-ce un mécanisme de défense, un état de sidération, l'indifférence brandie comme un bouclier face à la réalité ?

— Tu m'en veux ? essaya Édouard.

— T'en vouloir changerait quelque chose ?

— Pas à ma décision. Tu veux que je t'explique ?

— Épargne-moi les causes, je subis déjà les conséquences.

— Je suis désolé. Je ne voulais pas te faire souffrir.

— Non, tu n'es pas désolé. Tu as pris ta décision et tu sembles heureux, ne dis pas que tu es désolé. Et pour la suite ?

— Je ne sais pas encore ce que je vais faire ni où je vais habiter.

— Je parlais de ce qui nous lie encore.

— Ah.

— Nous ne sommes pas mariés, les démarches seront plus simples. Nous avons quand même l'appartement en commun et il reste presque cinquante mille euros à rembourser.

Armelle mangeait vite. La même urgence de mâcher que de régler leurs affaires. Se débarrasser du dossier le temps d'un déjeuner. Une séparation au lance-pierre. Un autre mécanisme de défense, se dit Édouard.

— J'ai été voir le notaire et le banquier. Je peux garder l'appartement et demander un étalement des mensualités pour qu'elles rentrent dans mon budget à la condition que je n'aie pas à te devoir ta part. Comme il dit, tu viens d'hériter d'une très belle somme d'argent pour la maison de ta mère et c'est toi qui quittes le couple.

Édouard trouva l'approche dudit notaire un peu raide, tout en réalisant qu'il était un ami des parents d'Armelle. Certes, l'héritage maternel était important. Ses parents avaient eu l'intuition d'acheter très tôt une belle maison dans un quartier de Rennes qui était devenu cossu avec le temps et dont la valeur de l'immobilier avait doublé, voire triplé. Par ailleurs, il n'imaginait pas infliger à Armelle de quitter cet appartement auquel elle s'était attachée. Était-il en situation de négocier ? Il n'eut pas le temps de réfléchir, elle revint à la charge.

— Il suffit de signer un papier du notaire, afin de renoncer à ta part.

— Tu sembles avoir déjà tout réglé.

— Que crois-tu ? Que j'avais l'espoir d'un retour vu la façon dont tu m'as quittée ? J'ai bien senti que tu étais différent pendant les vacances. Tu avais la tête ailleurs. Je suppose que c'est pour une autre femme...

Édouard ignorait ce qu'il devait répondre pour ne pas l'assommer plus encore. Il s'était toujours demandé si une femme souffrait plus d'être abandonnée pour une autre ou d'être le plan A qu'on quitte sans plan B.

— De toute façon, rien ne te fera revenir sur ta décision, n'est-ce pas ?

— Non. J'ai compris beaucoup de choses, tu sais ? Je suis désolé de t'avoir fait du mal en partant si violemment.

— C'est peu de le dire. Et je n'ai toujours pas compris pourquoi. Bref ! Tu peux emporter ce que tu veux.

— Je ne vais prendre que mes affaires et la voiture.

— Tu es d'accord pour l'appartement ?

— Tu me laisses le choix ?

— Tu m'as laissé le choix de ton départ ?

— Et si je dis non ?

— Je prendrai un avocat. L'abandon de domicile et la violence des faits devraient jouer en ma faveur. Je pense que tu préfères que les choses se passent bien entre nous. Quelle adresse dois-je transmettre au notaire ?

Armelle attendit qu'il finisse d'inscrire les coordonnées de la chambre d'hôtes sur le bloc-notes de la cuisine avant d'ajouter qu'elle n'avait pas besoin de rester pour l'aider à rassembler ses affaires et qu'elle avait beaucoup de travail. Il pouvait laisser le double des clés dans le vide-poches de l'entrée et claquer la porte derrière lui.

Elle repartait déjà.

Édouard ressentit un sombre mélange de colère et de lassitude. Il ne s'attendait pas à un tel accueil, un tel plan comptable. Elle avait déjà tout prévu et une négociation n'était pas recevable. Il ne comprenait pas le mécanisme qui avait pu opérer chez Armelle pour qu'elle soit à ce point catégorique et cinglante, elle qui minaudait toujours.

Elle avait déjà ouvert la porte de l'entrée quand il s'avança vers elle.

— J'ai une dernière question, avant que tu ne repartes.

— Oui ?

— Est-ce que tu sais comment on fait entrer une pomme entière dans une bouteille de liqueur ?

Elle trouva la question ridicule, n'avait pas la réponse – faute d'y avoir réfléchi – et elle s'en fichait complètement. Elle se retourna et claqua la porte derrière elle sans un mot.

Voilà.

Ainsi était-ce aussi simple ?

Il se demanda si elle ne s'en sortait pas mieux que lui et trouvait injuste d'endosser toute la responsabilité de la séparation et d'y laisser, à l'occasion, une bonne partie de ses biens. L'avis du notaire était à la fois argumenté et irrecevable. Édouard pensait qu'on gardait la liberté de mettre fin à un couple sans y abandonner des dizaines d'années d'économies. Quand bien même ils bénéficiaient chacun d'un matelas pour rebondir, l'héritage avait bon dos. Il se refusa à des comptes d'apothicaire et songea à Gaëlle qui était repartie avec trois fois rien, heureuse malgré tout.

Sa femme n'en serait pas capable.

Soit.

Armelle marchait d'un pas tonique vers la bouche de métro ; elle slalomait entre les déchets divers qui auraient pu salir ses talons. Un sourire satisfait ne quittait pas son visage. Il n'avait opposé aucune résistance, elle qui s'était préparée à de longs arguments, voire à lui sortir le grand jeu de l'épouse éplorée. Il faut dire que la carte « notaire » était imparable. Il ne lui restait plus qu'à le contacter pour qu'il enclenche les démarches administratives et prépare les papiers. Le plus tôt serait le mieux, avant qu'Édouard ne change d'avis. Elle ignorait qui il côtoyait et sous quelle influence il pouvait se trouver.

Armelle se sentait légère. Hormis la douleur de ses pieds qui lui rappelait qu'elle touchait le sol, elle aurait pu croire qu'elle flottait sur un nuage à quelques centimètres au-dessus du macadam. Elle ne devait parler à personne de cette petite victoire d'orgueil. On pourrait attirer son attention sur cette répartition quelque peu injuste. Bien sûr qu'elle l'était, mais puisqu'il acceptait ! Tout est injuste sur cette terre, se dit-elle. La nuance de beauté entre les femmes, d'intelligence, de richesses, de situation sociale. Pour une fois qu'elle était gagnante !

Il restait à Édouard la lourde tâche de rassembler ses affaires en veillant à ne rien oublier ; il abandonnerait les clés derrière une porte claquée – qui ne serait alors plus la sienne. Il commença par un message à Élise. Quitter Paris pour la retrouver permettrait peut-être de dissiper le malaise. Il était prêt à avaler cinq heures de route pour atteindre la station balnéaire bretonne.

Elle répondit alors qu'il terminait sa première valise. « Dînons ensemble. Peu importe l'heure. Sois prudent surtout. Je me réjouis, tu sais. »

Il n'était pas sûr de devoir emporter ses costumes. Il en voyait mal l'utilité dans une forêt, un atelier, sur un bord de mer. À quoi bon les laisser ? Il les ferait essayer à Gauvain et ils s'en amuseraient. Édouard parcourut la bibliothèque à la recherche de quelques livres importants : l'intégrale de Fred Vargas, les Minier, Thilliez, *Le Lambeau* de Philippe Lançon, qu'il voulait relire, quelques classiques ; le coffret de Brel, celui de Brassens, quelques BD des *Tuniques bleues*, ses *Lucky Luke*. Il vida les tiroirs de son bureau des documents professionnels et familiaux dont il aurait besoin puis parcourut l'album photo familial. Il en décrocha quelques photos de Pauline et sentit dans son cœur une brusque déchirure qui lui coupa le souffle. Il s'assit pour chercher sa respiration. Un seul remède : appeler sa fille, entendre sa voix, se laisser consoler par sa candeur et sa légèreté.

— Papa ?

— …

— Papa, ça va ?

— Je prends mes affaires dans l'appartement, tu sais ?

— Oh.

— Tu t'en doutais ?

— Un peu. Maman le sait ?

— Oui.

— Tu vas aller où ?

— Pour l'instant, je retourne en Bretagne.

— Mais ton boulot ?

— Je vais peut-être le quitter aussi.

— Tu me gardes, hein ?

— À ton avis ?

— Je pourrai venir te voir ?

Il l'embrassa, raccrocha, se leva. *Les enfants sont un oxygène puissant*.

Après deux allers-retours vers le parking situé dans la rue adjacente, il comprit que son passé tiendrait dans un 4 × 4. Bon signe ? Désespérant ? Il chassa le dilemme, ajouta dans un grand sac en plastique tout ce qui pourrait lui être utile à Brocéliande : une frontale, sa vieille boussole, un ciré. Édouard ne put renoncer à son doudou et sa tirelire de gosse, les quelques bijoux de sa mère, le jeu d'échecs de son père.

Il s'assit une dernière fois dans le canapé et regarda autour de lui pour réfléchir à ce qu'il aurait pu oublier. Il pensa alors à ce vieux puzzle dont il ne s'était jamais séparé et qui devait être dans un tiroir du buffet. Comment avait-il pu l'oublier ? Il se leva d'un bond pour vérifier. Il était là, à la place qui avait toujours été la sienne depuis leur emménagement, comme un totem invisible. Un Ravensburger de 6 000 pièces reproduisant un tableau de Bruegel, *Les Jeux d'enfants*. Il se rassit en posant la boîte en carton sur ses genoux. Il savait qu'au milieu de l'amas de pièces se trouvait le petit mot de son père qui avait accompagné le cadeau et, surtout, le journal d'Élise dans l'enveloppe en papier kraft qu'elle lui avait tendue la dernière fois où il l'avait vue.

Il les relut, un ciel d'hiver dans les yeux.

Il avait passé des jours à faire ce puzzle durant les vacances d'été après le bac. Des jours à trier les pièces par couleur sur des morceaux de carton solide qu'il pouvait empiler pour que le sol de sa chambre soit praticable. Construire d'abord le tour, chercher les détails, essayer certaines pièces, les reposer pour en essayer d'autres. Cette activité l'avait consolé – lui qui s'était senti en 6 000 morceaux après le départ d'Élise, il se rassemblait à chaque pièce trouvée.

Il referma la boîte, laissant ainsi le couvercle lui offrir l'image du tableau. Des enfants qui jouent. L'insouciance. En le terminant, du haut de ses dix-sept ans, il avait acquis la certitude qu'il quittait l'enfance, cette boîte de puzzle en ultime vestige. Il la posa sur le dessus d'un des sacs, fit un dernier tour de l'appartement comme on inspecte sa chambre d'hôtel. Il y laissait les rires de Pauline et les sapins de Noël, les soirées entre amis et quelques nuits d'amour heureuses. Il y laissait des souvenirs emberlificotés, des bons et des mauvais, dont le tri était impossible.

Un sac sur les épaules, une valise et deux sacs en plastique obèses à ses pieds, il s'immobilisa sur le palier, tourné vers cette porte encore ouverte, les clés accrochées au mur de l'entrée. Il vérifia que ses poches contenaient bien ses papiers, son téléphone, les clés de sa voiture. Il inspira longuement et la claqua. Il revenait d'un voyage, en correspondance vers une nouvelle destination, habitant anonyme d'un no man's land. Pour la première fois de sa vie, il n'avait pas de « chez lui ». Il en éprouva un sentiment grisant de liberté, et tout autant de vide. Un horizon offert et vaste, à perte de vue. De quoi s'aventurer. De quoi se perdre aussi.

Il dévala l'escalier, emporté par le poids des bagages. Une fois le porche de l'immeuble franchi, l'activité grouillante du boulevard lui parut stimulante, malgré l'urgence de la fuir.

Il s'arrêta chez le chocolatier, puis chez le caviste quelques mètres plus loin. Il ne pouvait pas arriver chez Élise le cœur plein et les mains vides. Il y aurait son amour dans la boîte de chocolats, son amour dans les bulles de champagne.

Je me réjouis aussi, tu sais.

Parole de chien

Les arbres baignaient dans le brouillard. Il s'était invité un peu avant midi et semblait vouloir persister. On apercevait à peine l'autre bout de la clairière.

Brouillard dehors, brouillard dedans.

Depuis sa naissance, Gauvain ne cessait d'approcher le mal.

Il l'avait subi.

L'avait fait.

En avait été témoin.

Depuis bien trop de nuits, il ne dormait que par bribes dispersées, perdu dans cette violence qui l'encerclait, l'assaillait à nouveau, lui rappelait qu'il n'était pas innocent, que le temps n'effaçait pas les fautes.

Tu pensais peut-être que tu allais t'en sortir comme ça ?

Il avait tendu la sangle entre le tilleul et le rocher. Il y marcha.

D'un bout à l'autre.

D'un autre à bout.

L'autre n'était pas le Gauvain qui sourit derrière son silence. L'autre était le petit garçon méchant dont il essayait de s'affranchir depuis dix ans, et qui revenait hanter ses nuits, grignoter son âme – petit animal affamé sorti d'hibernation.

Il raconta au schiste et au tilleul ce minuscule homme fantôme revenu lui demander des comptes, présenter la facture de ses actes passés. Il leur dit sa peur de tout perdre, d'être emmené, condamné pour ce qu'il avait fait.

Il leur expliqua tout.

TOUT.

Enfin !

Ils répondirent. Le tilleul et le schiste, chacun à sa façon. Une douceur végétale, des ondes minérales, des mots sans en être, des sensations plutôt, qui apaisaient et consolaient, qui le guidaient depuis qu'il avait découvert la clairière voilà des années.

Longtemps, Gauvain avait cru que tout le monde pouvait entendre leurs voix avant de se rendre à l'évidence : les hommes étaient sourds. Ils ne faisaient que parler, gonflés d'un orgueil hautain qui leur laissait croire à une suprématie à l'égard de ce qui les entourait, les arbres, les ruisseaux, les pierres, les animaux. Même entre eux se jouait ce besoin de supériorité. Pourtant, tout ce qui était présent sur terre communiquait, Gauvain l'avait compris. Il importait de se rendre attentif et humble. Alors il échangeait avec ce que les humains ignoraient, négligeaient, méprisaient.

Ce jour-là, il quitta la clairière chargé d'un lourd conseil. Pesant d'être unanime. Le garçon l'avait senti dans la sangle, à travers ses pieds, ses mollets, son corps tout entier. Il fallait qu'il se libère de son écrasant secret. Qu'il affronte ses démons et se débarrasse de la vérité, celle qu'il avait entrepris de cacher avec soin derrière son silence. D'après les éléments de la clairière, catégoriques, cet aveu indispensable devait être dit. Tout empirerait s'il continuait à ruminer de l'ombre. Au lieu de se décomposer, ce souvenir clandestin grossirait, grandirait, prendrait toute la place avant d'exploser et de laisser Gauvain exsangue, telle une enveloppe vide de s'être laissé dévorer en dedans par la peur et le mensonge.

En rentrant de la forêt, le garçon se dirigea vers la maison de Raymond. Le vieil homme arpentait ses vergers. Nous étions dans la période où la maturité des pommes s'évaluait au quotidien pour presser un bon jus, en obtenir du cidre et un vinaigre doux.

Gauvain aimait se trouver seul dans l'atelier. Il endossait le costume de capitaine à la barre d'un bateau dont les cales seraient chargées de trésors et de trouvailles glanés au fil des expéditions.

Un pirate des forêts.

Gauvain le Terrible, Gauvain le Muet.

Première étape : sculpter les personnages. N'ayant qu'un jeu d'échecs, il se refusait à le désarticuler. Il choisit quatre morceaux de bois tendre et sec dans la réserve de Raymond et les posa sur la grande table, ouvrit la boîte qui contenait les trente-deux pièces, en sortit une reine, un roi, un cavalier et un fou. Le dos courbé, il commença à tailler le bois fixé dans l'étau avec les différents couteaux et le petit maillet de menuisier. Il lui faudrait des heures pour donner d'abord une forme grossière, puis l'affiner en se référant au modèle. Il tenait sa patience de sa mère. De son père, il avait hérité de la colère, et à travers la sangle, du goût de l'effort. Cette sangle qui avait fait des milliers de kilomètres à travers la France. Et sur laquelle il cumulait ses kilomètres à lui.

À chaque coup sec sur le couteau qu'il tenait entre son pouce et son index, un petit copeau courbé volait sur la table. Plus jeune, il les aurait rassemblés pour bricoler un tableau à Gaëlle en les collant avec soin par couleur et par forme. Une autre tâche l'animait aujourd'hui, il n'avait pas le temps de s'éparpiller.

Le dos tourné, il ne vit pas Raymond, rentré du verger, qui l'observait à travers les carreaux poussiéreux. Lui aussi cherchait ce qui désorientait le jeune homme certains soirs, au point de provoquer de telles crises de panique. Il pensait le connaître comme on connaît un fils, un petit-fils. Il lui manquait pourtant un pan entier de l'histoire, avant leur arrivée. La version maternelle pouvait être édulcorée, le silence de l'enfant avait figé leur vérité comme un fossile dans l'ambre. Restaient comme indices son langage corporel, ses réactions, ses regards qui en disaient long. Parfois, Raymond peinait à admettre cette impuissance, trop attaché à Gauvain pour ne pas souffrir avec lui.

Il décida de le laisser en paix, sans chercher à savoir ce qu'il fabriquait, se contenta de l'avertir à travers la porte d'un arrivage de lait de la ferme, frais du matin, et de nouveaux gâteaux. Ces arguments fonctionnaient à merveille depuis dix ans.

Une heure plus tard, assis dans le fauteuil à côté du panier de son compagnon, un journal de jardinage entre les mains, le vieux ne parvenait pas à se concentrer sur son article. Le temps passait et Gauvain n'arrivait pas. L'appât ne fonctionnait plus et cela l'inquiéta. Il fallait que l'enfant soit sacrément concentré, ou perturbé, pour qu'il ne vienne pas piocher dans la boîte à gâteaux quelques spécimens nouveaux pour les tremper dans le savoureux chocolat chaud que Raymond savait préparer comme personne. Le chien clignait de la paupière à intervalles réguliers presque avec insistance. Apathique et malingre, son regard exprimait encore les pensées complices partagées toutes ces années avec son maître. Il intimait à Raymond une conduite à tenir.

— Tu crois que je dois aller le voir ? Il veut peut-être rester seul ! C'est pas normal de le voir enfermé comme ça dans l'atelier ? T'as raison, mais, comme qui dit, il est grand maintenant, non ?... Ah ? Tu crois ? Pas tant que ça ? Peut-être...

Raymond replia sa revue, la déposa sur le meuble à côté du fauteuil, se pencha sur le panier pour caresser l'animal derrière les oreilles, porte d'entrée manifeste d'un plaisir généralisé pour le beagle, puis se leva pour retirer du coin de la cuisinière la casserole de lait, patiente comme lui. Il faillit frapper à la porte pour entrer dans son propre atelier. L'adolescent ne se retourna pas. Devant lui, un monceau de copeaux fins entourait quatre pièces de bois dont on commençait à deviner la silhouette. L'homme fit rouler le tonneau vide stocké dans un coin pour en faire un siège à côté de Gauvain.

— Tu fabriques un nouveau jeu d'échecs ?

Le garçon haussa les épaules en lâchant un « prrrff » entre ses lèvres. Raymond sut alors qu'il ne voudrait pas répondre, qu'il était inutile de le cuisiner pour en tirer une quelconque information.

— Tu ne veux même pas goûter les nouveaux gâteaux que j'ai trouvés ?

Nouveau haussement d'épaules.

— Tu veux que je te laisse tranquille ?

Les épaules encore.

L'homme posa alors ses doigts usés sur la pièce fixée dans l'étau et attendit que le garçon ait posé le couteau et le maillet.

— Allez viens ! Nimbus nous attend. Et tu sais qu'il n'aime pas ça !

Le chien n'avait pas bougé hormis la paupière. En voyant s'approcher Gauvain, il remua faiblement la queue et tenta de redresser la tête, en vain. Il se laissa caresser par le garçon agenouillé devant lui. Entre eux, le dialogue n'était qu'iridien. Oculaire et clair. Gauvain lut dans la prunelle animale la même évidence unanime que dans le tilleul et le schiste. Il y était question de secret à lever, de parole à libérer, peu importe la voie. Mais l'adolescent voulait déjà retourner à l'atelier pour poursuivre la tâche et rattraper l'urgence comme on courrait derrière une ambulance. Il avait cependant posé les outils de menuisier face à la vieille main, ce qui valait promesse implicite d'honorer gâteaux et chocolat chaud. Quand il s'installa à la table de la cuisine, une tasse fumante l'attendait, surmontée d'une mousse fine et beige, saupoudrée de chocolat pur.

Gauvain avait le droit de fouiller dans les gâteaux, à condition de s'être lavé les mains. Comment Raymond aurait-il pu lui interdire ce qu'il s'autorisait lui-même ? Ceux en surface, nouveaux, ne l'intéressaient guère, car il cherchait les gaufrettes et était sûr d'en trouver. Elles constituaient le fonds de roulement de la boîte en fer. Il ferma les yeux, piocha au hasard un biscuit rectangulaire, puis les ouvrit pour lire. Si Raymond n'avait pas été en train de verser un surplus de lait dans la casserole, il aurait vu le trouble dans les yeux du garçon, qui s'empressa de le manger.

— Ben tu me montres pas ta phrase, gamin ?

Il haussa à nouveau les épaules. Il n'avait pas envie de dévoiler cet objectif qui le suivait jusque dans des gaufrettes ! Il en saisit vite une autre et la brandit vers l'homme en riant.

— « Qui m'aime me suive ! » Ah ben elle est bonne celle-là. Moi j'aimerais bien te suivre, mais avoue que parfois tu es un peu compliqué à comprendre. T'as au moins vu que je t'ai pris des palets bretons au caramel au beurre salé ? Tu peux en donner un à Nimbus. Il les adore.

Gauvain s'agenouilla à nouveau pour offrir à l'animal cette douceur. Le chien leva la tête, motivé par l'odeur du gâteau, et ouvrit la gueule pour le saisir avec une prodigieuse délicatesse. Il le craqua entre ses dents usées et regarda l'adolescent avec une lumière de gourmandise dans les yeux, puis lécha toutes les petites miettes qui étaient tombées sur la couverture avant de reposer son museau. Le garçon s'installa alors contre lui, la tête posée sur son flanc, et le caressa.

Raymond les observait, assis à la table de la cuisine, sa tasse de chocolat chaud entre les mains, prête à accueillir la larme qui pourtant ne coulerait pas sur sa joue gauche malgré la tristesse qui le saisit sans prévenir. Il ignorait si elle avait surgi pour Gauvain ou pour le chien.

Pour les deux.

Et un peu pour lui.

Cette solitude qui le guettait.

Cette impuissance qui le rongeait.

L'estomac du garçon digérait une phrase avalée à la hâte. « *Faute avouée à moitié pardonnée* ».

Les déferlantes

Quitter Paris fut laborieux mais symbolique. Il s'extirpait d'un fourmillement personnel sans but, pour rejoindre le calme des vagues et d'Élise. Les retrouvailles seraient douces, il ne pouvait en être autrement. Dans les rues encombrées de la capitale, à chaque feu, à chaque carrefour bouché, il repensait au marché d'Armelle, qui en avait imposé les règles. Il se sentait faible et lâche de choisir l'esquive plutôt qu'une négociation féroce. Il avait préféré se coucher – piètre joueur de poker. Du reste, à mesure qu'il franchissait les couronnes qui cerclaient Paris, ses contrariétés s'éloignaient. Édouard focalisait son énergie sur la soirée qui s'annonçait. Au volant de sa Volvo, il avait arpenté le boulevard Haussmann en pensant à Gaëlle qui savait se contenter de trois fois rien, à ses goûts vestimentaires simples, à ce talent de transcender le bois mort en une nouvelle richesse. Qu'aurait-elle bien pu faire aux Galeries Lafayette ? Elle avait la forêt pour se promener. En revanche, il ignorait la condition d'Élise, ses loisirs, ses envies, ses aspirations.

Du lycée, il se souvenait de ses nombreuses lectures, de sa fantaisie, de ses robes. Des couleurs, des fleurs, des pois, des rubans. À un âge où la norme était rassurante, elle ne ressemblait à aucune autre fille. Le petit aperçu récent sur la promenade en bord de mer lui laissait penser qu'elle avait gardé ce trait de gaieté vestimentaire. Il avait hâte de découvrir le reste.

Engagé sur l'A13, il décida d'appeler Denis. Il n'avait jamais compris l'organisation du thérapeute qui disposait parfois d'après-midi entiers, quand d'autres jours il consultait jusqu'à 21 heures. Et le rythme changeait d'une semaine à l'autre. Édouard avait donc pris l'habitude de l'appeler quand il en avait envie, et le laissait reprendre contact durant ses temps libres.

— Tu as de la chance, je suis entre deux rendez-vous. Un désistement de dernière minute. Je n'ai pas loin d'une demi-heure devant moi. Comment tu vas, lapin ?

— Je viens de quitter Paris.

— Comment a réagi Armelle ?

— L'avais-tu prévenue que je la quittais ?

— Bien sûr que non, ce n'était pas à moi de le faire. Je l'avais préparée à toutes les éventualités. Pourquoi ?

— Elle semblait considérer comme acquis le fait que je ne revienne pas avant même que je lui aie annoncé.

À nouveau, Denis fut traversé par une étrange sensation. Ce clignotant d'alarme dans le brouillard, une lumière diffuse qu'on ne sait définir. Quelque chose clochait. La réaction d'Armelle aurait dû être plus violente. Il s'attendait à un effondrement. Il avait appris à la connaître en même temps qu'Édouard. Elle savait pour Élise, elle s'était préparée au départ de son mari. Cette certitude l'étonnait.

— Tu es vexé ? demanda-t-il.

— Un peu.

— Surpris ?

— Pas toi ?

— Il vaut mieux qu'elle le prenne ainsi, non ?

Édouard ne répondit pas, lancé à cent trente kilomètres à l'heure sur l'autoroute. Il n'y avait pas réfléchi, n'avait fait que se laisser traverser par les événements sans les décortiquer. La voiture ralentit à sa place, à l'approche d'un camion qui en doublait un autre. Les deux voies étant bloquées, il était obligé d'attendre, de suivre le mouvement. Bientôt il sortirait de ces contraintes.

— T'es encore là ?

— Oui. Je délibère. Et je reste concentré. Je roule sur l'autoroute.

— Ne veux-tu pas qu'on se rappelle ?

— Tant mieux si elle accepte ainsi mon départ. Et tant pis pour moi, j'y laisse des plumes.

— Tu perds quoi ?

Édouard lui exposa l'argument du notaire, les conditions pour qu'elle reste dans l'appartement, le plan qu'elle avait échafaudé. La spoliation qu'il ressentait.

— La garce. Tu as dit oui ?

— Je n'ai pas dit non. Si je résiste, elle déclare la guerre. Je n'en ai pas envie.

Édouard disposait d'une somme d'argent suffisante pour rebondir dignement. Ne lui restait qu'à digérer ce qu'il considérait comme une profonde injustice.

Denis lui demanda s'il se sentait heureux malgré tout.

— Je ne me suis jamais senti aussi bien.

— Alors ne retiens que ça, mon ami. Et que dit l'homme des bois qui s'est éveillé en toi ?

— Il respire. La forêt est belle, il faudra y venir.

— Tu comptes y rester ?

— Au moins le temps que je découvre quelques réponses aux choses étranges qui s'y déroulent.

— Des feux follets ? Des fées ? Un magicien avec une longue barbe blanche et un chapeau pointu ?

— Moque-toi ! Des événements plus sombres, malheureusement.

Édouard entreprit alors de lui expliquer Gauvain, son mutisme, cette violence évoquée par sa mère et qui semblait reprendre ses droits à la suite de circonstances liées à une jeune femme mystérieuse. Une situation dont il craignait l'évolution, démuni de n'être qu'ingénieur en génie électrique là où il faudrait un peu de génie humain.

— Écoute ton instinct, il est là le génie humain, lui rétorqua Denis.

— Tu es quand même mieux formé que moi à ce genre de cas.

— Ce garçon a sûrement vécu quelque chose de difficile dans l'enfance, qu'une situation d'aujourd'hui réactive.

— Comment le faire parler ?

— Pas en ayant cette idée en tête. Apprivoise-le, acquiers sa confiance, passe du temps positif avec lui, il saura que tu es là pour le reste. Tu ne peux rien forcer. Juste attendre sans attendre. Laisser tomber le fruit les mains tendues sous la branche. Tu vois ?

— Et sa mère ?

— Pareil. Qu'elle sache que tu es là. Tu sais, les gens sur qui nous pouvons compter quand nous en avons vraiment besoin sont rares. Ceux qui ne se défilent pas, ne trouvent pas de fausses excuses. Sois celui sur qui elle peut s'appuyer.

— Nous nous connaissons depuis si peu de temps.

— Certaines rencontres ne corrèlent pas leur valeur avec leur ancienneté. Les lampes se frottent et le génie humain sort directement.

— Ce genre de magie t'est déjà arrivé ?

— Avec toi, benêt ! Avec Diane…

— Comme moi avec Élise.

— Voilà ! Des évidences qui impliquent un avenir, peu importe la forme que prendra la relation.

— Parfois on se trompe.

— Et alors ? Tes automates ne t'ont jamais appris à recommencer quand tu te trompais ? Et pour Élise, tu t'es trompé ?

— Nous avons quand même perdu trente-trois années.

— Tâche de ne pas perdre les trente-trois prochaines ! Je te laisse, ma patiente est arrivée.

Édouard se souvint alors des mots de Gaëlle pour décrire son fils, de ces blessures qui restent ouvertes longtemps. Celle d'Élise n'était pas refermée. Il roulait à vive allure vers la cicatrisation.

À hauteur d'Avranches, son GPS lui annonça moins de deux heures avant destination. Le soleil couchant peignait de couleurs pastel et douces la baie du Mont-Saint-Michel, celui-ci émergeait de la brume crépusculaire avec la force d'un chevalier conquérant brandissant son épée pour transpercer la nuit qui fondait sur lui. Forme massive et élancée, présence solitaire au milieu des flots, ce lieu portait un symbole de force et de courage contagieux dont se nourrit Édouard le temps de contourner son écrin côtier.

Le laissant derrière lui, il ne pensa qu'à Élise. Il avait peur. Les retrouvailles seraient aussi simples qu'émouvantes, aussi difficiles qu'exaltantes. Il se concentra pour tenir le volant sans trembler.

Un message s'afficha sur l'écran du tableau de bord une demi-heure avant son arrivée. « Coefficient de marée au plus haut dans deux heures. Les vagues commencent déjà à gifler la digue. Spectacle magnifique. Carrosserie en danger. Parking à distance conseillé. À tout de suite. Je t'embrasse. »

À cette saison, Val-André n'était plus peuplé que de touristes retraités ou étrangers et des habitants à l'année. En ce soir de grande marée s'ajoutaient quelques amateurs de sensations fortes. Il trouva une place de parking le long de l'avenue qui lançait à intervalles réguliers ses courtes rues vers la mer. Il coupa le contact et s'aperçut qu'il tremblait malgré tout. Un bruit sourd et intermittent annonçait les festivités. Le combat qui faisait rage entre la terre et l'eau rappelait les tirs d'obus autour de Coëtquidan. Édouard se sentait penaud, comme un petit soldat heureux, un drapeau blanc sur le cœur. Il sortit la bouteille et les chocolats qu'il glissa dans un sac en plastique, en y ajoutant le puzzle, sans trop savoir pourquoi. Il le prit comme un symbole rassurant. Peut-être lui en parlerait-il. Peut-être pas. Il recouvrit le tout d'une veste polaire et de son ciré.

Immobile devant la boutique d'Élise, son cœur battait aussi fort que la houle. Une vitrine faite d'une fenêtre et d'une porte constituait la devanture. On entrait dans la maison par une porte en bois bleu nuit à gauche du magasin. Quelques minuscules fleurs dessinées entouraient son nom sur la sonnette.

Il pressa.

Le carillon finissait de vibrer quand il entendit les pas rapides d'Élise dans un escalier.

Soudain, elle était là, devant lui, et il avait quinze ans, le corps figé, le sang cristallisé de joie. Une vague terrible frappa alors la jetée à une dizaine de mètres, broyant le flot en une myriade de gouttelettes salées que le vent jeta sur lui. Élise le saisit par le col et le tira vers elle avec force.

— Entre donc, tu vas être trempé.

Édouard sentait chaque centilitre de son sang redevenir visqueux et chaud, et réinvestir ses muscles les uns après les autres.

Ils se souriaient sans mot dire, comme s'il fallait se taire après tout ce temps. Le silence pour seule défense. Chacun cherchait quelque chose d'intelligent à formuler alors que les neurones étaient bâillonnés par le cœur. Pour la seconde fois, Élise prit l'initiative, en s'emparant du sac auquel Édouard s'accrochait ; elle le posa au sol et se blottit contre lui pour qu'il l'entoure de ses bras.

Il tremblait toujours. Comme la maison qui absorbait les ondes de la jetée malmenée.

Lui vibrait d'être bien mené.

— On va faire un tour sur la promenade ? proposa Élise. Le phénomène est impressionnant, tu verras.

Elle disparut au fond du couloir et ouvrit une porte sous l'escalier d'où elle tira des bottes en caoutchouc et son poncho en toile cirée vermillon. Celui du OUI dans le sable. Quand elle ajusta sa capuche avant de sortir de la maison – elle ressemblait au Petit Chaperon rouge –, Édouard eut soudain une faim de loup.

Le long de la digue, de nombreux badauds admiraient le son et lumière. Quelques photographes avaient posé leur appareil sur un trépied et l'avaient entouré d'un sac en plastique. Les éléments se déchaînaient en un spectacle fascinant. La nuit noire offrait aux vagues de se préparer dans l'ombre, en remous énormes, pour claquer et jaillir dans la lumière des réverbères comme des danseuses puissantes qui venaient fondre sur les spectateurs. Puis elles s'évanouissaient sur le bitume et coulaient vers l'océan en s'excusant d'être venues. Les suivantes surgissaient des coulisses, plus faibles, plus fortes, aléatoires et imprévisibles, telle une armée de sorcières aux mille pouvoirs. Et les passants de se mesurer à leur peur, en s'approchant au plus près de ces harpies de mer sans pouvoir en prédire la virulence.

Élise lui avait pris la main et la serrait un peu plus fort à chaque déferlante en se réfugiant derrière lui quand la vague devenait pluie. Ils marchèrent un moment, vers une zone que les touristes désertaient, s'y arrêtèrent, face à la mer et à leurs retrouvailles. Édouard se sentait à la fois minuscule et solide. Il avait contre sa paume une petite main frissonnante. Celle de la femme qu'il n'avait cessé d'aimer. La véhémence du sang qui pulsait dans son poignet afin de réchauffer cinq doigts fins et froids confondus aux siens le lui confirmait. Il n'y avait que leurs deux mains entremêlées et une mer déchaînée qui les narguait, les testait, mesurait la force du lien. Face à une mer d'huile, elles ne se seraient pas rejointes avec la même intensité.

Aucun mot important n'avait encore été prononcé.

Le crépitement des galets, à chaque reflux de l'eau, se faisait entendre au loin, là où ils s'amassaient en nombre contre la digue. Un roulis aux mille claquements sourds, un son pareil à nul autre, une musique unique que les natifs des bords de mer possédaient en eux comme une langue maternelle vers laquelle on revient et qui berce.

Et puis, dans un même souffle, ils avaient parlé. Du moins avaient-ils commencé leur phrase, surpris par celle de l'autre, simultanée ; ils en avaient ri. Des dizaines d'années de silence et choisir la même seconde pour se décider à dire « je suis heureuse que… » mélangé à « si tu savais comme… ». Inutile de finir leur phrase, ils connaissaient les mots manquants, couverts par leur rire complice.

Ils remontèrent la promenade et le passé, d'une même évidence, sous les « aaaah », les « oooh » des passants qui commentaient les vagues. La puissance de leurs retrouvailles méritait d'être ainsi acclamée.

La petite entrée au pied de l'escalier accueillit leurs cirés trempés et leurs chaussures salées. Puis Élise l'entraîna vers le fond du couloir qui débouchait sur son atelier. Un espace réduit et fonctionnel. Une grande table en Inox, une étagère qui courait sur le mur entier pour recevoir son matériel et la porte qui menait vers la boutique. Élise rougit qu'il la découvre. Des stores opaques fermaient la vitrine et la porte. Des spots éclairaient les différentes étagères et le comptoir où trônait la caisse enregistreuse.

— Tu as donc réussi !

— Je le dois à Mamé. Elle a toujours vécu là.

— Je sais. Elle doit être fière de toi. C'était ton rêve. Tenir ta boutique, jouer à la marchande comme quand tu étais petite, et voir la mer.

— Oui.

— Tu en vis ?

— Je vends surtout en période touristique. Il m'a fallu deux étés pour équilibrer mes comptes, et me diversifier. Je ne paie pas de loyer, ce qui est déterminant. Je fais ce que j'aime, pas besoin de rouler sur l'or.

Édouard scrutait chaque détail autour de lui et retrouvait la fantaisie d'Élise. Un magasin minuscule et coloré, des étagères en bois bleu pastel couvertes de créations de toutes les couleurs et de toutes les tailles. L'harmonie régnait où que le regard se pose et l'ambiance était élégante et douce. Elle lui expliqua le principe de l'ikebana et la façon dont elle avait ouvert cet art à d'autres éléments que les fleurs. Ce plaisir qu'elle avait eu à apprendre différentes choses avec sa grand-mère et à les mélanger aujourd'hui. L'attrait particulier des clients pour ses œuvres culinaires. Sa nouveauté : les biscuits aux fleurs, et la façon dont elle pouvait les arranger.

— Elle est jolie ta boutique.

Élise tenait une petite coupelle dans sa main et y disposa quelques échantillons. Édouard la regardait évoluer derrière le comptoir. Un soupir doux se fraya un passage entre ses lèvres. La plus haute barrière était franchie. Élise était là, devant lui, et il était heureux. Il venait d'avoir son bac et tout était à inventer.

— Et toi ? Tes rêves ?

— J'ai recommencé à bricoler depuis ta lettre. Là où je loge...

— Là où tu loges ?

— Élise, je suis partie me réfugier dans une chambre d'hôtes à Brocéliande depuis quelques semaines. Une histoire incroyable.

— Tu n'es pas marié ?

— Si, plus ou moins. Enfin, je t'expliquerai.

— Tu es du genre à être plus ou moins marié ? dit-elle en riant.

— De moins en moins.

— Et toi, tu m'intrigues de plus en plus.

Édouard raconta Suzann, Gaëlle et son fils, le vieux voisin, l'atelier, les automates. Les arbres, ses questions, les décisions prises, le tourbillon.

— Tu fais quoi dans la vie ?

— Je suis ingénieur en génie électrique pour la SNCF.

— Ça te plaît ?

— Non.

— Viens, on va discuter en haut. Il y fait meilleur, et tu dois avoir faim. Tu veux prendre une douche pendant que je prépare ?

Il accepta volontiers. Il remit ses baskets mouillées pour chercher quelques vêtements dans sa voiture avec pour consigne de tourner la clé derrière lui quand il reviendrait et de la rejoindre à l'étage. Il lui proposa de mettre le champagne au frais en l'attendant.

Édouard ne savait pas, en prenant ses affaires dans son coffre, s'il repartirait après le dîner, s'il chercherait un hôtel, s'il resterait la nuit. Il n'avait rien anticipé et s'en trouvait plutôt léger.

Sa femme, que l'absence de maîtrise angoissait, avait toujours eu besoin de tout prévoir, de tout régler en amont, de ne laisser aucune place à l'imprévu, au suspense, au risque. Leur vie de couple était réglée comme du papier à musique et il retrouvait cette rigueur dans son travail où aucune erreur d'aiguillage n'était tolérable – lui qui avait besoin de surprise, de liberté.

En refermant la porte d'entrée derrière lui, il eut l'étrange sentiment de s'isoler du monde. Tourner la clé fit disparaître le restant de la planète et des hommes. Plus rien d'autre n'existait que la petite maison et la mer, qu'Élise et lui. La bulle qu'il s'inventait là était à la fois fragile et solide. Fragile de ce qu'elle contenait : deux adolescents dont l'amour avait été mis en quarantaine et qui sortaient des parenthèses, hagards de manque et d'oubli, sans savoir s'ils se connaissaient encore. Bulle solide de résister à l'assaut des vagues. Et ces chocs réguliers, toujours, contre la digue, faisaient vibrer les carreaux, faisaient frémir Édouard. Certaines décisions avaient valeur de tremblement de terre. Tout s'écroulait, et tout devait être reconstruit, cycle inlassable des vagues qui se brisent et se reconstituent. Sortir des décombres, poussiéreux et sonné, se savoir vivant, savoir l'autre vivante, celle qu'on cherchait depuis toujours, donnait la force de se retrousser les manches et de recommencer.

Sonné mais vivant.

Et l'avenir devant.

Se souvenir de tout

Un rideau épais fermait le haut de l'escalier. L'odeur de cuisine s'était faufilée dans les espaces infimes et appelait Édouard à la rejoindre.

En écartant les pans de tissus, il vit danser les murs. Élise avait disposé des bougies à divers endroits du petit appartement qui se trouvait au-dessus de la boutique, et ses allers-retours entre la cuisine et le séjour faisaient vaciller les flammes dans un désordre heureux offrant un ballet d'ombres et de lumières.

Elle lui montra la minuscule salle de bains. Ils tenaient à peine à deux entre la douche et le lavabo et leurs visages s'effleurèrent quand elle se retourna, des serviettes-éponges en main. Aussi minuscule que fût l'ange qui passa entre leurs yeux, il leur inocula l'envie.

Édouard se doucha rapidement, tâchant de contenir cet angélique désir qui se concrétisait sous sa main. Il rejoignit Élise qui l'attendait, assise dans le canapé du séjour, le puzzle sur les genoux.

— Merci pour les chocolats. C'est quoi ce puzzle ? C'est pour moi ?

— En quelque sorte. Tu peux l'ouvrir.

Élise, joueuse, le regarda dans les yeux en soulevant le couvercle pour se réserver la surprise de la découverte. Puis elle saisit le petit mot qui se dissimulait entre les pièces. Elle le lut à voix haute.

— « Édouard, je sais que tu traverses un moment difficile. Les chagrins d'amour font grandir, mais on se sent tout petit quand on est encore noyé dans la tristesse de la perte. J'espère que ce puzzle te changera les idées et te redonnera le sourire en voyant tous ces enfants jouer innocemment. Ton père qui t'aime. »

Elle baissa les yeux, remit le mot du père dans la boîte. Elle n'eut pas le temps de la refermer qu'une goutte de regret vint mouiller une pièce du puzzle.

— Pardon Édouard. Je suis désolée pour ce qui s'est passé.

— Je ne voulais pas te faire pleurer, dit-il en s'approchant d'elle. Il m'a aidé, ce puzzle. Tu n'y pouvais rien, tu sais ?

— J'aurais pu m'opposer à mon père.

— Tu sais bien que non. Je suis aussi fautif que toi. Je n'ai jamais cherché à te retrouver.

— Moi non plus.

Élise reposait contre lui, secouée de quelques soubresauts. Elle avait la même odeur de cerise qu'à quinze ans. Il regretta d'avoir mis le puzzle dans le sac et de ne pas s'être contenté du champagne et des chocolats. Se ravisa. Il avait été un symbole pour lui. Il pourrait l'être pour eux.

— Si tu veux, nous le referons ensemble.

— Six mille pièces, c'est la taille de mon salon, répondit Élise en riant au milieu des larmes.

— Nous trouverons une solution. Il n'y a pas d'urgence, ou bien ?

— L'urgence, c'est d'aller chercher le hachis parmentier dans le four.

— Tu te souvenais de mon plat préféré ?

— Je me souviens de tout, Édouard.

Élise s'assit sur le canapé et entreprit d'ouvrir la bouteille de champagne. Édouard se retourna et l'observa du bout de la petite pièce. Elle fit sauter le bouchon qui alla se ficher tout en haut de sa bibliothèque sur le mur d'en face, renversant un petit lutin en tissu. En allant le ramasser et en le reposant sur une des tablettes à hauteur de ses yeux, Édouard vit le clown qui faisait tournoyer le cœur. Élise s'approcha de lui avec une flûte dans chaque main.

— Il ne marche plus. Je ne sais pas pourquoi.

— Tu l'as gardé…

— Comment aurais-je pu m'en débarrasser ?

— Je peux l'emmener et vérifier s'il est réparable.

Elle lui prit le bras et l'entraîna dans le canapé, prétextant son irrésistible envie de déguster les chocolats parisiens.

— Ferme les yeux et ouvre la bouche ! lui ordonna-t-elle.

Elle lui fit goûter un de ses biscuits.

— Savoureux, annonça-t-il en ouvrant les yeux.

— Laisse-les fermés, ce n'est pas fini.

Élise recommença avec un autre biscuit. Édouard se sentait fondre, en même temps que les miettes dans sa bouche. Un silence se fit, durant lequel il n'osait plus ouvrir les yeux. Il avait la bouche entrouverte, en attente du prochain gâteau, tous ses sens en éveil. Il rencontra des lèvres et un frisson remua en lui les différentes saveurs qui se promenaient dans ses veines.

Les flûtes à peine touchées reposaient sur la table basse, à côté des chocolats. Des vêtements éparpillés s'étaient échappés pour se poser au hasard, alentour, tel un vol de moineaux dissipés. Une immense couverture douce couvrait les deux corps nus qui s'observaient sans bouger. La mer se faisait plus discrète. Elle osait encore parfois frapper la promenade, comme un baroud d'honneur avant de rejoindre l'horizon de la nuit. Édouard, vigoureux de désir, reposait délicatement sur le corps fin d'Élise dont les yeux l'appelaient à venir. Il ne cessa de la regarder en la pénétrant, et elle soutint son regard. Ils avaient trente-trois ans de vide à combler. Leurs prunelles pouvaient bien y participer.

L'amour fut aussi puissant que certaines vagues côtoyées plus tôt sur la jetée. À les faire vibrer, trembler, puis déposer les armes.

En reprenant son souffle contre celui d'Élise, Édouard se sentait gagné par la même certitude, majestueuse et rassurante, d'avoir fait le bon choix.

Élise tendit son bras vers la coupelle pour y attraper un chocolat, le croquer en son milieu et tendre la moitié à Édouard.

— Le chocolat après l'amour, dit-il la bouche sucrée. Tu n'as pas changé.

— Toi non plus. Tu poses toujours ta main sur le haut de ma tête après avoir joui.

— Vraiment ? s'étonna-t-il.

— Tu n'en as pas conscience ? Je me suis toujours dit que tu essayais d'empêcher notre plaisir de s'échapper pour qu'on en profite plus longtemps.

— Et il est encore là ?

— Notre plaisir ? Il n'est jamais reparti. Il sédimente en couches successives au fond de moi.

— Il donnera du pétrole ? s'amusa Édouard.

— Non, le pétrole est issu de matière organique. La matière orgasmique se transforme en ciment.

— Pourtant il ne nous a pas tenus ensemble.

— Ce que nous venons de faire est bien la preuve que si…

Élise lui demanda de rester, et il dit oui. Il y avait une bouteille de champagne à finir, l'ivresse des caresses à atteindre, d'autres choses à se dire.

Dans la pénombre de la chambre à coucher, éclairée par le lampadaire de la rue, des confidences tristes s'invitèrent. Les deux corps aimantés, dont chaque parcelle de peau cherchait son équivalente en miroir, se serraient pour se consoler. Non, elle n'avait pas d'enfant. Cette grossesse inopinée – qui mit son père dans une rage folle juste avant le bac et provoqua leur départ et la rupture – s'était mal terminée. La clinique privée, où il l'avait obligée à avorter, n'avait pas lésiné sur la brutalité pour faire passer l'envie à la jeune fille de recommencer. L'intervention se transforma en boucherie, et la boucherie en infection, condamnant ses trompes à finir en un désert infranchissable.

Édouard lui parla de sa fille, sans pouvoir détacher ses pensées de cette grossesse débutée, qu'ils auraient dû poursuivre ensemble, même inconscients, même insouciants. Ce petit bout de vie de la taille d'un pouce d'enfant, qui s'était accroché par accident et surtout par amour, qu'on avait arraché à des entrailles trop jeunes, Édouard n'avait pas pu le défendre. Même si ce n'était pas un projet construit et anticipé, il était le mélange de leur complicité, l'étincelle qui s'échappe de la rencontre entre pyrite et silex. Il n'avait rien pu faire et prenait conscience, là, sous les draps, en se remémorant l'épisode, que cette colère larvée, issue de son impuissance d'adolescent, s'était refermée sur lui comme un piège, le condamnant à une lassitude molle envers l'avenir. Un abattement qui l'avait jeté dans les bras d'une femme qu'il n'aima jamais comme il avait été heureux d'aimer Élise.

— Tu m'en veux de ne pas l'avoir gardé ?

— Tu n'avais pas le choix.
— J'aurais pu quitter la maison.
— Tu étais mineure, ils t'auraient retrouvée.
— J'aurais pu tenir tête à mon père.
— Peut-on tenir tête à ton père ?
— Il est mort, tu sais ? Cinq ans après, en mission. Et je n'ai jamais su si ma mère était soulagée ou abattue. Elle est devenue translucide depuis.

Édouard tenait Élise dans ses bras et il ne voulait plus penser aux fantômes. Il était trop tard pour ordonner au destin d'en changer une virgule, même fœtale. En revanche, il était temps de ne pas gâcher demain. Et de s'offrir ce qu'il était encore possible de sauver. Il était surtout temps de s'abandonner à la nuit.

Élise, le visage posé sur le torse d'Édouard, pleura en silence avant de sombrer. Ses larmes, mélange de peine et de joie, s'accumulèrent dans le creux de peau au croisement des muscles pectoraux. Une minuscule cuvette cutanée comme on en trouve dans les roches de montagne. Il avait envie d'y tremper ses doigts comme dans un baptistère et de se signer pour y croire. Il préféra y goûter. Le sel sur ses papilles donna signal à tout son corps de frissonner puis de ronronner contre elle.

Il se sentit comme le chat sur l'arbre.

À sa place.

Une bombe dans la brigade

Gendarmerie des Rousses

Quand Christine s'assit de l'autre côté du bureau, Raphaël sut qu'elle allait parler. Il se releva pour prévenir son collègue de ne pas le déranger. Elle avait dans le regard cette petite lueur de détermination – je n'ai plus rien à perdre – et sur le coin de la lèvre inférieure une tuméfaction discrète.

Quand ils avaient partagé ce moment en forêt, Raphaël lui avait fait promettre de lui rendre visite quand elle en éprouverait le besoin, de l'appeler ou de lui envoyer des messages si cela la soulageait, à toute heure du jour ou de la nuit. Il vivait seul. Aucun quotidien familial ne serait perturbé. Le silence opiniâtre de son amie d'enfance l'avait étonné, puis inquiété. Pour autant, l'initiative revenait à la victime. Brusquer un petit animal blessé n'était jamais la solution pour en prendre soin. Christine avait besoin de baume sur ses écorchures à vif.

Trois semaines plus tôt, lorsqu'elle tarda à rentrer de cette promenade réconfortante, elle essuya la colère de son mari. En temps normal, elle aurait encaissé en silence, passé le chiffon sur le comptoir et sur son cœur sali, broyé par la brutalité. Mais ce jour-là, oui ce jour-là, Robert dégoupilla la grenade, ou plutôt alluma-t-il la mèche reliée au baril de poudre. Peu importait la longueur du fil, le processus était enclenché. La progression fut lente, sans que rien ne puisse l'interrompre.

Chaque instant depuis la forêt, Christine pensa à ses propres mots, à ceux de Raphaël, à son odeur et à ses mains. À sa fille, à sa vie. Au bruit des feuilles autour d'eux, si éloigné de l'ambiance glauque de sa chambre à coucher et de son salaud de mari.

Elle mit du temps à mûrir le mécanisme, à égrener les jours du compte à rebours, à se remémorer la scène tragique avec sa fille, le matin et le soir, à revoir les détails et le diable qui s'y cachait. À chaque fois, un coup de poignard dans le ventre la pliait en deux et lui coupait le souffle.

Jusqu'à la veille.

La fois de trop. Celle où elle eut encore plus de dégoût que les autres soirs de se faire besogner. Celle où elle décida de résister et se fit cogner. Le monstre trouva comment faire en sorte qu'on ne le vît pas.

Cependant, Raphaël avait l'œil. Il connaissait les techniques abjectes des maris qui abusent. Avec les années, le capitaine avait appris à détecter les ecchymoses sous le maquillage.

La fois de trop permit à la mèche d'atteindre le baril. Il allait exploser.

Cinq.

Quatre.

Trois.

Deux.

Un.

…

— Je vais te dire ce qui s'est passé, même si j'ai honte.

— Cela ne sortira pas de ce bureau et tu me diras ce que je dois en faire.

— Je t'ai dit l'autre jour que Delphine nous avait avoué qu'elle préférait les femmes et que Robert était parti dans une colère terrible.

— Oui. Tu m'as dit aussi que ce n'est pas ce qui l'a fait quitter la maison.

— Il n'en est pas resté là.

Un samedi, en milieu d'après-midi, Christine nettoie des verres derrière le comptoir, les réservations pour le soir sont pleines et elle profite de ce moment de répit pour ralentir. Robert a demandé à leur fille d'aller refaire la chambre 9 pour des clients qui en ont un besoin urgent. Quand Christine se propose de l'aider, le père s'interpose violemment, prétextant qu'il faut qu'elle apprenne à se débrouiller seule et à travailler vite.

Soudain, Christine entend des hurlements à l'étage. Ceux de sa fille, ainsi que des voix d'hommes, qui la traitent de folle, de sorcière, de salope. Elle s'élance dans l'escalier. On entend des coups contre les murs, d'autres hurlements encore. En arrivant sur le palier, elle croise Delphine, en larmes, criant de rage, la robe à moitié ouverte sur un sein dénudé, du sang sur le coin de la lèvre et les cheveux en bataille.

Raphaël écoutait avec une attention singulière, pour ne perdre aucun détail du discours ému et saccadé de Christine, qui reprenait son souffle à intervalles réguliers. On eût dit que son cerveau blasé et las oubliait de respirer pour en finir plus vite et qu'elle devait commander ses poumons pour ne pas succomber. Aucun sanglot n'étouffait sa voix ; seules deux sources parallèles coulaient sans discontinuer de ses yeux fatigués. Le gendarme lui prit les mains pour l'encourager.

— Je ne comprenais pas ce qui s'était passé. J'ignorais pourquoi elle s'était battue. Je ne savais pas non plus si elle était blessée. Il y avait du sang. Robert, au bout du couloir, en face de la 9, l'insultait en faisant de grands gestes dans sa direction. « Je vais t'apprendre, moi, ce que c'est que respecter les hommes. » Quand je me suis approchée et que j'ai vu deux clients réguliers du bar, dont l'un tenait sa main ensanglantée, je ne voulais pas y croire. J'ai regardé Robert, et le type qui saignait, puis le plus jeune des deux. Il s'est justifié tout de suite en me disant : « C'est Robert qui nous a demandé. » Je suis redescendue, et j'ai été voir notre fille. Elle était dans sa chambre. Elle avait enfilé un pantalon et un pull, et s'était nettoyé le visage. Elle fourrait dans sa valise tout ce qu'elle pouvait, à la hâte, en remuant ses armoires. Elle m'a laissée entrer puis elle a fermé la porte à clé. Elle a sorti son gros sac à dos de randonnée et elle l'a rempli de vêtements, ceux qu'elle mettait toujours. Elle a pris quelques documents dans son bureau, son ordinateur, ses papiers. Elle a enfilé la bandoulière de son sac à main, a mis le sac à dos sur ses épaules, a saisi sa valise, et avant de quitter la chambre, elle est venue me serrer dans ses bras en me disant : « Barre-toi, maman, ne reste pas avec ce fou. Barre-toi. » Et elle est partie.

Après ce dernier mot, Christine s'effondra. Des débris de femme qui retombent en une pluie de gravats et de longs sanglots qui vous transpercent le corps comme un vent du pôle Nord. Raphaël fit le tour du bureau, approcha une chaise près d'elle et la prit contre lui pour laisser le flot s'évacuer dans la sécurité contenue d'un uniforme. Elle criait.

— JE N'AI PAS SU LA PROTÉGER. JE NE SAIS PAS CE QU'ILS LUI ONT FAIT.

— On la retrouvera.

— Elle est peut-être morte.

— Je ne crois pas, Christine. Elle s'est protégée en partant. C'est une battante. Elle va se débrouiller. Et elle reviendra vers toi. J'en suis sûr.

Un collègue entra sans bruit pour vérifier si Raphaël avait besoin d'aide. Il posa son index sur sa bouche pour lui demander d'être discret, et leva le pouce pour signifier qu'il maîtrisait la situation.

— Moi je m'en fiche qu'elle aime les femmes. Je veux juste qu'elle soit heureuse, murmura Christine.

— Je sais…

— Tu m'aideras ?

— Oui, je t'aiderai. Tu le sais. Il faut te protéger, toi aussi.

Elle se tut, se referma après avoir tout donné, à bout de forces. Quand Raphaël lui proposa de la raccompagner, elle refusa. Elle argua le besoin de marcher pour se calmer avant de rentrer. Et l'impossibilité pour elle de revenir au restaurant dans une voiture de service de la gendarmerie. Un sentier longeait la forêt sur une partie de l'itinéraire qui reliait la brigade au centre-ville. Elle l'emprunterait pour respirer.

— Laisse-moi au moins te raccompagner à pied sur un bout de chemin.

— Ça va aller. J'ai besoin d'être seule.

Il la regarda s'éloigner, elle n'était plus qu'une ombre. Raphaël ne pouvait intenter aucune action. Christine ne voulait pas ébruiter l'affaire, personne n'avait porté plainte. Il ignorait lui-même ce qui s'était réellement produit. En revanche, il savait qu'un grand pas avait été franchi par son amie, et qu'un engrenage s'était mis en branle. De cela il fut rassuré.

Delphine avait pu s'évaporer n'importe où, en France, à l'étranger, et elle n'était pas près de revenir. Elle avait eu la force de partir, elle trouverait celle de s'en sortir.

Il eut un puissant mépris pour tous les tarés de la terre qui s'en prenaient aux femmes et pour ce salaud de Robert en particulier. Il se sentit ridicule dans son uniforme qui ne servait à rien. Sa conscience protocolaire tenait en respect l'envie arbitraire d'y aller, de lui casser la gueule, et de repartir avec Christine comme si de rien n'était.

L'idée sortait du cadre de la procédure. Il en voulut à l'institution dont il faisait partie de le contraindre à l'impuissance.

Un troupeau de moutons à Paris

Sournoise, l'obscurité s'invita dans le salon sans que son corps ne bouge du canapé pour s'y opposer. Elle n'avait allumé aucune lampe en prévision de la nuit et la lumière s'était évanouie dans un lent dégradé. Il avait fait jour. Il faisait nuit. Entre les deux, un état indéfini.

Seules les lumières de la ville offraient quelques repères dans l'appartement et ses yeux s'habituèrent à chaque détail de la pièce. Les livres dans la bibliothèque, le vase sur le buffet du salon, la cordelette qui retenait les rideaux ouverts. Elle distinguait même le niveau de la bouteille de champagne posée sur la table basse. Il était bas. Elle remplissait sa flûte avant qu'elle ne soit vide. Ainsi n'aurait-elle bu qu'un verre. L'explication probable à sa tension vésicale qu'il devenait urgent de soulager.

Elle se leva d'un mouvement tonique pour tromper son ébriété et tomba la seconde d'après. Le coin de la table basse frôla sa tête en se gardant de l'assommer, pour ne pas gâcher le spectacle. Armelle resta cependant allongée quelques instants sur le tapis, son verre renversé au bout de son bras tendu. Alors qu'elle se frottait les yeux qui pleuraient sans lui demander son avis, un rot caverneux vint éclore en surface comme une énorme bulle d'air issue du fond vaseux d'un étang. Elle gloussa de se découvrir capable d'une telle résonance, rassurée d'être seule pour ne provoquer l'accablement d'aucun témoin, tout en se promettant de recommencer. Maintenant qu'elle était célibataire, roter pouvait être amusant. Elle poussa un soupir d'aise, eut envie de rester là, de ne plus bouger, d'attendre que le temps passe, que tout passe, y compris les années à venir. Elle avait une vue directe et précise de la surface sous le canapé et prit le temps de l'analyser. Elle se souvint alors de cette petite pelote de poussière qui roulait sur le quai de la station à la poursuite d'un ingrat métro qui n'en avait que faire. Toutes les pelotes de tous les quais du métro de Paris s'étaient donné rendez-vous sous son canapé et elle se demanda s'il faudrait déloger ce troupeau un jour ou l'autre ou s'il ne serait pas intéressant de leur laisser une chance de s'organiser en communauté autonome. Après tout, elles ne dérangeaient personne. Cette putain de vessie tiraillait toujours et une douleur occupait désormais son bas-ventre. Elle n'allait quand même pas se soulager sur le tapis persan qui leur avait coûté la peau d'une fesse et qui forçait l'admiration des invités. D'ailleurs, quels amis viendraient encore l'admirer ? Chacun choisirait son camp. Qui pour Édouard ? Qui pour elle ? Les masques allaient tomber.

Après un double whisky cul sec en rentrant de son travail, trois verres de vin rouge le temps du journal de 20 heures, elle avait bu la quasi-totalité d'une bouteille de champagne, sans rien avoir avalé depuis le matin, comme si l'urgence de fêter l'absence d'Édouard était une priorité sur tous les autres besoins physiologiques. Ou alors celle d'oublier la suite. Perdue dans ses pensées, elle ne s'était pas rendu compte que l'enivrement s'installait comme la nuit, dans un dégradé tout aussi insaisissable. Elle rampa jusqu'au premier mur et se hissa sur ses jambes à la force des bras, en s'accrochant au chambranle de la porte. Avant d'atteindre les toilettes au bout du couloir, elle avait réprimé à deux reprises l'envie de vomir l'alcool et le dégoût d'elle-même. Elle retira de cette réussite personnelle une certaine fierté et son corps se redressa en conséquence sur les derniers mètres à parcourir. Elle n'avait presque pas titubé et se tenait comme une reine, mais quelle énergie il fallait pour marcher droit !

Elle eut à peine le temps de descendre sa culotte sur ses bas autofixants avant que ses fesses ne tombent sur les toilettes et sa tête sur les genoux.

Dans un soulagement orgasmique, elle pissa sa détresse en un jet puissant et long, et resta un moment à l'affût des dernières gouttes pour être sûre d'en avoir fini avec cette expulsion-là.

Elle avait viré Édouard, le père de sa fille, dans une froideur qui l'avait effrayée elle-même, et s'était ensuite rendue au rendez-vous prévu à l'autre bout de Paris avec cet homme puissant.

L'ivresse de l'instant lui faisait oublier les mots qu'il prononça après l'avoir pénétrée sans égard sur son coin de bureau comme les fois précédentes. Elle se souvint cependant qu'elle était encore à moitié nue quand elle lui annonça qu'elle était libre. Puis lui revint ce rire méprisant qui la gifla sans égard. L'alcool ne lui donnait accès qu'à des sensations vagues, dont celle, dominante, d'illusions perdues, sans comprendre pourquoi il s'était moqué. Tant qu'à être sélective, sa mémoire saoule aurait pu choisir de garder les explications du type plutôt que la taille de sa bite.

Tout lui reviendrait plus tard dans la nuit au milieu d'une gueule de bois, avec la triste brutalité d'un constat d'impuissance. Elle s'était laissé abuser. Il lui avait promis de tout quitter pour elle. Elle y croyait. Et il avait ri qu'elle y ait cru.

En attendant, elle obtint de son corps qu'il regagne le canapé et le laissa s'affaisser comme le glissement de terre d'un talus inondé qui gît en un tas inerte et désorganisé.

Sa tête, en état de marche partielle, pensait à Édouard, à son départ, à ce point de non-retour désormais franchi. Elle n'avait pas mesuré la violence d'un livre qui se ferme sur une histoire achevée, et le champagne n'atténuait rien, contrairement au résultat escompté.

Il était trop tard, elle le savait.

Elle ne pouvait s'en prendre qu'à elle d'avoir tout enclenché, et personne d'autre ne porterait cette responsabilité.

Cet appartement allait être le sien et il serait trop grand parce qu'elle serait trop seule.

Elle vida le restant de la bouteille dans le verre qu'elle avait réussi à ramasser au retour, le but, puis retourna son estomac sur le tapis persan.

Des frous-frous de cent ans

Édouard se réveilla seul dans le lit. Il mit quelques secondes à reconnaître les lieux avant d'entendre du bruit dans la cuisine. Il n'avait pas senti Élise se lever et ignorait depuis combien de temps elle l'attendait. Ni même si c'était le cas.

Il enfila un tee-shirt et un pantalon à même la peau, trop pressé pour chercher son caleçon égaré, et se dirigea vers les sons de couverts et de bouilloire qui siffle. Il s'arrêta au chambranle de la porte contre lequel il s'appuya. Elle portait une longue chemise de nuit blanche en coton épais et un châle sur les épaules. Cela participait à sa fantaisie que d'oser une tenue d'un autre temps, car la longue robe avait appartenu à sa grand-mère. Les cheveux attachés en un chignon lâche, elle s'affairait autour de la cuisinière, pour préparer un petit déjeuner. Élise lui tournait le dos sans pouvoir ignorer la présence d'Édouard – le plancher de bois avait annoncé sa venue. Il s'approcha d'elle et l'embrassa sur la petite proéminence de la nuque qu'il aimait tant. Elle frissonna sans se retourner et saisit ses deux mains pour les poser sur son ventre.

15 juin 1986

Il fait chaud, nous avons passé l'après-midi dans le parc des Gayeulles. Les épreuves du bac sont terminées, les dés jetés. Nous ne savons pas encore ce que nous ferons l'année prochaine, mais nous réfléchissons à une orientation qui ne nous sépare pas, ou alors pas trop loin.

Élise porte sa petite robe rouge à pois bleu ciel. Nous l'aimons tous les deux, parce qu'elle fait monter le désir. Elle est fermée par une trentaine de minuscules boutons en tissu, difficiles à ouvrir. Bien sûr, elle l'enfile le matin sans avoir besoin de les ouvrir, bien sûr, je pourrais soulever sa robe pour atteindre sa petite culotte, ou n'ouvrir que les premiers boutons du décolleté pour libérer un de ses seins, mais quand nous faisons l'amour et qu'elle la porte, nous nous lançons le défi de défaire toute la boutonnière. Et le désir monte. Elle rit quand je perds patience. Elle me caresse les cheveux quand je suis à genoux devant elle pour m'occuper de ceux du bas.

Aujourd'hui, nous n'avons pas fait l'amour. Nous sommes dans un parc public, un jour de juin, des passants partout, elle doit rentrer chez elle en fin d'après-midi. Elle m'a emmené dans la forêt, dans les fourrés, parce qu'elle a quelque chose d'important à me dire. Je suis debout les bras ballants. Elle me fait face et me sourit. Puis elle se tourne et me prend les deux mains pour les poser délicatement sur le bas de son ventre.

« Je ne suis plus toute seule à l'intérieur de moi. »

Je comprends sur-le-champ sans comprendre comment. Elle prend pourtant la pilule.

Je suis fou de joie et mort de trouille. Et en même temps, je ne réalise pas. Nous sommes beaucoup trop jeunes, mais une partie de moi s'en fiche. Une partie de moi dit : « Tope là ! » On s'aime trop pour ne pas réussir à relever le défi. Nous avons des projets d'avenir, et l'avenir nous voit ensemble. On se débrouillera. À deux ou à trois. Je travaillerai le soir, après mes cours, on se contentera de rien, on vivra d'amour et d'eau fraîche puisque c'est déjà le cas. Je m'aperçois alors que je ne connais pas sa pensée. Je ne vois pas son visage. Elle me l'a annoncé en souriant, je l'ai entendu dans sa voix, mais qu'en dit-elle ?

— On va le garder, n'est-ce pas ?

— Évidemment.

Je prends vingt ans en un instant. La responsabilité fait vieillir d'un coup. Je me vois déjà en bon père de famille, l'enfant sur mes genoux, les grasses matinées à trois, dans un grand lit, un bébé qui sommeille entre nous deux et le sourire d'Élise, qui pose une main sur son corps endormi et me regarde. Et ses yeux me disent : « On est heureux, non ? »

Nous avons déjà parlé d'enfant il y a peu de temps. Peut-être même était-elle déjà enceinte. Elle en veut quatre. Moi je signe d'abord pour deux, après, on verra. Élise est gourmande pour tout, même pour le nombre d'enfants.

Mes mains tremblent sur son ventre, à essayer de sentir un signe, un mouvement alors que l'abstraite petite chose est cachée trop loin, trop enfouie dans un creux de chairs amoureuses.

Ce que je ressens pour Élise est là, immense, à fleur de peau.

Je l'aime encore plus quand elle est deux.

Édouard resta un long moment ainsi, comme si, dans une autonomie revendiquée, son corps parlait à celui d'Élise. Un dialogue charnel et secret. Des regrets. Du chagrin pour les mains de ne pas avoir senti l'arrondi, du chagrin pour le ventre de ne les avoir jamais remplies.

Le ding de la machine à café les sépara. Il fallait revenir à la réalité, se fondre à nouveau dans le monde extérieur qui commençait à se réveiller hors de la maison, hors de la bulle.

— Tu as bien dormi ? demanda-t-elle en s'asseyant à la table du petit déjeuner.

— Oui, je crois. Et toi ?

— Sur le canapé, par chance, il est moelleux.

— Tu aurais dû me réveiller, j'y serais allé. Tu as dormi sur ton propre canapé, chez toi ! Je fais trop de bruit ?

— Et des petits mouvements… Je ne pouvais pas te réveiller. Tu étais beau dans ton sommeil. Le corps s'habitue vite : voilà longtemps que je n'avais partagé aucun drap.

Édouard ne lui posa aucune question sur sa vie intime durant ces trois décennies. Il ne voulait pas la froisser par sa curiosité. Surtout, il préférait l'ellipse, le secret, la naïveté, le trou noir. Un autre homme dans sa vie eût été pénible à imaginer. Et puis, quel intérêt ?

— Je ne suis pas restée seule toutes ces années, tu sais ?

— J'espère bien, dit-il – honteux de mentir.

— Les relations n'ont jamais tenu bien longtemps. Je crois que je cherchais quelqu'un comme toi, sans pouvoir le trouver.

— Et maintenant, comment vois-tu les choses ?

— En douceur. Prenons le temps. Je ne suis pas sûre de vouloir tout bouleverser. Je me suis habituée à la solitude, mon sommeil aussi. J'ai mes amis, ma liberté.

— J'aime aussi la mienne, même si elle est récente.

— Et ta femme ?

— Je l'ai quittée hier.

Édouard vit la surprise et le trouble d'Élise. Puis elle formula son refus d'en être la cause, de porter cette responsabilité, de se sentir redevable. Elle avait besoin qu'ils s'apprivoisent une seconde fois. Qu'ils réapprennent à s'aimer. Les repères avaient changé, les projets aussi. Les habitudes étaient ancrées, les désirs transformés. Élise lui balançait cela de façon désordonnée et inquiète, presque paniquée.

Elle se tut quand il posa sa main sur son avant-bras.

— Élise, détends-toi. Nous ne nous devons rien. Je n'ai pas quitté ma femme pour toi, je l'ai quittée pour moi. Si ta lettre a été un déclic, elle ne vaut pas engagement l'un envers l'autre. J'ai aussi besoin de temps, de décider de ce que je veux. On n'improvise pas de se retrouver après tant d'années. Réfléchissons, ressentons, nous avons le temps.

— Malgré celui perdu ?

— Parce que celui perdu ! Ne nous trompons pas une seconde fois. Personne n'a les mêmes besoins à vingt ans qu'à cinquante. Peut-être que nous ne sommes plus faits pour vivre ensemble, ou peut-être que si. Nous ne le saurons pas aujourd'hui, pas même demain. La seule chose que je sais, là, maintenant, c'est que je t'aime, et que ce sentiment ne m'a jamais quitté. Le jeu de la rencontre est savoureux. L'espoir, le désir qui monte, le téléphone pour s'appeler, et se dire qu'on se manque. S'imaginer, fantasmer, s'attendre et s'espérer, pour mieux se retrouver. Je veux revivre ça. C'était tellement bon la première fois. Il nous est offert de recommencer, nous aurions tort de nous en priver.

Elle enjamba ses genoux, le coton épais de sa robe retroussé en frous-frous.

Ils avaient de nouveau quinze ans. Le jour de la rentrée, le sourire, les fossettes, un garçon qui fond.

Et il eut envie d'elle, et elle eut faim de lui, sous les plis de coton blanc de sa robe de cent ans. Cet amour-là fut urgent, instinctif, puissant. Il ne dura qu'un temps mais un temps extensible. Un big bang d'amour dont la chaleur en expansion se dilaterait à l'infini.

Car ils étaient l'infini, l'espace d'un instant.

Mission Vénus

Gaëlle raccrocha. Satisfaite. Ses amis avaient pensé à elle, et cette nouvelle tombait à point nommé. Comment croire encore au hasard.

Édouard l'avait prévenue la veille qu'il s'arrêterait chez Élise. Un message le matin même l'informait qu'il reviendrait dans la journée. Elle trouvait touchant qu'il la tienne au courant de son emploi du temps ; il craignait qu'elle s'inquiète de ses absences – et il avait raison.

Édouard serait d'accord ! Il était question de Raymond. Elle attendit quand même une heure décente pour l'appeler.

— Rien de grave ? demanda-t-il en entendant sa voix.

La femme le rassura et lui parla de ses amis de Rennes. Ils l'avaient appelée la veille pour annoncer que le dernier chiot réservé de la récente portée se trouvait libre à nouveau, après désistement.

— Nimbus n'en a plus pour très longtemps et Raymond sera effondré. L'idée peut paraître étrange, mais il n'a jamais vécu sans chien, comme s'il savait qu'il ne supporterait pas ce vide-là. Son précédent est mort deux ans après l'arrivée de Nimbus. Aujourd'hui, il me dit qu'il n'a plus l'énergie pour un nouveau chiot. Je suis sûre au contraire que cela lui en redonnerait. Et puis, nous serons là pour l'aider, Gauvain et moi. Quand mes amis m'ont appelée, je me suis dit que cette occasion n'était pas là pour rien. Je crois aux signes, tu sais ?

— Oh oui ! Tu m'as fait croire aux écureuils.

Élise – avec qui il marchait sur la promenade – le regardait, étonnée, sans comprendre le fil de la conversation dont elle n'entendait que la partie masculine. Par une sorte de langue des signes improvisée, elle proposa à Édouard de s'éloigner pour qu'il puisse parler tranquillement, mais l'homme serra un peu plus fort sa petite main froide en guise de réponse.

— C'est un golden retriever femelle, tout juste sevré, disponible dès maintenant. Elle fera du bien à Raymond, et aussi à Nimbus. Il a besoin d'une compagnie joyeuse. Gauvain aussi sera ravi.

— Et tu te demandais si je pourrais passer le chercher.

— Ça ne te dérange pas ? Ils vivent dans un village à l'ouest de Rennes, sur ton chemin de retour.

— Je n'ai rien pour le faire voyager.

— Ils nous prêtent une caisse de transport.

Gaëlle était heureuse qu'il revienne. Elle ne cherchait pas à imaginer ses retrouvailles avec

Élise. Cela ne la regardait pas. Elle sentait quand même un pincement à l'idée qu'il puisse partir un jour. Elle annonça à Gauvain l'heure probable d'arrivée du convoi et lui proposa la plus grande discrétion à l'égard de Raymond afin de ménager la surprise.

Le garçon se précipita quand il entendit la voiture entrer dans la cour. Il salua à peine Édouard et emmena la petite boule de poils dans le jardin à l'arrière de la maison pour qu'elle se dégourdisse les pattes, puis joua avec elle dans l'herbe. Adèle le rejoignit. Elle aimait les chiens. Le sien lui manquait.

— Elle s'appelle Vénus, et tous les papiers sont dans l'enveloppe que je t'ai posée sur la table. Vous la lui offrez quand ?

— Ce soir. Tu veux nous accompagner ?

— Avec plaisir !

— Tout s'est bien passé à Paris ?

— Mon existence tient dans une voiture. Tu crois que c'est bon signe ?

— Veux-tu un endroit pour l'entreposer ?

— La chambre devrait suffire. Je dois aussi réfléchir. Les situations provisoires qui s'éternisent ne sont jamais très bonnes.

— Prends le temps, je t'ai dit que tu ne dérangeais pas. Au contraire. Et avec Élise ?

— Tout est intact. Mais nous n'avons plus vingt ans. Nous nous laissons le temps d'appréhender la suite.

Ils regardèrent un instant Adèle et Gauvain se rouler dans l'herbe et se laisser mordiller par la petite chienne. La jeune femme semblait retomber en enfance, attendrie par l'animal. Elle ignorait qu'on la regardait et ne pensait qu'à jouer, provoquer Vénus, la caresser, rire avec l'adolescent. Elle baissait la garde et le tableau était touchant.

Après un café partagé, Gaëlle resta assise à la table. Elle regardait Édouard à travers la fenêtre. Il vidait son coffre et faisait des allers-retours dans la chambre. Il rangeait son « existence » et elle espérait en secret qu'il ne la déplace plus.

Allongé sur le canapé, Gauvain caressait Vénus, endormie contre son torse. Gaëlle fit glisser le cahier de son fils devant elle. Il y avait noté des questions dont elle ne comprenait ni les termes ni le but.

Elle feuilleta les quelques pages griffonnées par l'adolescent à qui Édouard avait proposé de faire un saut à l'atelier dans l'après-midi, pour avancer sur son projet. Ils offriraient le chiot à ce moment-là.

Quand il eut fini son déménagement, il vint la prévenir qu'il partait marcher une heure. Elle aurait eu envie de l'accompagner, de recueillir ses confidences, savoir comment s'était passée la rupture avec Armelle, les retrouvailles avec Élise. Le réconforter peut-être. Ou se consoler, elle.

Elle avala une dernière gorgée de café froid et s'en alla faire la vaisselle.

Frôler l'excellence

Édouard avait besoin de calme et de solitude. Il avait besoin du murmure des arbres et des herbes. Du simple bruissement de la nature. Il partait tendre l'oreille pour écouter son propre chuchotement. Il laissa son téléphone dans le casier et marcha pieds nus sur la mousse, malgré la fraîcheur de cette fin de septembre. En arpentant le chemin vert, il se souvint du tapis de son appartement parisien dont il avait cherché le contact pour s'apaiser, artefact minable en regard de la douceur sylvestre. Comment boire une piquette quand on a goûté aux grands vins ? Rencontrer l'excellence, la qualité suprême, pouvait rendre la banalité insupportable. L'amour pour Élise en était l'exemple le plus criant. Il garda ses chaussures dans la main pour traverser la prairie d'herbes hautes, replongea en enfance, derrière la maison de campagne familiale. Qui courait encore pieds nus dans les champs ?

Il se sentit vieux, inadapté à l'époque. Ses orteils l'interpellaient : « Où sont tous les enfants pour vivre ce que nous vivons là ? » Voilà qu'il dialoguait avec ses pieds, tout en convoquant la phrase de Raymond. « *Je suis à la pointe du progrès en vivant dans la forêt. Un jour ce sera vrai ! Tu verras !* »

Assis contre le tronc du vieux tilleul, il fit lentement le point sur son existence, comme on tourne la molette d'un objectif d'appareil photo pour régler la netteté de l'image. Car il n'était question que de mise en perspective, de profondeur de champ, d'exposition à la lumière, pour saisir l'élément de beauté parmi le paysage, celle qui nous convient, celle qui compte. Édouard comprit qu'il avait évolué jusque-là dans le flou d'un arrière-plan, alors qu'il aurait dû poser aux côtés d'Élise.

Que veux-tu ? Avec qui ? Pourquoi ? Comment ? Pose-toi ces questions mille fois et agis. Tu as plus de printemps derrière toi que devant. Il est temps. Le passé est révolu. Le présent est ici. Tu y joues un rôle, ton rôle. L'avenir s'imposera. Attends.

La liberté est l'oxygène de certains amours. Elle en a besoin, toi aussi, tu le sais. Tu respires mieux depuis que tu es ici. Et il n'y est pas question que de feuilles ou de béton. Tu es un affranchi. Un affranchi du couple. L'idée te convient, elle convient à Élise. Certains canapés ont des messages subliminaux à délivrer.

Rien n'empêche de s'aimer. Surtout pas cette liberté-là. Vivre seul à deux donne envie de partager plus fort les moments plus rares.

Tu as l'âge où tout bouge, tout se remet en question, tu as lâché quelques certitudes, compris quelques règles simples, imaginé assez de scénarios pour savoir celui qui te convient.

Réfléchis et à la fois arrête de réfléchir. Vis.

Il rentra.

Serein.

Gaëlle et son fils l'attendaient sur le banc devant la maison, emmitouflés dans des gros pulls. Le garçon tenait la caisse couverte d'un tissu sur les genoux avec un ruban sur le dessus.

Quand ils entrèrent dans la cuisine, Raymond, un journal avachi dans les mains, somnolait dans le fauteuil à côté de Nimbus. Le vieil homme ne se levait plus pour ouvrir quand il s'agissait d'une visite de ses voisins. Ceux-ci se contentaient de s'annoncer et d'entrer avec précaution.

L'adolescent déposa le colis remuant sur les genoux cagneux. Quelques couinements caractéristiques s'en échappèrent, ne laissant que peu de place à la surprise. Raymond joua le jeu comme s'il avait une flopée d'enfants devant lui. « Mais qu'est-ce que c'est que ça ? Je n'en ai aucune idée ! Une boîte de chocolats ? Une paire de chaussons ? »

Il était la ribambelle d'enfants à lui tout seul, et le sage en même temps. Celui qui sait déjà ce qu'il va découvrir et la puissance des conséquences, là où l'enfant n'y voit que la légèreté. Quand il souleva le tissu, il eut un mouvement de recul ému, et un petit « oh » touchant qui résumait tout. La joie, la peur, les balades à venir, les accidents sur le carrelage, la mort de Nimbus, le chagrin, les câlins, les poils partout, les yeux doux, la boue sur les pattes, les soirs au coin du feu. Il sortit la petite chienne de la caisse et la prit contre lui quelques instants avant de la déposer au sol. Elle se dirigea sans hésiter vers le vieux chien qui la regardait s'approcher en remuant le bout de la queue. Puis elle grimpa dans le panier pour se coller à lui dans un réflexe de fouissement néonatal. Ses mouvements désordonnés et gauches secouaient le corps de Nimbus. Au lieu de protester, il se laissa faire. Quand Vénus se posa quelques instants contre son flanc, il tourna sa tête avec peine pour l'entourer comme on prend dans ses bras, en fermant les yeux. Un sourire semblait se dessiner sur ses babines.

Puis elle ressortit du panier et se promena dans la pièce en reniflant chaque recoin. Raymond dut marcher avec précaution pour ne pas lui écraser une patte en cherchant des verres et la boîte en métal. Dans un coin de son ventre, une boule lui labourait les tripes comme celle d'un flipper. Cette boule était de poils, nouvelle à la vie, innocente, insouciante et porteuse d'aucun autre projet que celui de s'attacher à qui voudrait bien l'aimer. Raymond accueillit l'idée d'être l'objet de cet amour inconditionnel avec la joie de recommencer un cycle. Cela participait à son entrain à sortir de son lit le matin. Sans toutefois ignorer la cruauté finale de ce nouvel apprivoisement. Celle qui allait bientôt s'abattre sur Nimbus. Il avait enterré trois autres chiens, et à chaque trou creusé, il avait abandonné à la terre de remblais quelques particules de son âme, arrachées de force et avec peine à l'illusion dans laquelle il se complaisait à croire que l'animal serait éternel. S'ajoutait à cette cruauté celle plus intrinsèque de sa propre mort, à laquelle il n'avait encore jamais éprouvé l'envie de se confronter. Il en voulut quelques secondes à Gaëlle pour ce cadeau à la douceur empoisonnée. Quelques secondes à peine, car comment pouvait-on reprocher à Gaëlle de lui vouloir du bien ? Par ailleurs, Nimbus n'hésita pas un instant. La rencontre avec la petite créature fut définitive au moment où elle commençait. Peu importait que la connivence dure un an, un mois, ou même un jour. Il était là, elle vint, ils se trouvèrent. Dès lors, aucune autre question ne se posait. Cette évidence instinctive, animale, presque cellulaire, invitait Raymond à faire de même. Édouard vit toutes ces pensées défiler dans les yeux du vieil homme, comme un miroir de ce qu'il aurait pu lui-même ressentir à sa place. Pourquoi faut-il toujours réfléchir au drame hypothétique quand sur l'instant ne se pose que la question de la joie ?

Une main lui tapotant l'épaule le ramena à la réalité. Gauvain avait des problèmes à résoudre. Il attrapa quelques gâteaux dans la boîte et s'enfuit sans vérifier qu'Édouard suivrait, habité par la certitude que ce serait le cas.

Quand l'homme le rejoignit à l'atelier, l'adolescent tenait une gaufrette entre ses doigts et la pointait vers lui, hilare.

« C'est parti, mon kiki ! »

Édouard prit le temps d'étudier l'ébauche de maquette qui trônait devant lui, et les nombreux schémas griffonnés sur des feuilles étalées. Sans comprendre la symbolique que voulait exprimer Gauvain à travers son automate, il voyait se dessiner les contraintes techniques. La dynamique qu'il avait l'intention de créer devrait s'articuler sur plusieurs moteurs, plusieurs cames, et un système qui transforme le mouvement régulier en un mouvement alternatif, doté d'une pause qui marque un temps mort avant de reprendre l'action circulaire. Là aussi, une came jouerait ce rôle. Complexe mais possible. Une nouvelle fois, il admira la curiosité de son élève, son absence de freins, son ambition à aller plus loin, apprendre, comprendre.

Il lui posa mille questions fermées auxquelles l'adolescent répondait oui ou non en grignotant ses gâteaux. Il s'agissait de saisir les objectifs. Une fois cette phase accomplie, il remplaça les questions par leurs réponses, expliquant chaque étape, chaque partie indépendante de l'automate et dans quel ordre les réaliser, le matériel nécessaire, les essais à tester en amont de l'assemblage, les risques, car Édouard ne pouvait jamais prévoir un plan de fabrication définitif sans être confronté à des imprévus auxquels il fallait s'adapter. Le jeune homme ne prenait aucune note, il retenait tout avec une efficacité folle.

Édouard apprécia également la qualité de ses sculptures en bois. Elles ressemblaient avec une précision d'orfèvre à leur modèle. Peu d'adolescents avaient cette persévérance.

Ils passèrent deux longues heures, chacun à un bout de la table, devant son automate. Édouard avait terminé le mécanisme de la roue et testé la petite soufflerie avec du liquide vaisselle. Les bulles dansaient dans les airs, petites, nombreuses, heureuses. Il ne manquait que l'habillage, souvent le plus laborieux à fabriquer, car il fallait faire preuve de goût après la phase de technique brute. Il pensa à Élise, à sa boutique, à son appartement, et il para la construction d'un tourbillon de couleurs.

Gauvain réussit à réaliser de façon sommaire deux des trois mécanismes prévus. Si la tâche s'annonçait ardue avant d'atteindre ses objectifs, le garçon en avait compris les principes et il n'aurait plus besoin du maître pour finaliser l'ensemble.

Édouard le laissa poursuivre seul, et passa saluer Raymond avant de partir. L'homme s'était allongé dans le fauteuil à côté de Nimbus, Vénus entre ses bras. Les trois dormaient profondément et chaque respiration jouait sa petite musique propre.

Il resta quelques instants à les observer. Il est certains moments touchants dont on ne devrait jamais se priver.

La digestion lente d'un corps

Ce soir-là, Adèle partit juste après le dîner et Gauvain la suivit. Il n'alluma pas sa torche fixée au guidon pour être invisible dans la nuit et se laissait guider par le bruit des sabots du cheval, même s'il connaissait déjà la destination. Malgré la lenteur du galop, l'animal était difficile à suivre à vélo. Au dernier carrefour, elle bifurqua sur la gauche pour monter par le chemin le plus large, accessible à Perceval. Le garçon prendrait la route à droite puis le sentier qui montait jusqu'au lac. Il abandonnerait son vélo près du banc et finirait à pied jusqu'au rocher des Faux Amants.

Proche de la plénitude, la lune éclairait la route d'une lumière froide. En arrivant sur le sentier bordé d'arbres, il alluma sa lampe pour dissuader l'obscurité soudaine de le précipiter dans le ravin. Il déposa son vélo pour grimper vers la crête. La lumière blafarde de la lune permettait à nouveau de distinguer chaque détail alentour. Gauvain était l'acteur d'un vieux film muet. La scène avait déjà commencé. Cette fois-ci, Gauvain décida de s'approcher pour comprendre la conversation.

L'homme, attaché au rocher par plusieurs cordes fines, avait trouvé assez excitant qu'elle lui suggère d'emblée de passer aux choses sérieuses et à des pratiques peu courantes dans les couples classiques. Son épouse ne lui proposait pas ce genre de jeu et sortir de l'ordinaire avec cette créature sublime était inespéré. Elle avait commencé à tirer les ficelles durant la visite en forêt à laquelle le couple avait assisté quelques jours auparavant ; il se laissa attirer dans cette expérience insolite. Adèle minaudait en lui caressant le visage, le torse, le sexe. Quand il penchait la tête vers elle à la recherche de sa bouche, elle esquivait, ce qui rendait l'homme fou de désir. Elle ouvrit le pantalon et le baissa d'un geste brusque jusqu'aux genoux. Le slip suivit le mouvement. Il bandait.

Depuis sa cachette, Gauvain pouvait entendre chaque mot. La conversation dégénéra vite.

— Tu es marié, non ?

— Elle n'en saura rien, répondit l'homme en riant.

Il n'avait pas encore vu le couteau qu'avait sorti Adèle de sa ceinture en cuir ni compris que le jeu allait virer au cauchemar.

— Et ça te pose aucun problème de baiser avec n'importe qui ?

Elle avait saisi les testicules et le sexe de l'homme dans sa main et brandissait désormais la lame entre leurs deux visages.

Il paniqua, les bras en croix attachés par un lien qui faisait le tour du rocher et le ventre fixé par une autre corde.

— PUTAIN MAIS T'ES COMPLÈTEMENT FOLLE ! avait-il hurlé.

— Oh, mais tu ne bandes déjà plus, p'tit chat ! Quel dommage ! On fait moins le malin, hein ? Je supporte pas les hommes qui font n'importe quoi avec leur bite. Il faut bien payer un jour. Pour toi, c'est maintenant !

La jeune femme parlait d'une voix calme et glaçante. Elle avait amorcé un mouvement lent vers le bas avec le bras qui tenait le couteau et sa victime essayait de donner des coups de pied pour l'éloigner, lui faire mal, la faire lâcher. Mais l'entrave se situait au niveau du bassin et lui interdisait certains mouvements des jambes.

— Arrête de bouger sinon ce sera une vraie boucherie.

L'homme s'imaginait la douleur vive quand elle trancherait, le sang qui jaillirait de ses entrailles et le viderait jusqu'à ce que mort s'ensuive. Il préférait ce scénario plutôt que survivre, émasculé à vie. *On peut greffer des couilles et une bite ? Si je les conserve au froid, peut-être !* Il pensa à sa femme. Il allait la perdre, soit en mourant, soit en lui expliquant, en sortant de réa, pourquoi il n'était plus un homme. Il l'aimait pourtant. Même si elle ne l'attachait pas avec des cordes, même si elle ne le faisait plus vraiment bander.

Il appelait au secours et criait aussi fort qu'il le pouvait, ce qui agaça Adèle. Aucun autre n'avait jamais crié aussi fort. Un vent favorable et on finirait par l'entendre. Elle découpa son slip boxer et le menaça de le lui fourrer dans sa bouche de salaud s'il continuait à gueuler comme un porc qu'on égorge. Gauvain, tétanisé derrière son rocher, ne bougeait pas d'un souffle. D'ailleurs respirait-il encore ? Il essayait de crier lui aussi, mais aucun son ne sortait. Aucun muscle ne répondait. La terreur broyait ses entrailles et il fermait les yeux par intermittence sans pouvoir contrôler ses paupières, pour se préserver de l'horreur.

— Je vais te dénoncer aux flics et t'iras en prison, essaya l'homme qui pleurait maintenant, en sentant la lame sur le haut de son sexe.

— Et tu diras quoi à ta femme ? Que tu t'étais perdu en forêt par hasard ?

— SALE PUTE !

L'homme se débattait en gémissant, et tâchait de réunir toutes ses forces avec l'espoir vain que les cordes cèdent. Cela dura de longues minutes durant lesquelles la jeune femme maintenait sa prise en le regardant avec mépris. Elle savourait de les voir prendre conscience de leur faiblesse, de voir leur virilité les déserter, avec la lâcheté d'une traîtresse.

Adèle attendit qu'il cède au désespoir, que cessent les mouvements de son corps, qu'elle le sente entier dans le renoncement et l'acceptation. Qu'il se résolve à l'idée. Elle attendait toujours ce moment où ils jettent l'éponge, l'air de dire : « Vas-y, tu as raison, je le mérite. » Ce moment où ils réalisent qu'ils n'ont pas de pouvoir sur les femmes, du moins pas toujours, ou pas sur toutes, et qu'ils doivent payer pour leur faute. Elle espérait qu'ils en gardent la trace, qu'ils se souviennent, qu'ils ne recommencent jamais.

Elle lâcha prise et recula d'un pas.

— Regarde-toi, pauvre petit connard. T'as débandé en trois secondes et tu vas te pisser dessus dès que j'aurai le dos tourné. Ça fait le malin, ça fait le fier. T'iras quand même pleurer comme un gosse dans les bras de ta femme. Et elle comprendra pas pourquoi. T'auras même pas les couilles de lui dire que t'es un sale type qui pense qu'à sa bite. Alors peut-être que la prochaine fois que t'auras l'occasion de tromper ta femme, tu penseras à moi. Ça devrait te faire réfléchir.

Elle fit le tour du rocher, monta en selle et s'approcha des liens qu'elle trancha d'un coup sec avec son couteau aiguisé comme un sabre, avant de partir au galop par le sentier d'où elle était venue.

Hagard, surpris que son corps se libère soudain, en état de choc et de panique, il s'élança droit devant lui pour fuir le danger qu'il pensait encore imminent. La pente s'accentuait rapidement et l'homme, le pantalon toujours baissé, ne maîtrisait pas sa course. Gauvain, réveillé de sa torpeur par le dénouement inattendu, essaya de courir derrière lui pour tenter de le retenir car il savait ce qu'il adviendrait s'il tombait. Il n'en eut pas le temps.

Le lac aux eaux noires et froides attendait sa proie.

L'homme trébucha, roula et hurla en se cognant aux roches. Quelques secondes plus tard, le bruit de l'eau, fendue par une masse lourde, retentissait dans tout le Val. Le Miroir aux fées, complice involontaire d'une femme acharnée, allait commencer la digestion lente d'un corps humain. La mouche était prise au piège du drosera.

Gauvain dévala la pente qu'il connaissait par cœur. La peur du drame accentua son acuité visuelle et il vit chaque détail du sentier entre les rochers. Il jeta sa lampe à proximité du vélo, ôta ses chaussures et son pull et sauta dans le lac. Saisi par la température de l'eau, il déploya une énergie folle pour rejoindre l'homme. Le froid et la vase menaçaient tout corps plongé dans ce lac, mais Gauvain avait appris à nager très tôt et il était à l'aise dans cet élément. Il n'était qu'à quelques mètres du corps qui flottait encore et semblait seulement inconscient. Du moins l'espérait-il. Le garçon ne put constater sa respiration qu'une fois la rive atteinte. Elle était faible. La victime émettait un imperceptible gémissement. Le garçon ne sut que faire ensuite. Mille pensées circulaient en même temps. Il ne pouvait pas le laisser ainsi, ni le prendre sur son vélo, encore moins le traîner jusqu'à la première habitation située à au moins deux kilomètres du lac. Pour inquiétante que fût la situation, il n'eut d'autre choix que d'abandonner le pauvre homme pour chercher de l'aide. Il le couvrit de son pull sec et enfourcha son vélo après avoir remis ses baskets. Il alluma la lampe et dévala la pente du sentier en veillant à éviter la barrière en bois qui en fermait l'accès. Il n'avait jamais pédalé aussi vite, respirait de façon désordonnée. Trois kilomètres le séparaient du hameau. Qui choisir ? Pédaler. Pas sa mère. Pédaler. Pas Raymond. Pédaler. Pourvu qu'il ne meure pas. Pédaler. Il est peut-être déjà mort. Pédaler. Où est Adèle ? Pédaler. Pédaler. Pédaler.

Blanche-Neige

Elle fit confiance au cheval.

Il voyait mieux qu'elle dans la nuit. Adèle ne tenait les rênes que d'une main, le couteau dans l'autre, et fuyait la scène avec la même ardeur que ce qui l'avait poussée à la provoquer. Elle connaissait la forêt presque par cœur de l'avoir arpentée depuis une année avec Perceval, malgré l'interdiction de certaines zones aux cavaliers. On l'avait déjà rappelée à l'ordre plusieurs fois alors qu'elle se fichait de ce genre de règle. Une femme, un animal, des chemins, la forêt, où était le mal ? Elle prit la piste des landes de Gautro vers le nord-est jusqu'à la Métairie Neuve. Il fallait y traverser une route goudronnée. Elle en profita pour s'arrêter et ranger sa lame dans l'étui en cuir de sa ceinture qu'un artisan de la forêt lui avait fabriqué sur mesure. L'arme était tellement tranchante qu'elle risquait de se blesser ou de blesser le cheval. La piste qui partait vers le nord-est dressait devant eux une barrière métallique baissée et cadenassée. Le peu de lumière suffisait à la deviner, elle saurait guider Perceval. Par contre, ils n'auraient que peu d'élan. La largeur de la petite route, puis cinq mètres de chemin, et déjà il faudrait sauter. Elle l'encouragea. Son « yaaaaa » portait toute la colère du monde, un peu de la folie des hommes et sa rage à elle. Un vif coup de talons dans les flancs fit jaillir le cheval comme un athlète de ses starting-blocks et atteindre le galop en quelques foulées solides. Elle en avait franchi, des obstacles, dans le manège du centre équestre, en compétition, toujours plus hauts, toujours plus larges, toujours plus exaltants. Jamais de nuit. Jamais après ce genre de confrontation avec un homme. Jamais avec tant d'adrénaline dans le sang. Le cheval était puissant. Il atteignit la vitesse suffisante pour leur laisser une chance et elle n'eut besoin que de se tenir, pas même de le guider. Elle ferma les yeux alors qu'il s'élançait. Elle aimait ce moment où plus rien d'eux ne touchait terre. En suspension, presque en vol, ce petit haut-le-cœur quand l'estomac se soulevait puis le choc juste après en touchant le sol de l'autre côté qui signifiait qu'ils avaient réussi. Un instant infime, assez intense pour y puiser force et courage.

Un sursaut dans le saut.

Adèle reprit le trot jusqu'à la bifurcation suivante, avant d'atteindre le long chemin droit qui menait au carrefour de Ponthus. Une étoile immense à six branches qui lançait des pistes à trois cent soixante degrés. Elle s'immobilisa au centre du vaste espace dégagé et laissa le cheval reprendre son souffle. Elle regarda les étoiles qu'atténuait la luminosité lunaire et elle se sentit bien, là, seule, au milieu d'éléments qui ne lui voulaient aucun mal. Dans son enfance, l'angoissante cruauté de certains contes la tétanisait. Elle avait tremblé avec le Petit Poucet, mangé du pain d'épices avec Hansel et Gretel, eut peur du chasseur avec Blanche-Neige. Aujourd'hui, la forêt de nuit ne l'effrayait plus. Dès son arrivée, Brocéliande avait invité Adèle à venir se blottir dans ses bras sombres et calmes, aux heures où la fureur du monde offrait un répit aux hommes. Elles s'étaient apprivoisées comme deux amies qui se seraient reconnues de s'être déjà aimées. La noirceur, les bruits d'animaux, les craquements, le vent lui semblaient naturels sans être menaçants. Chacun était libre de choisir devant quelle peur trembler. Adèle avait décidé, face à ce qu'elle fuyait, de prendre la forêt pour refuge. Seule au milieu de ce grand carrefour, éclairée par la lune et entourée d'arbres centenaires, Adèle se sentait exister dans sa vérité intime, non pour l'image que l'on avait d'elle. Le vertige de l'immensité compensait son dégoût de l'humanité. Elle pensa à sa mère et s'interdit de pleurer. Pour tromper ses émotions, elle reprit son chemin et poussa Perceval au maximum de son galop sur deux kilomètres. Il aimait l'effort, en voulait plus, soufflait avec force, allongeait la foulée. Cette puissance entre les jambes gagnait Adèle, la nourrissait, la galvanisait. Elle n'avait jamais trouvé plus grisante expérience que celle de chevaucher au galop. De son corps tendu, en suspension au-dessus de la selle, seules les mains s'agrippaient à la lanière de cuir, à la crinière, seuls les pieds posaient dans les étriers. Elle volait avec le cheval, guerrière et invincible. Elle était le galop et fendait le noir comme l'enfant déchire les chairs maternelles à la conquête d'un monde nouveau. Rien ne pouvait l'atteindre, ni les flèches des hommes ennemis ni la saleté crasse de leur mépris. « C'est pour toi que je fais ça, maman, c'est pour toi que je le fais ! » Adèle criait cette phrase en boucle. « C'est pour toi, maman, et pour toutes les autres ! »

Adèle s'arrêta en atteignant des pistes plus étroites et trop irrégulières pour les pattes du cheval. Il était hors d'haleine, elle en transe, d'avoir livré bataille, de revenir de l'assaut, de s'être concentrée pour ne pas tomber, attentive aux branches basses qui pouvaient la blesser, en représailles de ses actes. Elle ignorait si certains arbres au bord du chemin avaient choisi leur camp. Celui de la justice, ou celui des coupables. Elle n'avait senti qu'une griffure sur la joue, imagina une simple éraflure. Le corps d'Adèle était brûlant en raison de l'effort et du contact avec le cheval transpirant ; la fraîcheur de l'air l'enveloppa, chimère aux mains glacées. Elle n'était qu'une enfant fragile, plus égarée au milieu de ses démons que de cette forêt.

Elle descendit de cheval sans avoir étudié au préalable la topographie du sol. Un craquement immédiat se fit entendre, et une violente douleur dans la jambe gauche lui coupa le souffle, comme si le poignard pourtant dans son étui l'avait transpercée. Elle en serait tombée si elle n'avait saisi l'étrier. Elle sut d'emblée que l'os était cassé.

Malgré sa patte folle, malgré la douleur qui la mordait comme un animal fou, elle clopina vers une souche, sans lâcher le cheval. S'il partait, elle était fichue. Elle fixa la bride à une branche alentour et baissa comme elle put son pantalon avant d'asseoir sa fesse gauche sur l'arbre coupé afin de soulager au maximum l'appui sur sa jambe morte. Elle replia le genou droit et laissa couler l'urine le long de la souche, et les larmes sur son visage. Elle avait mal à la jambe et à la femme qu'elle était. Mal à toutes les femmes, et personne ne le savait.

Il fallait rentrer. Vérifier cette cassure. Sûrement plâtrer. Prendre des antalgiques contre la douleur qui menaçait de la faire vaciller.

Il fallait rentrer et demander de l'aide.

Elle reprit la bride et fit le tour du cheval, baissa l'étrier et tenta une première fois de se hisser sur la selle, mais Perceval était nerveux, il ne comprenait pas pourquoi sa cavalière montait à droite, lui qui avait toujours connu la gauche. Emportée par le mouvement de recul de l'animal, elle dut s'appuyer sur sa jambe brisée ce qui lui arracha un hurlement de douleur. La forêt absorba le cri entre les troncs noirs et le feuillage en sursis, dans une apparente indifférence. Elle caressa le cheval, le rassura, en sanglotant elle-même. Ils sentent quand l'homme a besoin d'eux, ils entendent la détresse. Adèle en était certaine. Elle s'accrocha à nouveau de toutes ses forces à la selle pour lever la jambe valide jusqu'à l'étrier sans trop avoir besoin de l'autre qui semblait morte. Elle banda tous les muscles de son corps pour se hisser et se coucher sur la selle. Face à la douleur terrible, à l'éloignement de Doux Chemin, elle se demanda un instant ce qui la ferait tenir et s'il ne valait pas mieux en finir. Le couteau était là, le dégoût aussi. Il tranchait si bien qu'elle ne souffrirait pas d'une entaille profonde dans le cou. La mort viendrait la cueillir en quelques secondes, et tout serait calme. Cependant, il y avait Gaëlle, qui l'avait accueillie avec gentillesse. Il y avait surtout Gauvain, qui s'était attaché à elle, comme elle à lui. Petit frère, grande sœur. Malgré l'absence de lien biologique, elle ressentait une certaine responsabilité. Elle rentrerait pour lui, elle tiendrait malgré la jambe qui ballotte et souffre, malgré les pentes à descendre, les branches à éviter.

Elle tiendrait pour lui. Il ne méritait pas de la perdre. En se disant cela, elle comprenait en réalité qu'elle ne méritait pas de le perdre lui, ce jeune homme si lumineux. Le seul qu'elle ait rencontré jusqu'alors.

Elle s'allongea sur l'encolure, ferma les yeux et se laissa aller.

Noyé

Il venait de sourire en regardant le réveil sur la table de chevet. 22 h 22. Élise relevait toujours avec une sorte d'émerveillement ces petits instants symboliques. Pauline le fit durant l'enfance : un point commun touchant entre les deux personnes qu'il aimait le plus. Occupé à ranger quelques documents administratifs, Édouard, assis sur le bord du lit, entouré de papiers éparpillés, entendit soudain des pas précipités et lourds sur les marches de l'escalier. Il n'eut pas le temps de songer à plus, déjà la porte s'ouvrait et Gauvain entrait dans la chambre, dégoulinant et terrorisé. Son regard avait vu le diable, et celui-ci était encore à ses trousses.

— Gauvain ?

Le garçon saisit l'homme par le col, le tira vers le bureau, lui mit les clés du 4 × 4 dans les mains, attrapa le plaid jeté sur le fauteuil et précipita Édouard dans l'escalier. Il le prit par le bras et l'entraîna en courant jusqu'à la voiture.

— Tu es trempé ! Que s'est-il passé ? C'est grave ?

L'adolescent acquiesça. Il regardait droit devant lui, concentré, le buste en avant, en lui indiquant la direction à suivre. Il frappait le tableau de bord pour signifier à Édouard d'accélérer. Par chance, à cette heure de la soirée, peu de voitures circulaient dans le secteur. Quand le véhicule s'immobilisa devant la barrière d'entrée du Val sans Retour, Gauvain en surgit pour aller l'ouvrir puis il s'élança en courant vers le lac, dans la lumière des phares. Édouard le suivait en se demandant ce qu'il allait découvrir là-haut. L'ambiance ne lui disait rien de bon. En bifurquant vers l'arbre d'or pour suivre le jeune homme, il aperçut le corps.

— Merde ! C'est quoi cette histoire ?

Phares allumés et boîte de vitesses au point mort, il se précipita pour rejoindre Gauvain qui secouait déjà l'homme. Celui-ci ouvrit les yeux à l'arrivée d'Édouard. Il tremblait, le pantalon baissé sur un sexe minuscule et transi qui pendait tristement sur la cuisse. Édouard n'eut pas le temps de réfléchir, Gauvain était déjà parti ouvrir le hayon et baisser les sièges arrière puis il revint et se positionna au pied de la victime, prêt à le porter. Ils l'installèrent dans le coffre, allongé et couvert du plaid puis reprirent la route au plus vite.

— Je ne comprends rien à ce qui se passe, Gauvain, il faut que tu m'expliques !

Le garçon, plus mutique que jamais, regardait le pare-brise, soulagé que la situation fût maîtrisée, du moins en apparence.

— On l'emmène où ? À l'hôpital ?

Il obtint un non catégorique.

— Chez ta mère ?

Gauvain tourna brutalement la tête vers lui et le regarda, fâché, l'air de dire : « Tu n'as pas une idée encore plus idiote ? »

— Chez Raymond ?

Son jeune passager leva le pouce.

Quelques minutes plus tard, ils déposaient un homme gelé, à moitié nu, mouillé jusqu'aux os, sur le canapé du vieil homme qui ne posa aucune question avant qu'ils l'aient déshabillé, frictionné avec une serviette-éponge, puis abrité sous une couverture épaisse. Raymond revint ensuite de la cuisine avec un grand verre rempli de la boisson qu'Édouard avait testée. Ce dernier frissonna face à ce quitte ou double. Soit le breuvage achevait le noyé, soit il lui donnait un coup de fouet et le sortait de sa torpeur.

— Bois cul sec, ça va te réchauffer, ordonna Raymond.

L'homme tremblant obéit sans résistance et but l'alcool d'une traite ce qui provoqua un spasme du corps entier qui le fit s'arc-bouter, suivi d'une inspiration désespérée et sifflante. Puis il retomba sur le canapé en lâchant le verre sur le linoléum épais. Déjà la petite chienne venait renifler l'objet. Gauvain l'en empêcha et la garda un moment entre ses mains pour se réconforter, avant que le vieil homme ne constate qu'il était trempé lui aussi. Il l'emmena dans la chambre à coucher et sortit des habits de son armoire, puis alla suspendre tous les vêtements sur l'étendoir au-dessus de la cuisinière. Elle crépitait pour réchauffer l'atmosphère et la victime.

— Quel méchef a bien pu arriver ? demanda Raymond en regardant l'homme allongé. Quelqu'un l'a formené ?

— J'attends de comprendre, moi aussi, déclara Édouard.

— Il a l'air recru, tu crois qu'il arrivera à parler ?

— Attendons.

— Et ces griffures profondes sur le zibouiboui et les cuisses, qui lui a fait ça ?

— Je pense qu'il est passé à travers les ajoncs, dans sa course, avant de tomber dans le lac. Ils sont solides et denses à cet endroit.

— Comme qui dit, le mal de chien qu'il a dû avoir !

— La froideur de l'eau l'aura anesthésié juste après.

— Quand même !

— Quand même…

Ils étaient tous trois assis sur une chaise, autour de la victime, qui respirait plus calmement sous sa couverture. On attendait le miracle. On espérait la ressuscitation. Même s'il n'était pas mort. L'horloge d'un autre âge battait le temps, le tranchait en secondes. À la fin de chaque son émis par la trotteuse, un petit ressort couinait, symptôme d'un mécanisme trop vieux. Le tout résonnait dans le silence du salon. Vénus jappait, remuait la queue, venait mordiller, tel un croque-mort joyeux, les doigts de l'inconnu qui pendaient hors de la couverture.

Sans réaction dudit. Aucun n'osait vérifier son état de conscience. Tant que les poumons se soulevaient, ils préféraient le laisser en paix.

— Tu n'es pas allé un peu fort avec la dose d'alcool ?

— Hom ! Comme qui dit, fallait bien le réchauffer !

Gauvain se leva alors et disparut dans le couloir. Édouard supposa qu'il avait besoin d'aller voir Gaëlle, de reprendre ses esprits lui aussi. Il avait fait le nécessaire, avait vécu une peur terrible. De quoi vider l'adolescent de toute son énergie.

Le rescapé ouvrit les yeux avec peine, épuisé et hagard. On lui laissa quelques instants de répit, on le rassura, on lui expliqua où il était. Puis, quand il sembla prêt, Édouard chercha à savoir.

— Vous vous souvenez de ce qui s'est passé ?

— Un peu que je m'en souviens. Il y a eu cette folle qui m'a attaché au rocher. Et puis j'ai couru pour lui échapper, je ne savais pas bien où j'allais, et je suis tombé dans le lac. Votre fils m'a ensuite repêché. Il ne disait rien. Je ne sais pas d'où il sortait ni pourquoi il était là, mais je crois qu'il m'a sauvé la vie.

— Que faisiez-vous là-haut ?

— Elle m'avait donné rendez-vous. Elle a bien caché son petit jeu. Je ne sais pas ce qui lui a pris. Elle a voulu me couper les couilles, et tout le reste. J'ai vraiment cru qu'elle le ferait. Il y avait de la rage dans ses yeux.

— Il parle de qui ? s'étonnait Raymond.

— Une jeune femme aux longs cheveux noirs, sur un cheval blanc, reprit l'homme.

— Notre Adèle ?

— Je crains que oui, conclut Édouard.

S'ensuivirent quelques explications vagues et un peu honteuses du rescapé, qui reprit du poil de la bête. Une colère montait en même temps que la chaleur dans son corps.

— De toute façon je vais aller voir les flics et porter plainte. Elle a failli me tuer, cette folle ! Il faut l'enfermer.

— Et tu diras quoi à ta bonne dame ? lui demanda calmement Raymond qui voulait épargner tout le monde.

Il baissa les yeux, embarrassé. Son épouse en souffrirait. Peut-être le quitterait-elle. Il n'en était pas sûr. Il s'en voulait. Refusait de lui faire du mal.

— Et si elle recommence ?

— Elle ne recommencera pas, lui assura Édouard.

Il s'adressa ensuite à Raymond pour lui demander s'il pouvait raccompagner le malheureux quand ses vêtements seraient secs. Lui allait essayer de trouver Adèle pour la sermonner.

En quittant la maison, il aperçut de la lumière dans l'atelier et tenta d'y entrer. La porte était verrouillée. Il frappa au carreau et aperçut le dos de Gauvain assis à la table, des vêtements d'un autre âge sur les épaules. En collant sa joue à la vitre, il vit qu'une planche bloquait la porte. Il frappa à nouveau et le garçon lui fit un geste du bras pour qu'il s'en aille, sans même se retourner.

L'homme accepta la sentence, le cœur serré. Il aurait préféré l'accompagner dans ce moment difficile et traumatisant pour atténuer son désarroi. Ses précédentes crises de panique avaient dû suivre le même genre de scène ; ce soir, elle avait mal tourné. Le garçon avait bien réagi et sans doute sauvé ce monsieur. *Il l'a pris pour mon fils...*

L'automate lui ferait du bien. Édouard en connaissait les vertus.

— Tu sais où me trouver ! se contenta-t-il de préciser à voix haute avant de partir.

Il n'avait qu'une trentaine de mètres à franchir pour déplacer sa voiture entre la maison de Raymond et la cour de Gaëlle. Il venait d'enclencher la première vitesse et d'allumer ses phares quand il aperçut au loin, à la lisière de la forêt, le cheval blanc qui marchait vers le hameau, une masse inerte sur la selle.

— Nom de Dieu !

Il gara la voiture de sorte que le chemin soit éclairé par le véhicule et appela Gaëlle d'une voix puissante en se dirigeant vers la maison. Elle en sortit à la hâte, en enfilant un châle sur les épaules.

— Je vais avoir besoin de ton aide, ne pose aucune question. Je t'expliquerai quand tout sera rentré dans l'ordre.

— Où est Gauvain ?

— Dans l'atelier de Raymond. Il va bien.

Édouard s'élança en direction de la forêt et réapparut quelques instants plus tard, les rênes en main. Adèle se redressa sur la selle. Elle ne disait rien, savait qu'il savait. Tout était écrit dans son regard.

— Je crois que ma jambe est cassée.

Il immobilisa le cheval devant la maison et Adèle se laissa glisser dans ses bras. Il la porta sur le canapé en prenant mille précautions. Gaëlle était allée enfermer le cheval dans la grange après l'avoir débarrassé de la selle. Il aurait la paille pour se rouler, se frotter, se sécher. Elle vérifia quand même qu'il n'était pas blessé.

Quand elle entra dans le salon, Édouard revenait de la cuisine avec un torchon de vaisselle propre et de l'eau chaude dans une casserole. Il commença à nettoyer le cou ensanglanté de la jeune femme, en remontant progressivement vers le visage.

— Je crois que tu as une entaille profonde à la joue. Il faut sûrement des points de suture.

— C'est la jambe qui me fait mal.

— Je vais t'emmener aux urgences.

— Que s'est-il passé ? essaya Gaëlle.

— Tu réponds ? proposa Édouard à la jeune femme qui regardait le plafond pour ne pas pleurer.

— J'ai merdé.

— C'est à cause de toi que Gauvain rentre parfois dans tous ses états ? poursuivit la femme.

Face au silence, Gaëlle s'élança vers la porte, freinée dans son élan par Édouard.

— Je crois qu'il ne veut voir personne. Il bricole. Ça lui fera du bien. Laisse-le, il n'est pas en danger là-bas. Raymond n'est pas loin.

— Mais il a...

— S'il te plaît.

En raccompagnant l'inconnu, le vieux voisin avait crié à travers la fenêtre que la porte était ouverte et le lit à l'étage disponible s'il voulait dormir.

À son retour, il jetterait un œil à l'intérieur de l'atelier, verrait le garçon affairé à sa tâche, apercevrait un matelas isolé du sol par un vieux drap, un oreiller et une couverture pliée posés dessus, et il saurait que Gauvain ne sortirait pas de là avant d'avoir fini son ouvrage.

Édouard installa Adèle sur la banquette arrière, en calant sa jambe avec des coussins. Gaëlle ne proposa pas de les accompagner, elle voulait rester pour son fils, au cas où il sorte de sa tanière, en petit animal affamé qui cherche de la nourriture. L'homme roulait doucement pour ménager la douleur.

— Je ne te dirai rien ce soir, ce n'est pas le moment. En revanche, nous parlerons demain. Et tu n'auras pas le choix. De toute façon, tu ne pourras pas aller bien loin. Tu as failli tuer un homme ce soir et finir en prison pour plusieurs années. Réfléchis cette nuit, parce que j'aurai besoin de quelques explications demain. Et j'aurai des choses à te dire.

Il n'évoqua plus l'épisode, la porta jusqu'à un brancard à l'entrée des urgences, resta avec elle, s'engagea à payer la facture des soins – elle n'avait plus de droits Sécu ouverts –, attendit à côté de son silence, lui tint la main quand le médecin lui sutura la joue entaillée par la branche, aida le manipulateur radio à l'installer sur la table glacée, sortit pour fuir les rayons, puis revint pour la déposer à nouveau sur le brancard. Il partit leur chercher un café pour tenir encore un peu, acheta un paquet de M&M's au distributeur pour son cerveau en mal de sucre et de réconfort. À son retour, il observa la technique singulière utilisée pour immobiliser une jambe dans une coque en résine, tout en proposant des friandises à l'infirmier.

Plus tard dans la nuit, il déposa Adèle sur son lit, la déshabilla de ses vêtements souillés, sans état d'âme et sans émoi, malgré la nudité, lui passa un gant de toilette chaud sur le haut du corps pour la laver du reste de sang, et lui enfila un long tee-shirt avant de refermer la porte sur elle, animé d'un mélange de colère et de peine. Avant de rejoindre sa chambre, il jeta un œil vers la maison de Raymond. La fenêtre de l'atelier était toujours illuminée. Il se fit violence pour ne pas y retourner.

Faire confiance à la vie...

Quand tout se libère

Ce matin-là fut étrange.

Adèle et Gauvain n'étaient pas présents à table. La vapeur d'eau qui s'échappait des tasses se perdait dans le silence ambiant. Le visage chiffonné de Gaëlle trahissait sa mauvaise nuit. Édouard s'était écroulé du sommeil du juste. Raymond ne dirait rien du sien. Il dormait par-ci par-là, de nuit, de jour, quand le corps réclamait son dû. Un grand n'importe quoi difficile à partager. Il en évoqua un autre.

— Gauvain est venu prendre un café au lait avec une tartine. Il a câliné Nimbus, a joué avec Vénus, et il est reparti s'enfermer dans l'atelier. Je crois qu'il a pas beaucoup dormi, mais il s'est quand même mis sous la couverture. Elle était posée bredi breda sur le matelas. J'ai jeté un œil en passant.

— Qu'est-ce qui a pris à Adèle ? demanda Gaëlle, incrédule depuis la veille.

— J'espère le découvrir, lui répondit Édouard en se levant pour préparer un plateau de petit déjeuner.

— Mets-lui aussi un yaourt sans sucre.

Il marcha rapidement sous la petite pluie fine. Raymond aurait parlé de brouée, dans son langage si particulier fait d'argot, de mots anciens et d'expressions que l'on aurait cru inventées par lui-même. Une petite pluie courte comme il en tombait parfois sur Brocéliande, et qui donnait un nouvel éclat à la forêt, la brillance d'un sirop de sucre sur une tarte aux pommes. Si un rayon de soleil suivait, l'ambiance scintillante devenait féerique.

Il posa le plateau au sol et frappa. Un imperceptible oui réussit à franchir la cloison. Il ouvrit la porte en grand avant de se saisir du petit déjeuner. La jeune femme était méconnaissable. Une boursouflure sur la joue autour des trois points de suture, entourée d'une large égratignure rouge vif, des cernes profonds et sombres, des yeux sans voix. Il posa le plateau sur le lit et approcha une chaise pour s'y installer.

— Comment tu te sens ?

— J'ai mal.

— Tu vas pouvoir prendre des antalgiques avec ton café. Tu veux que je te pose des questions ou tu préfères me raconter ?

— Tu en as sûrement, pose-les-moi.

— Ce n'était pas le premier je suppose ?

— Non.

— Combien ?

— C'était le quatrième.

— Nom de Dieu ! C'est un miracle qu'aucun n'ait porté plainte. Pourquoi ?

— Pour les faire payer !

— Leur faire payer quoi ?

— Leur infidélité !

— Mais en quoi ça te regarde, Adèle ?

— Les hommes qui se foutent de leur femme, ça concerne toutes les femmes.

Elle se tut. Elle fulminait et à la fois sentait monter en elle ce chagrin terrible en pensant à sa mère. Elle n'avait jamais prévu de le raconter à quiconque, et pourtant, elle avait conscience, en cet instant précis, avec la joue qui tiraillait et la jambe fracturée, qu'elle devait cesser ce combat. Du moins ne pas le mener à n'importe quel prix.

Édouard lui servit un verre d'eau et expulsa un cachet du blister pour le lui tendre.

— Tu sais que Gauvain est rentré très perturbé plusieurs soirs à cause de toi ?

— Je ne savais pas.

— Hier, il a sauvé cet homme d'une noyade certaine. Imagine ce qu'il a ressenti de te voir comme une furie avec un couteau dans la main prête à mutiler ce pauvre type qui n'avait rien demandé à personne. Quelle violence ! Tu sais pourtant qu'il est sensible.

— Je te dis que je ne savais pas qu'il me suivait !

— Hormis le problème d'avoir choqué Gauvain, tu ne peux pas faire justice toute seule, une justice que tu décides toi-même.

Elle ne répondit pas. Vidée de ses forces la veille au soir, elle mangeait désormais avec appétit. Édouard approcha une chaise du lit et s'y assit, afin d'être proche pour cueillir les confidences sans les abîmer. Chercher à comprendre l'origine du mal, la raison primitive, ce qui avait inoculé cette folie en elle. La jeune femme se cachait derrière sa tasse de café, acculée dans un coin de la cage.

Il lui coûtait de raconter, d'expliquer ce qui s'était passé, de se répandre en vomissures de haine, mais qui d'autre pourrait l'écouter ? Cet homme dont elle retrouvait l'odeur agréable avait pris soin d'elle comme un père de sa fille. Adèle n'aurait peut-être jamais d'autre chance de parler, elle en avait conscience.

— Quelqu'un t'a fait du mal ?

— Mon père. Et il en fait à ma mère. Je suis partie pour me protéger, en la laissant derrière moi. J'ai coupé les ponts.

— Il y a longtemps ?

— Un peu plus d'un an.

— Voilà un peu plus d'un an que ta mère est sans nouvelles de toi ?

— Oui.

— Tu imagines sa peine ?

— Je ne voulais pas qu'il me retrouve.

— Que s'est-il passé ?

Effluves amis, bout de l'impasse atteint, impossibilité de fuir…

Adèle prit une grande inspiration et si aucun son ne sortit à la première tentative, elle réussit à la seconde. Édouard l'écouta sans l'interrompre, sans lui prendre la main non plus, elle n'était pas ce genre de femme que le contact masculin réconforte. Il ignorait qu'une odeur le pouvait.

Ainsi apprit-il l'origine de cette rage et de cette volonté de vengeance.

— J'ai toujours connu ma mère soumise à mon père. Elle obéit, elle exécute, mais elle n'en retire aucune joie. Elle s'est laissé faire toute sa vie, et moi j'ai décidé du contraire. On reproduit ou on se rebelle, non ? Je me suis quand même pris des mains aux fesses pendant le service, ils sont restaurateurs. Je n'étais même pas majeure. Je répondais, je giflais les clients et mon père détestait ça, il me faisait passer pour une folle, juste pour ne pas perdre sa clientèle. Je faisais des études en parallèle, qui me donnaient des perspectives de fuite. Quand j'ai avoué à mes parents que j'étais lesbienne, mon père est devenu fou. J'aurais dû partir à ce moment-là.

Adèle avait beau s'imaginer en dehors de son corps pour décrire la scène, la blessure d'effraction revenait, accompagnée de la rage. Édouard lui laissait le temps. Il voyait bien cette lutte intérieure, il l'avait déjà expérimentée, pour d'autres raisons, à moindre intensité. Quoique aucune peine ne soit soumise à un possible classement d'échelle.

— Un jour, mon père m'a demandé d'aller refaire une chambre à l'étage, pour un client qui la voulait tout de suite. Quand je suis entrée, la porte s'est fermée, et il y avait deux habitués du restaurant qui m'attendaient, un jeune et un plus vieux. Ils ont commencé à essayer de me toucher les seins, les fesses, je me suis débattue. Le vieux m'a ceinturé les bras et le jeune a arraché les boutons de mon décolleté, il a soulevé ma jupe pour arracher ma culotte. Je lui filais des coups de pied, et plus je lui en filais, plus il s'énervait. L'autre me tenait trop fort, alors il a réussi à fourrer ses doigts au fond de moi avant que je lui donne un coup de pied dans le menton. Il s'est reculé et a commencé à défaire la ceinture de son pantalon, en me disant que mon père leur avait dit de me montrer ce que c'était qu'un homme. J'ai senti quelque chose monter en moi, la puissance d'un fauve. J'ai hurlé, mordu le vieux qui me tenait, donné un coup de poing à l'autre et j'ai réussi à sortir de la chambre. Mon père attendait dans le couloir. Le salaud !

Édouard s'étonna qu'elle n'ait pas porté plainte. Son corps portait les stigmates de la lutte. Mais elle avait peur que son père ne s'en prenne à sa mère, en représailles. Qu'il s'en prenne à elle également. Elle ferma donc tous ses comptes, utilisa son deuxième prénom pour en ouvrir un ailleurs – un peu de charme devant le banquier avait suffi, en minaudant un caprice de goût pour ce premier prénom –, résilia sa ligne téléphonique et vint se cacher dans la forêt.

— Ta mère a sûrement besoin d'aide, non ?

— Moi aussi j'en avais besoin, bordel !

— Tu lui en veux ?

— À elle ? Non. Je la plains. Je l'ai toujours connue triste. Sauf quand elle coud.

— Elle doit se faire un sang d'encre. La disparition de sa propre fille ! Elle peut tout imaginer.

Te croire morte dans un talus, ou à la merci d'un réseau de prostitution. Elle ne pourra pas ôter ces images de sa tête. Tu ne peux pas lui infliger ça. Appelle-la pour la rassurer !

Édouard sentit ses entrailles se nouer. Il pensa à sa fille. Sa Pauline joyeuse et souriante à qui il n'était jamais rien arrivé de grave. Un tel scénario de disparition lui serait insupportable. Il deviendrait fou de peur et de peine.

— Et si mon père me retrouve ?

— Appelle avec mon numéro, au moins pour lui dire que tu es vivante et que tu vas bien ! Il ne te retrouvera pas !

— Je vais y réfléchir.

— Il n'y a rien à réfléchir. Fais-le ! Je te laisse mon téléphone, je le récupérerai tout à l'heure.

— Tu vas me dénoncer ?

— À qui ? Aux flics ? Tu devrais plutôt aller les voir pour dénoncer ton père et ces deux types qui t'ont fait du mal et qui vont peut-être recommencer avec une autre.

Édouard posa son portable sur la table de chevet et reprit le plateau. Il était en colère contre ces salauds qui agissent en toute impunité, qui se croient tout permis. Il était en colère contre Adèle, d'avoir répondu à la violence par la violence, en se trompant de cible. Elle ne recommencerait pas. Du moins l'espérait-il.

Dans la cour, il croisa un Platon agité. Le chat marchait en suivant la trajectoire du signe de l'infini, à tel point qu'un huit d'herbe tassée commençait à se dessiner dans la pelouse. Il recommençait encore et encore en miaulant comme s'il chuchotait. On eût dit qu'il se parlait à lui-même. Si d'aucuns affirment que les chats sentent quand les humains vont mal, l'inverse fut soudain concevable ; Édouard ne l'avait jamais vu ainsi préoccupé. Platon ne lui accorda pas la moindre attention. Par contre, quand il le vit se diriger vers la maison avec son plateau, l'animal fila vers la forêt.

Le plateau vide entre ses mains, Édouard s'aida de son coude pour appuyer sur la clenche et entrer. La journée ne faisait que commencer, et une deuxième femme montrait sa peine sous ce toit.

Un automate tournait en boucle sur la table. Gaëlle le regardait et des larmes coulaient. Elle ne détacha pas ses yeux de l'objet quand il s'assit à côté d'elle. Ni quand il posa une main solide sur son épaule devenue frêle. Il prit le temps d'observer le mouvement, d'essayer de comprendre ce que représentait l'objet. Le défi technique de Gauvain était gagné. Il avait réussi, au sacrifice de sa nuit. Le maître fut impressionné par l'élève. Une telle qualité pour une deuxième création confirmait l'esprit vif, la logique aiguisée, l'intelligence exceptionnelle. Par ailleurs, il avait soigné l'habillage et l'objet était beau.

Quelle que fût sa beauté, l'automate faisait pleurer Gaëlle.

Un escalier, un roi de jeu d'échecs qui le descend, puis réapparaît à l'étage où il rencontre le fou avant de redescendre. En bas la reine qui fait le tour d'une porte ouverte. Un cavalier posé dehors, qui ne bouge pas.

— Tu m'expliques ?

— Je comprends tout, et je ne comprends rien à la fois.

— Dis-moi le tout, dis-moi le rien.

— Il représente l'escalier de notre maison, là où mon mari s'est tué. Je rentrais du travail avec un collègue qui me raccompagnait. Quand j'ai ouvert la porte, son corps tourneboulait dans les marches comme une marionnette désarticulée. Il s'est tué sur le coup, on n'a rien pu faire. Je suis la reine, il l'a décorée du même motif que la robe que j'avais enfilée ce jour-là. Et le fou, c'est Gauvain. Il porte cette couleur bleue d'un pull qu'il enfilait tout le temps. Il a même reproduit le tableau qui décorait le mur de l'escalier. Il n'y a aucun doute.

— C'était un accident, non ? Il a été témoin de la scène. N'est-ce pas une façon de chasser ses démons ?

— Regarde bien. Quand le roi remonte à l'étage.

L'automate poursuivait ses cycles devant eux. Trois moteurs différents l'animaient. Un pour le fou à l'étage, un autre pour la reine au rez-de-chaussée, le troisième, plus complexe à monter, pour le roi qui dévalait l'escalier. Ils attendaient patiemment que la pièce d'échecs remonte vers l'étage en passant sous la structure. Une prouesse technique d'après Édouard qui se demanda s'il aurait été capable de l'imaginer lui-même.

— Regarde, là, dit-elle en pointant l'automate du doigt. Il est au bord de l'escalier, et le fou vient par-derrière, comme s'il le poussait.

— Il avait cinq ans, il n'a pas pu pousser son père dans l'escalier. Gaëlle, c'est un accident !

— Regarde bien le mouvement ! Et s'il essayait de nous dire quelque chose ?

— Où est-il ?

— Il doit être à la clairière, sa sangle n'est plus là.

Édouard tourna l'interrupteur de l'automate et l'emporta dans la chambre de Gauvain pour le soustraire à la vue de Gaëlle. À son retour auprès d'elle, il l'étreignit en lui suggérant d'aller gratter du bois dans son atelier pendant qu'il serait à la clairière. Elle semblait avoir perdu toutes ses forces et il éprouva de la peine à la voir ainsi. Une femme solide, battante, indépendante, devenue soudain petite souris vulnérable. Du reste, en marchant vers la forêt, il dut se rendre à l'évidence : il était épuisé lui aussi. Les événements s'enchaînaient sans lui laisser aucun répit. Un écureuil disparut, à une dizaine de mètres devant lui.

Il pourrait un peu se calmer le grand changement, oui ?

Édouard était venu pour trouver des réponses à ses problématiques et il participait à résoudre toutes celles des autres. Une mélancolie soudaine l'envahit, un besoin intense de se sentir contenu par des bras qui rassurent. Il lui revint en mémoire ces moments où petit, fiévreux au fond de son lit, sa mère prenait soin de lui, avec la douceur maternelle qui soigne.

Plus de mère, plus de père, plus de femme.

Élise se trouvait loin. Il fallait désormais choisir le moment propice pour éprouver ce besoin-là. La distance pouvait vite devenir cruelle.

Il s'arrêta à mi-parcours du doux chemin, là où un chêne ancien, un peu en retrait, se ratatinait sur son tronc, trapu et noueux. Couvert de bryophytes, il donnait l'image d'un vieux sage somnolant que plus personne n'ose déranger. Édouard ne comprit pas ce qui le poussa à se diriger vers lui et à l'enlacer, la joue collée à la mousse, ses bras n'en faisaient pas le tour. Il avait calé ses pieds de part et d'autre de la base du tronc et essayait de mettre en contact la plus grande surface de son corps avec l'écorce. Il ferma les yeux et communia, en se fichant bien de ce qu'on pourrait penser de lui si d'aventure un promeneur passait aux alentours. Il n'avait besoin que d'échanger sa fatigue contre de l'énergie. Il ne pensa à rien d'autre qu'au chêne, essaya de se fondre dans l'écorce. Il y trouva plus de force qu'il ne pouvait en espérer. Il y avait contre ce tronc une sorte de fluide invisible qui semblait venir de la terre et du ciel à la fois. La force du sol dans lequel il était ancré, couplée à la légèreté des plus petites branches de la canopée qui dansaient avec le vent. Et une sève circulante, irradiante, qui prenait les pensées complexes et sombres d'Édouard pour aller les exposer à la lumière des dernières feuilles en sursis et les lui rendre lavées et sucrées d'une photosynthèse sans jugement. Cette étape improvisée lui redonna force et courage pour partir à l'assaut des mystères de Gauvain.

Le garçon avait installé la *slackline* à une hauteur moyenne sans que cela représente un réel danger. Il marchait, accélérait, se tournait, s'asseyait, se relevait sous les yeux du chat, posté sur sa tour de contrôle. Édouard trouva l'animal apaisé et le garçon calme. Il décida d'aller s'asseoir contre la roche de schiste et d'attendre sans bouger que le moineau s'approche de lui.

Cela mit une heure. Pas une seule fois Gauvain ne le regarda. Il savait qu'on venait lui parler de l'automate, il l'avait souhaité – la clairière le lui avait suggéré. Trop tard pour revenir en arrière. Il pouvait au moins s'accorder du temps avant d'affronter. La sangle lui faisait du bien, le baignait de douces hormones. Il serait bientôt prêt.

Quand enfin il sauta à côté d'Édouard, celui-ci lui parla sans détour.

— Ta maman pleure à la maison. Elle a peur de comprendre des choses.

Le vent peinait à se faufiler entre eux tant le garçon s'était assis à proximité. Il fixait des yeux le tilleul aux deux troncs. Ce qu'il avait redouté jusque-là arrivait. Le grand jour, l'épreuve, la libération.

Il fut d'abord trop petit pour parler, puis il eut trop peur de tout avouer, enfin il expérimenta le confortable silence, en pensant que tout s'estomperait avec le temps.

Rien ne s'effaça.

Au contraire, cette violence qu'il avait cru normale lui devenait insupportable. Il fallait qu'il parle de ce qui s'était produit, qu'il se débarrasse de ce fardeau d'enfant qui pesait de plus en plus lourd sur ses épaules de plus en plus larges. Et qu'il parle tout court. Savoir crier aurait évité à l'homme de tomber dans le lac.

Le mutisme devenait prison, après avoir été refuge.

— Tu sais, quand j'avais ton âge, j'ai utilisé un automate pour dire la chose la plus difficile à exprimer à une fille. J'ai fabriqué un petit clown avec un cœur qui tourne autour de lui pour lui avouer que je l'aimais. Les automates sont bien pratiques, ils parlent à notre place. Non ?

Gauvain acquiesça. Il était prêt. Même si la parole manquait toujours et que l'aveu n'était pas de l'ordre de l'amour, comme le clown. Là, il était question de fou, de roi, de mort. Il attendit qu'Édouard – qui réfléchissait – prît l'initiative du dialogue.

— Bon, alors, je vais te poser des questions fermées et tu vas répondre par oui ou par non, d'accord ?

— (Oui.)

— Tu as peur ?

— (Oui.)

— Tu me fais confiance ?

— (Oui.)

— Ton automate représente une scène qui s'est réellement passée ?
— (Oui.)
— Le roi, c'est ton père ?
— (Oui.)
— Et toi, tu es le fou ? Et ta maman, la reine ?
— (Oui, oui.)
— Le cavalier, c'est un voisin ?
— (Non.)
— Un collègue de ta maman ?
— (Oui.)
— Ton papa était en colère ?
— (Oui.)
— Contre toi ?
— (Non.)
— Contre ta maman ?
— (Non.)
— Contre le monsieur ?
— (Oui.)

Gauvain attendait chaque question patiemment. Comme s'il les connaissait à l'avance. Comme si elles avaient toujours existé et qu'il ne faisait que les repousser depuis dix ans, telles les particules d'air devant le nez d'un avion, qui finissent par exploser de s'être accumulées. Gauvain était en train de franchir le mur du son dans un ciel immense et bleu de vérité. On aurait pu croire que son calme précédait la tempête, il n'en était que le résultat.

— Il est tombé dans l'escalier ?
— (Oui.)
— Il avait bu ?
— (Non.)

— Il est tombé tout seul ?

— (Non.)

Édouard hésita un instant. Il ne pouvait se résoudre à poser la question suivante. Celle-ci lui semblait si invraisemblable. Il le devait cependant. Pour lever les doutes de Gaëlle, pour libérer Gauvain. Pour comprendre.

— L'as-tu poussé ?

La respiration du garçon s'accéléra. Contenir la vague qui montait, la casser avant qu'elle ne vienne le frapper. Il se sentait minuscule face à la tempête qui grondait. Il hésita lui aussi, regarda Édouard, puis l'arbre.

— (Oui.)

— Volontairement ?

— (Non.)

— Alors c'était un accident ?

— (Non.)

Là-haut

— Je ne t'en veux pas, assura Gaëlle.

Elle le pensait sincèrement. Elle aurait pu. Elle aurait dû. Le ressentiment était légitime en pareil cas. Et pourtant non. Peut-être parce qu'elle sentait poindre le dénouement et qu'Adèle y était pour quelque chose.

Assise dans son lit, la jeune femme n'osait pas regarder son aînée. Bien sûr qu'elle n'aurait pas agi de la sorte si elle avait su que Gauvain la voyait. Bien sûr qu'elle voulait le protéger.

— Je l'aime comme un petit frère, tu sais ?

Comment lui en vouloir alors ? Gaëlle exécrait la violence des hommes. Elle l'avait subie, elle aussi. Mais tout comme Édouard, elle était persuadée que la loi du talion n'avait aucun effet positif. Adèle était jeune, elle s'était trompée, elle n'avait pas voulu nuire à son fils. Cela lui suffisait pour passer l'éponge. Elle voulait garder cette confiance naturelle qu'elle avait offerte à la nouvelle venue, un an auparavant. Son air penaud trahissait sa détresse. Gaëlle n'était pas du genre à frapper une personne déjà à terre.

Elle ne savait rien des confidences à Édouard, rien de ses préférences sexuelles ni de la fuite qu'elles avaient provoquée ni de cette mère qui se morfondait à l'autre bout de la France. Elle ne voulait rien savoir. Pas là. Plus tard peut-être.

Là, elle avait peur, elle pensait à son fils, à l'automate, à la vérité qui était en train d'apparaître au grand jour comme une photo Polaroid.

Quand la nature retient son souffle

Édouard malaxait ses pensées, les triturait, les disposait dans tous les sens comme un casse-tête qu'on s'acharne à résoudre. Le silence reprenait vite ses droits, assuré de la légitimité de s'être depuis si longtemps installé. On ne bouleverse pas l'ordre établi, on ne secoue pas pour qu'en sorte une vérité si bien cachée. Le garçon n'en passerait pas par l'écrit, pas cette fois-ci. Car écrire signifiait dire, alors que répondre, ma foi, formait l'ellipse derrière laquelle l'enfant se cachait, sûr d'avoir disparu, alors que tout de lui dépassait. Il importait donc qu'Édouard imagine la scène, comprenne pourquoi le roi était en colère contre le cavalier. À cause de la reine ?

— Ton père était jaloux du monsieur ?

— (Oui.)

Il était si petit. Édouard douta qu'un enfant de cet âge puisse avoir la notion de ce sentiment. C'était sans compter qu'il avait désormais quinze ans, une intelligence hors pair et la sensibilité d'une plume de poussin.

— Il voulait s'en prendre à lui ?

— (Oui.)

— Tu as eu peur qu'il ne le fasse ?

— (Oui.)

— Qu'il le tue ?

— (Oui.)

— C'est ce qu'il disait ?

— (Oui.)

— Tu as essayé de le retenir ?

— (Oui.)

— C'est là qu'il est tombé ?

— (Oui.)

— Alors tu penses que c'est toi qui l'as tué ?

Le garçon déposa sa joue sur l'épaule d'Édouard qui l'enveloppa de son bras. Enfin des larmes saines, des larmes qui coulent sur la peur, qui coulent d'avoir tué son père. Qui coulent de se sentir coupable.

Et la nature soupira.

Infime bruissement d'une aile de papillon.

Indicible joie que l'humilité empêche.

L'arbre, le rocher, les herbes hautes, les oiseaux. Tous avaient retenu leur souffle, et tous furent soulagés qu'enfin il ait parlé.

Édouard tenta de le rassurer, de lui faire entendre qu'il n'était pas responsable, qu'il avait eu le bon réflexe pour un enfant si petit. Que le reste n'était qu'un malheureux concours de circonstances. Qu'il n'avait rien à craindre et que sa maman l'aimerait toujours. Elle ne t'en voudra pas. Personne ne t'en voudra. Il lui posa une dernière question ; avait-il eu peur qu'Adèle ne tue ces hommes qu'elle attirait dans la forêt ?

Il confirma.

Édouard comprit. Il rembobina le film de ces derniers jours, de ces dernières semaines, et il comprit. Pour étrange que fût la rencontre entre tous, elle prenait sens. Les pièces du puzzle se rencontraient, s'imbriquaient, racontaient une histoire. L'histoire de chacun et celle, collective, qui naissait sous ses yeux et en lui.

Des chocolats de fête

Les Rousses

Une perce-neige qui fend la glace, puissante d'un hiver qui s'achève après le froid et le sombre.

Nous avions beau être l'automne, Christine était cela : une fleur qui pousse dans la nuit parce que la nuit s'incline devant l'espoir.

Elle n'avait pas vu Raphaël autant qu'elle l'aurait souhaité durant ces derniers mois. Plusieurs fois ils marchèrent dans la forêt complice, de façon régulière, singulière. Cinq fois. Peut-être six. Christine ne comptait pas. Aussi importants que soient ces moments heureux, ils ne suffisaient pas à chasser la peine. Delphine avait disparu depuis plus d'un an, et certains matins, sa mère se surprenait à ressentir de la résignation au sortir du sommeil, avant de la chasser avec violence et dégoût. Le temps commençait à l'endormir, à l'habituer au vide. Atroce constat.

Mais ce matin-là, ce matin perce-neige, Christine déboula dans la gendarmerie. Elle aurait tant voulu courir vers le bureau de

Raphaël. Il fallut cependant s'annoncer puis attendre. Attendre et trépigner. Avoir envie d'embrasser le jeune gradé qui assurait l'accueil avec son Bic et son toc. Trépigner et se tenir. Il raccrocha.

— Il vous attend dans son bureau, je crois que vous savez où il se trouve.

Christine n'avait même pas pris le temps de le remercier, elle s'engouffrait déjà dans le couloir, le pas rapide et le cœur battant.

Il patientait, debout, la main sur la clenche, et sut à son sourire. Elle attendit qu'il ferme la porte pour se précipiter contre lui.

— Dis-moi !

— Elle m'a appelée.

— Elle va bien ?

— Elle est vivante.

— Où est-elle ?

— Elle ne me l'a pas dit. Je crois que je n'ai pas demandé. Je voulais juste l'entendre, savoir qu'elle allait bien.

— Je suis heureux pour toi.

Puis il lui proposa la chaise, lui chercha un café, sortit quelques chocolats. Pour fêter. Il avait toujours des gourmandises dans son tiroir. Pour les enfants, pour les femmes tristes, pour lui, parfois, quand il devait veiller tard, ou encaisser des drames. Pour fêter.

Christine en prit trois. Il la regardait les manger, les joues rouges et l'âme légère. La bouche pleine, elle riait avec les yeux. Un an plus tôt, elle était triste à mourir. Elle jouait avec le petit fil de son manteau, pour ne pas s'écrouler.

Raphaël se réjouissait de ce bonheur chocolaté, tout en gardant en lui l'indicible peine de savoir Christine aux griffes de son mari. Elle avait eu des nouvelles de sa fille, mais quel serait son quotidien, hormis la levée de l'angoisse ?

Il avait bien tenté, au creux de la forêt, de lui glisser quelques chuchotements qu'elle aurait pu entendre. Qu'elle aurait pu prendre comme des invitations à le rejoindre, à s'extraire de la vase pour choisir une eau claire. Le vide de Delphine la rendit sourde à sa propre considération. Fallait-il qu'il murmure à nouveau son désir de l'aider ? Et celui de l'aimer ?

Il n'en fit rien, et lui tendit la boîte de chocolats, avant d'en prendre un pour adoucir son constat, pour ne sentir que le sucré de l'instant. Pour fêter.

La lettre postée

Les cloches de la petite église chantaient 15 heures.

Assis sur un muret de pierres en face d'une maison aux volets fermés, Édouard songeait. Le bien immobilier comptait trois bâtiments, juxtaposés de façon à délimiter un espace abrité. Une sorte de U dont il aurait manqué un morceau. L'ancienne auberge du bourg de Tréhorenteuc, plusieurs fois reprise, plusieurs fois fermée.

Édouard tenait la lettre dans ses mains. Il l'avait signée sans trop réfléchir, avec la tête, sans en parler au cœur. Ou peut-être l'inverse. Il ne savait plus trop. Il avait signé, voilà tout ce qui comptait. Un armistice, une promesse de paix, du moins de non-guerre. Il aurait eu le choix de se battre. Il n'avait pas la force. D'aussi loin qu'il se souvienne, l'injustice l'avait toujours meurtri. À quelque échelle qu'elle fût. Il avait surnagé aux petits ébranlements et n'avait pas chaviré aux grands. Pour autant, le malaise ne l'épargnait jamais. Avec les années, il avait appris à s'en accommoder.

À quel degré d'iniquité correspondait cette enveloppe ? Édouard la rangeait dans la catégorie agitée à très agitée. Une déferlante sur la jetée. Pourtant il se sentait serein. Calme au milieu des vagues. Il savait son navire solide, et le phare clignotait au loin, à Val-André, une lumière dans sa nuit, une Élise dans sa vie.

En termes de solidité, il retenait les derniers événements auxquels il avait été confronté et dont il s'était sorti. Dont ils s'étaient sortis. De quoi se rassurer pour faire face, quel que soit l'avenir. Cette enveloppe signait son nouveau départ. Le classement définitif aux archives de ses cinquante premières années. Du moins les trente dernières. Car jusqu'à vingt ans, il avait été heureux, si l'on exclut le naufrage d'amour. Aujourd'hui, il retrouvait son île, peu importait l'embarcation, du moment qu'elle lui permettait d'accoster.

Il regardait ce bâtiment en pensant à Gaëlle, à la façon dont elle avait encaissé le passé quand elle avait compris la vérité. Elle s'en voulut de n'avoir rien vu, rien compris. Puis Gauvain les avait rejoints, était tombé dans les bras de sa mère. Édouard s'était éclipsé pour ne faire aucune ombre à ce qu'ils se disaient enfin. Pour finir son automate chez le voisin.

Il regardait ce bâtiment en pensant à Adèle. Une fille sauvage qui ne demandait qu'à être apprivoisée. À cette main qu'il lui avait tendue avec en son creux un mélange d'attention et de respect pour qu'elle ose s'approcher et y picorer ce qui aurait dû la nourrir jusqu'alors.

Il regardait ce bâtiment en pensant à Élise. À son regard, à sa peau blanche, à son sourire et ses fossettes. À ce qu'elle lui offrait de douceur et de fantaisie, de couleurs et de folie. La folie de remonter le temps tout en acceptant son inexorable avancement. À la simplicité de s'être retrouvés comme s'ils ne s'étaient jamais perdus. Ou alors la veille, ou peut-être une heure plus tôt. Il est des séparations où le temps se fige. Il pensait à ces rêves passés qui s'autorisaient une place dans l'avenir.

Il regardait ce bâtiment en pensant à Raymond. À cette phrase qui le hantait et qui évoquait le vrai progrès, celui de vivre dans la forêt. À son alcool fort qui enivre et fait oublier, ou réchauffe les naufragés, à sa boîte de gâteaux qui semblait avoir toujours existé, à son chien fatigué, et à la petite chienne qui rebattait toutes les cartes. À la simplicité d'une existence qui ne regarde qu'un jour après l'autre, au milieu des vergers et du potager. À sa philosophie innée et à ses mots oubliés.

Il regardait ce bâtiment en pensant à lui, Édouard Fourcade, l'époux qui s'en était allé. À ce qu'il avait gagné en partant. Aux rues de Paris qu'il ne voulait plus fouler chaque jour. Au tas qu'il avait déblayé et à la magie qu'il avait retrouvée. À l'amour qu'il lui restait à faire, et celui qu'il n'avait cessé d'éprouver. À ce qu'il ne voulait plus rater. Aux journées qu'il attendait désormais. À sa fille qu'il pourrait inviter.

Il regardait ce bâtiment en pensant à tout et à rien. Sauf à tenir cette enveloppe entre ses doigts. Et son destin à bout de bras.

Les cloches de la petite église chantèrent 16 heures.

Alors il se décida à se lever, les fesses ankylosées et les pensées plus claires. Une décision était née dans cette heure oubliée entre deux carillons. Une décision certaine et vertigineuse, nourrie de ces quelques semaines qu'il venait de traverser avec une intensité sans précédent, ainsi que des cinquante années d'avant.

Avant la lettre d'Élise.

Il regarda une dernière fois la bâtisse avec laquelle il venait de s'entretenir puis se dirigea vers la boîte aux lettres. Le moment était arrivé de ne surtout pas réfléchir. Poster l'enveloppe comme on envoie une bête facture ou une carte postale. Sans affect. Sans tergiversation. Sans regret quand elle a disparu dans la fente.

Édouard la lâcha.

Regretta – le temps de l'entendre tomber au fond.

Puis décida qu'il était trop tard.

Que ce choix était le bon.

Ainsi soit-il.

La roue tourne

La paix pouvait reprendre ses droits dans le hameau de Doux Chemin.

On apercevait Raymond qui vaquait, une petite boule de poils sautillante autour de lui, comme un moustique qui ne vous quitte pas. La saison des pommes s'annonçait imminente et le vieux préparait le matériel indispensable à la récolte, révisait le pressoir et les fûts. Il rentrait plus tôt le soir pour caresser longuement Nimbus. S'asseoir à côté de lui pour lire son journal. Prendre les regards que le vieil animal distribuait encore, pendant que le corps s'en allait.

Gaëlle était partie plusieurs fois en forêt et revenait avec d'imposants chargements de branches. Elle avait décidé de ne pas rouvrir les chambres d'hôtes avant le printemps. Les quelques clients déjà inscrits pour novembre et décembre s'étaient vu proposer la concurrence, qui à Brocéliande n'était pas considérée comme telle. Gaëlle voulait créer, inventer, gratter, illuminer, profiter, se poser et s'élever à la fois.

Elle voulait offrir sa disponibilité à son fils dans ce moment de bascule où il y avait eu l'avant et où commencerait l'après. Elle supposait qu'il ne se passerait rien de perceptible et que le changement opérerait en douceur, maintenant qu'il s'était libéré de son secret. Elle se devait d'être là malgré tout. Et qu'aucun tiers ne vienne perturber le processus !

Plus que jamais, Gauvain s'activait. Pour aider sa mère, bricoler un troisième automate dans l'atelier de Raymond, et surtout prendre soin d'Adèle. Malgré l'agilité de la jeune femme à manier les béquilles et à s'aventurer dans les escaliers, l'adolescent solide s'était improvisé porteur et la chargeait sur son dos pour la déposer là où elle le lui indiquait. Dès le lendemain de l'accident, elle avait émis le souhait de pouvoir quand même monter Perceval. Au moins autour du hameau. Gauvain fit le nécessaire pour accéder à sa demande. Il préparait le cheval, le sellait, aidait la jeune femme à se hisser puis l'accompagnait à vélo sur les chemins alentour.

Édouard installa la roue sur le siège arrière de sa voiture, protégée par un emballage solide afin que les secousses de la route ne l'endommagent pas. Assis sur le banc devant la maison, il regardait autour de lui cette activité humaine se réaliser sous ses yeux. Il régnait dans l'atmosphère une sensation d'évidence, de naturel, d'harmonie après les tensions extrêmes des derniers jours. Ce calme qui revient une fois l'orage passé, où l'on n'entend plus que les gouttes tomber des feuilles, par-ci par-là.

Alors qu'il allait se lever, il vit au bout de la cour, près du chemin qui partait en direction de la forêt, Viviane escalader le talus et partir à l'assaut d'une pierre qui dépassait dans l'herbe. Inconsciente, elle n'avait aucune chance de garder l'équilibre. La seconde d'après, elle dévalait jusqu'aux graviers et s'immobilisait sur le dos. Édouard fut partagé. Une partie de lui le sommait d'aller sans tarder la retourner, pendant que l'autre considérait qu'il était instructif de la laisser se dépatouiller quelque temps pour qu'elle comprenne que ce genre de varappe ne lui était pas destinée. Dans le gravier, elle n'avait aucune chance de se retourner, tant le sol se dérobait sous ses coups de patte. Alors qu'il s'apprêtait à lui porter secours, il vit Platon s'approcher de la tortue, lui tourner autour quelques instants, la renifler, avant de lui donner un coup de patte précis et puissant qui la remit sur pied. Puis le chat disparut derrière la porte entrouverte de la grange, surpris lui-même par son entreprise, presque honteux de sa propre générosité.

Édouard se contenta de sourire, monta en voiture et démarra. Il s'absenterait au moins jusqu'au lendemain, peut-être durant quelques jours. Il se sentait libre. Personne n'exigeait de connaître ses activités, ses horaires de retour, à qui il parlait, ou de qui il recevait des messages. Si cette indépendance absolue l'avait d'abord déstabilisé – comme s'il marchait sur une trappe prête à s'ouvrir sur le vide à tout moment –, il savourait désormais les plaisirs de l'émancipation. L'enfant qui lâche la main du parent pour faire seul ses premiers pas. Le jeune adulte à qui l'on tend les clés de sa première voiture. Ce moment où l'horizon s'ouvre et où les barrières s'inclinent, où le cheval galope tout son saoul, affamé d'épuisement.

La seule limite qui s'annonçait au loin serait la mer, Élise l'attendait juste avant.

Édouard se sentait heureux au volant de sa voiture. Il ne pensait pas au courrier signé sous la contrainte. Il ne pensait plus à Armelle. Il n'échafaudait que des plans d'avenir, des projets, ceux qu'il avait établis sur le petit muret de pierres. Il ignorait s'ils seraient temporaires ou définitifs. Plus rien n'était définitif. Ni un chagrin d'amour, ni le traumatisme d'enfance d'un orphelin, ni le besoin de vengeance d'une jeune femme blessée.

Il se refusait donc à toute comète sur laquelle faire des plans. Il se contentait de conduire, de penser au plaisir de retrouver Élise, au désir qui montait en lui, et à ce formidable élan qui le poussait à tout recommencer. À la joie qui reste quand le chagrin a fondu avec le redoux. La chaleur humaine nous offre de nombreux printemps, se dit-il, apaisé.

Élise déballa le cadeau avec l'excitation d'une enfant à Noël. Elle enleva avec une infinie délicatesse chaque couche de protection, car elle se doutait de la fragilité de l'objet dont les formes se dessinèrent bientôt.

La roue trônait sur la table du petit salon et un amas de papiers froissés, de plastique à bulles, de chutes de tissu jonchait le sol, abandonné sans égard au profit de la découverte urgente du contenu.

Élise, qui ne pouvait se défaire de son expression joyeuse, chercha une rallonge dans le buffet du salon, puis brancha la roue qui se mit à tourner.

— Et là, il y a un petit réservoir pour du savon liquide, avec ce petit bouton pour activer un ventilateur. Je me suis dit que si tu la mettais devant ta vitrine l'été, les passants seraient attirés.

Bien sûr, Élise voulut essayer. Elle chercha du produit vaisselle à la cuisine, pendant qu'Édouard descendit au magasin. Alors qu'elle remplissait le réservoir, il répartissait des échantillons dans chaque nacelle. Il pensa alors qu'il aurait pu joindre au mouvement une petite musique, comme ces minuscules boîtiers dont il faut tourner la manivelle pour voir les lames métalliques caresser un tambour imprimé de notes en relief. Il y réfléchirait.

Quand elle alluma le ventilateur au centre de la roue, le mécanisme s'enclencha et délivra ses premières bulles. Elle éclata de rire. De ce rire enfantin qu'elle n'avait pas perdu. Qui avait fait fondre Édouard à quinze ans. Qui le faisait fondre à cinquante. Ce rire, aussi petit et innocent soit-il, désintégrait toutes les peines, toutes les peurs. Il s'installait au premier plan, cachant derrière lui toute la misère du monde.

En peu de temps, le salon fut envahi de bulles qui se fabriquaient plus vite qu'elles n'éclataient. Élise et Édouard se faisaient face, se tenaient à bout de bras, se regardaient en riant à chaque fois qu'une bulle venait éclater sur le visage de l'autre.

Bientôt, il l'entraîna dans la chambre à coucher pour glisser leurs deux âmes dans la chaleur d'un lit. Deux corps nus et mêlés d'une cinquantaine d'années, dont le mélange chantait la jeunesse centenaire. Un siècle d'amours folles sur des draps bleus à pois. Et ce siècle transi devenait minuscule, un instant concentré comme un seul grain de sable qui aurait contenu toute la beauté du monde.

L'instant d'après, alors que le calme revenait, après avoir goûté à ce moment d'éternité, la réalité les rattrapa. Une réalité crue et triste. Élise éprouvait le besoin d'être honnête avec lui. De ne plus lui cacher cette vérité qui la hantait. Elle se serra contre lui, comme si elle sentait déjà le froid que ses mots allaient semer. Elle n'imaginait pas construire un nouveau départ sur un mensonge, même par omission.

— Il faut que je te dise quelque chose, Édouard.

— Pourquoi cette petite voix triste ? Ce n'était pas bien ?

— J'ai besoin de te parler d'autre chose...

— De grave ?

— Compliqué.

— Dis-le avec des mots simples...

— Tu sais, je n'ai pas retrouvé tes coordonnées par hasard pour t'écrire. C'est quelqu'un qui me les a envoyées, juste après qu'un article paraisse dans *Ouest-France* à propos de ma boutique.

— Et alors ? Tant mieux, non ? Le principal est qu'on se soit retrouvés !

Élise se tut. Elle savait qu'il serait blessé. Qu'il ne comprendrait peut-être pas. Elle avait peur de le perdre une seconde fois, alors qu'ils venaient de se retrouver. Pour autant, elle refusait de vivre avec ce poids, ce silence trop bruyant à s'en percer les tympans. Un secret qui n'aurait jamais dû exister, et qui s'imposa pourtant, quand il fut question d'écrire cette lettre.

— Enfin Élise, dis-moi où est le problème !

— C'est Armelle, ta femme, qui m'a contactée.

— Quoi ?

Édouard se redressa dans les draps, en dégageant brusquement son bras. Il ne comprenait pas, et dans le même temps, tout s'éclairait, ou du moins devenait sombre. Il s'assit au bord du lit en cherchant ses vêtements. Élise disparut sous la couette, prise dans la glace.

— C'est elle qui s'est arrangée pour qu'on se retrouve, toi et moi ? Elle a donc tout organisé pour que je parte, et pour me faire porter le chapeau au passage ?

— Je ne sais pas, Édouard. Elle m'a seulement dit que ça te ferait plaisir d'avoir de mes nouvelles, parce que tu ne m'avais jamais oubliée.

— Tu sais que j'ai posté hier mon accord pour lui laisser l'appartement à Paris ? Elle a tout manigancé pour arriver à ses fins, en me faisant passer pour seul responsable et toi, tu l'as aidée !

Il avait déjà enfilé son pantalon et ses chaussettes. Il se glissa dans son pull sans prendre la peine de mettre son tee-shirt puis il alla chercher sa veste au salon. Si la roue tournait toujours, les bulles avaient disparu. Elles avaient toutes éclaté, et la réserve était vide. Tout éclatait au fond de lui et plus rien ne tournait rond. Il actionna l'interrupteur pour faire taire cette roue maudite avant de s'engouffrer dans l'escalier pour aller vomir sa colère sur les routes bretonnes. Il n'entendit que son prénom derrière les épais rideaux, au milieu d'un sanglot long.

En quittant Val-André, il partit en direction du cap Fréhel. Vingt minutes de petite route sinueuse. Il avait besoin de vent. À cette heure du soir, devant les barrières closes, il abandonna sa voiture sur le bas-côté. Il courut sur la route en direction du phare. Il n'était venu qu'une fois.

10 avril 1986

Denis nous a proposé de nous joindre à l'excursion dominicale pour ne pas être seul en tête à tête avec ses parents. Élise a prétexté un exposé à faire en cours d'histoire sur le sujet de l'architecte Vauban pour obtenir l'accord de ses parents. Nous sommes en avril. La journée est belle malgré un vif vent du nord. Élise est emmitouflée dans sa veste militaire, une grosse écharpe autour du cou et un bonnet enfoncé au-dessus des oreilles.

Cadeau de sa grand-mère. Elle est le genre de fille à pouvoir porter ce qu'elle veut. Tout lui va. Du moment qu'elle sourit. Je me rends compte en pensant cela, alors qu'elle m'attend en me tendant les bras, que je ne suis pas objectif.

— Tiens-moi la main, sinon je vais m'envoler.

J'en ressens la crainte réelle durant notre promenade qui nous fait longer la falaise autour du phare. Le vent ne faiblit pas, et s'organise en quelques bourrasques plus fortes. J'agrippe la main d'Élise qui rit devant cette puissance. L'insouciante ! Je suis fier de cet instant, car elle est proche du bord et elle est heureuse. Elle fait confiance à ma main. À mon amour. À ma résistance au vent. Elle finit par se blottir dans mes bras et je sens le bout gelé de son nez dans mon cou.

Il s'approcha de la falaise. Une armée de goélands jacassait. À intervalles réguliers, un orchestre de percussions couvrait les cris des oiseaux en venant claquer ses vagues sur les rochers soixante-dix mètres plus bas. Seuls les éclairs du phare fendaient la nuit anthracite, répandant une blancheur sur la lande toutes les dix secondes.

Un vent puissant mettait ses muscles contractés à l'épreuve. En s'approchant trop, il risquait de basculer. Il se demanda si cela serait grave.

Édouard ferma les yeux. Il sentit le nez froid d'Élise dans son cou, trente ans plus tôt. Sa main chaude sur son torse une heure avant. Les deux sensations étaient merveilleuses. Pourtant, la déchirure du cœur tiraillait au milieu du vacarme des éléments. Il sentait dans son dos une main invisible le pousser vers le vide. Celle de la trahison dont l'ombre l'emmenait délicatement vers nulle part. *Regarde ce qu'elle t'a fait, ce qu'elles t'ont fait toutes les deux. N'as-tu pas envie de disparaître pour te libérer d'elles ? Regarde, c'est si facile. Tu ne souffriras pas. On ne te retrouvera peut-être jamais. Tu seras « la disparition mystérieuse du cap Fréhel », et elles s'en voudront toute leur vie.*

Instable, Édouard s'assit au sol. Il pensait à sa fille, à Gauvain, Gaëlle, Raymond, Adèle. Il pensait à Élise, qu'il n'arrivait pas à détester. Qu'il aimait aussi fort malgré ses révélations, d'autant plus difficiles à encaisser.

Des larmes aussi longues que le vent, aussi denses que les vagues, noyèrent ses genoux.

La douceur des pierres chaudes

Élise ne pouvait pas rester seule. Le vide laissé par le départ précipité d'Édouard était insurmontable. Elle avait appelé une amie esthéticienne qui lui accorda un soin avant sa journée de travail.

Elle l'installa sur la table de massage et enveloppa son visage d'une serviette moelleuse, qui reposait sur ses yeux tristes.

— Détends-toi et profite ! Massage aux pierres chaudes ce matin !

Élise essayait de respirer calmement, d'abandonner ses muscles au repos, de ne penser à rien. Le départ d'Édouard revenait en boucle, violent, imprévisible, incompréhensible. Elle ne pensait qu'à lui. Elle ne pouvait imaginer avoir tout gâché.

Après avoir positionné six pierres chaudes sous le dos, la jeune femme se mit à masser les mains puis les bras d'Élise avec deux galets presque brûlants qui glissaient avec une douceur infinie sur la peau huilée.

Par moments, sa conscience trouvait enfin à se concentrer sur les pierres, sur son corps, sur le plaisir de l'instant. Cela ne durait que quelques secondes. Un court répit avant d'être envahie à nouveau par la colère de celui qu'elle avait tant voulu retrouver et qu'elle avait elle-même chassé avec son honnêteté ridicule.

Deux pierres chaudes sous chaque paume, elle s'abandonna à la douceur du massage et sentit la boule de peine près du cœur. Celle qui l'empêchait de respirer, celle qui contenait tout son chagrin depuis la veille. Celle des regrets et des doutes. *Devais-je lui dire ?* Celle de l'espoir anéanti. *Il ne reviendra pas.*

Les pierres réchauffaient son corps glacé, comme des braises posées dans la neige. Elle voulait fondre pour Édouard, et le voulait avec l'aplomb des profondes certitudes. Si elle avait douté en postant la lettre, douté en recevant sa réponse, attendu de le revoir, elle savait désormais qu'il ne fallait pas le perdre une seconde fois.

Élise laissa la boule éclater et répandre son trop-plein sur ses joues. L'esthéticienne essuyait les larmes en passant ses doigts sous les yeux, l'air de rien, comme si elle ne les voyait pas, tamponnait parfois d'un coin de serviette quand le flot diluait la crème. En silence.

Le soin était fini depuis longtemps. Pourtant, elle attendit que la source triste se tarisse et posa un dernier galet chaud sur le front d'Élise avant de la laisser seule quelques instants, le visage apaisé et serein, presque souriant.

Souriant à la douceur des pierres chaudes.

Premiers mots

Édouard avait peu dormi. Il pensait à Élise. Il ne pensait qu'à elle. Aucune autre idée ne trouvait place en lui. Il essayait pourtant. Lire, ranger quelques affaires, écouter les bruits de la maison. Installé à la petite table devant la fenêtre, il regardait la forêt, les vergers de l'autre côté du chemin, les quelques maisons endormies dont les cheminées ronronnaient. Élise était partout.

Ce qu'il vit soudain lui coupa le souffle.

Raymond était apparu au coin de sa maison et marchait vers le fond du pré, le corps inerte de Nimbus dans les bras. Les pattes brinquebalées dans le mouvement ne laissaient aucun doute. Sabots de bois aux pieds, l'homme marchait d'un pas lent dans l'herbe d'automne, le dos droit, l'allure fière ; il portait le chien et tout le chagrin du monde. S'il baissait les épaules, il s'écroulait.

Édouard vit le gouffre et en eut le vertige. On n'en verrait pas le fond et Raymond y disparaîtrait pour quelque temps. Le chiot n'y pourrait rien, sauf à être la petite luciole qui éclaire le sentier qui remonte.

Il enfila sa veste et la ferma en descendant l'escalier, passa chercher une pioche dans la grange de Gaëlle et s'en alla le rejoindre.

L'homme creusait le trou avec sa pelle et sa peine, non loin d'un vieux poirier. Le corps de l'animal gisait à côté de lui, dans un cercueil de verdure. En arrivant, Édouard se tut. Raymond ne répondit pas.

Ils creusèrent ensemble une heure durant. Le chien n'était plus très gros en cette fin de vie valétudinaire. En revanche, le sol dense et la terre lourde imposaient l'effort. La pluie régulière imprégnait la région d'une humidité permanente qu'on ne voyait parfois qu'en creusant le sol.

Gauvain s'approcha, penaud et perdu. Plus muet que jamais. Il portait deux branches tordues et un lien en cuir, s'assit à côté du corps inerte, son canif à la main. Il commença à graver l'écorce.

Vénus tournait autour du chien, elle lui donnait des coups de museau, fouissait entre ses pattes, se reculait, jappait, sautillait, puis revenait contre lui pour le stimuler. Sentait-elle encore une chaleur dans le sang, qui laissait à son instinct un espoir ? Le cœur s'était arrêté pourtant. Raymond se refusait à laisser la mort installer la rigidité qu'elle inflige aux êtres froids. Il ne s'était jamais remis de cette sensation, à l'âge de douze ans, quand on l'emmena veiller sa grand-mère une dernière fois. Il voulut lui prendre la main. Personne ne l'avait prévenu de la pierre froide couverte de peau humaine, de l'entrelacs de doigts glacés, scellés à jamais.

Gaëlle arriva en dernier, blottie dans un grand gilet. Elle resta en retrait. La seule à pleurer. La seule à ne pas être dans l'action pour transformer le chagrin en mouvement.

Édouard s'occupa d'installer au fond du trou la couverture qu'avait prise Raymond. En s'approchant du corps, il vit Gauvain se pencher vers l'oreille de Nimbus et crut entendre un chuchotement, un « bon voyage » encourageant. Il disposa ensuite le corps en essayant de lui donner la forme qu'il avait dans son panier quand il dormait près du fauteuil. Il recouvrit Nimbus des pans de tissu à carreaux épais. Le temps d'un sanglot, le vieil homme posa un genou à terre, en s'accrochant à sa pelle. Il ne verrait plus son compagnon, la couverture venait de le lui dire. Vénus gémissait au bord du trou, tentée d'y sauter, si la hauteur ne l'avait pas tant impressionnée. Puis elle escalada Raymond qui s'assit dans l'herbe pour la prendre contre lui. Elle léchait les larmes au fil de leur apparition sur les vieilles joues creusées.

Édouard reboucha seul le trou béant.

Cette fosse ressemblait au vide qu'il ressentait au fond de lui depuis qu'il avait quitté Élise. Elle ne lui avait envoyé qu'un seul message, pour lui quémander une chance de se parler, de s'expliquer. Il avait répondu qu'il réfléchissait. Ce qu'il fit en comblant l'excavation.

Quand enfin le monticule de terre fut tassé, à peine plus élevé que le reste de la prairie, Gauvain planta la croix dans le sol meuble. Puis il partit en courant vers la clairière.

— Prends Vénus avec toi, lui lança Raymond.

Le garçon ne se retourna qu'une trentaine de mètres plus loin, le visage défait. Il s'arrêta pour attendre l'animal, claqua à plusieurs reprises ses mains sur ses cuisses pour l'appeler. La petite chienne hésitait, n'osait pas laisser derrière elle le vieux chien et son maître.

— Viens Vénus ! cria-t-il enfin.

Édouard se tourna vers Gaëlle. Raymond l'avait enveloppée de son bras et ils souriaient tous les deux, au milieu du chagrin.

La vie et la voix reprenaient vite leurs droits comme le chant des feuilles après un hiver froid.

Ils virent alors Adèle se diriger vers eux, la démarche chaotique, ses béquilles s'enfonçant dans l'herbe. À leur hauteur, elle sortit de sa poche une fleur en tissu qu'elle avait cousue, et l'accrocha à la croix de Gauvain. Puis elle s'assit sur un tronc couché d'un vieil arbre fruitier, à quelques mètres du poirier.

— Je peux m'asseoir à côté de toi ? lui demanda Édouard alors que Gaëlle et Raymond repartaient vers les maisons.

— Oui, bien sûr !

— J'ai une proposition à te faire !

— Une proposition ?

— Tu me laisses finir et tu me diras après ce que tu en penses, d'accord ?

— D'accord.

— J'ai quitté ma femme, et...

— Déjà ?

— Laisse-moi finir, je te dis ! Je vais aussi quitter mon boulot, et Paris.

— Tout quitter, quoi !

— Voilà.

— Tu gardes quand même ta voiture ?

— Tais-toi !

— Pardon.

— Je me sens bien ici. J'ai envie de faire des automates. C'était mon rêve. J'ai aussi hérité de mes parents récemment.

— De quoi tout quitter !

— Adèle, il faut vraiment que tu me laisses finir, sinon je ne vais jamais y arriver.

La jeune femme s'excusa encore. Émue devant le tableau touchant d'un homme qui semble sur le point de se confier, gêné par ce qu'il va dire. Elle l'écouta sans l'interrompre.

— J'ai repéré une bâtisse à Tréhorenteuc. L'endroit idéal pour installer un atelier. Pas très loin d'ici, deux kilomètres à peine par les chemins. Par contre, c'est un peu grand pour moi. Et surtout, une partie des bâtiments est une ancienne auberge. Or, tu sais qu'il n'y a pas vraiment de restaurant dans ce bourg, alors que le village est très touristique durant la saison d'été. J'ai pensé à tout ce que tu m'as dit. Tu sembles heureuse ici. Tu m'as parlé de ta mère, qui ne l'est pas. Elle a une longue expérience dans la restauration. Alors je me suis dit que je pourrais acheter ce bien, en garder une partie pour moi, y vivre et mettre mon atelier, et vous pourriez vous installer, avec ta maman, dans la partie auberge, pour la faire tourner l'été avec quelques chambres à louer. Et puis, l'hiver, ma foi, vous pourriez faire de la couture. Vendre vos créations sur les marchés, ou par Internet. Qu'en dis-tu ?

L'homme se tourna vers Adèle qui avait baissé la tête et dont les longs cheveux tombaient sur ses cuisses. Elle ne réagissait pas, ne bougeait plus. Seules ses mains se tordaient entre elles.

Il hésita longtemps avant de soulever avec délicatesse la mèche noire qui masquait sa joue blessée.

— Tu pleures ?

— Oui.

— Tu ne trouves pas l'idée bonne ?

— Si.

— Alors pourquoi tu pleures ?

— Parce que tu me fais confiance. Et tu fais confiance à ma mère sans même la connaître. Tu crois en nous. Tu es prêt à nous aider, alors qu'on se connaît à peine. Et après ce que j'ai fait...

— Justement, après ce que tu as fait, j'ai envie de t'aider. Et la situation de ta maman ne s'arrangera pas. Il faut la sortir de là, non ?

— Si.

— Tu viendras visiter avec moi ? J'ai rendez-vous la semaine prochaine.

Adèle se tourna et se posa contre lui. Sa jambe plâtrée ne suivit pas et les poignées des béquilles se fichèrent dans leur ventre. Peu importe. Elle n'avait plus mal nulle part. Et Édouard avait le cuir épais.

L'ancolie

Gaëlle donna rendez-vous à Édouard dans l'église de Tréhorenteuc. Elle sentait depuis son retour – au-delà de la peine pour le chien de Raymond – qu'il n'était pas d'humeur allègre. Quelque chose le minait, elle espérait lui offrir de s'en libérer.

Installée sur un banc au fond de l'édifice, elle patientait en observant autour d'elle tous les éléments dont elle voudrait faire l'exposé. Gaëlle aimait cette église. La puissance de ses symboles, la beauté des vitraux, les messages subliminaux. Malgré sa petitesse, elle recelait des œuvres d'une richesse prodigieuse. Un phare rassurant pour guider les bateaux en perdition.

Édouard arriva et s'assit à ses côtés après l'avoir embrassée.

— Je n'ai pas eu l'occasion de te remercier pour Gauvain.

— Je te dois beaucoup aussi, répondit-il.

— Alors on se doit… Et à la fois on ne se doit rien.

— J'attends quand même de toi quelques explications concernant cette église.

Gaëlle regarda à nouveau autour d'elle. De ses yeux brillants, elle voyait désormais ce lieu spirituel sous un nouveau jour. Émue de se sentir plus proche de l'équilibre grâce à ce visiteur venu de nulle part. Elle se leva puis se dirigea vers le tableau du Val sans Retour. Édouard se sentit invité à la suivre. Ils restèrent un moment silencieux devant l'œuvre et les multiples scènes qu'elle évoquait.

— Tu vois le petit chevalier face au géant avec sa massue en haut à droite ? C'est Galeschin qui tente en vain de s'évader du Val sans Retour. Aujourd'hui, j'y vois Gauvain, qui se bat contre la peur qui le retenait prisonnier.

— Gauvain a réussi, contrairement à ce petit soldat.

— Grâce à toi. Je ne sais pas comment les événements se seraient achevés si tu n'avais pas été là. Tu lui as permis de retrouver sa voix.

— Les automates ne sont pas qu'un décor amusant. Ils peuvent transmettre un message. C'est ce qui m'intéresse. Et le grand cheval blanc au milieu, c'est Perceval ?

— Il y ressemble. C'est le cheval de Lancelot. Et toi, tu ressembles au cavalier !

— Moi ? Tu me trouves des airs de chevalier ?

— Un chevalier en 4 × 4, mais un chevalier quand même ! Tu prends soin de tout le monde.

— Et qui prend soin des chevaliers ? demanda-t-il en s'éloignant.

Sa voix éteinte et soudain empreinte de désarroi alerta Gaëlle. Il s'était dirigé vers le fond de la petite église et avait dû se baisser pour franchir le passage vers les fonts baptismaux. Elle le laissa observer les vitraux par lui-même, respirer quelques instants. Puis elle le rejoignit.

— Les princesses !

— Et quand la princesse trahit son chevalier ?

Édouard regardait la poutre surplombant la porte qui menait à cet espace.

— Est-ce la date de construction ? demanda-t-il.

— Non, regarde bien. Il y a une virgule. 1,618. Ça ne te dit rien ?

— Le nombre d'or ?

— Il est partout dans cette église.

— Et partout dans la nature.

— Le monde entier se construit autour du nombre et de l'angle d'or. Des spirales des pommes de pin aux proportions du squelette humain. Jusque dans les brins d'ADN. C'est fascinant ! L'abbé Gillard voulait rappeler l'importance de l'harmonie dans nos existences, la beauté des proportions parfaites. Ta princesse du bord de mer t'a trahi ?

— Un vitrail qui décrit un enterrement juste au-dessus des fonts baptismaux, ce n'est pas courant.

Gaëlle lui confirma que rien ne l'était dans cette église. De la présence de la fée Morgane sur les représentations du chemin de croix, au mélange entre la légende arthurienne et la Cène.

Elle lui rappela la quête permanente de l'équilibre dans les représentations saintes de cette église. Le violet, mélange de bleu et de rouge, dernière couleur avant l'ultraviolet, invisible à nos yeux. Cet enterrement au-dessus du baptistère, symbole du début et de la fin de toute chose. Confirmé par la présence des deux mosaïques au pied de ce vitrail.

— Une queue de poisson et une tête de bélier. Dernier et premier signe du zodiaque. Le début et la fin de toute chose.

— Alors l'amour a aussi un début et une fin, affirma Édouard.

— Je suppose que certaines amours sont éternelles.

— Élise m'a avoué qu'on lui a transmis mon adresse en lui suggérant de m'écrire.

— Eh bien ? Le principal est qu'elle t'a écrit, non ? Elle ne t'a pas dit qu'elle était heureuse d'avoir retrouvé ta trace ?

— C'est ma femme qui la lui a donnée.

Gaëlle resta interdite. Elle imagina le cheminement intellectuel qu'avait dû faire Édouard en apprenant ce fait et pourquoi il parlait de trahison.

— Elle me l'a dit juste après que j'ai envoyé la lettre au notaire pour céder ma part de l'appartement parisien.

— Vous avez pu en parler ?

— Non, je suis parti. J'étais en colère. Et triste.

— Tu ne lui as pas reparlé depuis ?

Gaëlle lui prit la main et l'emmena devant le grand vitrail derrière l'autel. Tout en regardant l'œuvre avec le plaisir intact de l'éblouissement, elle lui en conta l'origine. Dessiné par l'abbé Gillard lui-même, réalisé dans les ateliers parisiens Grüber, mondialement connus, grâce à l'héritage d'une tante et de son fils, qui apparaissent sur le vitrail, comme le veut une coutume du Moyen Âge.

— Et tu vois les deux petits lapins en bas ?

— Oui. Ils ont une signification ?

— Le nombre d'or, toujours. La suite de Fibonacci, qui, tu le sais, est cette suite de nombres entiers dont chaque terme est la somme des deux termes précédents. Leonardo Fibonacci a découvert cette suite en observant une population de lapins et en se demandant combien de couples de lapins on obtenait au bout d'un an à partir d'un couple de lapin initial. Et tu vois, un des deux lapins semble chuchoter quelque chose à l'autre, comme s'il avait un secret à transmettre. Ces deux lapins disent à ceux qui sauront le voir que le nombre d'or est partout dans l'élaboration de ce vitrail et par extension dans toute l'église. Et regarde entre les pattes du grand cerf blanc !

Gaëlle se retourna pour montrer l'immense mosaïque installée sur le mur ouest, qui faisait face au vitrail dont ils venaient de parler. Ébloui par la vue de ce chef-d'œuvre fabuleux qui se présentait à lui, à l'autre bout de l'édifice, scintillant et lumineux de ses centaines de petits carrés dorés, Édouard fut envahi d'une étrange émotion. Un mélange de tristesse et d'émerveillement. Il avait envie qu'Élise soit à ses côtés pour partager la beauté des lieux, et en même temps il ressentait la déchirure de penser à ses mots, juste après l'amour.

— On retrouve l'idée de la présence de messages sacrés partout dans ce lieu à travers l'ancolie au pied de l'animal. Et tu as vu sa couleur ?

— Violette !

— Et androgyne. Le féminin et le masculin se mêlent.

— Pourquoi l'ancolie ?

— Au Moyen Âge, une ancolie sur un tableau voulait dire que celui-ci recelait un message caché. C'était aussi la signature de Léonard de Vinci, dont le célèbre dessin de l'homme de Vitruve illustre les proportions du corps humain, dans lesquelles on retrouve... ?

— Le nombre d'or !

Gaëlle aurait pu lui parler de cette église et en explorer chaque détail pendant des heures s'il n'y avait eu un chevalier déçu et une princesse à réhabiliter.

Elle laissa Édouard déambuler seul. Il observait avec une grande attention chacune des scènes du chemin de croix, dont la particularité était de se situer dans le Val sans Retour. L'homme se dit que cet abbé avait fait preuve d'une certaine rébellion envers l'Église. Il fallait être courageux et déterminé pour mélanger ainsi l'astrologie, la légende du Graal et les images christiques.

Il trouva Gaëlle dans la chapelle sud, sur une de ces petites chaises basses consacrées à la prière en génuflexion. Assise si bas, sa position lui donnait des airs de petite fille fragile, surtout après la tempête qu'elle venait d'essuyer avec son fils. Édouard s'installa sur la chaise d'à côté. Il n'avait pas envie de briser le silence.

— Je pourrais tellement t'en dire à propos de cette église. Il faudra qu'on y revienne. Si tu restes encore un peu.

— J'ai quelque chose à t'annoncer, Gaëlle.

— Et moi, j'ai une question à te poser...

— Alors qui commence ?

— Comment le savoir !

— On pourrait se l'écrire, proposa Édouard en fouillant sa poche à la recherche d'un stylo. Au dos d'un ticket de caisse, ça te va ?

— Tu m'en déchires la moitié ?

Chacun se tourna comme on cache son devoir à son camarade de classe et plia son petit morceau de papier une fois l'aveu transcrit. Gaëlle proposa de pousser le jeu jusqu'à aller dissimuler leur petit secret respectif, l'un après l'autre, dans un endroit de l'église. Elle commença. Édouard avait fermé les yeux et essayait de se laisser guider par le bruit de ses pas pour deviner la cachette. Quand elle revint, il se leva à la hâte, amusé par le jeu. À son tour, Gaëlle guetta le moindre son et eut la quasi-certitude qu'il s'était dirigé vers la sacristie.

— Alors ? demanda-t-il à son retour.

— Le mien est coincé derrière le tableau de la neuvième station du chemin de croix.

— Le mien sous la nappe de l'autel.

Quand Édouard se retourna vers Gaëlle pour déplier le petit papier, elle faisait encore le tour de la pierre en glissant sa main sous le tissu amidonné. Il attendit, pour pousser le plaisir du jeu jusqu'à son comble et lire de concert.

Ils se regardèrent, émus, puis se retrouvèrent à hauteur de la porte qui portait cette inscription soudain riche de sens. « La porte est en dedans ».

— Je suis heureuse de ta décision.

— Et ma réponse à ta question est un grand OUI !

— Alors je suis encore plus heureuse.

Ils s'enlacèrent un moment, pour sceller leur pacte, la douceur de cette union, ce nouveau départ motivant. Gaëlle avait été d'une magnifique sincérité en lui proposant son intimité sans rien attendre de lui. Même si un autre engagement se profilait désormais.

Sans lâcher son étreinte, elle lui chuchota à l'oreille de passer outre à sa colère et de laisser une chance à Élise.

— Elle a peut-être de bonnes raisons d'avoir agi ainsi. Accorde-lui de te le dire. Si tu la condamnes sans savoir, tu condamnes votre amour. Il est trop beau pour être gâché. Tu as assez d'argent pour repartir à zéro, ne te pollue pas l'esprit pour des histoires matérielles. Quant à ce sentiment de trahison, c'est toi qui te le construis tout seul, tu ne connais pas l'intention d'Élise, puisque tu ne lui as pas laissé le temps de te l'expliquer.

Son nombre d'or

Édouard rentra de l'église à pied, comme il était venu, par la forêt. Il marcha sans urgence, sinon celle de contacter Élise. Il voulait entendre ses explications. Pour autant, il avait d'ores et déjà compris, en observant le grand cerf, l'ancolie, les lapins malicieux, le Graal et les chevaliers de la Table ronde, qu'Élise était son entier d'à côté dans la suite de Fibonacci et que l'un sur l'autre, ils formaient le nombre d'or. Qu'elle était surtout la personne avec qui il voulait partager la beauté d'une mosaïque, la douceur d'un chemin de mousse, la puissance d'une vague de solstice.

Il lui proposa de se retrouver à Vannes, dans ce petit restaurant dont il avait tant aimé la cuisine. La réponse ne tarda pas. Elle serait libre trois jours plus tard, s'y rendrait en train – sa voiture était au garage.

Ainsi, se dit Édouard, toutes mes histoires de cœur se jouent sur le parvis de cette gare.

Il passa les trois soirs suivants à écrire.

Fondre pour du beurre

Arrivé avec près d'une heure d'avance sur le train de 11 h 37, il gara sa voiture sur le parking de la gare routière.

Lui vint en tête la scène de l'avant-veille, quand Gaëlle avait annoncé à son fils, durant le dîner, qu'elle avait proposé à Édouard d'être son parrain et qu'il avait dit oui. Il ne restait qu'à obtenir l'accord de l'adolescent. Gauvain s'était levé avec une telle spontanéité que sa chaise était tombée derrière lui, il avait embrassé sa mère puis empoigné la main de l'homme, avant de s'enfuir avec sa sangle. Il aimait aussi parfois la couvrir de joie. Cette sangle – Gaëlle l'avait alors expliqué à Édouard – qui fut la seule chose que son fils garda du père, routier de profession. En quittant la maison après le drame, l'enfant était sorti du garage avec cette sangle bleu roi enroulée sous son bras. Sa mère supposa à l'époque qu'il était fasciné par cet objet que son père manipulait sous ses yeux pour fixer les bâches. Quelques années plus tard, il y montait pour y distiller ses peurs.

Édouard baissa la manette des essuie-glaces pour balayer les gouttes qu'une légère pluie déposait sur le pare-brise. Le flou persista. Il n'avait jamais été intronisé parrain, alors qu'il avait toujours estimé cette responsabilité honorable. Il avait fallu attendre cinquante ans et ce bouleversement dans sa trajectoire pour que les choses s'alignent et que les fossés se comblent.

Puis il refit de mémoire la visite immobilière de la veille. Ils étaient arrivés en force et le type de l'agence avait fait des yeux ronds. Édouard et Adèle bien sûr, Raymond, pour un avis à propos de l'installation électrique, Gaëlle et Gauvain, parce qu'il leur était inconcevable de ne pas être présents. Si quelques travaux étaient nécessaires, la configuration était parfaite pour y installer son futur atelier, son logement, et relancer l'auberge qui pourrait accueillir Adèle et sa mère. La cour délimitée par les trois bâtiments ferait une terrasse parfaite pour installer les touristes durant la saison d'été. L'héritage de ses parents permettait à Édouard d'acquérir l'ensemble, d'y réaliser l'aménagement adéquat et de garder un matelas de sécurité pour quelques années. À l'issue de la visite, chacun proposa ses services et l'hiver pourrait être consacré à la rénovation pour une prise d'activité en fin de printemps. Il envoya quelques photos à sa fille, qui lui répondit un message encourageant. « C'est beau papa ! Fonce, si tu t'y plais. Il y aura une place pour moi ? »

Avant de formuler son offre à l'agent immobilier, il se demanda si cette décision ne relevait pas d'un dangereux coup de tête que l'on regrette dès le lendemain. Pour autant, ce séjour en forêt lui avait appris à retrouver son instinct, à lui laisser le champ libre dans ses décisions, et cette petite voix intérieure était favorable. Beau et calme, l'endroit était proche de Doux Chemin, proche de son futur filleul. Il pourrait y accueillir sa fille, ses amis. Et réaliser son rêve.

Il appela l'agence.

Une demi-heure s'écoulerait encore avant l'arrivée du train d'Élise. Édouard s'installa à une table du café dans le hall principal. La météo n'était plus à la bière. Il prit un chocolat chaud. Élise aimait les chocolats chauds. Il téléphona à Denis. Seul le répondeur s'enclencha. Édouard y vit un signe. Il éprouvait le besoin de lui parler des rebondissements récents, et d'un autre côté se sentait plus sûr de lui. Cette grande solitude qu'il ressentait depuis plusieurs semaines, dans ses décisions, dans ses questionnements, dans son emploi du temps, ne lui apparaissait plus comme un vide angoissant mais comme une force à laquelle se mesurer. Il était Galeschin face au géant, et il vaincrait.

Il eut juste le temps de ranger son épée et dissimuler son bouclier avant que le TGV n'entre en gare.

Élise arriva parmi les premiers passagers. Son sourire perdu toucha Édouard. Il comprit en un instant qu'elle avait souffert de son départ précipité autant que lui de l'annonce, qu'elle espérait beaucoup de ces retrouvailles, qu'elle s'en voulait de ce nuage entre eux, et qu'elle craignait de le perdre. Lui aussi.

Il la cueillit et l'abrita dans ses bras au milieu de la foule impétueuse qui coulait autour d'eux. Ils étaient parfois bousculés par un sac ou une personne étourdie, mais Édouard faisait bouclier et la sentait se coller contre lui. « Protège-moi ! » criait-elle en silence. Ils se respirèrent, écoutèrent battre leur cœur, se goûtèrent un instant, du bout infime des lèvres, et se calèrent à nouveau tout contre l'un, tout contre l'autre. Son nez à elle dans le creux de l'épaule, à la recherche de l'odeur connue et rassurante, son nez à lui, bien caché dans le cou, pour capter les effluves fruités et enivrants.

La vie pouvait s'arrêter là.

Ils se décidèrent cependant à la poursuivre dans cette gare presque vide qui reprenait son souffle avant le train suivant.

Ils se parlèrent peu jusqu'au restaurant. Quelques banalités. La couleur du ciel, la voiture en réparation, l'architecture de la ville.

L'Annexe, située au début de la rue Émile-Burgault, venait à peine d'entamer son service de midi. Édouard n'avait pas choisi cette adresse par hasard. Il en était tombé amoureux durant son séjour avec Armelle. La cuisine était succulente, originale, étonnante, et sa femme n'en avait eu que faire. Elle n'avait relevé aucun plaisir gustatif, là où Édouard semblait découvrir des saveurs inédites dans un indicible enchantement.

La carte proposait peu de plats. On trouvait viandes, poissons, fruits de mer, œufs et légumes divers. De marché, comme précisé en introduction. Le silence fut de mise le temps de délibérer. Le choix d'Édouard était fait, il connaissait la carte. Il regardait Élise. Il la mangeait. Quand elle levait les yeux, il baissait les siens vers le menu, avec ce petit décalage qui ne mentait à personne.

— Arrête de me regarder comme ça, tu me déconcentres. Tu as choisi ?

— Oui.

— Tu prends quoi ?

— Dis-moi d'abord. Entrée-plat-dessert. Ici, on ne peut pas faire autrement.

— C'est beaucoup trop pour moi !

— Nous irons marcher jusqu'aux remparts, et puis le long des quais.

Édouard savourait l'idée de commander chacun des plats différents, qu'ils pourraient se faire goûter. En entrée, Élise prit l'œuf basse température, chou kale et girolles, et condiments noisette, lui le velouté de butternut, quinoa et cromesquis au chèvre et miel. En plat, elle voulut le filet de lieu jaune, cocos de Paimpol et chorizo à la sauce mangue-curry pendant que lui optait pour le gigot d'agneau confit au miel, semoule et houmous, dattes et épices. Ils se laissèrent guider pour le vin.

Après la commande, l'instant fut solennel. Édouard désirait comprendre, ni très sûr de lui en vouloir encore ni très sûr de pouvoir oublier.

— Tu m'expliques ?

— Un article paru en début d'été dans *Ouest-France* parlait de ma boutique. Je posais devant la vitrine. Sa lettre est arrivée quelques jours plus tard. Je l'ai prise avec moi, si tu veux la voir.

Élise fouilla dans son petit sac en cuir violet à bandoulière, puis lui tendit l'enveloppe. Pendant qu'il l'ouvrait, elle saisit un morceau de pain et goûta le beurre au curry qu'on venait de déposer sur la table. La demi-sphère jaune orangé brillait comme un sorbet et il fallait se faire violence pour oser l'entamer avec un couteau et trancher dans cette finesse. Elle était de celles qui ne se privent jamais des choses exquises sous prétexte de les préserver. Elle profitait.

« Bonjour Élise, vous ne me connaissez pas, mais vous connaissez mon mari. Je suis l'épouse d'Édouard Fourcade. Il ne m'a jamais vraiment parlé de vous, mais je sais que vous étiez très proches, adolescents, et qu'il vous aimait beaucoup. Il a gardé quelques photos, des lettres de vous. C'est ainsi que je vous ai reconnue sur l'image dans le journal. Je me permets de vous écrire pour vous dire qu'il serait sûrement très heureux d'avoir de vos nouvelles. Voici son adresse si vous souhaitez lui écrire... »

Édouard replia la lettre et la rendit à Élise qui mâchait son pain au beurre de curry les yeux fermés et un sourire béat sous le nez.

— Ce beurre est un pur délice.

— Cette lettre signifie qu'elle a fouillé dans ma boîte, qu'elle a sûrement lu tes courriers de l'époque. Je ne lui ai jamais parlé de toi.

— Je ne savais pas. J'étais surprise. Heureuse, surtout, de te retrouver. Ai-je eu le tort de ne pas me poser plus de questions concernant sa démarche spontanée ?

— Tu n'as pas eu d'autre contact avec elle ?

— Aucun.

L'harmonie était là, sous les yeux d'Édouard, sous les traits d'une femme qu'il n'avait jamais cessé d'aimer. Qui reprenait du beurre au curry et fondait de plaisir. Ce qu'il éprouvait pour elle n'avait fait qu'hiberner. Et l'amour se réveillait d'un long sommeil, plus affamé que jamais.

Avec une douceur infinie, Élise posa sa main sur celle d'Édouard, qui sentit quelque chose l'envahir et se répandre dans tout son corps, et un peu au-delà. Quelque chose qu'aucun mot ne pouvait définir. S'il avait fallu le décrire, Édouard aurait parlé d'un halo de lumière, de la chaleur d'un feu dans la neige. D'un rire d'enfant peut-être. Elle tendit un morceau de pain beurré vers sa bouche et il l'ouvrit comme on accueille l'hostie. À cet instant précis, il se fichait du corps du Christ, il voulait celui d'Élise.

— Je n'ai pensé qu'à toi. Pas aux arrière-pensées éventuelles de ta femme.

L'entrée arriva. Élise prit quelques secondes pour admirer la présentation des mets. Puis elle commença à les déguster, en ondulant de plaisir.

Édouard croisa la certitude au fond de sa conscience apaisée.

Il se demanda s'il n'était pas trop simpliste. Décider qu'il quittait son épouse pour une histoire de fruit dans une bouteille de verre.

Comprendre qu'il voulait partager l'avenir d'une autre femme parce qu'elle fermait les yeux pour déguster du beurre au curry.

Finalement, se dit-il, la vie est peut-être bien plus simple qu'on ne le croit.

Le plat les combla autant que l'entrée.

Élise n'avait plus faim. Pourtant, le dessert s'imposait. Elle hésita longuement entre l'assortiment de sorbets et la tarte à la rhubarbe au poivre de Tasmanie, ganache chocolat blanc-citron vert.

— Prenons les deux et nous les mettrons au milieu ! proposa Édouard. Gaëlle m'a demandé d'être le parrain de Gauvain.

— Oh. C'est une fabuleuse nouvelle !

— Oui.

— Je ne suis marraine de personne et j'en suis triste.

— Rien n'est perdu. Je pensais ne jamais l'être. J'ai aussi décidé de m'installer à Brocéliande. Je voulais t'en parler d'abord.

Édouard, inquiet de la réaction d'Élise, raconta Adèle, sa quête de justice et les conséquences qui auraient pu être dramatiques, son histoire, celle de sa mère, la petite auberge, assez vaste pour les accueillir.

La possibilité d'un atelier.

Son besoin de liberté.

— J'ai aussi besoin de garder la mienne, le rassura Élise qui semblait soulagée.

— Nous nous verrons moins souvent.

— Mais plus fort.

— Tu viendras quand tu veux.

— Toi aussi.

— Je t'offrirai la forêt.

— Et moi la mer.

— Et moi des automates.

— Et moi des ikebanas.

Édouard se pencha vers le sol pour ramasser son sac à dos. Il en sortit un paquet qu'il déposa sur la table. Ainsi qu'une enveloppe. Élise commença par cette dernière. Elle l'ouvrit et trouva son journal d'adolescente, augmenté de quelques pages écrites de la main d'Édouard. Il avait rassemblé leurs deux voix dans un carnet qui portait un titre lumineux.

— *Compter les couleurs* ? Pourquoi ce titre ?

— Tu comprendras.

Elle saisit le paquet, se douta de son contenu. Il avait pourtant changé. Le petit clown était désormais debout sur un banc fait de minuscules panneaux de cellules photovoltaïques.

— Il est comme moi. Il suffit de ta lumière pour que mon cœur tourne, dit Édouard.

Leur table était éclairée par un spot dont l'intensité suffit à déclencher le mouvement du clown. La femme qui leur déposa les desserts fut amusée de découvrir le petit objet animé au milieu de ce couple qu'elle observait de loin depuis leur arrivée. Ils dégageaient une harmonie qui attirait le regard, forçait l'admiration. Même une douce jalousie. Vouloir ce qu'ils ont sans leur en vouloir de ce qu'ils ont.

Puis Élise goûta au sorbet à la framboise. Les larmes montèrent à ses paupières.

— Ça ne va pas ? s'inquiéta Édouard.

— Le sorbet est tellement bon. (Elle marqua un silence.) Je suis trop sensible ?

Il lui répondit qu'il l'aimait.

Et il répondait à tout.

Élise regarda sa montre en lui signifiant qu'il était 15 h 15, *comme la bataille de Marignan*, une étincelle dans le regard, puis s'inquiéta de rater la dernière correspondance pour Lamballe.

— Tu veux bien que je te ramène ? proposa-t-il.

D'avoir été marcher le long du port en sortant du restaurant, et de s'être embrassés sur les remparts de la ville, la nuit avait déjà pris ses aises quand ils arrivèrent à Val-André. Ils posèrent leurs affaires dans l'entrée de la maison. Élise attrapa un panier en osier souple qui semblait vivre là et entraîna Édouard vers la promenade.

Ils marchaient sur la plage dans une pénombre complice. Courtois, les réverbères se tenaient à distance. La mer s'était retirée, presque inaudible. Ils étaient seuls, loin de la digue, à une heure tardive où personne d'autre qu'eux n'aurait l'idée de s'aventurer avec cette insolence dans l'obscurité du sable. Ce soir de septembre était doux. Élise portait une longue jupe qui dansait autour d'elle, et un pull en laine moelleuse. Elle s'arrêta et sortit de son sac une couverture qu'elle lança d'un geste grandiose dans le sable déjà nostalgique des vagues. Ils n'auraient que peu de temps avant que le tissu ne s'imprègne d'humidité. Elle s'était assise entre les jambes d'Édouard, contre sa respiration ; ils regardaient l'horizon en silence. Les vagues chuchotaient dans le noir.

Édouard ne s'était pas trompé sur le titre. Même dans l'obscurité de la plage, avec Élise dans ses bras, il comptait les couleurs.

Il leur restait quelques rêves à finir ensemble. Comme il était doux de se le dire enfin.

Reconnaissance

Ce livre est né de ma tendresse pour les arbres et de la certitude que l'Amour est notre sève humaine, celle qui nous permet de grandir même si l'on s'effeuille, de renaître même si l'on subit la foudre, de vieillir en s'enracinant dans la vie de plus en plus profondément, et de résister ainsi aux vents violents.

Cette histoire s'est installée à Brocéliande grâce à ma rencontre avec Michel, guide et conteur, marcheur contemplatif. Je lui suis « forestement » reconnaissante pour tout ce qu'il m'a transmis.

(Chambre d'hôtes Le Bois des elfes à Mauron – leboisdeselfes.fr.)

Elle a fait escale à Val-André grâce à Philippe et Bénédicte qui m'accueillent avec beaucoup de sympathie et de bienveillance depuis quelques années, pour m'offrir un cadre idyllique à l'écriture. Un merci à fort coefficient !

Elle s'est régalée au restaurant L'Annexe, rue Émile-Burgault à Vannes, dont les gérants ont pris le temps de me raconter leur passion culinaire. Un merci au sorbet framboise.

Elle s'est mise en mouvement grâce à la complicité de Thierry Chapeau, concepteur d'automates et de poésie quotidienne. Il fait renaître en moi la petite fille émerveillée à chacune de ses créations. Un automatique merci clic crac aussi doux qu'un tournevis à cliquet.

Merci à Marine, qui traverse la vie sans trembler sur cinq centimètres de large, à Nadège, qui transforme le bois en lumière, à Alain, ses rangers, son uniforme repassé, et son empathie de gendarme attentionné.

Merci tout autant à celles et ceux qui me nourrissent au quotidien pour écrire la richesse des rencontres, et tout ce que l'amour permet… Anne et Marie-Pierre, mes deux sœurs de cœur, Frédéric qui colore ma vie avec ses pinceaux de sagesse et d'humour…, et tous les autres, comme autant de feuilles qui participent à enrichir ma sève à travers leur amitié photosynthétique.

Merci à Emmanuel, pour le passé, le présent et l'avenir. Nous avons encore tant de choses à construire, tant de couleurs à compter, plus vivants que jamais…

Merci infiniment à Anna, Louise, Patrice, et toute l'équipe de Flammarion, pour leur confiance et leur accueil formidable. Une nouvelle aventure commence... et j'en suis si heureuse.

Enfin, ce livre ne serait pas ce livre sans l'amitié, la bienveillance, la tendresse, la force, le travail, la rigueur, le talent, la sensibilité, la douceur de Valérie, mon amie, mon accompagnante, mon trait d'union. Merci du fond du cœur.

Bibliographie

Pour écrire ce livre, je me suis inspirée de mes rencontres, de mes voyages dans l'ouest de la France, mais également de nombreux livres.

Le premier grand thème que j'ai étudié est celui des arbres et des plantes.

D'abord pour les connaître, avec Francis Hallé, *Du bon usage des arbres*, « Domaine du possible », Actes Sud, 2011 et le « Petit Guide de poche » *Les Arbres : identifie 50 arbres*, Piccolia, 2012.

Deux hors-séries m'ont nourrie : *Science et Avenir*, « La Vie secrète des plantes », n° 189, et *Pour la science*, « La Révolution végétale », n° 101, novembre 2018.

Je me suis également intéressée à leur intelligence et leurs émotions avec Didier Van Cauwelaert, *Les Émotions cachées des plantes*, Plon, 2018 ; Stefano Mancuso et Alessandra Viola, *L'Intelligence des plantes*, Albin Michel, 2018 et Alain Corbin, *La Fraîcheur de l'herbe, histoire d'une gamme d'émotions de l'Antiquité à nos jours*, « Histoire », Fayard, 2018.

Enfin, j'ai cherché ce que les arbres pouvaient apporter aux hommes, à travers *Le Shinrin Yoku, les bains de forêt, le secret de santé naturelle des Japonais*, Pr Yoshifumi Miyazaki, Guy Trédaniel éditeur, 2018, et le livre de Jean-Marie Defossez, *Sylvothérapie, le pouvoir bienfaisant des arbres*, Jouvence éditions, 2018. Ainsi que toutes les expressions que les hommes ont tirées de leur relation à la nature et aux arbres : *L'arbre qui cache la forêt, les mots des arbres dans notre langue*, Marie et Hubert Deveaux, Gerfaut, 2018.

L'autre thème important concerne la forêt de Brocéliande.

J'en ai d'abord revu la légende à travers divers livres et quelques albums jeunesse :

Jean Markale, *Le Cycle du Graal 1*, Pygmalion, 2010.

Claudine Glot, *La Légende de Merlin*, Éditions Ouest-France, 2017.

Christian-Joseph Guyonvarc'h, *Les Légendes de Brocéliande et du roi Arthur*, Éditions Ouest-France, 2018.

Jacky Ealet et Samuel Bertrand, *Les Personnages de Brocéliande*, Éditions Gisserot, 2001.

Tristant Pichard et Loïc Tréhin, *Contes et légendes du roi Arthur*, Locus Solus, 2016.

Je me suis également beaucoup promenée dans cette forêt, en préparant mon séjour avec le livre de Pierrick Gavaud, *La Forêt de Brocéliande, 24 balades*, Éditions Ouest-France, 2014, et celui de Claudine Glot, *Hauts lieux de Brocéliande*, Éditions Ouest-France, 2019.

J'en ai aussi découvert la beauté à travers les photographies de Philippe Manguin, *Brocéliande, entre rêve et réalité*, Breizhscapes, 2017.

Je me suis également plongée dans les secrets de la fantastique église du Graal à Tréhorenteuc grâce à trois brochures disponibles à l'office du tourisme de Tréhorenteuc :

L'Église du Graal, Élisabeth Cappelli, Les Oiseaux de papier, 2012.

Vérités et légendes de Tréhorenteuc, abbé Gillard, recteur de Tréhorenteuc, en Brocéliande.

Symbolisme et mystique des nombres de Brocéliande, abbé Gillard, recteur de Tréhorenteuc, en Brocéliande.

Le personnage de Gauvain m'a été inspiré par les hypersensibles qui m'entourent, un peu à travers quelques souvenirs personnels, ainsi que par un livre passionnant : *L'Enfant surdoué, l'aider à grandir, l'aider à réussir*, Jeanne Siaud-Facchin, Odile Jacob, 2012.

Celui de Platon est issu de l'observation de ma Lisette ainsi que du livre *Agir et penser comme un chat*, de Stéphane Garnier, Éditions de L'Opportun, 2018.

Enfin, si vous n'avez pas compris tout ce que disait Raymond, vous trouverez toutes les définitions dans *Les Mots disparus de Pierre Larousse, toute la saveur des mots du* XIXe *siècle aujourd'hui oubliés*, Éditions Larousse, 2017.

Toutes les autres feuilles dont j'ai pu m'inspirer sont celles des arbres...

Compter les couleurs

PROLÉGOMÈNES

20 juillet 1968

Un ultime cri accompagna la déchirure.

« Tête dernière. »

Le reste du corps s'était déjà faufilé entre les chairs tendues.

D'abord une petite paire de fesses molles, tel un sourire en travers de la vulve. Qui se mit à grossir à chaque poussée. La femme en gésine travaillait seule. « Un Vermelin », avait annoncé le vieux médecin qui apprenait encore à ses étudiants les rudiments de la médecine classique.

Primum non nocere.

« Les bébés en siège se laissent cueillir comme des fruits mûrs qui choisissent le moment de tomber entre vos mains. Si vous lui touchez les jambes sous prétexte de l'aider à sortir, il risque de lever les bras *in utero* en réaction. On vous a appris les conséquences ! La tête et les bras ne passeront pas en même temps. Les manœuvres obstétricales qui s'ensuivent ne garantissent jamais l'issue. La nature se débrouille quand on lui fait confiance ! Faites confiance à la femme et au bébé, ils savent mieux que nous ! » Par souci d'asepsie verbale, il adressa ces mots à son interne et à l'étudiante maïeuticienne dans le couloir, les obligeant ensuite à garder les bras dans le dos durant la mise au monde, pour honorer la tradition du geste. « Pour un Vermelin, on accouche sans les mains. » Dans les couloirs de la fac de médecine circule une légende universitaire selon laquelle il arriva un jour à ce gynécologue – renommé pour ses pratiques d'enseignement peu protocolaires – de nouer les poignets d'un étudiant trop zélé avec la tubulure d'une perfusion, trouvée dans un tiroir du chariot de matériel.

En comptant la sage-femme de garde, présente depuis les prémices de la dilatation, ils étaient quatre. Notre chef de service détestait que ces sièges soient une curiosité pour la moitié de l'équipe, quand bien même celle-ci serait merveilleuse. Car ces accouchements-là, pour périlleux qu'ils fussent, laissaient dans le cœur des soignants le souvenir ému d'un instant de pure beauté.

Ah, ce moment où les fesses semblent s'envoler et où surgissent soudain les jambes. Puis l'on voit les longs petits pieds encore fripés se poser et prendre appui sur la table installée à la bonne hauteur, quelques centimètres sous le lit d'accouchement, entre les jambes écartées de la mère.

Courageuse et attentive, cette dernière écoutait les consignes, pressée de se libérer de cet amas de chair. Il n'était pas encore trésor à ses yeux tant il générait de la douleur. Cette partie d'elle-même n'avait alors connu que le plaisir. Cependant, un autre amour se jouait là. Bien plus puissant. Inconditionnel. Qui donnait à la femme la force d'accepter la souffrance.

Quand les bras potelés s'échappèrent du giron vaginal, on annonça à la mère les dernières poussées. Les veilleurs alentour, sans pour autant le dire, savaient qu'au-delà de trois contractions, il faudrait intervenir. Planait sur eux la peur d'une rétention de la tête, qu'un bassin trop étroit pourrait garder, comme un baroud d'honneur à la séparation. Ce genre d'issue imposait des manœuvres précises sans gage de réussite pour sauver le bébé. Le temps alloué serait court, car le cordon une fois comprimé serait incapable de perfuser l'enfant d'un sang oxygéné.

Troisième poussée, le cri, la déchirure.

Et une masse muette dont le silence glaça l'assistance.

— C'est un garçon.

Les mains de la sage-femme, autour du petit corps bleu-rose, le posèrent sur le ventre maternel, encore gonflé du souvenir de sa plénitude. La femme en blouse frotta la peau collante et fine avec un linge stérile, dégagea la bouche des glaires accumulées, réchauffa le petit, le stimula.

Quelques secondes passèrent, silencieuses, interminables, où l'attente se confondait déjà avec le chagrin de la perte.

Cet autre cri fut puissant. Une autre déchirure. L'air qui envahit des alvéoles neuf mois plissées, grimaçantes de se déployer.

On coupa le cordon.

En ces années soixante, le père était tout juste admis au côté de l'épouse. Le reste relevait de l'équipe médicale.

Après quelques minutes, la sage-femme reprit le nouveau-né pour l'examiner, le laver, l'habiller, et le rendre poupée à des parents heureux. Durant toute la séparation, le petit hurla, comme s'il contenait dans ses cordes vocales toute la misère du monde. Il s'apaisa au contact du sein maternel, secoué encore d'un chagrin sismique dont les répliques s'espacèrent une fois atteint le refuge du sommeil.

La mère, dans un état second, ne se souciait plus de son entrejambe. Ses bras chantaient plus fort, qui tenaient son bébé.

Le calme revint, dans les draps souillés de vie.

— Comment allez-vous l'appeler ?

*

* *

À huit cents kilomètres de là, une femme accouchait pour la cinquième fois. Les six premiers garçons, dont deux paires de jumeaux, âgés de trois à dix ans, s'étaient rendormis chez leurs grands-parents. Le père ne put être présent. Il avait obtenu de rester en poste dans un régiment fixe le temps de la petite enfance, non loin de sa belle-famille, à condition de partir en mission aux quatre coins du monde parfois pour plusieurs mois.

Elle n'avait pas peur. Elle connaissait son corps, les signes du travail, comment y réagir.

Deux heures plus tôt, les premières contractions l'avaient réveillée. Elle savait. Le temps de lever les frères, de confier à chacun le petit sac en tissu préparé à l'avance et contenant quelques vêtements pour trois jours, de les installer dans la voiture et de les déposer chez ses parents, à quelques kilomètres du domicile conjugal. La maternité se trouvait ensuite à vingt minutes de route. Elle déclina la proposition paternelle de l'accompagner. À leurs âges, il fallait être deux pour gérer la progéniture agitée. Elle ne tarda pas à repartir, car les contractions s'étaient rapprochées plus vite que durant les naissances précédentes. Les mises en garde de la sage-femme lors de la dernière consultation lui revinrent à l'esprit.

Ne venez pas seule, vous dilatez comme une fleur sous le soleil, ce cinquième accouchement sera rapide.

Elle se gara devant la maternité, et confia les clés dans un soupir au surveillant de nuit. Hormis l'ascenseur, tout alla ensuite très vite. La mère était calme, souriante. Le bonheur anesthésiait son ventre. L'utérus entraîné savait y faire, la femme autour s'en remettait à lui sans mot dire. Elle espérait une fille, et cette seule pensée lui donnait le courage de la douleur. Les sages-femmes eurent juste le temps de franchir les portes de la salle d'accouchement, de lui ôter sa culotte sous la robe enfilée à la hâte. Le bébé naquit dans une disposition singulière. La jeune étudiante, qui arrivait en courant, le plateau d'accouchement en main, pleura devant le tableau.

— Votre bébé est né dans sa poche, annonça la sage-femme. Les membranes sont intactes, le phénomène est rarissime. Il porte chance.

— C'est encore un garçon ?

Une auxiliaire revenait déjà, l'appareil photo Polaroid en main pour immortaliser la beauté de cette chrysalide transparente, gonflée d'une eau blanchâtre qui laissait apparaître la tête du bébé, ses mains contre son visage, encore paisible d'y être à l'abri. On dut libérer l'enfant de son cocon thermal pour découvrir la petite fente boursouflée qui provoqua chez la mère un écoulement de larmes heureuses, en même temps que le liquide amniotique s'étalait comme une vague sur la plage de draps à ses pieds.

UNE SI LONGUE CONVERSATION

1986
Ce que j'aimerais que tu saches...

Je suis née coiffée.

Je partais bien dans la vie.

Du moins je le croyais jusqu'à hier.

Je ne t'ai jamais vraiment dit d'où je venais. Aujourd'hui, j'ai beau n'avoir que dix-sept ans, j'en ai besoin. Tu comprendras peut-être que je n'ai pas le choix de ce qui va se produire.

Oh ça oui, j'ai été heureuse quand j'étais petite. Surtout d'avoir été une fille après six garçons. Je bénéficiais de la protection de six gardes du corps qui prenaient leur rôle très à cœur. Notre père, en mission longue dans la plupart des conflits armés du globe, partait, uniforme et sac en toile kaki sur le dos, en laissant derrière lui notre mère et sa flopée de petits. Seule à la tête de cette tribu, elle tenait l'organisation d'une main de fer tout en nous apportant le velours de sa tendresse. Nous avions parfois envie de la détester pour sa rigueur qui n'avait rien à envier à celle, militaire, de notre père, mais nous l'aimions. Très tôt, chacun eut à participer aux tâches quotidiennes et les plus grands avaient la responsabilité des petits. Quant à moi, j'ai appris ce qu'une femme doit connaître pour s'occuper de son foyer. Heureusement, elle commence à comprendre que je ne suis plus une gamine et que j'ai envie d'autre chose que de faire des enfants et rester à la maison. À l'inverse, ma grand-mère paternelle m'inculque en cachette, depuis que je suis petite, quelques notions de liberté et d'impertinence. Et puis la joie. Mamé rit tout le temps. Et nous rions de rire. Elle va tant me manquer, elle aussi. Là-bas, qui va m'apprendre tout ce qu'elle m'enseigne ?

Je fus donc choyée dès mes premiers instants par une maman qui m'appelait *son* petit soleil, et une armée de garçons qui, malgré les chamailleries, savaient faire bloc pour me protéger.

Nous habitions à la campagne. Un paysage vallonné couvert de champs et de prairies, parsemé de bosquets, de taillis, de petites forêts. Nous avions parfois la chance d'y apercevoir des renards, des chevreuils ou des lièvres. En sortant de la maison, il suffisait de marcher cinq cents mètres pour atteindre les chemins de terre et les premiers vergers. La nature nous offrait un immense terrain de jeu et nous en avons bien profité. Mes frères m'embarquaient dans de folles escapades quand notre mère mettait toute la troupe à la porte pour passer la serpillière sans être dérangée. L'aîné portait le plus petit, et les moyens, en alternance, poussaient le landau dans lequel j'avais été emmitouflée dans une couverture tricotée. Doté de très grandes roues, il avait l'avantage d'aller partout. Sur les cailloux, dans les champs, même en forêt quand il s'agissait de sapinières. Ils me parlent encore aujourd'hui de ce chemin de colline au sommet duquel ils lâchaient le landau, moi dedans, en visant juste pour que je ne verse pas dans le fossé.

Ceux qui m'attendaient en bas pour me réceptionner avaient ensuite le droit d'être les lanceurs au tour suivant. Ils étaient fiers de me décrire cet immense sourire que je leur délivrais à mon arrivée et qui leur prouvait que je me sentais en sécurité avec eux. Par chance, ils n'eurent à déplorer aucun accident. Ils n'osent toujours pas l'avouer à maman. Encore moins à notre père. Aucune frayeur a posteriori ne vaut d'être provoquée.

Ainsi, vivre mes premières années dans une forteresse de fraternité qui faisait office de parc d'attractions m'offrit une jeunesse heureuse à laquelle peu d'enfants peuvent prétendre.

2018
Ce que j'aimerais te répondre…

Je suis né à reculons.

Peut-être d'avoir senti depuis les entrailles maternelles que la vie au-dehors ne serait pas tendre avec moi. Comme mon nid était doux, chaud, protégé. L'extérieur fut soudain froid, bruyant, immense. D'aussi loin que je me souvienne, j'ai toujours eu besoin de bras, de couvertures, de coussins autour de moi, de cabane pour jouer, de petit abri sous l'escalier. Tout ce qui constituait une paroi. Celle qui me manqua dès les premiers instants après l'expulsion.

Ma mère, secrétaire comptable pour le compte de mon père entrepreneur – ils se connurent d'ailleurs ainsi –, était une femme douce et fragile. La peur de mal faire lui collait à la peau, et ma naissance en représenta l'acmé. Elle appliqua à mon encontre, certes en douceur, une inextinguible quête de perfection, soucieuse de mon bon développement. Mon père suivait le mouvement, selon les possibilités de son planning chargé et de ses piètres connaissances infantiles. Il s'appliqua plus tard à m'inculquer de solides principes, comme s'il avait pris le relais de mon marathon éducatif à la fin de l'enfance. Au fil du temps, leurs deux approches instillèrent en moi l'âme d'un bon petit soldat. Mes excellents résultats scolaires ne m'empêchèrent cependant pas de rêver, d'inventer, de créer de mes mains toutes sortes d'objets bricolés avec des bouts de rien.

Ma mère ne cessa de me répéter à quel point, petit, je me cramponnais à elle. Bébé singe en *grasping* permanent dans le pelage de sa maman. La mienne avait la peau très lisse. Si mes doigts glissaient sans pouvoir trouver prise, le contact velouté de sa surface cutanée apaisait un autre de mes besoins archaïques, celui du toucher. À l'inverse, il suffisait qu'elle me pose pour que je pleure. « Un nourrisson aux besoins intenses », répondit un jour le pédiatre à ses questions désespérées. Elle endura la fatigue, l'incertitude, l'agacement parfois, et se résolvait à me coucher sur une couverture dans la salle de bains pendant qu'elle se lavait, dans la cuisine alors qu'elle épluchait. La perte de contact visuel générait en moi une sensation d'abandon pur, angoissant, abyssal. Elle me portait, me promenait, me câlinait, me berçait, chantait, pleurait. Il arriva – et ils en avaient ri des années plus tard en me le racontant – que mon père, de retour du travail, se retrouve debout dans l'entrée, chaussures aux pieds, veste sur les épaules, les clés de voiture dans une main, et un bébé dans l'autre. Sans lui laisser le temps de protester, ma mère s'était évaporée et se cachait dans la chambre à coucher ou dans la salle de bains, une heure, parfois deux, pour respirer des molécules de temps pour soi.

Il valait mieux qu'elle ne soit pas présente pour constater qu'une fois seul avec lui je restais calme et silencieux sur le canapé, à le regarder lire son journal ou trier des documents. Étais-je l'éponge qui absorbait les angoisses d'une femme qui voulait bien faire ?

Je mis des mois à m'endormir seul, des années à accepter la séparation. Je m'accrochais à une peluche élimée comme un naufragé à sa bouée. J'en mangeai la moitié, milligramme par milligramme, sans même m'en rendre compte.

Mes premières expériences sociales furent catastrophiques. On m'inscrivit en garderie à l'âge de deux ans, quand ma mère reprit son travail. Je m'accrochais à son mollet quand les prémices de son départ s'annonçaient, et lui sautais dans les bras, secoué par quelques sanglots de soulagement, dès qu'elle franchissait la porte du local en fin de journée. « La confrontation avec les autres lui est difficile. » Les membres du personnel relataient ces détails futiles qui pourtant me traumatisaient. Un jouet qu'un enfant me prenait des mains, être frappé, mordu, ou même bousculé. Je vivais l'incursion des autres dans ma zone de sécurité comme l'invasion guerrière d'une nation par un pays limitrophe.

J'appris tant bien que mal à affronter la collectivité, à me débrouiller pour me réfugier tantôt dans un jeu que personne ne voulait, tantôt dans les bras d'un adulte consentant, pressé de rentrer chez moi après l'école.

Nous habitions une belle maison dans un quartier cossu de Rennes. Ma chambre se situait à l'étage, à côté de la salle de bains et d'une pièce qui pouvait accueillir des amis. Mes parents vivaient au rez-de-chaussée et montaient rarement le grand escalier en bois qui grinçait joliment et me prévenait de leur arrivée. Je me sentais puissant, à la tête d'un royaume d'une quarantaine de mètres carrés. En sécurité surtout, car la maison était cerclée d'un petit terrain clos.

Si le cocon familial espérait de moi la rigueur escomptée par des parents exigeants, il n'en demeurait pas moins un port d'attache où l'on peut s'arrimer, à l'abri des tempêtes et des courants trop forts. J'y serais resté plus longtemps s'il n'avait pas fallu entrer dans le rang.

Durant les sept années suivantes, l'institution, geôlier zélé de me voir réussir, me nourrit et me tortura.

1986

À l'école primaire, je n'ai jamais été embêtée. Et j'ai fini par le regretter. La présence de plusieurs de mes frères dans la cour de récréation ou à la sortie des classes dissuadait les garçons de toute approche, par crainte de représailles. Je regardais mes copines devenir princesses de contes de fées, sauvées par des chevaliers qui faisaient semblant de les délivrer en haut de cet escalier-donjon au fond de la cour. Leurs joues trahissaient l'émotion des premiers émois. Mince alors ! Moi aussi, j'aurais aimé jouer de résistance alors que je crevais d'envie de me faire enlever. On me privait de cette agitation douce, dans ce château trop bien gardé par mes frères, armés de leur âge imposant, tels des dragons puissants. L'année de CM2 me fit prendre conscience de la nécessité de m'affranchir de leur protection, d'abord pour apprendre à me battre seule, ensuite pour goûter à un semblant de liberté.

En début de CM1 est arrivé un garçon timide. Il n'avait rien en commun avec les petits mâles idiots de la cour de récré. Réservé, seul, discret, il avait de grands yeux verts toujours un peu écarquillés sur le monde comme s'il s'en étonnait. Ses cheveux blonds dessinaient des boucles d'ange et il rougissait facilement. J'ai toujours éprouvé un mélange de peine et d'affection pour ceux qui rougissent. De la peine à l'idée qu'ils souffrent de ces joues traîtresses qui ne leur laissent aucune chance de masquer leurs émotions et qu'ils doivent avoir envie d'arracher dans les situations critiques. De la tendresse pour leur grande sensibilité. J'eus peur qu'on le proclame souffre-douleur des récréations. Il n'en fut rien, même si les élèves agités et menaçants n'avaient pas la même tendresse que moi pour sa timidité. Alors d'où venait qu'on le laisse tranquille ? Ses grands yeux ? Son allure ? Ce qui me fascinait en lui effrayait-il mes camarades et le protégeait-il de leur bêtise ? La solitude qui en résultait ne semblait pas le déranger. Pour attachant qu'il fût, je n'eus jamais le courage de lui imposer ma présence. Encore moins mes mots que je trouvais tous stupides avant de les avoir ne serait-ce qu'imaginés. Une seule fois, il s'approcha de moi dans la cour, pour me dire qu'il aimait mes fossettes. J'avais souvent entendu cette petite remarque dans la famille, dans le cercle d'amis de mes parents, parfois même de la bouche d'inconnus dans une salle d'attente ou au cinéma. Jamais elle ne me fit autant d'effet que ce jour-là. Tel un grand seigneur de passage dans une contrée lointaine qui lance un compliment anodin à une simple servante lors d'un banquet. Mes copines passaient leur temps avec les petits chevaliers, elles ne comprenaient pas que j'en reste là, que je ne lui tourne pas plus autour, dans la cour.

Je les trouvais futiles.

J'avais eu le compliment d'un seigneur. C'était suffisant. J'en fus comblée pour le reste de l'année.

Je ne savais pas si j'étais amoureuse. Je suppose que oui. Et je pense encore à lui aujourd'hui, presque dix ans après. Qu'est-il devenu ? Vient-il de passer son bac, lui aussi ? Entrera-t-il dans une case ? En couple, père de famille, les clés de la maison dans la poche de sa veste, un chien au bout d'une laisse. Est-il retourné dans les pages d'un album de conte de fées ? Peut-être inventera-t-il un modèle inexistant. Peut-être n'était-il pas tout à fait humain.

L'école primaire constitua pour moi un espace étouffant. Je fondais tous mes espoirs sur le collège, où je m'étais promis d'aborder mon seigneur aux joues rouges et aux boucles blondes si je le croisais dans la cour.

Je me réjouis donc, durant toutes les vacances d'été, d'entrer enfin en sixième. À mes yeux, le summum de l'émancipation. Des centaines d'élèves, des dizaines de salles de classe, des endroits où se cacher du regard des autres, des horaires libres et la capacité de s'échapper en ville quand un cours sautait en fin de journée et qu'il fallait attendre le car de ramassage. L'entrée au collège promettait une libération, une aventure, une bataille, à l'assaut de mes propres barrières. Ma prise de la Bastille à moi. Et pour la deuxième fois depuis que nous avions quitté la petite enfance, notre père nous annonça subitement qu'il allait être attaché à un autre régiment, dans un coin de France dont nous ignorions tout, nous faisant perdre des amoureuses pour les aînés, des repères pour les cadets. Et moi, l'espoir de retrouver le chevalier aux grands yeux verts écarquillés. Ce déracinement social régulier participa sans doute à la cohésion de la fratrie et au besoin de nous tenir chaud, mais il opéra en chacun de nous une difficulté à s'attacher.

En attendant, ma grand-mère me réconfortait, persuadée que quelques biscuits maison accompagnés d'un chocolat chaud constituaient un remède à tout. Cela fonctionne d'ailleurs au-delà de l'enfance, car elle me le propose encore aujourd'hui et ça me fait du bien. Elle me prépara donc à ce nouveau défi. Elle n'était pas inquiète pour moi. Depuis toute petite, je bravais les interdits, et je ne me faisais jamais attraper. Comme disait Mamé, j'avais ce talent de comédienne, assorti d'un sourire enjôleur qui me sortait de certaines situations délicates avec brio. Elle aimait beaucoup cette expression. Avec brio. J'avais six ans quand elle l'employa pour la première fois, et je crus qu'elle parlait alors d'un ami italien. À la fin du mois d'août, quelques jours avant l'entrée en sixième, alors qu'elle faisait la vaisselle, elle me dit, l'air de rien, une phrase qui me bouleversa. « Tu es une petite fille qui vit avec brio, ne perds jamais cela. »

Je ne sais pas si elle pourrait encore en dire autant.

2018

J'étais un petit garçon ambivalent. Dès mon entrée en maternelle et plus encore en primaire, je fus saisi de sentiments ambigus envers l'école. Je l'aimais et je la détestais.

Oh, comme j'étais heureux de découvrir, d'apprendre, de comprendre ! Le plaisir d'un exercice de mathématiques résolu, d'une leçon de biologie, d'une sortie nature, les bottes aux pieds et le sac en plastique pour cueillir les trésors de la forêt et les étudier ensuite, dans leurs plus petits détails. Et les poésies à apprendre. Cette musique que les mots jouaient quand je les récitais me berçait au plus profond.

J'étais curieux, insatiable, rempli de questions comme certains le sont de larmes, ou d'autres de colère. En cela, l'école me comblait.

À l'inverse des périodes d'apprentissage pur, encadrées par un adulte respecté, la jungle de la cour et celle de la cantine m'apprirent tel ou tel réflexe instinctif. Du domaine de la fuite. Je rêvais d'un grand frère pour prendre ma défense, casser la gueule des caïds qui me martyrisaient quand ils avaient épuisé les autres cibles. Même un cadet, même une sœur auraient pu m'être d'un grand secours, en témoins gênants qu'on peut brandir à la face des plus forts.

Je suis resté enfant unique. Sans trop savoir si cela m'a aidé à me construire un bouclier. Ou si je suis demeuré nu de toute carapace, laquelle ne put jamais se développer à force d'avoir affronté les vents violents. La seule fois où j'eus l'idée d'évoquer durant le dîner les brimades régulières, mon père me dit : « Ne te laisse pas faire. » Ma mère rétorqua : « La violence n'est pas une solution. »

Que fait un enfant de dix ans au milieu du brouhaha parental ?

Rien. Il attend.

Je n'étais pourtant pas chétif. Cependant, la solidité d'un corps ne protège pas toujours l'intérieur fragile. On savait frapper mes émotions pour les faire déborder. On juge, on se moque, on insulte, on trouve les points faibles, on met à genoux pour humilier, on se moque de plus belle. Cercle vicieux enclenché, pronostic lacrymal engagé. Je serrais les dents et je respirais par le nez à la moindre vague de larmes qui naissait sous leurs mots. En toute chose, l'entraînement permet de progresser.

Je renonçai assez vite au football pour me réfugier dans les parties annexes de la cour, où les filles s'abritaient déjà, recluses pour ne pas déranger ces activités que les garçons imposaient. Elles m'adoptèrent avec plus ou moins d'enthousiasme. Certaines voyaient en moi le garçon inoffensif, à l'âge où exécrer le sexe opposé s'apprend comme les tables de multiplication. D'autres, plus méprisantes, ne me trouvaient aucun intérêt, elles qui déjà se souciaient d'être remarquées, adulées, approchées par les fauves transpirants d'avoir joué des coudes autour d'un ballon.

Estelle se montra attentive à ma petite personne au détour d'un coin calme de la cour. Un rebord de fenêtre où je m'asseyais dans un rituel immuable et rassurant. Je pouvais y surveiller la zone entière entre les bâtiments, fondu dans le mur, car en me calant contre la fenêtre, mon corps disparaissait dans ce petit espace. Occupé à me réciter en moi-même le poème de Maurice Carême sur lequel nous allions être interrogés après la récréation, je la vis s'asseoir à l'autre bout de l'espace. J'étais en CM2. Autant dire que les filles de CE2 nous étaient étrangères.

Elle m'apprivoisa.

La première récréation fut silencieuse. Elle se contenta de balancer ses deux jambes blanches qu'une paire de ballerines ponctuait, tout en regardant l'activité grouillante des enfants.

Le deuxième jour, elle me sourit au moment de la sonnerie, puis sauta le plus loin possible en s'aidant de ses mains. Peut-être pour m'impressionner. Elle y réussit. Moins par le saut que par le petit morceau de sa culotte à fleurs, aperçu dans le mouvement de sa jupe quand elle atteignit le sol.

Le troisième matin, elle me demanda pourquoi je ne jouais pas avec les autres garçons. Elle était en pantalon. « Je suis plus tranquille ici.

— Moi aussi », dit-elle.

La logique aurait voulu que j'enchaîne, que je lui demande son prénom, où elle habitait, quelle matière elle préférait et si sa maîtresse était gentille. Ma coriace timidité n'offrit qu'un magnifique silence, et je n'eus aucun mot à servir à cette gamine discrète qui, chaque jour, l'air de rien, grignotait des miettes de mon abri utérin.

Puis nous nous mîmes à parler, à nous faire réciter nos leçons. Il nous arrivait de rire. Et toujours, je guettais alentour des regards teigneux et complices, je vérifiais qu'aucun groupe de pies ne l'avait envoyée en mission pour me faire rougir et ensuite se moquer. Elle était petite, jolie, malicieuse. Elle partageait mon rebord. Où était le piège ? Je me posais sérieusement la question, incapable de m'imaginer assez important à ses yeux.

Je me sentais sans défense. Faible de préférer me sauver que combattre. De quelles fuites nobles parlait-on dans les livres d'histoire ? Il y était question de guerres, d'armistices, de batailles, de triomphes. Ma victoire était là, à côté de moi, elle se devinait sous les traits d'une fillette attentive. Gazelle au milieu des chacals, et moi, zèbre heureux de ne plus voir que le blanc de mes rayures.

Heureux et amoureux.

Chaque matin à dix heures, j'allais l'attendre sur mon rebord. Chaque soir après l'école, je la guettais qui s'éloignait dans le sillage de sa mère. Elle se retournait juste avant de bifurquer au coin de la rue, avec la fière certitude que je la regardais encore. Entre nous, le lien était beau et suffisant, à notre échelle d'enfant. Un lien ténu, fragile, insaisissable, qui se limitait aux récrés. Elle rejoignait parfois ses amies, occupées à des jeux de filles, à des cachotteries, à des piaillements aigus.

L'école m'était devenue heureuse, s'était proclamée alliée, et je me levais le matin vibrant de m'y rendre.

Il me suffisait de l'apercevoir pour sentir battre mon cœur et compter les couleurs.

Un jour, alors que la voiture maternelle m'avait déposé en amont de la cour, je vis un chat avancer dans ma direction. Il se faufila entre mes jambes à la recherche de quelques caresses. Quand j'approchai mon bras, il retroussa ses babines, cracha, et me griffa le visage sans raison. En posant la main sur ma joue, je vis des traces de sang au bout de mes doigts. Me dirigeant vers l'école avec l'intention d'aller voir la maîtresse pour qu'elle me soigne, je vis disparaître dans l'ombre de l'entrée un de ces garçons qui m'infligeaient des misères régulières, son bras autour des épaules d'Estelle. J'ignore encore ce qui me tortura le plus, le sourire enjoué de la gamine volage ou le regard que me lança le vainqueur. Une conjonction certaine des deux et l'idée de prise de guerre définitive qui m'acheva d'un coup de poignard dans le cœur. J'avais perdu.

Les deux genoux à terre, je me contentai d'essuyer la plaie sur mon visage avec un peu d'eau dans les toilettes du sous-sol et me promis qu'on ne m'y reprendrait plus.

Fuir l'amour – et les chats – pour ne pas m'y abîmer.

Je m'y tins des années. Jusqu'à ce que tout bascule.

1986

Je me sentais encore moins à ma place dans cette nouvelle caserne. Plus grande, plus stricte, plus froide, j'y évoluais comme une intruse, une étrangère. Et ce sentiment se poursuivait en classe.

L'école n'aime pas les artistes, les fantaisistes.

J'aurais tant voulu y apprendre à jardiner, jouer de toutes sortes d'instruments de musique, chanter, cuisiner, voyager, danser, coudre, peindre, vivre en société. À la place, des maths, du français, de l'histoire, de la physique-chimie.

Et puis, je n'ai jamais accepté les moules, sauf ceux de Mamé qui m'a appris à faire le meilleur quatre-quarts du monde. Mon père voulait que j'entre dans celui d'une scolarité classique et réussie. Je m'accroche pour lui faire plaisir. Il attend de moi de hautes études, dans le sillage de mes frères aînés, déjà partis, pour les plus grands, en école d'ingénieur ou celle des officiers, comme lui. Je déteste ce qu'il fait et le peu que j'entends de ses missions me glace le sang. Je suis pour la paix dans le monde, les petites fleurs au bout des fusils. Ma mère me dit que c'est parce que je suis née en 1968, dans une époque *peace and love*. Elle m'explique que lui aussi veut le bien de tous, qu'il faut des militaires pour défendre les civils, et je ne la crois pas. Elle espère que je comprenne avec l'âge. En attendant, je subis les conséquences de l'engagement de mon père.

J'ai appris à ne pas tisser de relation trop intense. Ni avec les filles, ni avec les garçons. Je sais qu'il faudra que je les laisse derrière moi à la mutation suivante. Poursuivre une relation à travers un échange épistolaire peut paraître exaltant les premières semaines, puis le romantisme s'espace avec le temps, les lettres deviennent rares et disparaissent sans que l'on s'en rende compte. Je ne dois pas avoir l'âme d'une George Sand.

Je n'ai qu'une amie avec laquelle je corresponds désormais. Une seule. Peu importent la distance et la durée du silence, nous nous retrouvons toujours avec la même simplicité.

Quant aux amoureux, je préférais ne pas leur infliger une rupture en raison d'un départ anticipé. De toute façon, les garçons que je côtoyais ne me touchaient pas. Je pensais souvent à celui aux grands yeux verts. Il m'inspirait, et depuis, j'étais en quête d'un semblant de magie équivalente. Entreprise vouée à l'échec.

Du moins je le croyais.

Je flirtais par-ci par-là, pendant les boums. Si certains paraissaient plus séduisants que d'autres, je les trouvais vite immatures et je mettais fin à la relation avant de m'ennuyer, avant qu'ils ne s'attachent. Mes copines, tout aussi superficielles, voyaient en moi la fille indépendante et libre qui choisit qui elle veut. Moi, je me sentais comme un arbre qu'on déracine tous les deux ou trois printemps, et qui préfère ne pas s'attacher au mauvais tuteur pour reprendre des forces. Ma maman en était un auquel tout le monde s'accrochait. Femme au foyer, elle travaillait plus que la plupart des hommes de sa génération. Je ne l'ai jamais vue craquer sous le poids des responsabilités. Je ne l'ai jamais vue détendue non plus. Sa ride du lion se creusait chaque année et son dos se courbait comme si elle avait entamé un processus irrémédiable de repli sur soi.

Dans un autre genre, ma grand-mère m'offrait de la force et de la stabilité. Je me rendais chez elle à toutes les vacances scolaires, contrairement à mes frères. Il faut dire que cette demeure était bien trop petite pour accueillir une fratrie comme la nôtre. Après la guerre, alors que mon grand-père y avait perdu ses deux pieds, ils avaient acheté une maison dotée d'une boutique qui donnait sur la promenade, en bord de mer, dans la jolie station balnéaire du Val-André. La pension de guerre de son mari ne suffisant pas, ma grand-mère avait ouvert une mercerie et proposé en parallèle de menus travaux de couture pour les vacanciers. Mon grand-père se cantonnait à vivre dans le petit appartement à l'étage, au-dessus du magasin, tant il était laborieux de monter et descendre les escaliers, ce à quoi il parvenait cependant, chaque dimanche, pour arpenter la longue promenade dans son fauteuil roulant. Il réalisait quelques travaux de cordonnerie pour s'occuper et passait une grande partie du temps sur la terrasse qui surplombait le front de mer. Le bercement des vagues apaisait les douloureux souvenirs des combats qui ne le quittaient pas.

Au fil du temps, ma grand-mère transforma son activité pour devenir fleuriste. Elle créait des bouquets magnifiques, harmonieux, originaux. Et puis un autre fleuriste s'est installé dans la rue d'à côté. C'était moins joli mais moins cher. Alors Mamé a encore changé d'activité en fabriquant des biscuits, à partir d'une recette héritée de sa mère, qui la tenait elle-même de son aïeule. Bretonnes de génération en génération, elles maîtrisaient le sujet. Je n'ai jamais compris comment, à partir d'ingrédients basiques, elle arrive à préparer des gâteaux aussi bons. Peut-être le beurre artisanal produit dans une ferme voisine. Peut-être le réglage du four. Peut-être un peu d'amour. J'espère un jour percer ce secret pour réussir moi-même des biscuits aussi croustillants, aussi dorés, et qui laissent un petit goût d'enfance dans la bouche.

Si je n'ai pas connu la mercerie, Mamé m'a quand même appris la couture, et puis les fleurs et les gâteaux. Je pesais les ingrédients sur la balance Roberval avec les poids de différentes tailles. Je les ajoutais à la jatte dans laquelle elle les mélangeait de ses mains enfarinées. Elle étalait la pâte sur une épaisseur dont la régularité frôlait la perfection et me laissait ensuite y enfoncer les emporte-pièces de diverses formes. Je restais le nez collé à la vitre du four pour surveiller la cuisson pendant qu'elle préparait une nouvelle fournée, et gare à moi si je tardais trop à la prévenir quand ils étaient prêts. Bien sûr, elle ne me laissait jamais rater ce moment, tout en me faisant croire que j'en portais la responsabilité. J'attendais, mon pinceau à la main et un jaune d'œuf battu dans un vieux bol ébréché, prête à badigeonner les surfaces brûlantes et les voir devenir brillantes en quelques secondes.

J'aimais également servir au magasin, peser et encaisser, calculer pour rendre la monnaie, seul moment où je trouvais les mathématiques utiles.

Il nous arrivait de retirer des plateaux entiers de gâteaux trop cuits. Nous jouions, nous riions, nous parlions avec une cliente bavarde, et la fournée devenait secondaire.

Une boîte métallique accueillait ces gâteaux trop foncés que mon grand-père aimait grignoter, le visage offert aux embruns sur la minuscule terrasse. Il avait appris la faim, le froid, les aliments périmés, il ne supportait pas l'idée de jeter ces biscuits pas tout à fait brûlés. Papé savourait leur petit goût de liberté, cette liberté dont il avait tant rêvé en mangeant sa nourriture avariée dans les camps retranchés. Parfois, je tentais quelques variantes dans la recette. Certaines fournées furent heureuses et d'autres un peu ratées. Mon grand-père les mangeait quand même.

Je rêve de pouvoir un jour prendre la suite de l'activité de ma grand-mère.

À mes yeux, sa situation était idyllique. Le bord de mer, les grandes marées, les galets, les ciels chargés, le Verdelet au bout de la baie, les clients, les vacanciers, l'odeur des biscuits, le plaisir de les emballer, d'entendre la clochette de la boutique, en tourner la clé le soir sur une journée de labeur enchanté.

À cette époque, je rentrais de ces vacances le cœur serré avec pour seul plaisir consolatoire de retrouver ma mère et mes frères, du moins ceux encore présents sous notre toit. Recommençait alors le compte à rebours avant les congés suivants et la perspective d'y retourner.

J'aimais chez ma grand-mère cette indépendance acquise à marche forcée, et ce petit grain de folie que je sentais dans chacune de ses recommandations à mon égard.

J'eus par ailleurs la chance qu'elle m'accorde sa grâce vestimentaire en y apportant sa touche de féminité. En bonne petite dernière, j'héritais de la plupart des vêtements que mes frères n'avaient pas réussi à user. Ma mère gérait son budget serré avec une grande dignité et préférait opter pour des repas de qualité que pour quelques frivolités en tissu. J'endossai donc jusqu'au collège une tenue de camouflage faite de pantalons, de pulls trop larges, de tee-shirts informes et de vestes masculines.

Ma grand-mère prit les choses en main avant mon entrée en sixième. Lors des vacances d'été, elle sortit de sa vieille armoire en merisier tout ce qui pouvait m'aller – j'étais grande pour mon âge et elle, petite depuis toujours. Des pièces neutres qu'elle agrémenta de boutons, de rubans, de petites broches crochetées, d'empiècements colorés. De son ancienne activité, elle conservait une réserve dans une énorme malle que j'appelais son trésor de pirate. Elle compléta l'ensemble de quelques vêtements achetés sur le marché hebdomadaire du village, le tout dans une harmonie dont elle avait le secret. À la fin de l'été, j'étais repartie avec une valise pleine de pièces bien à moi. Elle me prépara en parallèle à être fière d'afficher ma fantaisie, et m'apprit à laisser glisser les moqueries et les quolibets éventuels comme l'eau sur les plumes d'un canard, en me disant qu'il fallait prendre exemple sur lui, « paraître impassible en surface sans jamais perdre le rythme en profondeur pour avancer ».

Je fis donc le canard durant l'année de sixième, avec quelques piqûres de rappel en guise de soutien à chaque période de vacances en bord de mer. En passant en cinquième, j'étais vaccinée contre tout jugement négatif à mon encontre, ce qui forçait l'admiration de mes copines vulnérables au moindre regard. Certaines essayaient de copier mes tenues. Mais, au milieu de leur terne garde-robe, les accessoires colorés les desservaient plus qu'ils ne les égayaient. Et puis, elles n'avaient pas ma grand-mère.

Cette femme m'a forgé une âme solide dans un cœur enjoué et je ne la remercierai jamais assez.

Elle va me manquer.

Toi aussi.

2018

Quand s'arrêteraient les changements de décors, les lieux de plus en plus grands, de plus en plus anonymes ? J'eus à peine le temps de me poser ces questions que déjà l'enfance m'abandonnait – sans me demander mon avis – pour me précipiter dans une période prépubère hostile, peuplée de boutons, de poils, de complexes et d'hormones mâles.

J'ai longtemps été nostalgique de mon univers fœtal, celui qui me protégeait en son noyau et dont l'expansion des parois se révéla inexorable après le big bang de ma naissance.

L'idée d'infini m'effrayait.

Bien des années, je crus pouvoir me préserver de la grande marche du monde, rester dans l'enfance, ne pas grandir, ne rien affronter des difficultés adultes qui paraissaient insurmontables.

Le collège constitua une secousse importante dans ce processus d'expansion. Je passais du cocon d'une petite école primaire de quartier à un collège-lycée pourvu de trois cours immenses, de cinq bâtiments et de mille deux cents élèves. Que serait le monde sauvage d'une telle structure en regard de la jungle dont je sortais déjà ?

Je retrouverais quelques camarades de classe dont les affinités ne se justifieraient qu'à travers la cohésion vitale face à un Goliath scolaire devant lequel des dizaines de petits David se présenteraient le jour de la rentrée en sixième. Nous nous tiendrions chaud face au géant qui nous materait bien avant que nous n'ayons le temps de nous organiser en bataillon solide. L'ogre nous mangerait et nous régurgiterait environ sept ans plus tard, un bac en poche pour les plus chanceux et, gravés dans le marbre de nos souvenirs, les stigmates de toutes les mésaventures possibles à vivre dans cette institution.

Le jour de la rentrée, je crus avoir la malchance de tomber dans une classe où je ne connaissais que deux filles. Elles se collèrent comme des siamoises de salle en salle. Me trouver seul parmi les autres élèves changerait ma vie ; je ne le savais pas encore.

Les premiers jours, je m'assis à côté d'un garçon qui semblait tout aussi perdu que moi. Ma nature me poussait vers les blessures des autres, que je sentais parfois avant eux. Cependant, certains désarrois sont impénétrables, celui de mon voisin de classe en particulier. J'entrepris donc de me concentrer sur les leçons, l'emploi du temps à retenir, les salles à repérer dans le ventre du monstre. Je me contentais de me fondre dans le troupeau à chaque interclasse et je repérai vite les élèves de mon groupe de langue pour suivre les bons moutons.

Si je n'avais pas de souci particulier avec les professeurs, en dehors de deux d'entre eux dont tout portait à croire qu'ils avaient raté leur vocation – l'un dans l'armée, l'autre dans l'élevage –, cette solitude me transformait à nouveau en cible. Au même titre que mon voisin transparent et qu'une fille que la nature n'avait pas gâtée et qui fut vite la risée des plus insolentes.

Peu après la rentrée, elle fut prise à partie dans le couloir, alors que nous attendions le professeur de français. Elle se faisait bousculer et moquer à propos de ses cheveux trop raides, de ses lunettes épaisses, de son embonpoint. J'avais pitié d'elle sans être capable de la défendre. Me faire petit m'assurait de ne pas être le prochain sur la liste. Je les observais, stupéfait, impuissant, honteux, quand un garçon intervint.

— Moi, j'aime bien ta coupe, elle te donne des airs de Louise Brooks. Tu sais, cette magnifique actrice américaine des années vingt ?

Personne ne connaissait Louise Brooks. Des recherches au CDI me permirent plus tard de vérifier ses dires, et d'admirer la culture générale de mon camarade.

Cela coupa net la gouaille des assaillantes jusqu'à l'arrivée de M. Clément qui ne remarqua rien, comme à son habitude.

Ce camarade bienveillant fut élu délégué de classe la semaine suivante.

Il était dans mon groupe de langue. Il semblait invulnérable. Calme, souriant. Autonome. Grand.

Tout le monde l'appelait Dédé, en raison de ses initiales. Porter le patronyme du célèbre philosophe Denis Diderot aurait pu lui peser. Il en fit une force en connaissant son œuvre. Il lui arriva même de s'inventer une appartenance génétique pour impressionner, quand cela l'arrangeait, les profs de français.

J'ignore ce qui me poussa à l'approcher. La fascination pour sa personnalité ou le besoin de me sentir protégé par un garçon qui dégageait la force d'un guerrier magnanime. Je culpabilisais à l'idée de me faire aimer de lui à des fins protectrices. Quelle amitié pouvait se construire sur un déséquilibre ?

Il me donna tort en me rendant l'affection que j'eus instantanément pour lui. Quelque chose chez moi – il me l'avoua des années plus tard – le poussa à refermer ses bras sur mes épaules et à ne plus les lâcher.

Nos mains s'empoignaient de façon singulière quand nous nous disions bonjour. Dans les premiers temps de notre rencontre, je scrutais sa façon de saluer les autres élèves. Aucun n'avait mon privilège. Je me sentais envahi d'une sensation étrange, gonflé de fierté et de sécurité.

Si les premières semaines, nous ne nous retrouvions côte à côte que durant les cours, en binôme pour les exposés ou les séances de sport, très vite, nous avions découvert des différences suffisantes pour qu'elles nous comblent l'un l'autre les jours sans école.

Denis était un garçon intelligent, un émotionnel calme, en ce sens qu'il comprenait les humeurs des autres sans en être affecté, ou alors avait-il cette capacité en lui de savoir s'en protéger. Me concernant, si j'avais des compétences intellectuelles honorables, je m'épanouissais dans les travaux manuels. Et j'étais de ceux dont il comprenait les humeurs. Parfois, il me protégeait d'elles.

Face à son aura de sagesse, j'avais le charisme d'une limace.

— Mais non ! Chacun a ses bons et ses mauvais côtés. Arrête de te dévaloriser, tu as de grandes qualités.

Je me pris à le croire.

Sa grâce de prince avait un effet particulier sur les filles qui lui tournaient autour comme des louves en attente d'être choisies. Pour facile qu'elle fût, une séduction frontale ne suscitait aucun intérêt chez lui. Il aimait la complexité, le jeu, la transcendance de l'échec, l'élaboration d'une stratégie positive. Il multiplia les aventures et durant les boums - où il me poussait à l'accompagner - il était sûr de conclure sur un des slows de la soirée, laissant derrière lui les non-élues désespérées qui allaient pleurer dans les bras d'un autre. Au final, les garçons de la meute y trouvaient leur compte.

J'observais ce ballet hormonal d'un œil lointain, moi qui m'étais interdit de retomber amoureux.

— Tu as tort, trois filles au moins sont amoureuses de toi, me disait-il quand je lui parlais de mon renoncement.

Pour lui faire plaisir, il m'arriva d'accorder l'une ou l'autre danse sur Frankie Goes to Hollywood ou Scorpions, plus pour la musique que pour la fille. Je me laissais enlacer et me contentais de poser mes deux mains sur ses hanches et de regarder droit devant moi pour m'épargner son regard de biche aux longs cils. Durant le dernier tiers du morceau, au moment où l'on sent que la fin est inéluctable et qu'il faudra changer de cavalier ou aller s'échouer de dépit sur un morceau de canapé, je la sentais se presser contre moi, pencher sa tête sur le côté pour offrir son cou à un baiser. Que je gardais en moi.

Abandonnant la fille à la dernière note de musique et à son amertume, je regagnais ma place, près du buffet disparate, et je cherchais Dédé du regard. La période de slow annonçant une soirée déjà bien engagée, il se trouvait en général dans un coin sombre, à embrasser à pleine bouche une fille. Elle se tortillait sous la main de mon copain, qui avait bravé le tee-shirt et parfois un soutien-gorge pour les plus précoces d'entre elles.

Dès le lundi matin, il testerait l'élue en s'excusant auprès d'elle pour me rejoindre, déclinerait son invitation du mercredi suivant pour aller faire du vélo avec moi. En somme, il proclamait à sa copine qu'il faudrait partager avec son meilleur ami et qu'il n'en serait pas autrement. « Un bon test. Si au bout de trois jours, elle est jalouse, tu imagines plus tard ? » Je le trouvais sévère.

Le passage en troisième et l'été qui précéda cette rentrée me firent l'effet d'une traversée du désert.

Mes parents avaient programmé des vacances en camping-car à l'étranger durant plusieurs semaines ; ceux de Denis avaient planifié le mois d'août dans la maison familiale pyrénéenne. Deux mois d'éloignement, par la force des choses. Même pas de quoi nous écrire ou nous téléphoner. Le seul signe de vie durant cet été fut la carte postale trouvée à nos retours respectifs.

Je pris conscience du manque. Les adolescents d'aujourd'hui, téléphone intégré à la main, ne peuvent plus mesurer ce sentiment de longue absence.

Je pensais sans arrêt à lui, je trouvais le temps long sur les routes scandinaves, puis dans notre maison de Rennes alors qu'il était à des centaines de kilomètres. Je bricolais, je faisais du vélo, j'aidais ma mère à cuisiner, mon père, parfois, quand il m'emmenait une journée dans son entreprise. Je regardais la télé, avachi dans mon canapé. Pour la première fois depuis Estelle, j'eus à nouveau envie de l'école. Envie de la rentrée. Peu importaient les profs, l'emploi du temps et les enjeux d'orientation, je voulais seulement le retrouver.

Je craignais d'être amoureux de Dédé. *Homo, pédé, tarlouze*. J'imaginais déjà les railleries, le vacarme cruel des vautours sans cervelle qui nous tourneraient autour pour dépecer notre amour illicite.

Une semaine avant de le revoir, je me décidai à lui parler de mes doutes, de ma capacité à faire face. J'étais gonflé, plein de promesses, gros de félicité. Il revenait. Nous allions nous retrouver. Et tout nous dire. Car nous nous disions tout.

Nous nous étions pris dans les bras, et j'avais eu du mal à le lâcher. Enfermés dans sa chambre, nous nous racontions notre été. Il me parla de deux amoureuses. J'en eus le cœur serré, confus dans mes pensées.

— Et toi ? dit-il.

— Moi rien. Tu m'as manqué. D'ailleurs il faut que je te parle de quelque chose.

J'avais oublié toutes les phrases préparées, tous les mots choisis avec soin, toutes les émotions rangées et certaines, toutes les autres, floues comme l'horizon d'une route brûlante. Il me devança encore.

— T'as peur d'être amoureux de moi ?

— Toi aussi ?

— Moi ? Non ! Je suis sûr d'aimer les filles. Leurs petits seins qui pointent, leur langue timide, leur petite culotte mouillée. Tu devrais essayer.

Je ne disais rien. Je voyais bien qu'il me provoquait, qu'il voulait me faire réagir, partager ces plaisirs-là. Je n'en avais que faire. De plaisir, je connaissais celui de sa présence.

— Mais je t'aime aussi, ajouta-t-il enfin.

J'en fus chaviré. D'autant qu'il trouva la réponse à ma profonde question, celle de savoir si je l'aimais comme lui aimait les filles. Il y répondit en m'en posant une autre.

— Tu veux qu'on essaie ?

— Qu'on essaie quoi ?

— Ben de s'embrasser, de se caresser. Ainsi tu sauras !

Je sus sans essayer.

Nous rions encore aujourd'hui de cette confusion.

Ce jour où les doutes se dissipèrent, je ne réussis pas à lui dire que je l'aimais. Il ne m'en tint pas rigueur. Il savait, cela lui suffisait.

1986

J'étais en première à Mont-de-Marsan. Je vivais une sorte de sursis, heureuse de cette stabilité géographique qui semblait se maintenir. Tous mes frères s'étaient envolés du nid et ne rentraient que de manière sporadique. Ils étaient loin, ou occupés à leurs études.

Ma mère me couvait et je la sentais fébrile à l'idée que je quitte un jour le domicile pour prendre mon indépendance. Elle avait peur du vide. Avec un peu de chance, l'un de mes frères aînés aurait la bonne idée de lui offrir quelques petits-enfants à chouchouter. Le plus grand avait une compagne depuis trois ans, ils parlaient bébé. Maman s'en réjouissait pendant que mon frère me confiait dans l'intimité qu'il songeait en réalité à s'installer à l'étranger. J'épargnais à ma mère ce genre de déchirure programmée tant que rien n'était acté. Je poursuivais mes séjours en bord de mer comme des bouffées d'air frais auprès de ma grand-mère qui ne semblait pas prendre une ride. Ces escapades offraient désormais à maman de se confronter au vide de son cocon, et, je l'espérais, de s'y habituer doucement. Mon père sentait cette détresse qui la gagnait et dont nous ne pouvions pas, nous ses enfants, porter la responsabilité. S'il était dur et intransigeant dans ses activités militaires, il lui vouait une tendresse et un amour sans faille, à tel point qu'il décida de faire évoluer sa carrière afin d'être plus présent à ses côtés. Il savait que le terrain lui manquerait. Pour autant, son épouse comptait plus que tout et il ne voulait pas qu'elle souffre de voir ses enfants grandir.

Ainsi, alors que j'avais passé un premier trimestre dans un lycée peuplé de sympathiques élèves et de profs passionnants, que je commençais doucement à m'habituer à cette agréable stabilité, ils m'annoncèrent que nous quittions le Sud pour nous installer à Rennes où il aurait un poste sédentaire.

Passées la déception et la lassitude, je vis le seul intérêt de ce nouveau départ : plus proche de ma grand-mère, je pourrais me rendre seule chez elle en train certains week-ends.

La première semaine des vacances de Noël fut donc consacrée au déménagement, et la seconde à accueillir la fratrie tout entière, dans un minuscule appartement prévu pour trois puisque mes frères n'étaient plus répertoriés dans le foyer aux yeux de l'administration martiale. Ce fut le plus beau des Noëls. Peut-être parce qu'il nous prouvait que nous nous tenions encore chaud.

2018

En y repensant, je remplissais nombre de caractéristiques des adolescents de mon âge. En particulier celle de rechigner à partir en vacances avec mes parents. La santé de ma mère me donna raison, nous obligeant à rester dans notre maison rennaise durant l'été avant mon entrée au lycée. Elle avait été opérée à la fin du mois de juin, on lui avait enlevé l'utérus, lourd de trois gros fibromes, et une convalescence s'imposait. Le chagrin qui me traversa à l'annonce du diagnostic me prouva que j'avais gardé en moi l'espoir d'être un jour un grand frère.

Je mis à profit ces deux mois d'été pour parfaire une nouvelle passion, née quelques mois plus tôt durant un cours d'EMT. Nous n'avions que deux heures par semaine, et je les attendais avec impatience. Si j'étais bon dans toutes les matières, cet enseignement manuel me faisait rêver. Nous sciions, collions, assemblions, pliions, branchions. J'aimais me servir de mes mains et de mon imagination pour fabriquer des objets que j'offrais ensuite à mes parents ou que je conservais dans ma chambre en les regardant avec une certaine fierté. Longtemps, ils ont gardé ce potentiomètre branché au lampadaire du salon, qui permettait d'atténuer la luminosité pour une ambiance plus feutrée. Cela m'avait passionné d'en fabriquer le circuit électrique, de souder entre eux les divers composants, d'assembler les résistances, une couleur différente en fonction de leur valeur, et de constater que le tout fonctionnait. Longtemps aussi, ma mère avait conservé une boîte en bois pour ses épices, découpée à la scie à chantourner puis vernie en deux couches.

Au début du mois de janvier de l'année de troisième, M. Leroy nous avait présenté le projet suivant. Un petit manège en Meccano qui tournerait seul si d'aventure nous suivions ses explications. Il ne tourna pas pour tous les élèves. Mais le mien, le mien fut le plus beau, le plus grand, et après quelques semaines sur ce projet, il tournait parfaitement quand j'enclenchais l'interrupteur. « Ton automate est très réussi ! Bravo ! »

Quelques semaines plus tard, je recevais un train électrique pour mes quinze ans. Mon père s'appliqua, durant cet été de convalescence maternelle, à m'aider à l'installer au grenier, aussi fasciné que moi de voir les barrières des passages à niveau se baisser à l'approche de la locomotive et les lumières clignoter avec précision selon l'avancement sur le parcours.

Sans le savoir, mon professeur et mon père semèrent à eux deux, durant cette année-là, une petite graine qui allait pousser dans mon avenir.

Elle commença à germer quelques semaines avant la rentrée quand j'entrepris de transformer ma chambre en semi-atelier. Ma mère osait à peine y entrer et lorsqu'elle s'y risquait, elle ne pouvait s'empêcher de lever des yeux dépités vers le ciel. Elle choisit cette époque pour me confier la charge du ménage de cet espace et j'y vis un lien évident de causalité. J'avais réorganisé la pièce de sorte qu'un des coins soit consacré à mon bricolage. L'exiguïté du lieu m'obligeait à trouver une place pour chaque outil, chaque matériel. Le fameux manège trônait sur une étagère et j'entrepris de reproduire son mécanisme pour fabriquer d'autres objets animés. M. Leroy déplorait le fait que je n'opte pas pour une filière professionnelle technique car, disait-il, ce n'était pas seulement une voie de garage et elle avait bien besoin d'élèves comme moi. Je savais à quel point mes parents avaient à cœur que je poursuive des études et je ne voulais pas les décevoir. Un fils unique n'a pas de plan B sur lequel se reposer. Il doit nourrir les ambitions parentales. Ainsi, j'entrais dans la cour des grands, sans perdre le chemin de la salle de technologie, comme me le proposa mon professeur.

Ce jour de rentrée fut mémorable. La tension à son comble, la peur chevillée aux entrailles. Après quatre années de classe partagées avec mon meilleur ami, rien ne garantissait que nous tombions dans la même seconde. Un brassage s'opérait, apportant son lot de nouveaux élèves venus des collèges alentour.

Nous nous tenions côte à côte. Les deux premières classes avaient été convoquées et s'étaient déjà engouffrées dans la gueule ouverte du bâtiment B. Le professeur principal égrainait les noms de la troisième seconde quand Dédé fut appelé. Son nom commençait par D, le mien par F. Nous serions vite fixés. Il m'avait donné un coup de coude en rejoignant le rang, l'air de dire : « On y croit ! » Puis j'entendis mon nom quelques instants plus tard.

Le destin était de notre côté. Et l'avenir ne le ferait pas mentir.

Nous étions trente-deux. Des têtes connues, croisées les années précédentes aux interclasses ou en cours de langues, et de nouveaux visages, qu'on scrutait pour tenter de savoir qui se cachait derrière. La liste de nos professeurs nous avait plus ou moins réjouis. Certains étaient précédés d'une réputation sulfureuse selon laquelle il faudrait nous tenir à carreau, ce qui avait pour effet d'exciter Dédé comme un tigre en cage qu'on défie du regard. Il haïssait l'abus de pouvoir. Je savais qu'il faudrait que je tempère. Même s'il était doté d'une grande sagesse, la patience lui faisait parfois défaut devant le manque criant de respect dont lui ou d'autres pouvaient être victimes. Pour autant, il menait le combat avec intelligence et discernement, ce qui promettait quelques scènes savoureuses. À chaque cours, nous nous installions dans les derniers rangs. Il aimait avoir une vue globale sur la classe et tenait à sa tranquillité. Peu lui importait d'être classé parmi les éventuels cancres et agitateurs du dernier rang. En regard des maigres efforts qu'il fournissait, son bulletin avait de quoi rendre jaloux les plus appliqués d'entre nous. D'une grande intelligence émotionnelle et intellectuelle, il déroutait la plupart des profs en faisant mentir leurs prévisions fondées sur de simples apparences. Et il s'en délectait.

Pour ma part, j'avais la chance d'être dans une moyenne convenable en ce qui concernait l'équilibre efforts/résultats. De quoi passer une bonne partie de mon temps libre avec lui.

Ce premier jour de lycée, alors que nous rentrions à pied, il me parla d'elle. Une sorte de voile dans la voix issu d'une émotion qu'il ne voulait pas dompter. « Tu as vu cette fille aux cheveux noirs ? Cette façon qu'elle avait de les dégager après avoir enfilé son sac sur l'épaule ? » Je ne le reconnaissais pas. Pour la première fois, je découvris de lui un aspect ignoré. Une face nord toute en fragilité : il était vulnérable.

Mon ami était tombé amoureux d'elle comme on glisse sur le verglas. On marche avec fierté et l'instant d'après, on se trouve au sol sans avoir compris comment. Cette nouvelle élève venue d'un autre collège, petite et fine, aux cheveux ébène et longs jusqu'au bassin, au visage criblé de grains de beauté sombres et dont les yeux foncés l'avaient envoûté au premier regard dégageait une ardente beauté. Il était à terre, heureux d'être tombé.

J'eus soudain peur de le perdre. Pour égoïste que fût cette crainte, elle accompagnait celle qu'il se perde lui aussi. Qui était-elle ? Comment s'ouvrirait-elle à lui ?

Il se posait déjà toutes ces questions et n'avait pas noté la moitié des informations distillées par les professeurs. Il m'appela le soir même pour me les soutirer. Puis il se mit à me parler d'elle. « Je crois que je suis amoureux, et je crois que c'est sérieux. » J'étais assis dans le fauteuil Voltaire à côté de la console où se trouvait le téléphone, au milieu du salon, mes parents à quelques mètres, dans le canapé, mon père avec un journal entre les mains, ma mère plongée dans un livre, et j'essayais de répondre à Dédé sans que l'on puisse se douter du contenu de notre conversation.

— C'est peut-être un peu tôt pour le dire ?

— Je n'arrive pas à la sortir de ma tête.

— Fais plutôt des maths ?

— Putain, lapin, je te parle d'amour et tu me parles de maths !

Dédé avait adopté très tôt ce sobriquet de « lapin », qui nous attirait des sourires moqueurs et quelques regards interloqués. Il s'en fichait. Au contraire, il ne manquait pas de prononcer ce mot haut et fort quand nous étions en présence de ceux que cela importunait. Depuis qu'il m'avait proposé de l'embrasser et que j'avais constaté que je n'en avais aucune envie, notre relation était devenue d'une intimité encore plus profonde que l'amour. Rien ne pouvait nous atteindre. J'aimais qu'il m'appelle ainsi, comme une preuve rassurante et répétée de cette intimité. Doutant beaucoup de moi, j'avais besoin de signes pour y croire.

— Cochon, je peux pas faire mieux.

Il m'appelait plus souvent lapin que je ne l'appelais cochon. Il savait que je réservais ce surnom aux situations extrêmes, soit de grande tendresse, soit d'affaire sérieuse.

— Tes parents sont dans le coin ?

— Oui.

L'indéniable avantage d'avoir un ami intelligent. Il repoussa la conversation au lendemain et je lui souhaitai de beaux rêves avec une voix assez mielleuse pour ne laisser aucun doute quant au contenu sous-entendu.

Au moment de reposer le combiné sur sa base après avoir désemberlificoté le fil enroulé sur lui-même, j'aperçus le regard amusé de mon père. Son sourire me fit comprendre qu'il avait lui-même compris. Il avait été adolescent, lui aussi. « Ton cochon est déjà amoureux ? »

Que répondre ? Je préférais fuir dans ma chambre avant qu'il ne s'empare de l'occasion pour me parler de mes amours à moi et de ce désert que je me complaisais à traverser.

Les semaines suivantes, je pus assister à une danse nuptiale haute en couleur de la part de Dédé. Il ne m'avait jamais été offert d'être le témoin de tant de détermination pour conquérir une fille. Elle feignait l'indifférence. Et cela ne faisait qu'accroître son désir. Lui qui n'avait eu jusque-là qu'à choisir parmi un parterre de prétendantes qui s'ouvraient comme des fleurs devant leur soleil, il se heurtait à un mur de résistance. Pour la première fois dans notre amitié, je faisais preuve de plus d'objectivité que lui, car s'il désespérait, je voyais pour ma part que la cause était acquise. Peut-être refusait-elle de passer pour une fille facile. À moins qu'elle n'aime ce temps où tout se joue et qu'elle veuille en faire durer le plaisir. Ce qui motivait Dédé en temps normal – du moins le croyais-je. Certains soirs, j'avais de la peine pour lui tant je sentais le désespoir dans ses propos. « Je ne peux pas passer à côté d'elle, tu comprends ? C'est comme si je savais que c'était elle. Comme si je l'avais toujours attendue. » Je lui opposais notre âge, plaidais l'erreur, la précipitation, à quoi il répondait qu'il n'y a pas d'âge pour être sûr.

Je pris donc, au début du mois d'octobre, la plus ambitieuse initiative de ma courte existence, la plus violente aussi, en regard de mon tempérament timide, une entreprise qui sonna en moi comme un sacrifice pour servir les intérêts de mon meilleur ami : je demandai à mes parents si je pouvais organiser une boum dans la cave de la maison avant les vacances de la Toussaint. J'avais prié pour qu'ils refusent, ce qui m'aurait ôté une belle épine du pied tout en satisfaisant ma conscience solidaire. J'aurais au moins essayé et je pourrais lui servir l'argument. « Eh bien oui ! Quelle bonne idée ! » s'exclama mon père. « Je te ferai des cakes et des biscuits », renchérit ma mère. Je fus tenté de les détester pour leur enthousiasme, sans pour autant y parvenir. Dès l'annonce, Dédé me demanda si j'inviterais la femme de sa vie. Je ne sus jamais s'il plaisantait ou s'il avait vraiment perdu toute faculté de réflexion quand il était question d'elle. L'idée me traversa de n'inviter qu'eux deux en prétextant que tous les autres avaient fait faux bond, et de laisser ma cave aux amoureux pour la soirée, mais c'eût été louche et nous aurions eu des tonnes de pâtisseries maternelles sur les bras.

Le processus était engagé et je ne pouvais plus faire marche arrière. Si le plan fonctionnait, j'avais prévenu Dédé qu'il me serait redevable pour le restant de ses jours. Il n'avait même pas protesté.

Ma mère investit la cuisine trois jours avant la fête, en commençant par les biscuits secs et en achevant le chantier culinaire par des cakes salés et sucrés que nous avions eu le devoir de goûter pour valider ses talents. Les boissons étaient dans le frigo du sous-sol, la sono installée, quelques spots empruntés à des copains du lycée pointés vers la piste improvisée, le vieux canapé et quelques fauteuils de fortune autour. Nous serions une trentaine.

Et elle avait dit oui.

Dédé ne respirait plus qu'à moitié.

Mon père m'avait autorisé quelques bouteilles d'alcool sans en parler à ma mère.

Dédé arriva en fin d'après-midi pour m'aider dans les derniers préparatifs. Il était nerveux, ne tenait pas en place, me demanda quinze fois si sa mèche était bien mise, et la replaçait malgré tout devant le petit miroir des toilettes. Il sentait bon. Il s'était rasé. Pour la première fois, je crois. Moi, je repoussais ce moment en observant avec dépit s'allonger ma moustache et mes trois poils au menton. Comme nous tournions en rond et qu'il restait une heure avant que les premiers n'arrivent, nous nous enfermâmes dans la salle de bains et, d'autorité, il me rasa le tout. Il ne s'agissait pas de me couper, et Dédé avait son visage tout près du mien, appliqué et concentré sur l'ouvrage. Je sentais la chaleur de son haleine sur mes yeux. Ce moment d'intimité s'ajouterait aux autres comme des pierres qu'on empile pour faire de l'amitié une forteresse solide.

— Elle est pour toi cette boum ! Ne loupe pas l'occasion.

— J'ai peur, dit-il pour seule réponse.

Ainsi s'installa la soirée. J'accueillais les nouveaux arrivants à la porte du garage et je leur indiquais la table qui croulait sous les victuailles. D'autres bouteilles d'alcool s'étaient introduites avec les invités et j'espérais qu'aucun débordement ne vienne entacher la soirée. Deux copains assuraient la sono et Dédé vérifiait que tous avaient à boire et à manger. Jusqu'au moment où elle arriva. Il n'eut d'yeux que pour elle. Il la mangeait quand elle dansait sur la piste, la couvait quand elle buvait dans son verre, paniquait quand elle s'absentait pour aller aux toilettes, savourait de la voir revenir se déhancher en riant avec ses copines.

Au premier slow, il se précipita vers elle. Ils souriaient, se parlaient dans l'oreille, riaient aux éclats. Au deuxième, ils ne s'étaient pas lâchés et se collaient l'un à l'autre comme s'il en allait de leur vie que d'être séparés. Au troisième, ils s'embrassèrent et je fus soulagé. Le sacrifice ne serait pas vain. Je pouvais fêter l'aboutissement de l'objet de cette soirée. Je bus cul sec un whisky-Coca un peu trop dosé, ce qui me valut de finir ma soirée dans un état de flottement fort agréable. Dédé ne lâcha sa conquête que pour me jeter une fille dans les bras. Elle ne me fit ni chaud ni froid, malgré l'enivrement.

Mon ami recouvra un semblant de solidité au bout de quelques semaines. Passée la phase de roucoulement, je le retrouvais enfin, presque comme avant. Son amoureuse accepta notre intense amitié sans aucune jalousie et nous partagions nos temps libres avec un équilibre qui nous convenait. Je la trouvais intelligente et drôle. Plus je la découvrais, plus je comprenais les raisons de la joyeuse chute de Dédé. Elle devait être la fille idéale qu'il trimballait dans ses pensées depuis qu'il était en âge d'aimer. Serait-elle venue créer en lui un besoin dont il n'avait pas encore conscience ?

Avais-je moi-même des manques inconnus qu'une fille pourrait combler ?

Toutes celles que je côtoyais me paraissaient pourtant ternes et tristes, farcies de sottes préoccupations et inintéressantes au bout de trois phrases. J'avais le sentiment de venir d'une autre planète et d'avoir été catapulté sur celle-ci sans le mode d'emploi de son troupeau d'habitants. Je me heurtais à de superficiels conflits là où j'avais besoin de profondeur paisible. Je m'insurgeais contre des injustices qui ne semblaient gêner personne. Nous n'étions qu'une poignée d'idéalistes, prêts à en découdre avec un monde trop brut, et les quelques filles qui en faisaient partie m'effrayaient par leur violence affichée et leur manque de tendresse.

Denis et Diane laissaient dans leur sillage l'image d'un vieux couple installé et durable. De celui qui a dépassé la phase fusionnelle étouffante et qui se plaît à se nourrir de l'autre sans le submerger de besoins idiots, comme si leur histoire se déroulait en accéléré. Je m'inquiétais parfois que, à force de brûler les étapes, leur relation s'achève aussi vite qu'elle avait commencé. Aujourd'hui encore, je suis subjugué par leur couple solide et vivace comme un végétal qui se renouvelle sans cesse et grandit à force de printemps.

« Quel soulagement », m'avoua-t-il en constatant que je m'entendais bien avec elle. Il aurait vécu l'inverse comme un terrible déchirement.

Je ne me doutais pas qu'à la rentrée suivante, en franchissant le portail du lycée, ma vie allait basculer.

1986

Pour la première fois, je changeais de classe en cours d'année.

Pour me consoler, maman m'avait promis une après-midi entière à découvrir les rues commerçantes de Rennes. J'y visitai une librairie incroyable dans laquelle je savais qu'une grande partie de mon argent de poche allait passer. Je profitai aussi de ces vacances pour arpenter la ville à pied, en bus, avec mes frères, parfois seule. Je l'ai vite aimée. L'architecture, l'ambiance, les parcs.

Et puis, juste avant la rentrée de janvier, nous avions pu rendre visite à Mamé et Papé en bord de mer. Nous habitions désormais si près du Val-André. Il faisait froid, le ciel était gris. Et pourtant, cette année 1985 qui débutait semblait m'appeler, comme la pleine lune guide les papillons de nuit. J'avais marché sur la promenade avec ma grand-mère, nous avions parlé de cet endroit, j'avais pu lui dire à quel point je rêvais de reprendre un jour sa boutique.

Juste avant de repartir, elle m'offrit une robe. Une merveille de coton et de dentelle anglaise, joliment arrangée de fronces, de rubans, de boutons, de frous-frous. Je sus que ce voile de tissu me porterait chance. Et Mamé avait ajouté, avant que je ne monte dans la voiture : « Accroche-toi à tes rêves. Si cette boutique fait partie de ton destin, elle sera un jour à toi. Fais confiance à la vie. »

Le jour de la rentrée, dans cet immense lycée inconnu, je portais cette fameuse robe, une veste de mon père qui me rendait solide pour aller au combat et mes Kickers usées, afin de mieux savoir où je mettais les pieds. Ma mère m'accompagna dans le bureau de la CPE pour régler les derniers détails administratifs. En me regardant partir pour rejoindre ma classe, elle me fit un petit clin d'œil ému, comme si elle déchirait à nouveau un morceau de son cœur à l'idée que je franchisse une marche de plus vers mon indépendance.

Le professeur me salua avant de désigner une place libre où je pourrais m'installer. Tous les élèves étaient déjà en binôme et cela m'arrangeait. Je préférais entrer dans l'arène à mon rythme. Je n'avais encore regardé personne dans les yeux, car je savais tous les regards portés sur la petite nouvelle qui arrive en cours d'année et qu'on détaille sous toutes les coutures. Je me tenais droite pour porter sur les épaules toute cette curiosité palpable, je regardais où je marchais pour ne pas trébucher dans un sac, et je fus soulagée quand le professeur capta l'attention des élèves en commençant son cours.

En enlevant mon écharpe et en me tournant pour la fourrer dans ma capuche, mon regard croisa le tien au fond de la classe, dans la troisième rangée.

Il y avait en toi la même petite lumière que mon garçon aux yeux verts.

La suite, tu la connais.
Et tout va s'arrêter.

Je t'aimerai toujours.

Journal du 3 janvier 1985
Recopié en 2018

Nous sommes en première. Les vacances de Noël viennent de s'achever et la rentrée commence avec un cours de maths. Je suis à côté de Denis, dans la troisième rangée, celle le long des fenêtres, à l'avant-dernier rang. Nous sortons nos affaires de notre sac US. Les derniers élèves entrent en se précipitant avant que le prof ne referme la porte. Je le vois se raviser et l'ouvrir un peu plus grand pour accueillir la CPE. Elle vient nous présenter la nouvelle élève qui intègre notre classe. M. Castano lui enjoint de s'asseoir au cinquième rang de la première rangée contre le mur. Elle porte une robe rouge avec des petites fleurs noires et de la dentelle, sur des collants en laine, et des Kickers aux pieds. Sa fantaisie vestimentaire attire mon regard et mon intérêt. J'aime l'idée qu'elle ne cherche pas à se fondre dans la masse. Son originalité est si lumineuse en regard des autres filles si ternes. Elle a posé sa veste militaire kaki doublée de fausse fourrure sur le dossier de sa chaise et s'est assise pour déballer ses affaires. Quelques instants plus tard, elle enlève son écharpe et se retourne pour venir la déposer dans la capuche de sa parka.

C'est là que tu me regardes. Je ne t'avais pas quittée des yeux depuis que tu avais franchi la porte. Je te fais un sourire discret. Le tien est magnifique. Les deux fossettes qui l'accompagnent me clouent sur place.

Le violent coup de coude de Dédé dans mes côtes me ramène à la réalité des équations du deuxième degré inscrites au tableau.

« Reviens sur terre, Ed. Tu badineras à la pause. Si Castano te voit la regarder, il ne te loupera pas pour t'humilier devant tout le monde. »

Il a compris.

— Édouard Fourcade, la nouvelle vous intéresse plus que mes équations ?

Quelques élèves ricanent.

Je me sens humilié.

Humilié mais amoureux.

Il peut se les garder ses équations, j'en ai une autre à résoudre dont l'inconnue s'appelle Élise.

C'est l'instant où j'ai recommencé à compter les couleurs.

Tu avais dix-sept ans quand tu m'as écrit ce qu'avait été ta vie avant moi. Juste avant que celle-ci nous sépare.

J'en ai cinquante, nous venons de nous retrouver. J'ai besoin de te raconter ce qu'était la mienne avant de te connaître.

Et le recul me fait dire que nous ne nous sommes jamais perdus, puisque nous nous sommes toujours aimés.

Table

Lettre aux lecteurs 7

Se le dire enfin

PARTIE I

Prologue 17
Quai numéro 1 21
Le déserteur 25
L'inconnu du bus 33
Le premier soir 39
Un personnage de roman 45
Des miettes de certitude 47
Pousser comme un chêne tranquille 51
Doux chemin 59
Une disparition inquiétante 69
Le vertige d'être libre 75
Un bouquet pour la reine 83
Agatha 87
Pieds nus dans la mousse 89
Perdre la main 97
Bonheur vestimentaire 101
Une faille dans le rocher 107
Se faire belle en l'étant déjà 115
Un lapin dans le combiné 117

La proie 125
Robinson 127

PARTIE II

Un bout de fil autour du doigt 133
En équilibre 141
Cheval et couture 145
Le secret 147
Le roulement d'un mouton 153
La caverne de Raymond 155
Avec le dos de la main morte 163
Une femme comme les autres 169
Une force glacée 173
À la vitesse d'un cheval au pas 175
Elle était une fois 185
Le non-retour 189
La tessiture d'une voix perdue 199
Vérifier l'incandescence 207
Ikebana 215
Respirer sur le banc 219
Pour une autre 223
Sur la touche 227
Une caresse à Platon 231
Des gâteaux qui parlent 235
Un radeau dans les herbes hautes 241
Le plancher qui grince 247
Les corps engagés 251
Certains gestes anodins 259
Une lettre face aux vagues 263
Sa came 265
Comme une tarte aux pommes 271
Le premier interrupteur 277

PARTIE III

Dans un infini qui veille 283
En équilibre instable 291

Hypersensible 313
6 000 pièces 329
Parole de chien 349
Les déferlantes 357
Se souvenir de tout 371
Une bombe dans la brigade 379
Un troupeau de moutons à Paris 387
Des frous-frous de cent ans 393
Mission Vénus 399
Frôler l'excellence 403
La digestion lente d'un corps 411
Blanche-Neige 419
Noyé 425
Quand tout se libère 435
Là-haut 451
Quand la nature retient son souffle 453
Des chocolats de fête 457
La lettre postée 461
La roue tourne 465
La douceur des pierres chaudes 475
Premiers mots 477
L'ancolie 483
Son nombre d'or 491
Fondre pour du beurre 493

Reconnaissance 505
Bibliographie 509

Compter les couleurs

PROLÉGOMÈNES

20 juillet 1968 517

UNE SI LONGUE CONVERSATION

1986. Ce que j'aimerais que tu saches… 525
2018. Ce que j'aimerais te répondre 528

1986 532
2018 536
1986 541
2018 547
1986 555
2018 557
1986 567
Journal du 3 janvier 1985. Recopié en 2018 569

Composition
NORD COMPO

Achevé d'imprimer à Barcelone
par CPI Black Print
le 2 octobre 2022

Dépôt légal octobre 2021
EAN 9782290359174
OTP L21EPLN003120-395841

Éditions J'ai lu
82, rue Saint-Lazare, 75009 Paris

Diffusion France et étranger : Flammarion